KB116297

파피용

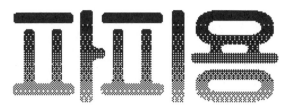

LE PAPILLON DES ÉTOILES

베르나르 베르베르 장편소설
뫼비우스 그림 전미연 옮김

LE PAPILLON DES ÉTOILES
by BERNARD WERBER

Copyright (C) Éditions Albin Michel S. A. - Paris, 2006
Korean Translation Copyright (C) The Open Books Co., 2007, 2023

내 첫 영화 「우리 친구 지구인」을
만들 수 있게 해준 클로드 를루슈에게

제1부   **희미한 꿈**

1. 물의 힘

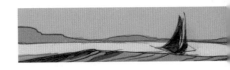

태초에 바람이 있었다.

소금기를 머금은 위력적인 바닷바람.

바람은 광대한 대양으로 범선들을 띄워 보냈다.

그 많은 배들 중에서 가장 빠른 것은 단연 엘리자베트 말로리의 배였다.

터키옥색 눈동자를 지닌 그녀는 지금까지 남성들의 전유물이었던 세계 단독 요트 일주 경기에서 두 차례 연속으로 우승하면서 챔피언의 영예를 거머쥐었다.

그녀는 〈날치〉라는 이름의 쌍동선 뱃머리에 홀로 서서 목재 조종 키를 움켜잡고 알루미늄과 수지 섬유로 만든 늘씬한 구조물을 조작했다.

그녀의 야리야리한 배가 날치처럼 뛰어올라 파도를 가르면서 질주하면 배 안에 있는 모든 것이 요동쳤다.

더 빨리, 더 강하게.

그녀는 아이오딘을 품은 물보라의 힘에 취해, 폭풍우 속에서 갈라지는 소리로 노래를 부르다가 목이 잠기곤 했다. 그건 승리를 위한 그녀만의 비법이었다. 맹렬한 자연의 기세를 누르기 위해 목소리를 바람과 뒤섞는 것.

그녀는 그렇게 바다와 하나가 되었다. 사나운 파도에서 물거품 레이스를 자아내며 일렁이는 바닷물.

엘리자베트 말로리는 아름다웠다.

그녀의 마력에 걸려들지 않은 남자가 없었다. 경기가 없을 때는 애인을 몇씩이나 갈아 치우면서 연애를 즐긴다는 소문도 돌았다. 하지만 그런 하찮은 쾌락에는 염증을 느끼고 마는지, 결국 혼자만의 시간으로 돌아오곤 했다. 물의 사막 한가운데서 그녀는 구름과 물고기들을 유일한 벗으로 삼았다.

2. 공기의 부드러움

태초에 꿈이 있었다.

새로운 지평을 여는 꿈.

그 꿈은 이브 크라메르의 숭고한 상상력을 자극했다.

그는 정평 있는 항공 우주국에서 〈혁신과 전망〉 팀의 팀장을 맡아 새로운 우주여행 프로젝트를 선별하는 일을 하고 있었다. 지금까지 실현된 프로젝트는 단 한 건도 없었지만, 그의 사무실에는 신형 로켓과 우주 정거장을 비롯해 근거리 행성에 건설할 도시들에 이르기까지 각종 도면으로 가득 찬 서류들이 산더미처럼 쌓여 있었다. 이브 크라메르는 연구실 안을 어슬렁거리는 많은 잡역부들과 별반 구별이 되지 않았다. 중키에 머리는 민둥산인 데다 두꺼운 안경을 맞춰 낀 두 눈은 허공을 향하고 있었다.

그는 잉크가 말라 버린 펜과 어딘가 조금씩 고장 난 계산기들이 주머니 가득 들어 있는 흰 가운을 절대 벗는 법이 없었다.

그의 주 업무는 정중한 거절의 편지를 보내는 일이었다. 그 편지들은 늘 〈귀하의 프로젝트를 저희에게 제출해 주신 것에 심심한 감사의 말씀을 드립니다. 하지만 안타깝게도 귀하의 프로젝트는 현재 저희가 추진 중인 프로그램들과는 아무런 연관성이 없습니다. 그뿐만 아니라 저희 부서에 책정된 예산으로는 귀하께서 제출하신 프로젝트를 진행하는 것이 불가능합니다〉라는 문장들로 시작하여 〈귀하께서 추진 중인 연구의 진척 상황을 저희에게도 알려 주십시오. 이브 크라메르 배상〉으로 끝을 맺었다.

이브 크라메르는 자신의 직업에 애착을 품고 있었다. 아무리 비현실적인 프로젝트라 해도 대부분 끝까지 성심을 다해 검토했다. 그러다 보니 기자들의 입장에서는 그가 흥미로운 취재원이었다. 그는 기자들에게 자신이 검토한 독창적인 프로젝트들의 내용을 들려주곤 했다.

부주의하게 〈거절 편지〉 더미를 무너뜨린 이브가 편지를 하나씩 다시 줍고 있을 때 전화벨이 울렸다. 그는 자동 응답기가 돌아가기 전에 수화기를 들려고 하다가 막 분류를 시작할 참이던 다른 서류 더미마저 무너뜨리고 말았다.

남들은 그가 경솔하다고들 하지만, 그는 자신이 공상가라고 생각했다.

남들은 그가 서툴다고들 하지만, 그는 자신이 어수선한 것뿐이라고 생각했다.

남들은 그가 산만하다고들 하지만, 그는 자신이 이국적인 상념에 젖어 있는 것이라고 생각했다.

그는 상부에 올린 프로젝트 중 단 하나라도 추진할 수 있는 개발 지원금이 없다는 사실을 알았지만, 언젠가 꼭 하나는 결실을 맺으리라는 꿈을 버리지 않고 있었다. 예전에 그의 첫 번째 아내가 지적한 것처럼, 〈실현 불가능한 남들의 환상 따위나 기자들에게 들려주는 방관자〉로 남고 싶지는 않왔다.

밤에, 테라스에 설치해 덮개를 씌워 놓은 천체 망원경 렌즈의 고무 구멍에 눈을 박고 있노라면 언젠가 자신의 프로젝트가 실현될 것이라는 믿음이 생겼다.

그때 그곳으로 떠나리라.

저 멀리.

더 멀리, 보다 더 멀리.

하루하루 더 낯설게만 느껴지는 이 지구를 떠나리라.

3. 첫 번째 파도

바람과 꿈, 그러니까 엘리자베트 말로리와 이브 크라메르의 만남은 이상적인 것과는 거리가 먼 상황에서 이루어졌다.

이브는 리듬이 강렬한 음악을 들으며 빠른 속도로 차를 몰고 있었다. 이번에도 역시 기자와의 약속 시간에 늦어 버렸기 때문이다.

엘리자베트는 다음에 참가할 세계 단독 요트 일주 경기를 지원할 새 후원자의 사무실로 가기 위해 길을 건너고 있었다.

비가 오는 데다 와이퍼까지 제대로 작동하지 않았다. 오래전부터 정비소에 들러 고쳐야겠다고 생각했으면서도 짬을 내지 못했던 것이다.

그건 경솔함 외에 그의 또 다른 문제인 꾸무럭거리는 성격 탓이었다. 오늘 할 수 있는 일을 내일로 미루는 기술 말이다. 어쨌든 지금은 약속 시간에 맞추려면 속도를 높이는 수밖에 없었다.

그는 커브 길에서 액셀러레이터를 밟았다.

엘리자베트는 휴대 전화의 이어폰을 귀에 꽂고 우산을 받쳐 든 채 그녀를 유혹하기 위해 유머 감각을 발휘하는 한 구

애자와 전화 통화를 하고 있었다. 남자의 작전이 제법 잘 통하는 분위기였다.

그녀가 빗속을 질주해 오는 자동차의 엔진 소리를 듣지 못한 것은 아마도 그 때문이었을 것이다. 젊은 여성의 모습이 시야에 들어오자 이브는 화급히 브레이크 페달을 밟았다. 바퀴는 멈추었지만 수막현상으로 타이어가 미끄러운 노면 위에서 중심을 잃고 미끄러졌다. 차의 앞부분이 그녀의 무릎을 들이받았다. 나무가 쪼개지는 둔탁한 소리가 들렸다. 엘리자베트는 자신의 몸이 서서히 공중으로 떠오르는 느낌을 받았다. 하늘로 떠오르면서 비의 감촉을 느꼈다. 높은 곳에서 땅이 내려다보였다. 그러다 갑자기 땅으로 떨어졌고, 다시 일어나지 못했다. 그녀는 몸을 뒤틀며 땅바닥에서 괴로워했다. 그러고는 더 이상 몸을 움직이지 못하게 되었다.

4. 소금기를 품은 수증기

사람들은 그녀가 죽은 줄 알았다.

하지만 그녀는 살아났다.

회복 기간이 아주 오래 걸렸다. 엘리자베트는 동면을 하기 위해 굴속에 웅크리고 있는 동물처럼 환자용 시트를 둘둘 감고 지냈다.

그리고 마침내 병원 밖으로 나왔을 때, 그녀는 자기 내부에 있던 무언가가 죽어 버렸다는 생각을 했다. 척추 아랫부분에서 극심한 통증을 느꼈다. 더 이상 서 있을 수도 걸을 수도 없었다. 이제는 휠체어에 의지할 수밖에 없었다.

노래를 부르고 싶은 마음도 사라졌다. 엘리자베트는 운명이 자신을 배신했다고 느꼈다. 그녀는 집중적인 재활 교육과 심리 치료를 받았다.

덜 빠르게, 덜 강하게.

물리 치료사는 앞으로 목발을 짚고 걸을 수 있을 것이라고 말했지만, 지금껏 살면서 거짓말쟁이와 사기꾼을 수없이 봐 온 그녀가 그의 말이 단지 자신을 위로하기 위한 것일 뿐임을 모를 리 없었다.

운동선수로서의 그녀의 미래가 산산조각 나고 말았다. 활

화산 같은 분노. 그녀의 머릿속에는 〈복수〉라는 말로 요약되는 오직 한 가지 생각밖에 없었다.

　내 미래를 망쳐 놓은 어설픈 운전수 놈에게 대가를 치르게 하겠어. 아주 혹독한 대가를.

5. 자욱한 안개

사방에서 사진기의 플래시를 터뜨리고 마이크를 내민다.

모든 언론 매체가 중계에 나선 재판에서 이브 크라메르는 별말이 없었다. 그는 여자 판사 앞에서 자신의 모든 잘못을 인정하고 고소인을 향해 사과의 말을 읊조렸다.

그는 최고 형량을 구형받았다. 장애인이 된 젊은 챔피언에게 앞으로 평생 연금을 지급해야 할 뿐만 아니라 과실 치상 죄가 인정되어 집행 유예 형을 선고받았다. 또한 자동차와 원동기 운전면허도 영구 정지되었다. 법적으로 아직 자전거를 탈 권리는 남아 있었지만, 판사는 지나치게 경솔한 그의 됨됨이를 감안해 시골길에서만 자전거를 탈 것을 권고했다.

「길을 똑바로 보고 갈 줄 모르는 사람은 집 밖으로 나오지 않는 것이 좋습니다. 그것이 다른 사람들을 위험으로 내몰지 않는 길일 테니 말입니다.」 판사는 의사봉을 두드려 소란스러운 장내를 정돈하며 이렇게 결론지었다.

이브 크라메르는 재판이 끝난 뒤 재판정 밖으로 나오는 엘리자베트 말로리에게 다가갔다. 가까이서 진심 어린 사죄의 말을 전하기 위해서였다. 뭐라고 자책의 심정도 표시하고 싶었고 그녀의 빠른 회복을 빌고 싶었다. 그러나 엘리자베트는 그가 충분히 가까이 다가올 때까지 기다렸다가 그의 말이 채 끝나기도 전에 몸을 벌떡 일으켜 세웠다. 그러고는 무게를 싣기 위해 두 주먹을 모아 쥐고 그의 턱 끝을 가격했다. 그가 뒤로 나자빠지자 그녀는 입에 거품을 물고 휠체어에서 뛰어 올라 그의 목을 두 손으로 움켜잡고 내리눌렀다.

이브 크라메르는 스스로를 방어할 생각조차 하지 않았다. 그는 두 눈을 감고 모든 것을 포기한 채 숨이 끊어지기를 기다렸다. 세 사람이나 달려들어 불구의 몸인 그녀를 떼어 놓아야 했다. 그녀는 그에게 침을 뱉고 자리를 떠났다.

6. 어두워지는 길

두 사람의 인생이 짓밟혔다.

엘리자베트 말로리는 자신이 앞으로 다시는 두 다리와 골반을 정상적으로 쓸 수 없으리라는 사실을 알고 있었다. 고통스러운 허리의 통증 때문에 더 이상 성관계도 가질 수 없을 것이다.

그녀는 외출하기 위해 휠체어를 타고 이동할 때도 간병인의 도움을 받아야만 했다. 이사를 하고 1층에서 살 수밖에 없었다. 그때부터 그녀는 반항심에 사로잡혀 술을 마시고 담배를 피우기 시작했다. 그녀의 까슬까슬한 성질 때문에 간병인 여럿이 일을 그만두어야 했다. 그녀는 심지어 간병인들을 울리고 때리기까지 했다.

그녀는 충동적으로, 걸신스럽게 음식을 먹어 댔다. 사탕, 땅콩버터, 초콜릿버터빵, 감자칩, 아이스크림.

그녀는 잠을 이룰 수가 없어 수면제를 복용했다.

골반 관절의 극심한 통증 때문에 진통제를 복용했다. 정서 불안 때문에 신경 안정제를 복용했다.

그녀는 우울증 때문에 항우울제를 복용했다.

이런 약들의 효과가 복합적으로 나타나면서 그녀는 생명

이 직접 자신에게 도달하는 것이 아니라 쿠션을 거쳐 희미하게 전해지는 것 같은 느낌을 받았다.

덜 빠르게, 덜 강하게.

오랜 세월 동안 활동적으로 살아온 그녀가 지금은 꼼짝도 하지 못하고, 평생 한 번도 해보지 않은 일을 하고 있었다. 쿠션과 단것들을 끼고 몇 시간씩 뒹굴면서 멍하게 조그만 텔레비전 화면을 쳐다보는 그녀의 입에는 항상 음식이 가득했다. 먹지 않을 때는 담배를 피우고, 담배를 피우지 않을 때는 술을 홀짝거리고, 술을 마시지 않을 때는 알약을 삼켰다.

그렇게 지내면서 그녀는 뉴스를 통해 자신이 몸담고 있는 세계, 그동안 늘 바다로 달아나면서 회피해 왔던 세계와 마주하게 되었다.

참으로 강렬한 이미지들이었다.

그녀의 세계는 전쟁이었다.

그녀의 세계는 종교적 맹신이었다.

그녀의 세계는 맹목적인 테러였다.

그녀의 세계는 끊임없는 환경 오염이었다.

그녀의 세계는 인구 과잉이었다.

그녀의 세계는 가난과 기아와 빈곤이었다.

그런 상황 속에서 전 세계적으로 새로운 부유층이 출현했다. 그들은 다수의 고통을 외면하며 파렴치하게 살아남았다.

가브리엘 맥 나마라도 그들 중 하나였다. 정보 통신 산업의 개척자인 그는 경쟁 기업들을 하나둘씩 인수하고 나서, 최근에는 유전 공학 분야에까지 진출해 있었다. 그렇게 해서 그는 기계뿐 아니라 인간까지 자신의 통제권 아래 두게 되었다.

사람들은 그가 세계에서 제일가는 부자라고 했다. 국가 원수들은 그를 자신들과 동급으로 영접했다. 엘리자베트 말로리는 그가 이상적인 미래 주택의 형태를 설명하는 것을 들으며 두 다리만 멀쩡하다면 틀림없이 그를 찾아가 후원자가 되어 달라는 요청을 했을 것이라고 생각했다. 지금까지 그녀가 키를 잡은 요트들보다 훨씬 성능이 뛰어난 요트를 제작할 수 있게 지원을 부탁했을 것이다.

　그날 저녁, 엘리자베트는 그 억만장자가 자금을 지원해서 만든 〈날치〉 2호의 꿈을 꾸었다. 그 배가 그녀의 모든 고통을 저 멀리로 가져가 버리는 꿈을.

　하지만 곧이어 그 꿈을 퇴색하게 만드는 또 다른 꿈이 그녀를 찾아왔다. 이제 그녀는 한 마리 새가 되어 있었다. 예전에 난파한 유조선 옆을 항해하다 마주친 적이 있는 새들 중 하나였다. 중유 범벅이 되어 허우적거리며 부질없이 날개를 퍼덕거리는 가엾은 갈매기 한 마리.

7. 어둠 속의 빛

탈진 상태.

이브 크라메르는 1년간 휴직을 신청했다.

죄책감에 시달리던 그는 소송이 끝나고 나서도 여러 번 엘리자베트 말로리와 접촉하려고 했다. 하지만 그녀는 자신의 삶을 악몽으로 바꾸어 놓은 그 남자와 어떤 식으로든 접촉하는 것을 원치 않는다는 의사를 분명히 했다.

그래도 그는 계속 엘리자베트에게 전화를 걸었다. 하루도 거르지 않았다. 미안하다는 말과 함께 회복을 비는 메시지를 그녀의 자동 응답기에 남겼다.

이브 크라메르 역시 텔레비전 뉴스를 보았다. 텔레비전을 보면 쉽게 기분을 바꿀 수 있었다. 다른 사람들의 불행을 지켜보면 자기 자신의 불행을 잊을 수 있었다.

거울 속을 들여다보고 있으면 나는 두렵다.

다른 사람들이 어떻게 사는지 보고 있으면 안심이 된다.

바깥 세계의 상황이 심각하면 할수록 자신의 처지를 상대적으로 볼 수 있었다.

환경 운동 1세대인 그는 한때 멸종 위기에 처한 동식물의 보존을 지지하고, 집약 축산 시스템의 잔인한 가축 사육 방식에 반대했으며, 식물 종의 다양화를 주장하고, 식품 산업에 대한 감시 감독을 요구했다. 무정부주의자 시절에는 국가, 경찰, 군대 제도의 폐지를 위해 전투적으로 투쟁하기도 했다.

하지만 그런 투쟁들은 이제 다 지나간 시절의 이야기였다. 뉴스를 보고 있노라면 그것들이 모두 실현 불가능한 꿈이었음을 확인할 수 있었다.

광신도들, 무능력자들, 거짓말쟁이들이 권력을 틀어쥐고 자신들이 만든 법을 세상에 강요하고 있었다.

그는 엘리자베트 말로리의 생각을 하지 않을 때면 자신이 받아 놓은 프로젝트들을 검토했다.

혼자 집에 앉아서, 여태껏 보류 상태로 있었던 수십 건의 서류들을 검토해 나갔다.

그 일을 하면서 이브는 동시대 최고의 공상가들이 어떻게 현실적으로 우주 정복의 미래를 내다보고 있는지 알 수 있었다. 그는 서류 선택에 자신의 주관이 개입하지 못하도록, 3백 건의 미검토 프로젝트를 땅바닥에 깔아 놓은 뒤 그 사이를 걸어다니다가 무더기 속에서 우연히 발에 걸리는 서류를 집어 집중적으로 검토하는 방식을 택했다.

그때, 나방 한 마리가 방으로 날아들었다.

창문에 몸을 부딪뜨리던 나방이 천장의 불빛에 이끌려 가더니 전구의 얇은 유리에 고집스럽게 날개 자락을 갖다 대며 불쾌한 소리를 내고 있었다.

잠시 나방을 관찰하던 이브는 예전에 아버지가 했던 말을 떠올렸다. 〈나방은 항상 빛에 이끌린다.〉 마치 나방 때문에 촌각을 다툴 만한 중요한 일이 기억나기라도 한 듯이 그가 벽장을 향해 뛰어갔다. 3백 건의 서류들 가운데 딱 하나 읽지 않은 게 있다는 생각이 불현듯 떠오른 것이다. 바로 그의 아버지, 쥘 크라메르의 프로젝트 말이다.

그는 파일을 꺼내서 뽀얗게 쌓인 먼지를 털어 냈다.

머리 위에서는 나방이 전구에 날개를 점점 더 강하게 부딪치며 자글자글 하는 소리를 냈다.

이브 크라메르는 두 손에 들고 있는 서류를 내려다보았다. 간소하게 〈태양 범선〉이라는 제목을 붙인 그 서류는 한 여자에 대한 사랑 때문에 자살을 선택한 아버지가 생전에 마지막으로 매달렸던 일이었다.

이브 크라메르의 아버지 쥘 크라메르 역시 항공 우주학 분야의 과학자였다. 자신의 분야에서 최고의 전성기를 구가하던 무렵, 아버지는 화학 연료 대신 빛 에너지를 사용하는 것도 가능하다고 언급한 적이 있었다. 물론 과거에도 광자 에너지에 대한 실험이 있었지만 모두 실패로 돌아가는 바람에 관련 분야의 연구는 현재 동결 상태였다.

이브의 시선이 본능적으로 자신의 과학 수집품 하나를 향했다.

라디오미터.

그 경이로운 기구는 아버지가 그에게 광자 추진의 원리를 설명하기 위해 선물했던 것이다.

커다란 전구처럼 생긴 라디오미터는 안에 축이 있어서 그 축을 중심으로 한쪽 면은 하얀색으로 다른 면은 검은색으로 칠해진 마름모 모양의 날개 네 개가 회전하게 되어 있다. 램프의 불빛이 하얀 마름모 쪽을 때리면 날개가 돌아가는 구조였다.

이브 크라메르가 불빛에 가까이 가져가자 라디오미터가 빠른 속도로 회전하기 시작했다.

이브는 빛이 광자로 이루어졌고, 그 빛 입자가 밝은 색깔 마름모의 측면을 때리면서 밀어내면 날개가 축을 중심으로 회전하게 된다는 사실을 알고 있었다.

하얀색은 광자를 튀어 오르게 한다.

검은색은 광자를 흡수한다.

이브는 아버지가 한 또 다른 말을 기억해 냈다. 〈빛이 우리를 구원할 것이다.〉

그때, 아직 어렸던 그는 아버지에게 이렇게 대답했다. 〈난 사랑이 우릴 구원할 것이라고 생각했는데…….〉

〈아니야, 아들아. 사랑은 한낱 환상일지도 모른다. 사랑은 사람을 미치게 만들 수 있지. 사랑 때문에 살인을 저지르기도 하는걸. 하지만 사랑에 속을 때는 또 얼마나 많으냐. 반대로 빛은, 속이는 법이 없단다. 빛은 어디든지 있지. 빛은 환하게 밝혀 주고, 빛은 베일을 걷어 준다. 빛은 따뜻하게 덥혀 주고 꽃과 나무 들이 자라게 해. 빛은 우리의 호르몬을 일깨우고 몸에 영양분을 주지. 사랑 없이는 살 수 있지만 빛 없이는 살 수 없단다. 빛이 모두 꺼지고 인류가 영원히 암흑 속에 갇힌 세계를 상상해 보렴. 그럼 이해가 갈 거다.〉

〈하지만 빛은 단지 빛일 뿐인걸요.〉 생각에 잠겨 있던 이브가 말했다.

〈아니야. 빛은 모든 것이야. 믿기지 않으면 해바라기처럼 해보렴. 빛이 오는 곳을 찾아서 빛을 향해 몸을 돌리는 거야.〉

3년 후 아버지가 자살하고 나자 그 대화는 이브에게 더욱 의미심장하게 다가왔다.

사랑 때문에 선택한 죽음. 모든 아버지들의 변함없는 딜레마. 아버지들은 정작 아들들에게 권유한 것과 정반대로 행동한다.

다시 한번 아버지의 이야기가 아들의 가슴속에서 공명을 일으켰다.

〈우리 모두는 탈바꿈에 성공해서 나비가 되어야 하는 애벌레들이다. 나비가 되고 나면 날개를 펼쳐 빛을 향해 날아가야 한다.〉

이브는 나방을 밖으로 내보내기 위해 천장의 불을 끄고 창문을 열었다. 그는 가로등 불빛을 향해 날아가는 나방의 모습을 잠시 지켜보다가 하늘을 올려다보았다.

자정이었다. 날씨는 서늘하고, 하늘은 장엄했다. 저 하늘에는 라디오미터를 돌릴 수 있는 강력한 전등들이 많이 있지, 하고 이브는 생각했다.

불멸의 에너지.

8. 빛이 전하는 온기

지평선에서 빛이 새어 나왔다.

여명. 태양이 구름을 밀쳐 내지 않고 다소곳이 떠올랐다.

때는 봄이었고, 자연은 기지개를 켜고 싶어 안달하고 있었다.

이브 크라메르는 발코니에서 뜨거운 커피를 한 잔 마신 뒤 옷을 갖춰 입고 일을 하기 시작했다.

그는 자동차 사고를 잊기 위해 광자 에너지를 이용하는 우주선 프로젝트에 필사적으로 매달려 보리라 마음먹었다.

아버지는 이미 돌아가셨으니 아버지가 남긴 메모들을 찾아보는 수밖에 없었다. 이브는 장롱 위쪽에 있는 스키용 스웨터들 뒤에서 신발 상자들을 찾았다. 그리고 그 안에 보관된 노트들 속에서 아버지의 메모들을 발견했다. 프로젝트 하나를 완성할 수 있을 정도로 충분히 많은 내용이었다. 그제야 이브는 자신을 낳아 준, 메모를 작성한 사람과 생전에 보다 많은 이야기를 나누지 못한 것을 후회했다.

쥘 크라메르. 고독하고 산만한 몽상가. 아버지 역시 꾸무럭거리는 성격의 소유자였다.

아버지는 자신이 할 일을 다음 날, 다음 주로…… 미룬 게 아니라 다음 세대로 미루고 말았다.

이브가 간직하고 있는 아버지에 대한 기억들은 대부분 실소를 자아내는 장면들이었다. 색깔 있는 옷들을 흰옷 전용 세제에 담그고 나서 엄마에게 미안하다고 하던 아버지. 장인, 장모에게 상처가 되는 말을 하고서 죄송하다고 하던 아버지. 법정에 늦게 출두하는 바람에 이혼 소송에서 졌던 아버지(아버지는 그 사건으로 소송 패배의 독특한 선례를 만들었다). 항공기 제작 업체에서 명성을 날리던 엔지니어였으나 〈약속 시간을 지키지 못한다〉는 이유로 해고당했던 아버지. 자기 나이에 비해 지나치게 젊은 여자들을 유혹한답시고 나서다가 결국 여자들한테 차이고 말던 아버지.

〈난 포기하지 않는다. 가면 갈수록 나한테 퇴짜를 놓는 여자들 얼굴도 더 예뻐지니까.〉 아버지는 이렇게 농담을 하곤 했다.

아버지는 아들에게 전기로 가는 기차와 플라스틱 비행기 모형, 휘발유 엔진을 단 미니 자동차의 시제품, 원격 조종 잠수함, 발사나무 대와 방수 천으로 손수 만든 글라이더 같은 것을 선물해 주곤 했다.

아들에게 사주고도 아들보다도 훨씬 더 재미있게 가지고 놀 정도로 장난감에 열광하던 아버지의 모습이 눈에 선했다.

헬륨을 가득 채워 넣은, 프로펠러와 원격 조종간이 장착된 모형 비행기도 생각이 났다. 길이가 2미터를 넘는 그 비행기는 한번 손을 떠나더니 끝없이 하늘로 날아올라 조종이 불가능하게 되었다가 나중에는 하늘 높이서 반짝이는 점으로 변했다.

다음 날, 아버지는 그걸 보고 외계의 비행접시를 봤다고

33

생각하는 사람들이 있더라고 아들에게 자랑스럽게 이야기했다. 이브는 그것이 모래주머니를 충분히 싣지 않아서 조종이 불가능한 상태가 된 자신들의 모형 비행기라는 사실을 알고 있었다.

부전자전이라고 하던가. 이브는 자신이 아버지의 전철을 밟고 있다는 느낌이 들었다. 다른 것이 있다면 단지 가망 없는 사랑과 자살이라는 요소뿐이었다. 그 두 가지만 있으면 완벽하게 닮겠지. 왜 광자 에너지 프로젝트를 벽장 안 서랍에 보관해 두고 있었을까? 그는 답을 알고 있었다. 자신의 공연한 자존심 때문이었다는 것을. 그저 아버지의 머리를 물려받는 사람은 되기 싫었던 것이다. 그는 이해받지 못한 천재라는 아버지의 위압적인 그림자에서 자유로워지고 싶었다.

엘리자베트 말로리를 차로 친 끔찍한 사건을 겪고 나서야 모든 것이 원점으로 돌아간 듯했다. 그리고 나방을 보고 나서야 위대한 프로젝트가, 지금까지 자신이 받은 프로젝트들 중에서 가장 야심 찬 프로젝트가 바로 자기 집 안에 있다는 사실을 떠올릴 수 있었다.

아버지의 프로젝트를 순전히 자만심에서 대수롭지 않게 여겼다는 사실을 그는 이제 인정했다. 그동안 그는 아버지가 기뻐하는 게 두렵기라도 한 것처럼 굴었다.

이제 모든 것이 예전과 달라졌다.

그는 세상을 등진 채 혼자 방 안에 틀어박혀 항공 우주국 도서관 자료를 뒤지고, 이미 제작된 적이 있는 광자 추진 우주선의 시제품 도면들을 찾아보았다. 그러던 중 이브는 마일라라는 초경량 소재로 만든 아주 얇은 돛이 있다는 사실을 알아냈는데, 돛의 소재인 마일라 필름은 반사력이 강한 광택

도료로 코팅이 가능했다. 돛의 두께는 머리카락 굵기의 10분의 1밖에 되지 않았다.

이브는 그런 시도가 실패로 끝났던 것은 광자 추진 우주선의 돛을 너무 작게 만들었기 때문이라고 생각했다. 돛의 추진력이 너무 약했던 탓이다. 그렇다면 수 미터, 아니 수십 미터 길이의 돛을 만들면 문제가 해결될 것이다.

이브는 우주선과, 쉽게 펴지고 와이어를 당겨 진행 방향을 조종할 수 있는 장치가 달린 돛의 도면들을 그리기 시작했다.

여러 주에 걸쳐 미친 듯이 작업한 끝에 〈태양 범선Voilier Solaire〉을 뜻하는 〈V. S.〉라는 이름의 프로젝트를 완성한 그는 결과물을 항공 우주국 상부에 제출했다.

그는 미래 프로젝트 평가 위원들 앞에서 자신의 프로젝트를 발표하면서 시제품의 생산도 가능하다는 점을 강조했다.

위원회에서는 여섯 달이 지나서야 그에게 결정을 통보했다.

부정적인 답변이었다.

9. 황금 눈물

손이 떨렸다.

가브리엘 맥 나마라의 손을 떠난 종이가 맴을 돌며 땅으로 떨어졌다. 진단 내용은 명확하고도 확정적이었다. 〈너무 늦었다.〉 이 지구라는 행성에서 최고의 영향력을 행사하는 인물인 이 억만장자는 이제 쉰다섯밖에 되지 않았다. 하지만 그의 외모는 훨씬 늙어 보였다.

사실 그는 지난 몇 년 동안 술, 마약, 특히 담배를 무분별하게 즐겼다. 어떻게 대가를 치르지 않을 수 있겠는가. 그 대가의 이름은, 바닥에 떨어진 종이에 쓰인 그것의 이름은 〈폐암〉이었다. 그는 거울을 들여다보았다. 작은 체구, 연회색 머리카락, 매서운 눈초리, 항상 까끌까끌한 턱이 보였다. 근사한 가죽 재킷을 입고, 최신 유행의 헐렁한 티셔츠로 불룩한 배를 덮고, 코끝이 뾰족한 부츠를 신고, 귓불에는 다이아몬드 귀걸이를 하고, 가죽끈 넥타이를 맨 그의 모습은 영락없이 냉소적인 늙은 술주정뱅이 로커 같았다.

그는 항상 최신 유행에 따라 외모를 가꿔 온 사람이었다.

그가 무슨 말이 필요하겠냐는 표정으로, 액세서리용 금니를 드러내며 웃었다. 맥 나마라라는 사람은 황금과 같은 존

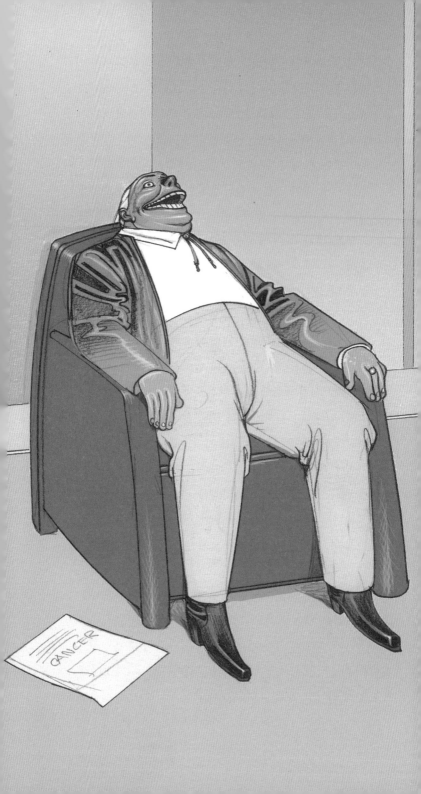

재였다. 하지만 금이라고 한들 무엇이 달라지겠는가? 병이라는 불 앞에선 금도 납과 똑같이 녹고 마는 것을. 조만간 고통스러운 방사선 치료와 화학 치료를 받는 병자의 처지가 될 텐데, 세계 최대의 기술, 금융 제국을 건설한 것이 다 무슨 소용이겠는가. 이제 몇 올 남지 않은 머리카락마저 빠지고 나면 몸속을 갉아 먹힌 사람의 쓸쓸한 미소를 지어 보이게 되겠지.

대체 내가 무슨 잘못을 했기에 이런 벌을 받아야 하는 걸까?

맥 나마라는 세상이란 것이 참으로 잔인하다고 생각했다. 다 이루었다고 믿을 때 가차 없이 주저앉게 되는 게 세상사였다. 의사들은 그에게 두 개의 폐 중에서 더 시커먼 쪽을 들어내라고 권했지만, 그는 몸이 알아서 병과 싸우게 놔두고 싶다고, 〈어차피 죽을 거 온전히 죽겠다〉고 대답했다.

의사들은 그 문제에 대해 딱히 분명한 소견도 없는 데다 억만장자의 노여움이 소문대로 대단했기 때문에, 사형 선고를 받은 사람이 벌이는 최후의 투쟁이라 믿고 더 이상 수술을 권하지 않았다. 그날 저녁, 가브리엘 맥 나마라는 친한 친구들과 저녁 식사를 하면서 술에 취했다. 그는 콜걸들과 섹스를 하고, 뇌를 파괴하면서 오색찬란한 환각을 불러일으키는 강력한 마약을 흡입했다.

다음 날, 여전히 자신은 살아 있고 눈앞의 현실도 예전 그대로라는 사실을 알고 나니 실소를 금할 수 없었다. 죽고 싶었는데, 죽음이 그를 거부한 것이다. 웃음이 병에 담긴 탄산수처럼 터져 나와 좀체 멎지를 않았다. 그는 킥킥거리고, 숨을 헐떡이고, 트림을 하다가 예외 없이 기침으로 끝을 맺었다. 기침을 하는 시간도 점점 길어지고 있었다.

그는 웃고 기침하고를 반복하다가 어느 정도 진정이 되자, 눈물을 닦은 뒤 텔레비전을 틀어 금융 채널에 고정시켰다.

뉴스 말미에 아나운서가 소개하는 〈업계 단신〉란의 기사가 그의 관심을 끌었다. 아나운서는 한 독창적인 엔지니어가 일반 로켓이 아니라 별빛을 추진 동력으로 이용하는 우주 범선 발사 프로젝트를 완성해 항공 우주국에 제안했지만 채택되지 못했다는 소식을 전했다.

맥 나마라는 미신을 믿는 사람이었다. 지갑에는 부적을 넣고 다니고 주술 문장을 원통에 넣어 목에 걸고 다녔다. 점쟁이, 무당, 점성가도 기꺼이 찾아다녔다. 그는 최고의 자리에 있는 사람이라면 운이라는 요소를 무시하면 안 된다고 생각하는 사람이었다. 그는 열두 별자리를 관찰했다.

그는 우리가 필요하다고 느끼는 순간 해결책은 나타나게 마련이라는 믿음을 지닌 사람이었다.

죽음이 예고된 상태여서인지는 몰라도, 별빛을 추진 동력으로 삼는 그 우주선 프로젝트가 그에게는 운명의 손짓처럼 느껴졌다. 그는 우주선 이야기를 접하게 된 것이 우연이 아니라고 믿었다. 그것은 그를 위한 소식이었다.

어쨌든 태양 범선을 띄운다는 생각 자체가 기발하고 재미있었다. 그는 그 파격적인 프로젝트를 제출한 엔지니어의 이름을 적고 수화기를 집어 들었다.

10. 금의 증발

　꿈과 권력, 즉 이브 크라메르와 가브리엘 맥 나마라의 만남은 저 높은 곳, 〈맥 나마라 타워〉라는 이름이 붙은 최고층 빌딩의 꼭대기 층에서 이루어졌다.

　주변 건물이 발산하는 불빛에 감싸여 천천히 회전하는 스카이라운지에서 이브 크라메르는 도면을 펼쳐 보였다. 그는 화학 연료를 동력으로 하는 추진 방식으로는 우주여행에 제약이 따를 수밖에 없다고 설명했다. 그는 우주에 존재하는 무한 에너지는 빛뿐이라고 하면서, 그 에너지는 힘은 약하지만 우주 어디서든 존재하기 때문에 연료 탱크를 탑재하지 않은 상태에서도 장기간 우주여행이 가능하다고 했다. 설명을 듣고 있던 맥 나마라가 장기간 여행이 가능한 우주선을 제작하면 어떤 점이 좋은지 물었다.

　「우리 태양계를 벗어날 수 있습니다.」

　맥 나마라가 깜짝 놀란 표정을 지었다. 목구멍이 간질간질해지면서 웃음이 터질 것 같았다. 그가 갑자기 목과 입의 근육을 풀어 놓자 소리가 튀어 나왔다. 그런 괴력적인 웃음소리를 난생 처음 들어보는 상대방으로서는 기겁할 일이었다. 회전을 시작하면서 점차 가속이 붙는 전기 터빈 소리를 듣고 있는 느낌이었다.

맥 나마라는 한참을 웃고 나서 쿨럭쿨럭 기침까지 한 뒤에야 자세를 가다듬고 상대방에게 자세히 설명해 보라고 말했다.

이브 크라메르는 태양 범선을 뜻하는 자신의 V. S. 프로젝트를 그에게 설명했다. 우리 태양계 밖에 있는 가장 가까운 항성에 가기 위해 거대한 우주선을 제작할 생각이며, 선체보다 훨씬 큰 돛을 만들어 우주선을 움직일 계획이라고 밝혔다. 그리고 그 주위에서 인간이 살 수 있는 행성을 찾을 수 있을 것으로 기대한다고 말했다.

이번에는 맥 나마라가 웃지 않았다. 그는 단지 이렇게 물었다.

「가장 가까운 거리에 있는 항성 주위를 도는, 사람이 살 수 있는 행성이라? 음…… 그 항성까지 거리는 얼마나 되오?」

이브 크라메르는 보지 않고서도 숫자를 줄줄 읊을 수 있었다.

「사람이 살 수 있는 행성을 거느린 가장 가까운 항성은, 그러니까…… 약 2광년 떨어져 있습니다.」

「킬로미터로는 얼마요? 미안하지만 킬로미터로밖에 감이 오지 않아서.」

「1광년이면…… 음…… 빛이 초속 30만 킬로미터로 이동하니까, 여기에 분, 시간, 날 수를 곱해 1년을 만들면, 그게…… 음…….」그는 계산기를 꺼냈다. 「9조 4천6백억 킬로미터가 나옵니다.」

「그럼 당신이 말하는 그 외계 태양계까지 가기 위해 총 얼마의 거리를 여행해야 한다는 거요?」맥 나마라가 조바심을 내며 물었다.

「그러니까, 2를 곱해서 가장 가까운 항성까지의 거리를 구하면, 어디 보자, 어림잡아 20조 킬로미터가 나오옵니다.」

맥 나마라의 얼굴에 짜증스러운 표정이 역력했다.

「그 거리라. 내가 이 방면에 전문가가 아니라 감이 없어서 그러는데, 당신 우주선, 그러니까 그 태양 범선의 비행 속도는 얼마나 되는 거요?」

「지구에서의 속도로 말하자면 평균 시속 2백만 킬로미터에 해당합니다.」

맥 나마라가 미덥지 않은 듯 눈썹을 찡그렸다.

「정말 엄청난 속도인데, 우주선이 그런 대단한 속력을 낼 수 있는 게 확실하오?」

「물론입니다. 우선, 일단 우주로 발사되고 나면 비행체의 속도는 줄어들지 않고 발사 당시의 추진 속도를 유지합니다. 공기나 중력과의 마찰이 없기 때문에 제동력이 걸리지 않는 것이죠. 지구에서 당구공을 굴릴 때 속도가 갈수록 떨어지는 것은 공기와 중력 때문입니다. 하지만 우주의 진공 상태에서는 일부러 정지시키지 않는 한 공은 같은 속도를 유지하며 계속 앞으로 나아가게 됩니다.」

「음…… 그렇다면 혹시 엔진이 없는데도 유성들이 빠른 속도로 우주 공간을 이동하는 것도 그 사실과 관련이 있소?」

이브 크라메르는 놀라운 지적에 반색을 했다. 상대방이 프로젝트에 관심을 보인다는 증거였기 때문이다. 그는 신이 나서 설명을 이어 갔다.

「정확한 지적이십니다. 더군다나 우주에 있는 광자 에너지는 축적됩니다. 돛이 흡수한 광자 에너지가 누적되어 우주선을 점점 더 빠른 속도로 추진하는 것이지요. 따라서 우주선에는 계속해서 가속도가 붙을 수밖에 없습니다.」

「태양과 가까울 때는 가능한 이야기지만 태양에서 멀어지면 태양 광선도 약해질 것 아니오?」

이브는 상대방이 그런 문제를 제기하리라고는 미처 생각하지 못했다.

「다음 항성까지 가는 길의 절반 지점까지는 태양 광선을 이용할 수 있을 것입니다. 그다음부터는 이미 확보한 속력을 계속 유지하면서 움직이게 됩니다. 그리고 돛의 방향을 조절하면 가까운 거리에 있는 다른 항성의 빛도 추가로 활용할 수 있습니다. 이미 말씀드렸다시피, 그 에너지는 늘어나기만 하지 절대 줄어드는 법이 없으니까요.」

맥 나마라가 상대방을 뚫어지게 쳐다보면서 어깨를 으쓱했다.

「좋아. 그럼 내 방식대로 우수리를 뗀 숫자들을 한번 봅시다.」

그는 수첩과 큼지막한 황금 만년필을 꺼내 들고 줄을 맞춰 계산을 하기 시작했다.

「나도 곱하기는 할 줄 알지. 그러니까 우주선의 속력이 시속 2백만 킬로미터란 이야기 아니오. 하루가 24시간이니까, 곱하기를 하면 하루에 4천8백만 킬로미터를 움직이는 셈인데, 맞소?」

「그렇습니다.」

「그렇다면 1년에 약 2백억 킬로미터를 움직인다는 이야긴데.」

부지런한 웨이터가 두 사람의 잔에 향이 진한 자줏빛 포도주를 따랐다. 이브 크라메르는 형식적으로 포도주를 한 모금 마셨다. 가브리엘 맥 나마라는 냄새를 맡고 나서 조금씩 몇 모금 시음을 한 뒤 말을 이어 갔다.

「그러니까 목적지까지의 거리가 20조 킬로미터이고, 선생의 우주선이 1년에 2백억 킬로미터씩 움직이니까, 계산은 간단하네. 그러니까, 음…… 1천 년 동안 여행을 해야 한다는 결론이 나오는군.」

이브 크라메르는 상대방이 무슨 의도로 이런 이야기를 하는지 통 짐작을 할 수가 없었다. 맥 나마라가 수첩을 내밀면서 자신이 계산한 숫자들을 가리키자, 그는 계산이 정확하다는 표시로 고개를 끄덕였다.

「1천 년이라. 내가 볼 때는 아주 건강한 사람이라도 기껏해야 1백 년을 사는 것 같은데 말이오. 그렇다면, 친애하는 크라메르 선생, 이 문제는 어떻게 해결할 셈이오? 혹시 동면 같은 걸 염두에 두고 있소?」

「아닙니다. 동면으로는 안 됩니다. 추위 때문에 세포핵이 회복 불가능한 상태로 파괴되기 때문이죠. 제 개인적으로는 아주 〈자연스러운〉 방법으로 이 문제에 접근해야 한다고 생각합니다.」

「말해 보시오.」

「우주선 안에서 세대의 재생산이 일어나게 해야 합니다. 아이를 낳고, 아이들이 자라 서로 짝을 지어 또 자식을 낳는 것이죠.」

맥 나마라가 시가에 불을 붙였다.

「비정상적인 자손들이 나올 수도 있는데, 그건 두렵지 않소? 형제끼리 짝을 맺는 것이 유전학적으론 대단히 끔찍한 일이 아니라 해도, 정신 나간 집단이 새로운 행성에 정착해 인류의 역사를 새로 쓴다는 것은 아무래도 유감스러운 일이 아닐 수 없지.」

「한 쌍의 남녀만 우주선에 태운다고 누가 그러던가요? 저는 훨씬 많은 사람들을 태울 생각입니다.」

「얼마나 많이? 둘? 셋?」

「……1천.」

이번에는 맥 나마라도 충격을 받지 않을 수 없었다.

「여자와 남자를 합해서 1천 명이오? 아니면 남자 천 명과 여자 천 명?」

「남자 1천 명과 여자 1천 명입니다.」

맥 나마라가 푸른색의 매운 담배 연기를 내뿜었다.

「제법 많은 사람들인데. 우주선 안에 다 들어가겠소?」

「우주선 역시 대규모로 만들 생각입니다.」

그 순간 맥 나마라는 자기 앞에 있는 남자의 머리가 돌았는지도 모르겠다는 생각을 했다. 20조 킬로미터 거리에 도달했을 때 확실한 생존자가 몇 명이라도 나올 수 있게 하려고 2천 명이나 태운다니. 그는 한참 동안 시가 연기를 빨아들였다. 어차피 독을 빨아들이는 마당에 제대로 즐기기나 하자는 생각이었다.

니코틴이 들어오자 등에 살짝 전율이 오며 신경 활동이 왕성해지는 것을 느낄 수 있었다. 혈관이 수축되면서 생각들이 더 빠른 속도로 쏟아져 나오는 듯했다.

맥 나마라는 생각했다. 〈내가 지금 시간 낭비를 하고 있는 거야. 항공 우주국에 있는 이 사람의 동료들이 채택하지 않은 프로젝트라면, 실현 가능성이 없어서일 거야. 집어치

우자.〉

그는 자리를 박차고 일어나려 했다. 하지만 그런 그를 붙잡는 것이 있었다. 바로 그의 앞에 앉아 있는 과학자의 옆모습이었다. 대개 편집광들은 복수심에 불타는 인간들이다. 그런데 이 사람에게서는 회의적인 태도가 엿보였다. 회의를 가진다는 것은 세상사의 상대적인 이치를 인식하고 있다는 증거라고 맥 나마라는 생각했다. 따라서 똑똑한 사람이라면 반드시 회의를 품어야 한다. 더군다나 그는 운명을 점지하는 열두 별자리에 대한 미신을 버리고 싶지 않았다.

「1천 년이라는 시간 동안 2조 킬로미터를 여행하기 위해 자식을 낳는 2천 명의 우주인. 이게…… 뭐랄까, 좀 새로운 생각인 줄은 저도 압니다. 하지만 오늘날 우리의 기술력을 감안할 때 다른 해결책은 없습니다.」

「우주선의 속력을 높이거나 승선한 사람들의 수명을 연장해야 할 것이오.」맥 나마라가 제안했다.

그는 자신이 먹을 요리를 주문하고 나서 크라메르에게 가장 맛있는 것으로, 그러니까 가장 비싼 것으로 시키라고 권했다. 두 사람이 앉아 있는 파노라마식 전망을 제공하는 회전식 레스토랑의 유리창 너머로 붉은색과 흰색의 불빛들이 긴 뱀처럼 꼬리를 물고 이어지는, 시내의 꽉 막힌 도로들이 내려다보였다.

「그런 기술들이 개발되기까지는 많은 시간이 걸릴 것입니다.」

「당신 말이 맞소. 지금까지 입증된 기술력으로 가능한 방법을 찾아봐야겠지. 그리고 나도 기다리는 걸 좋아하는 사람은 아니오. 사실 〈기다릴 수도〉 없는 처지고…….」

맥 나마라가 수첩에 적힌 숫자들을 다시 읽었다. 「20조 킬로미터. 인간이 평균 스무 살에 생식을 시작한다고 치면, 선생의 우주선에 승선한 사람들이 50세대를 이어서 산다는 이야긴데.」

그가 눈썹을 찡그리며 얼굴을 구겼다.

「음…… 이 어마어마한 숫자들, 정말 대단하오. 보고만 있어도 현기증이 날 지경이야.」

「사실 저도 겁이 납니다. 알고 계시겠지만, 제 프로젝트는 항공 우주국에서 퇴짜를 맞았습니다.」

「텔레비전에서 봤소. 하지만 난 전문가들의 의견을 곧이곧대로 따르는 사람이 아니오. 이른바 전문가라는 사람들이 동의해 줄 때를 기다리지 않고 혼자 결정해서 내 제국을 건설해 왔으니까. 나는 가슴에 귀를 기울이라는 사람이란 말이오. 그리고 〈천문학적인〉 숫자들이 나와서 하는 말인데, 당신의 그 소박한 모험을 하는 데 비용은 얼마가 들 것으로 생각하시오?」

은뚜껑이 덮인 요리가 나왔다.

「아직 잘 모르겠습니다. 하지만 원하시면 내일은 말씀드릴 수 있습니다.」

웨이터가 뚜껑 두 개를 한꺼번에 열고 내용물을 보여 주었다. 이내 향이 진한 수증기가 퍼져 나왔다.

「진심으로…… 제 V. S. 프로젝트에 관심이 있으십니까?」 이브 크라메르가 물었다.

맥 나마라는 오렌지색 퓌레 속에서 발버둥치는 것 같은 작은 새 구이를 먹기 시작했다. 이브 크라메르 앞에는 녹황색 채소를 곁들인 은빛 생선 한 마리가 놓여 있었다.

「그러지 못할 이유는 또 뭐요? 그냥 〈억만장자의 기벽〉이라고 해둡시다. 나는 말도 안 되는 내기를 아주 좋아하는 사람이오. 내가 견적서를 받아 보고 나서 진행하는 걸로 합시다.」

이브 크라메르는 얼결에 음식을 잘못 삼켜 버렸다.

「지금 농담하시는 겁니까?」

「아니요. 난 어렸을 때 저금한 돈을 탈탈 털어서 멋진 장난감을 사곤 했소. 이번에는 당신 장난감을 사고 싶어 한다고 합시다. 그것으로 인류까지 구할 수 있다면, 재밌는 일이 아니겠소?」

말을 마친 그의 입에서 호탕한 웃음이 터져 나왔다. 이브 크라메르는 프로젝트가 정말로 현실화될 수 있다는 사실이 잘 믿기지 않았다.

맥 나마라가 빈정거리는 듯한 표정으로 이브 크라메르를 쳐다보고는 접시에 있는 음식이 식기 전에 어서 먹으라고 말했다.

「별것 아니지만 한 가지 짚고 넘어갑시다. 당신 프로젝트의 이름이 태양 범선이라는 뜻의 V. S. 맞소?」

「네, 아주 간결한 이름으로 골랐습니다.」

「D. E.로 이름을 바꿔 불렀으면 좋겠소.」

「그건 무슨 뜻인가요?」

「〈마지막 희망Dernier Espoir〉이란 뜻이오. 나는 이 프로젝트가 단순한 우주여행 이상의 의미를 지닌다고 생각하오. 어쩌면 이것은 우리의 마지막 희망일 수도 있소. 요즘 뉴스들을 봤소? (이 대목에서 억만장자의 눈빛이 바뀌었다.) 모두 다 엉망진창이오. 이 지구는 우리의 요람인데, 우리가 다

파괴해 버리고 말았소. 이제는 지구를 치유할 수도, 예전과 같은 상태로 되돌려 놓을 수도 없소. 집이 무너지면 떠나야 하는 법이오. 다른 곳에서, 다른 방법으로 모든 것을 처음부터 다시 시작하는 거지. 현재 마지막 희망은…… 탈출이라고 나는 믿고 있소.」

비가 올 것이라는 이야기를 하는 것처럼 가볍게, 단어들이 그의 입에서 빠져나왔다.

「크라메르 선생, 당신 생각은 어떻소?」

「글쎄, 어떻게 말씀을 드려야 할지. 저도 선생님 생각에 전적으로 동의합니다. 제 마음속을 들여다보듯이 말씀하시는군요.」

「그렇다면 입으로 떠드는 일은 이제 그만하고 일을 시작합시다.」

이브 크라메르가 침을 꿀꺽 삼켰다. 여전히 꿈만 같았다.

「D. E. 프로젝트라고 부르는 데 저도 찬성입니다. 저 역시한 가지 제안하고 싶은 게 있습니다. 제가 어떤 사람에게 빚을 졌는데요, 이번 프로젝트를 개인적인 빚을 갚는 기회로 삼고 싶습니다.」

「구체적으로 말해 보시오.」

「우리 우주선은 태양광 범선이지만 그래도 범선은 범선이죠. 바람을 받아 움직이는 배처럼 맞바람을 받으며 지그재그로 항해하고, 돛을 펼치고, 방향을 바꿔야 합니다. 그래서…… 숙련된 항해사를 고용했으면 합니다. 제가 특별히 생각하고 있는 사람이 있습니다. 챔피언이죠. 최고의 챔피언.」

11. 첫 번째 솥: 도가니[1]

구겨진 신문은 둘둘 말려 휴지통으로 던져졌다.

파도를 스치며 날아오르던 알바트로스에서 휠체어를 탄 식물인간 신세로 전락한 전 요트 챔피언의 불운을 다룬 기사가 실린 신문이었다.

이브 크라메르는 자신이 직접 엘리자베트 말로리에게 협조를 부탁할 수는 없다고 생각했다. 그래서 그녀에게 다가갈 적당한 때를 기다리면서 〈마지막 희망〉 연구소부터 만들기로 했다. 연구소는 맥 나마라 타워 지하에 둥지를 틀었다. 두 사람은 세간의 조롱과 모방을 피하기 위해 처음에는 눈에 띄지 않게 일을 진행하기로 결정했다. 맥 나마라가 이브의 어깨를 잡으며 말했다.

「새로운 시도를 하는 사람이라면 누구든지 세 가지 적과 맞서게 되지. 첫 번째는 그 시도와 정반대로 해야 한다고 생각하는 사람들이야. 두 번째는 똑같이 하고 싶어 하는 사람들이지. 이들은 자네가 아이디어를 훔쳤다고 생각하고 자네를 때려눕힐 때를 엿보고 있다가 순식간에 자네 아이디어를 베껴 버린다네. 세 번째는 아무것도 하지는 않으면서 일체의

1 물질을 고온 처리하는 데 쓰이는 내열성 용기. 이하 모든 주는 옮긴이 주다.

변화와 독창적인 시도에 적대적으로 반응하는 다수의 사람들이지. 세 번째 부류가 수적으로 가장 우세하고, 또 가장 악착같이 달려들어 자네의 프로젝트를 방해할 걸세.」

이브 크라메르는 항공 우주국에 사표를 내고 가장 뛰어나다고 판단되는 동료들을 끌어들였다.

〈D. E.〉에 도식과 도면들이 쌓이기 시작했다. 처음에 다섯 명으로 시작한 연구 팀은 이내 스무 명으로 늘어나 함께 이상적인 태양범선을 구상하게 되었다.

그러나 연구 팀은 〈D. E.〉나 〈마지막 희망〉이라는 단어들이 비관적인 느낌을 풍기니까 프로젝트 자체는 이 이름을 그대로 유지하되 우주선에는 이브 크라메르의 제의에 따라 나비, 혹은 나방을 뜻하는 〈파피용Papillon〉이라는 이름을 붙이기로 결정했다.

이들은 내친 김에 프로젝트를 상징하는 로고까지 만들었다. 일곱 개의 별이 반짝이는 깜깜한 우주 한가운데 은빛이 감도는 파란 나비가 날아다니는 모습을 형상화한 것이었다.

프로젝트가 진행될수록 엔지니어들은 우주선의 규모와 승선 인원을 너무 낮게 잡았다는 사실을 깨닫게 되었다. 이브는 후원자인 맥 나마라에게 모든 수치를 상향 조정해야 한다고 말했다. 승선 인원을 2천 명에서 1만 명으로 조정하고 마일라 돛도 몇백 제곱미터는 되어야 할 것이라고 전했다.

다른 엔지니어들도 개발 자금이 충분히 확보된 이상 이렇게 설계를 변경해도 아무런 문제가 없다는 의견이었다.

도면 위에 그려진 우주선이 거대한 곤충의 모양을 하고 있었기 때문에 파피용이라는 이름이 더욱 잘 어울리는 것 같았다.

파피용호는 큰 돛 두 개가 커다란 흉곽을 향해 끝이 모이는 구조로 설계되었다. 조종실인 머리 부분에는 투명한 공 모양의 눈이 두 개 달려 조종석 역할을 했다. 우주선 뒤쪽 배 부분에는 이륙할 때 필요한 길쭉한 엔진들이 설계되어 있었다.

어느 정도 프로젝트가 완성되었다는 생각이 들자 이브 크라메르는 엘리자베트 말로리에게 연락을 하리라 마음먹고 비서인 사틴 방데르빌트에게 다리 역할을 맡겼다.

그는 어떻게든 엘리자베트가 꿈을 갖게 해야만 그녀의 참여를 이끌어 낼 수 있을 것이라고 생각했다. 어떤 말로 엘리자베트를 설득할 것인지는 비서가 알아서 해줄 것이었다. 그는 사틴이 자신의 첨병이 되어 주기를 간절히 바랐다.

12. 쇳빛 아침

　사틴 방데르빌트가 찾아왔을 때, 엘리자베트는 또 한차례 우울증을 겪고 난 뒤였다.

　터키옥색이던 눈동자는 희끄무레한 회색으로 변하고, 안정제와 알코올의 효과 때문에 동공은 항상 절반쯤 확장되어 있었다.

　손도 대지 않는 운동 기구들로 가득한 거실에 있는 대형 텔레비전은 24시간 뉴스 채널에 맞춰져 있었다.

　아나운서는 철새들이 옮기는 치명적인 독감이 출현했다고 보도했다. 현재까지 쉰 명가량이 그 질병으로 사망했는데, 지금까지 분석한 결과에 따르면 그 독감은 갈수록 악화되는 가금류의 집중 사육 환경 때문에 변이를 일으킨 것인 듯했다. 밤과 낮의 순환 속도를 인위적으로 높이고 성장 호르몬제를 주사한 탓에 그런 질병이 출현한 것으로 보인다고 했다. 지금까지는 가금류와 일상적으로 접촉하는 일부만 감염되었지만, 바이러스가 변이를 일으키면 조류에서 인간이 아니라 인간에서 인간으로 감염이 일어날 가능성도 있다고 과학자들은 밝혔다. 아직 백신이나 치료제가 개발되지 않았다. 따라서 앞으로 수억 명의 사망자를 낼 수 있는 전염병으로 번질 가능성도 있었다.

　엘리자베트는 늘 탈진 상태로 지냈다. 솔직히, 가만히 잠들어서 다시는 깨어나고 싶지 않았다.

　그녀는 큰 잔 가득 위스키를 따르고 알약을 몇 개 넣은 다음 인상을 찌푸리며 술을 들이켰다. 그러고는 안절부절못하며 담배에 불을 붙였다. 그녀는 정중하게 면담을 요청한 뒤 말없이 자신의 안락의자에 앉아 기다리고 있는 묘한 인상의 금발의 여성을 쳐다보았다.

　「우주 범선 프로젝트라고요? 무슨 목적으로? 대회라도 하는 건가? 우주에서 요트 경기라도 벌일 생각인가요?」

　「아뇨, 그런 건 아니에요. 우주 탐사라고 하면 되겠네요.」 금발 여성이 차분하게 대답했다.

　엘리자베트는 색깔이 다른 질레를 겹쳐 입고 동물 모양의 보석 액세서리로 멋을 낸 그녀의 옷차림이 마음에 들었다. 그녀는 나비가 끝에 달린 긴 귀걸이 두 개로 포인트를 주었다.

　「사람을 잘못 찾아왔어요. 나는 우주 비행사가 아니라 키잡이예요.」

　「그렇다면 우리한테 〈별 키잡이〉가 필요하다고 해두죠.」

　엘리자베트가 이번에는 끽끽거리는 웃음소리를 냈다.

　「당신 눈이 멀었어요? 난 불구야, 이제는 내 두 다리가 내 몸을 받쳐 주지 못한다고요. 아무래도 사람들이 당신한테 뭔가 잘못 알려 준 것 같네요.」

　벌써 엘리자베트는 혼자 있고 싶다는 신호를 보내며 출구 쪽을 가리켰다.

　사틴 방데르빌트는 그녀의 신호를 모르는 척했다.

「우리가 관심이 있는 건 당신의 신체적 능력이 아니라 돛을 조작하는 당신의 지식이에요. 바람을 추진력으로 이용하지 않고 빛으로 움직인다는 사실만 빼면 우리 우주선 역시 여느 범선과 똑같은 원리로 작동할 것이기 때문이죠.」

사틴은 빈손으로 돌아가서 새 상사를 실망시키고 싶지 않았다. 그녀는 이제 엘리자베트가 아무것에도 관심이 없으며 경이로운 눈으로 세계를 바라보던 그녀의 능력도 무디어졌다는 사실을 눈으로 확인했다. 엘리자베트는 스스로 타락하는 것 외에는 다른 어떤 것에도 관심을 보이지 않았다.

사틴은 충격 요법이 필요하다고 판단했다. 그래서 단번에 승부를 보자는 생각으로 프로젝트를 진두지휘하는 사람이 이브 크라메르임을 밝혔다.

예상대로 그 위력은 대단했다.

엘리자베트의 얼굴이 이내 일그러졌다.

「어떻게 그 인간이 감히 나한테?」 그녀가 언성을 높였다.

「그건 사고였어요. 고의가 아니었다고요. 당신은 분노 때문에 분별력을 잃었어요. 그는 당신에게 사죄하려고 애썼어요. 엉킨 실타래를 풀 수 있기를 바라고 있단 말이에요. 이번 프로젝트 〈마지막 희망〉은 단순한 우주 비행을 넘어서는 아주 야심 찬 계획이에요. 인류를 구원하는 게 우리의 목표라고요.」

「당장 내 눈앞에서 꺼져 버려!」

사틴 방데르빌트는 엘리자베트의 손에서 텔레비전 리모컨을 빼앗아 들고 귀가 멍멍해질 정도로 볼륨을 높였다.

아나운서가 광신적인 테러범 한 명이 한 학교에서 자살 테러를 감행했다는 소식을 보도했다. 피로 범벅이 된 아이들 수십 명의 시체가 들것에 실려 혹은 검은 봉지에 담겨 운반되는 장면이 나왔다.

「이브를 향한 당신의 분노가 저런 장면을 보고 느끼는 분노보다도 강한가요?」

「당신, 무슨 짓이야! 소리를 낮춰! 귀가 아프잖아!」

엘리자베트 말로리가 리모컨을 빼앗으려고 시도했지만 사틴은 뒤로 멀찍이 물러나 버렸다.

이번에는 기자가 인근 국가들의 수도에서 그 테러범의 고결한 희생을 기리기 위해 모인 환희에 젖은 군중의 모습을 보여 주었다. 기관총으로 무장한 사람들이 학교에서 자폭한 남자의 사진을 흔들며 공중으로 총을 발사하고 있었다. 그들은 기쁨에 들떠 테러범의 이름을 연호했다. 기자는 그 수도들에서 있었던 〈지지 시위〉 도중 흥분한 시위대들이 발포한 총에 맞거나 사람들에게 짓밟혀 사망한 시위 참가자의 수가 스물세 명에 이른다고 말했다.

「소리를 줄여! 당신은 나한테 이럴 권리가 없어! 경찰을 부르겠어!」

화장을 한 남자 아나운서의 얼굴이 대형 벽걸이 텔레비전 화면을 가득 채웠다. 그는 입가에 미소를 머금은 채 보도를 계속했다.

〈……는 신도들에게 전면전을 촉구했습니다. 그는 어머니들에게 신성한 대의를 위해 자식들을 보내 자폭하게 하라고 명령했습니다. 벌써 도로를 점거한 어머니들의 행렬이 종교적인 슬로건을 소리 높여 외치며 자식을 많이 낳아 장차 영웅적인 순교자로 키우겠다고 다짐하고 있습니다…….〉

엘리자베트는 어렵사리 의자에서 휠체어에 옮겨 앉은 뒤

리모컨을 빼앗아 들고 있는 상대방을 따라갔다. 그러나 가까이 다가가 리모컨을 손에 넣으려는 순간 상대는 다시 뒤로 물러났다.

「당신 원하는 게 뭐야?」

「우리한테 와서 〈마지막 희망〉 프로젝트를 도와줘요.」

「하지만 당신들은 나 없이도 그 프로젝트를 추진할 수 있잖아. 키잡이는 수백 명이나 있다고! 그 사람들한테 가서 부탁하란 말이야! 그 사람들은, 다리가 있잖아!」엘리자베트가 악을 썼다.

사틴은 그제야 텔레비전 소리를 줄였다.

「당신을 위해서가 아니라 그를 위해서예요. 이브 크라메르는 이 프로젝트를 고안했을 뿐만 아니라 추진에 대한 책임까지 지고 있어요. 프로젝트의 성패가 그에게, 그의 창의력과 천재성에 달려 있어요. 그의 마음이 안정되는 것이 최우선인데, 사고에 대한 죄의식을 간직하고 사는 한 결코 그렇게 될 수 없겠죠.」

「난 절대 그를 용서하지 않을 거야! 그는 내 인생을 망쳐 버렸어!」

사틴이 다시 텔레비전 음량을 최대로 높였다.

「그만해! 경찰을 부른다니까!」

성이 난 엘리자베트가 휠체어를 움직여 텔레비전 수상기 쪽으로 다가갔다. 그러나 그녀의 손이 수상기에 닿으려는 순간, 사틴이 수상기와 콘센트를 연결하는 케이블을 뽑아 버렸다.

엘리자베트는 계속 그녀를 뒤쫓아 가다가 둘 사이의 거리가 충분히 좁혀졌다고 판단했을 때 휠체어 위에서 펄쩍 뛰어

올랐다. 하지만 사틴이 뒤로 물러나는 바람에 그만 카펫 위로 떨어지고 말았다. 그녀는 마치 무척추동물처럼 바닥을 기어 다녔다.

　텔레비전 화면에서는 또다시 충격적인 영상들을 담은 뉴스가 연이어 방송되었다. 이번에는 산불 장면이 나타났다. 드넓은 솔밭이 타오르며 타닥타닥 껍질 타는 소리와 함께 방안을 주홍빛으로 물들였다. 화재 현장에서 화기들이 발견되었고, 부동산업자들이 빌라를 신축할 부지를 확보하기 위해 저지른 짓으로 추정된다고 소방관 한 명이 밝혔다. 카메라는 거대한 먹구름 같은 것이 불타는 삼림 위를 뒤덮고 공중으로 진회색 먼지를 내뿜는 장면을 보여 주고 있었다.

　여전히 최대로 높인 텔레비전 소리 때문에 벽이 진동했다. 위층에 사는 사람들이 소리를 낮추라고 빗자루로 두드리기까지 했다.

　기어다니다 지친 엘리자베트가 결국 화해의 몸짓을 보이자 사틴이 소리를 줄였다.

　「당신 대체 나한테 원하는 게 뭐야? 크라메르는 내 두 다리를 부러뜨린 걸로도 모자라 내 집으로 사람을 보내 괴롭히기까지 하는 거야?」

　「프로젝트의 이름은 〈마지막 희망〉이에요.」 사틴이 대답 대신 말했다.

　「난 절대 당신들 뜻대로 하지 않을 거야.」

　「우주선의 이름은 파피용이에요.」

　사틴이 도면을 펼치자 긴 로켓 같은 모양에서 양쪽으로 뻗어 나오는 커다란 삼각형 모양의 돛이 두 개 보였다.

　엘리자베트가 그 도면을 잡더니 분을 이기지 못하고 박박 찢어 버렸다.

「당신이 어떤 사람인지 알아요?」 사틴이 체념한 목소리로 말했다.

「이기주의자예요. 당신은 자기 생각밖에 안 하죠. 단독 항해를 할 때부터 벌써 이기주의자였어요. 유명한 남자들을 꼬인 것도 당신의 쾌락을 위해서였어요. 당신이 보인 행동들에 사랑이라든가 관대함 같은 건 애당초 없었죠.」

「당신은 나를 이렇다 저렇다 평가할 자격 없어. 법원에서는 이미 당신의 고용주에게 유죄를 선고했어. 그 사람이 바로 범죄자라고. 그런데 당신이, 당신이 감히 그의 희생양인 나를 짓밟으러 온 거야. 그는 이번 일에 대해서도 대가를 치러야 할 거야. 당신이 내 집에서 나가는 즉시 변호사에게 연락할 거니까. 가만히 넘어가지 않을 거야. 당신도 오늘 내 집에 멋대로 쳐들어온 것에 대한 대가를 치러야 할 거야.」

사틴이 또다시 소리를 높였다.

〈······소아 성애증 소송. 용의자는 유괴한 아이들을 자기 집 지하실에 가두었다가 저급한 본능을 충족시키는 할 일 없는 부자들에게 판매하려고 했습니다.〉

「그만해! 그만!」

〈······가 체포되고 난 후, 그의 부인은 집에 더러 혼자 있을 때 지하실에 갇힌 아이들이 소리치는 것을 들었지만 관여하고 싶지 않았다고 자백했습니다. 그녀는 아이들이 지하실에서 굶어 죽게 내버려 두는 편이 낫다고 생각했다고······.〉

「그만, 도저히 못 듣겠어.」

사틴이 소리를 낮췄다.

「당신을 증오해. 당신은 대가를 치러야 할 거야.」

61

「내 눈에는 당신의 분노도 지나치게 강한 자아의 표현으로밖에 보이지 않아요. 한 번만이라도 다른 사람들 생각을 할 수는 없어요? 인류를 구한다는 건 정말 근사한 프로젝트예요, 그렇지 않아요?」

「인류 따위 개나 물어 가라고 해! 다 뒈지든가 말든가!」

엘리자베트는 유리컵을 집어 들고 있는 힘을 다해 금발 여인에게 던졌다. 사틴이 몸을 숙이자 컵은 벽에 부딪혀 산산조각이 났다.

「우리 프로젝트는 가브리엘 맥 나마라 씨가 자금을 댑니다. 그는 억만장자이면서도 이기주의자가 아니에요. 다른 사람들 생각을 하죠. 그런데 장애인인 당신은 자기 생각밖에 안 해요.」

엘리자베트가 자리에 멈춰 서서 다시 악을 쓰기 시작했다.

「대체 무슨 이유로 당신이 여기 와서 날 괴롭히는 거야?」

사틴 방데르빌트의 머릿속에는 한 가지 생각밖에 없었다.

〈모 아니면 도야.〉

「당신을 구하기 위해서예요.」 그녀가 나지막한 목소리로 말했다.

마치 무기라도 되는 듯 아직 텔레비전 리모컨을 꽉 움켜쥐고 있는 금발의 여자를 엘리자베트가 믿을 수 없다는 듯 쳐다보았다.

「폭력과 위협으로 사람을 설득할 수는 없어. 어쨌든 나라는 사람에겐 안 통해.」

전화를 포기한 엘리자베트가 이번에는 술병으로 눈을 돌렸다. 갈색 액체를 유리잔에 따르더니 단숨에 알약을 집어 들었다.

사틴이 엘리자베트의 손에서 병을 가로채더니 내친 김에 텔레비전을 향해 던져 버렸다.

「잠꾸러기는 잠에서 깨어야 해요.」

엘리자베트는 더 버텨야 할지 말아야 할지 망설이다가 얼굴 표정을 바꾸고 웃기 시작했다. 신경질적으로 낄낄거리던 웃음소리는 이내 흐느낌으로 바뀌었다.

「너무 늦었어……」

「너무 늦은 때는 없어요.」

「당신은 이해 못 해, 난 끝났어. 당신 고용인이 날 죽였어. 그러고는 이제 당신을 보내 확인 사살까지 하려는 거야, 아니야?」

「당신을 괴롭힐 생각은 없어요, 그 반대죠. 나는 그냥 돌아가서 일이 잘 안됐다고 말하면 돼요. 당신은 계속 술이나 퍼마실 테고, 상황은 달라지는 게 없겠죠. 하지만 내가 포기하고 싶지 않아요. 주거 침입으로 고소당할 위험을 감수하기로 한 것도 바로 나라고요. 더러는 상대방이 원하지 않아도 도움이 되어 줄 수가 있어요. 파피용호의 햇살돛을 어떻게 조작해야 하는지 우리한테 알려 줘요. 이브 크라메르 씨를 만나는 일이 그토록 힘들다면 그를 만나지 않으면 되죠. 그가 바라는 것은 당신이 어떤 방식으로든 이 프로젝트에 참여하는 거예요. 내일 당신이 우리 사무실에 나타나지 않으면 나는 당신이…… 민달팽이 신세에서 벗어날 기회를 잡지 않은 걸로 생각하겠어요.」

사틴 방데르빌트는 쾅 하고 문을 닫고 가버렸다.

13. 유황과 불

엘리자베트 말로리는 다음 날에도, 그다음 날에도 모습을 나타내지 않았다.

하지만 사틴 방데르빌트를 고소하지도 않았다.

사틴은 시간이 갈수록 상황은 자신들에게 유리해진다고 믿었다. 반면 이브 크라메르는 이 일로 심한 충격을 받았다. 〈마지막 희망〉 프로젝트를 완전히 포기할 생각까지 했다.

그러나 깊은 회의에 빠졌을 때 텔레비전을 틀어 뉴스를 보고 있노라면 파피용호 제작의 필요성을 다시 한 번 절감할 수 있었다.

도처에 유황과 불이 있었다.

그는 예전에 아버지와 나누었던 대화를 떠올렸다. 그는 아버지에게 이렇게 물었다. 〈고통은 왜 존재하는 거죠?〉

〈행동을 변화시키기 위해서란다. 불에서 손을 떼게 하려면 고통이라는 자극이 필요한 것처럼 말이다. 희귀병 중에 고통을 느끼지 못하는 병이 있단다. 눈으로 확인하기 전에는 상처를 느끼지 못하는 거지. 뜨거운 불판에 손을 올려놓고 있어도 아무렇지 않다가 살이 타는 냄새를 맡고 나서야 비로소 깜짝 놀라는 거야. 이《무(無)고통》이라는 병에 걸린 사람

들은 대부분 오래 살지 못하지.〉

아버지는 혐오스러운 이야기를 할 때마다 나타나는 홀린 듯한 표정을 지었다.

이브는 그 끔찍한 일화를 들으면서 느낀 공포를 다시 한 번 떠올렸다. 그는 지금까지 그런 생각을 한 번도 해본 적이 없었다.

고통을 느끼지 못하면 사람이 죽을 수도 있다.

그는 뉴스가 보여 주는 세상의 고통을 조금 더 흡수했다. 고통이라는 피를 사발로 들이켜고 나서야 각성제라도 맞은 듯 일에 전력투구할 수 있었다.

사틴은 주위 사람들에게도 긍정적 영향을 미치는 활기찬 성격의 소유자였다. 이브가 종이 한 장짜리 정보를 부탁하면 그녀는 완벽한 정보를 담은 서류철을 들고 나타났다. 이브가 엔지니어를 한 명 채용해야겠다고 하면 그녀는 최고의 두뇌를 찾아서 데려왔다. 이브가 약속을 깜빡하면 그녀가 대신 약속 장소에 갔다. 그가 실수로 기계를 망가뜨리면 그녀가 고쳐 놓았다.

사틴은 사람에 대한 육감적 판단이 뛰어나고 사람들에게 동기를 부여하는 재주를 가지고 있었다. 그녀는 아침에 제일 먼저 출근해서 저녁에 제일 마지막으로 맥 나마라 빌딩의 〈마지막 희망〉 연구 센터의 문을 닫고 나가는 사람이었다.

「저는 엘리자베트가 언젠가 우리 팀에 합류할 거라고 확신해요.」빌딩의 꼭대기 층에 있는 스카이라운지 레스토랑에서 이브와 함께 식사를 하면서 그녀가 말했다.

「아니. 난 이제 불가능하다고 생각하오.」이브가 재킷 위에 묻은 소스를 손으로 긁어내며 말했다.

사틴은 냅킨에 물을 묻혀 이브에게 건네주고 소스 자국을 없애는 걸 도와주었다.

「제가 사설탐정을 고용해서 그녀를 감시하고 있어요. 그녀가 어떻게 생활하고 있는지 매일 보고받죠. 폭식 증세를 보이는 건 물론이고 약과 술에 빠져 지낸다고 하더군요.」

「그런 이야기를 해주면서 지금 나더러 마음을 놓으라는 거요?」

「물론이에요. 그녀는 추락하고 있어요. 하지만 바닥을 치고 나면 다시 올라오겠죠. 우린 그녀가 나락으로 떨어져서 생존 본능을 느끼게 될 때까지 기다리면 되는 거예요. 현재로서 그녀를 돕는 길은 더 많이 먹고, 마시고, 우울해지게 만드는 것뿐이에요.」

그날 저녁, 집까지 배웅해 주던 이브 크라메르가 그녀에게 키스를 하려고 했으나 사틴은 정중하게 입술을 피했다.

「나는 당신의 배필이 아니에요. 당신과 맺어져야 할 사람은 엘리자베트예요. 힘들다는 거 알아요. 하지만 난 대타로 당신의 여자 친구가 되긴 싫어요. 기다리세요. 좋은 건 쉽게 손에 들어오지 않는 법이니까요. 우울증은 그녀가 허물을 벗는 과정이에요. 그녀는 껍질을 벗고 있어요. 마치 애벌레가 나비로 변신하듯이 말이에요. 우리가 〈D. E.〉라는 상징적인 이름을 택한 것도 이 때문이겠죠.」

그녀는 어머니 같은 손길로 이브의 얼굴을 쓰다듬어 주고 나서 이마에 키스를 했다.

「당신 이름은 어떻게 지은 거요?」 이브가 화제를 바꾸기 위해 물었다.

「제가 태어났을 때 누가 엄마에게 포대기로 쓰라고 새틴

천을 선물한 모양이에요.」

이브는 다른 사람을 불행하게 만들었다는 죄책감, 성적 매력이 없는 데서 오는 실망감, 프로젝트가 실패로 끝날지도 모른다는 두려움이 섞인 막연한 괴로움을 느꼈다.

또한 그는 바깥세상이 자기 내면의 감정들을 비추어 주는 거울 같다는 묘한 기분에 사로잡혔다.

그는 그런 느낌을 있는 그대로 받아들였다. 마음이 진정되면 그런 상태가 조화로운 기운을 주변으로 퍼뜨릴 것이라는 생각까지 들었다.

그때는 우주 전체도 차분해질 것이다.

14. 생기를 얻은 소금

웅크린 형체.

입구에 설치된 감시 카메라들에 담요를 둘둘 감은 채 네 개의 바퀴 위에 웅크리고 올라앉은 사람의 형체가 잡혔다.

경비원은 연구소에서 일하는 엔지니어의 어머니일 것이라 생각하고 긴가민가하면서도 문을 열었다.

투실투실한 몸이 푹 들어갈 만큼 큼직한 휠체어에 앉은 그 사람이 앞으로 다가왔다.

건물 입구에서는 아무도 그녀를 알아보는 사람이 없었지만 사틴은 재빨리 달려 나가 합당한 예우를 갖추어 그녀를 맞이했다. 비서들이 나와 그녀가 센터 복도를 지나갈 수 있게 도왔다.

사틴은 그녀를 자세히 관찰했다. 몇 달 전 보았던 그녀의 모습과는 많이 달라져 있었다. 얼굴이 변한 것은 물론이고, 푹 꺼진 두 눈 주위가 거무스름했다. 양 볼은 훨씬 더 피둥피둥해졌고, 풍성했던 머리카락은 윤기를 잃고 끈적끈적하게 보였다.

휠체어에 앉은 거구의 여성이 여러 사람의 도움을 받는 광경은 참으로 기이하게 보였다.

엘리자베트 말로리는 기분이 좋지 않아 보였다. 마치 억지로 그곳에 온 사람 같았다.

그녀는 엄청난 액수의 월급을 비롯해 여러 가지 채용 조건부터 내세웠다. 그리고 고용 계약서에 이브 크라메르를 절대 만나는 일이 없어야 한다는, 마주치는 일조차 없어야 한다는 조건을 못 박았다.

그녀는 또한 〈마지막 희망〉 프로젝트에서 약물 중독과 비만 치료를 해줄 것을 요구했다. 뿐만 아니라 계단을 하나도 거치지 않고 자신이 근무할 사무실까지 이동할 수 있게 시설을 고쳐 줄 것도 요구했다.

그녀의 모든 요구 사항이 받아들여졌다.

「경고하는데, 만약 크라메르가 조금이라도 나한테 접근하려고 하면 난 즉시 계약을 파기할 것이고, 당신들은 나한테 많은 배상금을 지불해야 할 거예요.」 그녀가 사틴을 향해 위협적으로 집게손가락을 치켜세우며 말했다.

「그럼요. 계약서에 다 명시되어 있는걸요. 엘리자베트, 우리 팀에 합류한 걸 축하해요. 이 프로젝트가 우리 모두에게 그랬듯이 당신에게도 마지막 희망을 가져다주길 바라요.」

엘리자베트는 그동안 사틴이 자신을 조롱하고 있다고 생각했다. 하지만 지금 자신을 바라보는 그녀의 눈에서는 존경심을 읽을 수 있었다.

엘리자베트는 태양광 항해 연구 팀을 꾸렸다. 예전에 그녀의 라이벌이었던 최고의 선수들이 참여한 팀에서 함께 일하며 그녀는 마침내 새로운 일에 흥미를 갖기 시작했다. 그녀는 최초로 범선을 타고 항해에 나섰던 개척자들과 똑같은 문제를 고민하고 있었다. 키는 어떻게 조작할 것인지, 측면,

후방, 비스듬한 방향에서 작용하는 힘 벡터를 받으려면 돛은 어떻게 펼쳐야 하는지, 태양풍을 어떻게 잡아야 하는지 같은 문제 말이다.

엘리자베트와 사틴은 친구가 되었다. 사틴은 금기 사항인 상사 이브 크라메르와 관련된 이야기는 일부러 하지 않았다.

엘리자베트는 그런 사틴이 고마웠다.

사틴은 엘리자베트의 건강, 속 보이는 남자들의 심리, 유행, D. E. 센터의 분위기 같은 다양한 화제로 엘리자베트와 이야기를 나누었다.

엘리자베트는 자신이 술은 얼마나 마시고 담배는 얼마나 피우는지, 약은 얼마나 복용하고 몸무게는 어떻게 변하는지, 일일이 계산하며 점진적으로 수치를 줄이기 위해 노력했다.

엘리자베트가 팀에 합류한 것에 고무된 이브 크라메르는 격앙된 상태로 발명에 몰입했다. 피해자에게 용서를 구할 유일한 방법은 그녀와 함께, 어쩌면 그녀를 위해서 프로젝트를 성공적으로 이끄는 것밖에 없다고 생각하는 듯했다.

물론 그는 거리를 유지하고 싶어 하는 엘리자베트의 의사를 존중하여 그녀의 시야에 포착되는 일조차 만들지 않으려고 애썼다. 그는 가끔씩 먼발치에서 그녀를 바라보는 것만으로도 위안을 얻었다.

〈그녀가 우리와 같이 있다.〉

이브 크라메르는 마음이 조급했다. 하지만 가브리엘 맥나마라에 비하면 아무것도 아니었다. 그는 프로젝트를 빨리, 보다 더 빨리 완성할 수 있도록 자금 요청이 있을 때마다 기꺼이 그 이상의 금액을 지원했다.

하루는 맥 나마라가 대형 회의실에 〈마지막 희망〉 연구 팀을 전원 소집해서 프로젝트의 진척 상황을 보고받은 뒤 이렇게 말했다.

「더뎌, 아무래도 더뎌. 더 이상 여러분들이 여기서 할 수 있는 일은 없는 것 같소. 장소가 너무 협소해요. 더군다나 도시 생활이라는 기생충이 여러분을 갉아먹고 있소. 그래서 내가 〈교외〉에 사설 연구 센터를 지었소. 내일 당장 여러분들을 그곳으로 모시고 가겠소. 직접 보면 알겠지만, 정말로……색다른 곳이라오.」

15. 두 번째 솥: 아타노르[2]

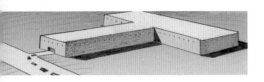

눈앞에 아무것도 보이지 않았다.

말이 〈교외〉이지, 사실상 외딴 시골이었다. 수도에서 2백 킬로미터 떨어진 사막 지대. 먼지가 풀풀 날리는 고지대 길을 달려가니 아래로 약간 내려앉은 황량하고 건조한 고원이 나왔다. 그 분지 안으로 들어가자 아주 외떨어진 듯한 느낌이 들었다. 사실 제일 가까운 민가도 수십 킬로미터나 떨어져 있었다.

이브 크라메르와 가브리엘 맥 나마라는 금빛으로 번쩍이는 대형 리무진을 타고 도착했다. 맥 나마라는 운전기사에게 건물 전체를 한 바퀴 빙 돌라는 신호를 보냈다. 그는 이브 크라메르에게 장소를 안내하며 작은 도면을 꺼냈다.

〈마지막 희망〉 센터는 전체적으로 T 자 모양이었다.

T 자의 오른팔에는 〈연구와 관리〉 업무에 사용하는 건물, 사무실과 창고들, 〈제작〉이라는 표지판이 붙은 대형 건물이 있었다. 왼팔의 끝 부분은 〈주거와 휴식〉을 위한 공간으로, 개인 빌라들과 광장, 레스토랑, 공터, 스포츠 센터가 들어서 있어 정말로 하나의 작은 마을 같았다.

2 연금술 반응을 일으키는 데 필요한 열을 제공하는 화덕.

마지막으로 T 자의 발끝에는 〈코스모드롬〉이라는 표지판이 있는 드넓은 대지가 보였다. 그곳에는 로켓 발사대와 발사 제어 센터가 들어와 있었다.

옆에 있는 창고 여러 개와 대형 건물들은 우주선 제작에 필요한 부품과 연료 탱크를 보관하는 용도로 쓰일 예정이었다.

맥 나마라가 기사에게 차를 세우라고 신호했다. 풀풀 날리던 바닥의 먼지가 가라앉고 나자 두 사람이 차 밖으로 나왔다.

「이브, 마음에 드는가?」

두 사람 뒤로는 D. E. 프로젝트에 참여하는 나머지 여든여덟 명을 태운 버스들이 주차장에 차를 대고 있었다.

「여기가 어딥니까?」

가브리엘이 시가를 한 대 꺼내 끝을 이로 물어뜯은 뒤 바닥에 뱉었다.

「공식적으로는 우리 공장 직원들의 취미 활동을 위해 만든 아마추어 로켓 발사 클럽이오.」

전파 망원경, 천문대의 돔, 레이더 시설 등이 이브의 눈에 들어왔다.

「여기서는 적어도 공간 걱정은 안 해도 될 거요. 안정된 분위기에서 일에 전념할 수 있겠지.」

엔지니어들은 단체 여행을 온 관광객이라도 되는 듯 벌써 짐 가방을 들고 흩어지고 있었다. 그들은 해가 뜨거워지자 선글라스까지 꺼내 썼다.

사틴이 호명을 시작하고 사람들에게 앞으로 살게 될 개인 빌라의 열쇠 꾸러미를 나누어 주었다.

이브 크라메르는 사막의 공기를 깊숙이 빨아들였다. 그곳
에서 멋진 일들이 벌어질 것 같은 예감이 들었다.

16. 은근한 불로 익히다

4. 3. 2. 1……

점화!

불이 붙자 엔진이 노란색과 주황색 가스 기둥을 내뿜었다.

우주선 파피용을 축소한 1차 시제품의 발사는 한 겨울밤에 이루어졌다.

연구 센터에서 일하는 직원들의 수도 다소 늘어나서 상근 직원의 수가 이제 1백 명을 넘어섰다.

1미터 길이의 소형 로켓 파피용 1호가 천천히 하늘로 날아올랐다.

흰 가운을 입은 사람들이 마음을 졸이며 내부와 외부에 설치된 제어 스크린과 천체 망원경, 레이더들을 들여다보았다.

제법 높은 고도에 다다르자 로켓이 햇살돛을 펼쳤다. 그러나 돛의 절반 정도가 동체에서 빠져나왔을 때 마일라 돛이 꼬이기 시작하더니 도무지 펴지지 않는 것이었다.

초조한 나머지 이브가 입술을 자근자근 깨물었다.

〈나비야, 날개를 펴고 빛을 향해 날아라.〉

엘리자베트가 원격으로 조종되는, 전기 엔진들과 연결된 케이블을 조작해 보았지만 소용이 없었다. 돛은 젖은 빨래처럼 둘둘 뭉쳐 있었다.

엔지니어들은 어쩔 수 없이 자동 해체 장치를 작동시켰다. 파피용 1호가 새파란 하늘 높은 곳에서 반짝이는 작은 빛을 만들며 폭발했다.

센터 내에서는 실망감이 극에 달했다.

사틴 방데르빌트는 너무 성급하게 일을 추진했다고 생각했다.

맥 나마라는 개발을 위한 투자가 부족한 때문이라고 판단했다.

엘리자베트는 자신의 무능력을 탓했다.

이브는 엔지니어들과 대책을 논의했고 유사한 사고의 재발을 막으려면 우주선의 구조를 전체적으로 다시 설계해야 한다는 결론에 도달했다. 돛을 당기려면 엔진과 제어 케이블을 추가로 설치해야 했다. 추가로 장착될 엔진을 돌리는 데는 더 많은 에너지가 필요할 것이고, 이는 태양 전지판과 연료 탱크의 수도 늘어나야 한다는 뜻이었다. 따라서 우주선의 전체 길이가 늘어나야 했다.

선체가 큰 우주선을 추진시키기 위해서는 당연히 돛의 크기도 커져야 했다.

참담한 실패를 겪은 후, 엘리자베트는 이브에게 메일을 한 통 보내기로 마음먹었다. 〈희망을 잃지 맙시다〉라는 한 문장이 내용의 전부였지만 이브 크라메르는 그 메일을 두 가지 의미로 받아들였다. 첫째, 파피용호를 성공적으로 발사할 수 있다는 희망을 잃지 마요. 둘째, 내가 언젠가 당신을 용서할지도 모른다는 희망을 버리지 마요.

짧은 메일 한 통이었지만 이브가 실패의 경험을 잊기에는

충분했다. 그는 밤새도록 돔에 있는 천체 망원경에 눈을 박고 별들을 응시했다.

나방 한 마리가 망원경의 초점 조절 장치에 사뿐히 내려앉았다.

「안녕하세요, 아버지. 오늘은 비록 실패했지만 포기하지는 않겠어요.」그가 읊조렸다.

나방은 무언가를 기다리고 있는 것처럼 자리에서 움직이지 않았다.

이브가 손가락을 가까이 가져가자 나방이 집게손가락 마디에 살포시 내려앉더니 새로운 세계를 탐색하듯 첫발을 내디뎠다.

이브가 천천히 입술을 대고 양 날개에 입을 맞추어도 나방은 느릿느릿 날개를 퍼덕일 뿐 다른 반응은 보이지 않았다.

마침내 나방이 하늘로 날아오르며 보름달의 환한 동그라미 속으로 팔랑팔랑 멀어져 갔다.

17. 규모 확대

말똥가리 한 마리가 들릴 듯 말 듯 새된 소리를 내며 하늘을 날아다니고 있었다.

첫 번째 실험이 실패로 돌아간 후 D. E. 프로젝트는 새로운 단계로 접어들었다. 먼저 센터에 상주하는 기술 인력의 수가 늘어났다. 이제 이브 크라메르는 세계 각국에서 온 우주 비행 전문가들의 도움을 받을 수 있게 되었다. 억만장자인 맥 나마라의 자금력 덕분에 모든 가능성이 활짝 열린 상태였고, 프로젝트의 독창적인 콘셉트가 새로 팀에 합류한 과학자들 사이에 열렬한 반응을 불러일으켰기 때문이다.

D. E. 센터의 시설도 확충되었다. 과학자들과 항해사들이 살고 있는 마을에 길을 여러 개 내고 양옆으로 개인 빌라, 수영장, 강당, 도서관을 지었다.

대도시에서 멀리 떨어져 지내고 있는 엔지니어들은 세상과 단절되었다는 느낌을 받았다. 비공개로 생활하다 보니 가족과 만날 수도 없는 탓에 이혼을 하고 센터 동료들과 사귀는 사람이 많았다.

그들이 바깥세상의 소식을 접하는 유일한 통로는 텔레비전 뉴스였다.

이브 크라메르는 또다시 모든 수치를 상향 조정했다. 더 큰 돛, 더 긴 우주선, 그리고 더 많은 탑승객.

이브는 50세대가 지나고 난 뒤에도 확실히 살아남는 사람이 있으려면 우주선 탑승객의 숫자를 더 늘려야 한다고 생각했다.

40제곱킬로미터 넓이의 돛을 달고 10만 명의 탑승객을 태울 새 우주선의 모형을 살펴보던 맥 나마라의 입에서 다른 사람들이 머릿속으로만 하고 있던 생각이 튀어나왔다.

「당신이 지금 만드는 건 그냥 우주선이라기보다는 차라리…… 우주 속 도시라고 봐야 할 것 같은데.」

그의 표현이 이브의 마음에 큰 파문을 일으켰다.

〈……우주 속 도시.〉

그때부터 이브는 이번 프로젝트에 대한 접근 방식을 전면 수정했다.

우주선이 아니라 움직이는 도시.

맥 나마라의 제안에 따라 이브는 밀폐 공간 생태 전문가를 만나기로 결정했다.

18. 흙

흙을 만지는 손이 있었다.

그 손이 한 줌 가득 모래를 집더니 코로 가져가서 냄새를 맡았다. 다음은 입이 땅을 맛볼 차례였다.

「약간 산성인데요. 그래도 나무는 심을 수 있었을 것 같은데, 그렇죠?」

이브가 올리브나무, 무화과나무, 아카시아나무가 여러 그루 있는 빌라 단지를 손으로 가리켰다.

손님은 입 안에 넣었던 모래를 꿀꺽 삼킨 뒤 고개를 끄덕였다. 그러고는 땅을 방해할까 봐 두렵다는 듯 나머지 흙은 집었던 자리에 다시 내려놓았다.

「땅속에 파이프를 묻어서 물을 주고 있죠?」

아드리앵 바이스는 생물학자이자 심리학자였다. 그는 예전에 사막 한가운데에 밀폐 공간을 조성한 뒤 그 안에 생태계를 완벽하게 재현해 이름을 널리 알린 사람이었다.

그가 추진한 아쿠아리움 I은 정부의 과학 기술부에서 자금의 절반을 대고 1백여 개의 민간 기업에서 나머지 절반을 댄 프로젝트였다. 맥 나마라도 그 프로젝트에 돈을 댄 기업인 중 한 명이었다.

그는 내부에 공기와 빛, 물, 동물이 전혀 들어가지 못하도록 완전히 밀폐한 넓은 건물을 지은 뒤 인공 광원, 즉 네온관 시설로 조명을 했다.

그러고 나서 아쿠아리움 I 내부에 흙과 물, 풀, 나무, 곤충, 물고기, 포유류, 그리고 인간을 집어넣었다.

아쿠아리움 안에 있는 모든 요소는 상호 순환했다. 생물의 배설물과 사체가 흙 속의 박테리아에게 먹히면 박테리아는 그것을 미량 원소로 바꾸고, 그 미량 원소가 식물의 양분이 되었다. 식물은 초식 동물의 먹이가 되고, 초식 동물은 육식 동물의 먹이가 되고, 육식 동물은 죽어서 다시 생태계의 순환으로 되돌아가는 식이었다.

사람 1백 명, 소 1백 마리, 염소 1백 마리, 닭 1천 마리, 물고기 1천 마리로 시작한 아드리앵 바이스의 아쿠아리움은 외부 요소의 유입 없이 1년간 유지되었다. 인간들이 서로 싸우는 일만 벌어지지 않았더라도 이 실험은 계속되었을 것이다.

참가자 한 명이 스스로를 정신적 지도자, 구루라 여겨 아쿠아리움 내부에 종교를 만들었다. 결국 신흥 종교의 신도들과 그것을 믿지 않는 이들 사이에 분란이 일어났다.

싸움의 피해자들이 구조 신호를 보내왔고, 아드리앵 바이스는 아쿠아리움의 문을 열고 상황이 악화되기 전에 참가자 전원을 밖으로 내보내야 했다.

양측에서 인질과 포로로 잡고 있던 사람들에게 상해를 입히고 가혹 행위를 저지르는 바람에 사건은 결국 법정까지 가게 되었다.

어쨌든 아드리앵 바이스는 밀폐 공간에서의 생태계 운영에 관한 한 독보적인 지식을 가지게 되었다. 이브 크라메르가 그에게 관심을 가진 것도 이 때문이었다.

이브는 각종 모형과 스케치 들로 발 디딜 틈 없는 자신의 사무실로 그를 안내했다. 아드리앵 바이스는 가느다란 턱수염을 잘 다듬어 기르고, 금테 안경을 쓰고 있었다. 품이 넉넉한 빨간색 면 스웨터를 입고 목에는 투명 유리로 만든 달걀 모양의 펜던트를 걸고 있었다.

자세히 들여다보니 그 펜던트는 〈마이크로월드〉라는 이름으로 사람들 사이에 유행하고 있는 과학 액세서리 용품이었다. 다름 아닌 아쿠아리움 프로젝트의 파생 상품이었다.

달걀 모양의 투명한 보석 안에는 공기, 물, 모래가 들어 있었다. 모래 속에는 산호초가 한 뿌리 심겨 있고, 작은 새우와 해초들이 그 주변을 돌아다니고 있었다. 새우는 해초를 주식으로 삼고, 새우의 배설물은 산호의 양분이 되고, 산호는 물을 정화하고, 물은 다시 해초의 양분이 되었다. 그런 식으로 생태계가 완벽한 순환 구조를 이루었다. 공기, 미네랄, 식물, 동물. 모든 게 상호 연관되어 있고, 상호 보완적이었다.

외부로부터 액체 혹은 기체 상태의 어떤 물질도 유입되지 않는, 완전히 밀폐된 이 마이크로월드의 생물들은 몇 년 동안이나 생존이 가능했다.

아드리앵이 이브의 책상 위에 붙은 포스터를 관심 있게 쳐다보았다. 물고기 수백 마리가 빼곡하게 들어 있어 빈틈이라고는 보이지 않는 어항을 그린 그림이었다. 물고기 한 마리가 비좁은 어항 밖으로 튀어 올라, 물고기가 한 마리도 없어서 물이 훨씬 맑은 바로 옆 어항 안으로 떨어지고 있었다.

「보시다시피 저도 아쿠아리움 이야기를 좋아합니다.」 이브가 마이크로월드를 가리키며 말했다.

그는 물을 한 잔 따른 뒤 얼음을 두 개 띄워 아드리앵에게 대접하고는〈마지막 희망〉프로젝트를 설명하기 시작했다.

「10만 명이라고요! 정말 엄청난 인원이군요! 우주선 안에 사람들의 자리는 어떻게 마련할 생각입니까?」바이스가 물었다.

「그거야 당연히 앉을 의자를 만들어야죠.」

「10만 명이나 되는 사람들을 1천 년 동안이나 우주선 안에 구겨 넣고 앉아 있으라고 할 생각이란 말입니까?」

바이스의 표정에서 빈정거리는 빛이 역력했다.

「비행기로 장거리 여행을 한 경험이 없으세요? 아무리 좋은 영화와 책이 있어도 열 시간 동안 비행해 보십시오. 정말 괴롭습니다, 진짜 고문이죠. 이틀도 견딜 수 없는 마당에 1천 년이라니.」

아드리앵이 마이크로월드 액세서리를 만지작거렸다.

「자리에서 일어설 수도 있을 겁니다.」

이브 크라메르가 수세적인 입장을 취했다.

「10만 명이요?」

「기체를 아주 크게 만들 겁니다. 사람들이 쉴 수 있는 휴식 공간도 있을 거고요. 다닥다닥 붙어서 여행하지 않아도 될 겁니다.」

아드리앵이 노트를 꺼내더니 내부에 배치된 좌석들이 훤히 들여다보이는 우주선의 단면도를 대충 쓱싹쓱싹 그리기 시작했다.

「이해를 못 하시는군요. 사람들이 미쳐 버리고 말 겁니다. 통조림 통 안에서 1천 년이라니! 어항 안에 들어 있는 선생님의 물고기들과 다름없는 신세가 되는 거죠. 훨씬 비좁은 공간에서 다닥다닥 붙어서 지내려면 지구를 떠날 이유가 없지 않습니까. 선생님의 포스터에 있는 그림과 정반대의 상황이 벌어지는 거예요.」

「사람들에게 마음의 준비를 하게 할 것입니다. 인간이란 어떤 상황이든 적응력이 뛰어난 존재입니다. 평생 사찰에 은둔하면서 지내는 수도승들도 많지 않습니까.」

「그 사람들이 10만 명이나 되지는 않지요. 게다가 절에서는 창문을 열어 환기를 시키고 산을 내다볼 수도 있지 않습니까. 로켓 안에서는 힘든 일이죠.」

「이 프로젝트에는 약간의…… 믿음 같은 것이 필요합니다.」

「잘하면 1세대 탑승객들 사이에는 〈프로젝트에 대한 믿음〉이 공유될 수 있을지도 모릅니다. 하지만 그런 믿음이 다음 세대까지 전해질 거라고 생각하세요? 평생 우주선 안에 갇혀 지내다 보면 수도승들도 신경 쇠약에 걸리고 말 거예요.」

「정말 대규모 우주선을 제작해야겠죠. 당신이 쓴 책을 읽어 보니 인간들끼리 서로 공격적인 성향을 보이지 않으려면 1인당 최소 50제곱미터의 생존 공간은 있어야 한다고 나와 있더군요.」

「제 책을 읽어 보셨군요. 그런데, 음…… 이건 크기의 문제가 아니라 생활 습관의 문제입니다. 1세대만 해도, 젊었을 때 땅에 발을 붙이고 생활하던 사람들이 중력도 없는 우주선 안의 의자에 앉아서 평생을 살 수는 없을 겁니다.」

아드리앵은 계속 꼼지락꼼지락 스케치를 했다.

「비판이야 누군들 못 하겠소. 대안이 있어야 할 것 아닙니까?」

생태 심리학자는 우주선 그림을 계속 그리면서 잠시 침묵에 잠겼다.

「솔직한 의견을 듣고 싶습니까, 아니면 입에 발린 말을 듣고 싶습니까?」

「솔직히 이야기해 주십시오.」

「제 생각에는 해결책이 없습니다. 유감이지만, 선생님의 프로젝트는 말이 되지 않아요. 실현 가능성이 전혀 없습니다. 공상으로 시간을 허비하지 말고 포기하세요. 당신이 바라는 대로 제 의견을 솔직히 말했습니다. 만나서 반가웠습니다.」

아드리앵이 자리에서 일어나 재킷을 집어 들고 문 쪽으로 걸어가다가 잊어버린 것이라도 생각난 듯 걸음을 멈췄다.

「혹시라도…….」

「혹시라도 뭡니까?」

「아닙니다, 말도 안 돼.」

「그래도 말해 보십시오.」

「진짜 초대형 우주선을 제작한다면 또 모를까.」그가 혼잣말처럼 말했다.

「아니야, 안 돼. 그래도 안 되지. 혹시라도…… 그래, 또 모르지…… 아니야, 불가능해. 하지만…….」

「무슨……?」

「사실 이건 단순히 우주선 크기의 문제가 아닙니다. 지구상에 있을 때와 비슷한 중력을 인위적으로 만들면 가능하겠죠. 그러면 사람들이 앉지 않고 서서 여행할 수 있을 테니까요! 사람들이 우주선 안을 떠다니는 게 아니라 걸어다닐 수 있을 겁니다.」

그가 그림을 하나 더 그리기 시작했다.

「대형 원기둥을 제작해서 회전시키는 겁니다. 회전축을 중심으로, 엔진을 이용해서 돌리면 되겠죠. 세탁기처럼 말이에요.」

그가 그린 그림은 엔진에 연결된 원기둥이었다. 원기둥 안을 걸어다니는 조그만 사람들의 모습도 보였다.

「이런 시스템으로 만들면 에너지 소모가 많을 텐데, 파피용호에는 그런 엔진을 돌릴 수 있을 만큼 충분한 전력이 없습니다.」

이브가 아쉬움을 표현했다.

그때 노크 소리가 들리더니 사틴이 서류 더미를 들고 들어왔다. 이브가 서류 검토를 마치자 우주선과 원기둥 스케치를 보고 호기심이 발동한 그녀가 두 사람 옆에 자리를 잡고 앉았다.

「이쪽은 사틴, 내 비서입니다. 승객들이 미쳐 버리는 일을 막으려면 인공 중력을 만들어야 한다고 아드리앵 바이스 선생이 제안했소.」

사틴이 그림을 들여다보았다.

「이대로 만들려면 에너지 수요가 너무 많을 것이라는 게 내 의견이었소.」

「대규모 우주선을 제작한 뒤 태양 전지판을 많이 장착한다면 사정은 달라지겠죠. 태양 전지판의 숫자가 많아질수록 문제는 줄어들 겁니다. 우주선의 표면을 광센서로 완전히 덮어 버리면 해결되는 일이에요.」

이브는 젊은 과학자의 자신에 찬 태도에 놀라움을 금할 길이 없었다.

「어쨌든 원기둥의 벽면에서 생활한다는 것도 쉽지 않은 일이에요.」사틴이 지적했다.

「우리가 사는 지구도 둥글지 않나요.」바이스가 대답했다.

「이 사람 말이 옳아요. 사실 우주선이 크면 클수록 지평선은 더 평평해지게 마련이니까. 그리고 중력이 작용하기 시작하면 원기둥 내부는 지구와 똑같아질 거요. 지금 지구라는 둥그런 표면 〈위에〉 살고 있다면 앞으로는 그 〈안에〉 살게 되는 것만 다를 뿐이지.」

이브의 반응이 점점 더 열광적으로 변했다.

「마치 우리가 움푹 들어간 지구 〈안에〉 있는 것과 같은 것이죠.」아드리앵이 한마디 덧붙였다.

하지만 사틴은 여전히 납득이 가지 않는 모양이었다.

「움푹 들어간 지구라고 하셨어요? 그럼 차라리 원기둥 말고 움푹 들어간 구 형태가 낫지 않나요?」

「원기둥이 구보다 회전시키기가 훨씬 용이하거든요.」아드리앵이 지적했다.

이브는 마치 벌써부터 새 우주선의 제작 광경을 지켜보기라도 하는 듯, 창문 밖을 응시하고 있었다.

「모든 수치를 다시 상향 조정해야겠어.」이브가 중얼거렸다.

사틴으로서는 한두 번 들은 말이 아니었다. 그녀는 묵묵히 고개를 끄덕이면서 앞으로 인력 충원이 필요하겠다는 생각을 했다.

아드리앵은 마치 주위에 아무도 없는 듯 새 도면에 푹 빠져 있었다.

19. 결정 생성

숟가락이 커피 안을 휘젓고 다니며 프랙털 모양을 형성하고 있던 우유 구름을 뽀얀 소용돌이로 흩어 놓았다.

그 현상을 지켜보던 이브는 순간적으로 커피 속에 있는 우유가 우주 속의 은하와 같다는 생각을 했다. 모든 것이 회전한다. 지구도. 인간의 감정도. 문제도. 밑에 있던 것은 위로 올라오게 마련이고 위에 있던 것은 밑으로 내려오게 마련이다.

이브는 숟가락으로 아주 오래 젓다 보면 최초의 우유 구름을 다시 발견하게 될지도 모른다고 혼잣말을 했다.

우유는 이제 커피와 완전히 섞여 연갈색 늪을 이루었다. 이브는 커피에 설탕을 넣었다. 날벌레 한 마리가 커피에 날아와 앉더니 날개가 젖어 다시 날아오르지 못하고 있었다.

이브는 찻숟가락 끝으로 날벌레를 건져 마른 곳에 내려 주었다. 날벌레는 여기서 날개가 다시 펴지기를 기다렸다가 날아갈 것이다.

그것을 바라보던 이브는 〈행성 착륙을 위해 작은 비행체를 하나 만들어야 해. 대형 우주선으로는 행성에 접근하는 것이 불가능할 테니까〉 하고 생각했다.

내부에 독립된 세계를 가지고 있는 알 하나가 그에게로 다가왔다. 생태 심리학자인 바이스의 펜던트였다.

「빨리 와보세요. 보여 드릴 게 있습니다.」

전망 팀 사무실에서 그가 밤새 제작한 모형을 선보이자 이브 크라메르와 가브리엘 맥 나마라가 놀란 눈으로 지켜보았다. 세제 통 다섯 개를 연결해 조립한 것이었다. 통은 측면을 두 쪽으로 잘라 내부가 들여다보이게 만들어져 있었다. 아드리앵은 자신이 제작한 모형이 아주 흡족한 모양이었다.

「시간을 낭비할 필요가 없다고 생각했거든요.」

이브, 사틴, 가브리엘이 호기심 어린 눈으로 지켜보는 가운데 그는 반으로 쪼갠 원기둥의 중앙에 있는 네온관 등에 불을 켰다.

첫 번째 구역에 불이 들어오자 표면에 있던 작은 플라스틱 인형들의 모습이 일제히 눈에 들어왔다.

「이 네온관이 회전축인 동시에 〈내부 태양〉입니다.」

「우주선이 이 발광 튜브를 중심으로 회전한다는 말이오?」 맥 나마라가 물었다.

「맞습니다. 우주선이 지구와 비슷한 정도의 인공 중력을 만들어 낼 겁니다. 그러면 승객들은 벽이나 바닥에 붙어 있을 필요가 없게 되죠. 우주선 내부를 떠다니는 일도 없을 거예요. 이런 조건에서는 지상에서와 같이 조약돌을 손에서 놓으면 아래로 떨어지게 될 겁니다.」

그는 원기둥 밑 부분에 있던 인형을 하나 들었다 떨어뜨렸다.

호기심이 발동한 맥 나마라는 시가 통을 꺼내 아드리앵에게 한 대 권하고 나서 사탕이라도 고르는 것처럼 제일 향이 진한 것으로 골라 불을 붙였다.

「그리고 10만 명이 1천 년 동안 여행하는 데 필요한 완벽한 생태계 순환을 재현하기 위해서는 원기둥 벽에 카펫과 같은 인공 내장재를 쓰지 않고…… 진짜 흙으로 덮어 현실감을 주는 게 좋을 것 같습니다. 그러면 지구에서와 비슷한 중력이 작용하기 때문에 식물도 정상적으로 자랄 겁니다.」

아드리앵이 첫 번째 네온관 등의 연장선상에 있는 두 번째 네온관 등에 불을 켜자 원기둥의 새로운 구역이 모습을 드러냈다. 널찍하게 조성된 잔디밭과 숲을 흉내 낸 모형이었다. 두 구역 사이에는 커다란 투명 유리창들이 띠 모양으로 나 있었다.

「기발하군…….」맥 나마라가 중얼거렸다.

「지형의 고저도 고려해서 만들어 보았습니다. 야트막한 언덕, 숲, 들판, 마을이 들어설 터, 호수 같은 것 말이죠. 탑승객들은 낚시를 하고, 보트를 띄우고, 숲에 오두막도 지을 수 있을 겁니다. 진공 상태인 우주 한복판에서 말이죠.」

그는 물을 나타내는 파란색의 조그만 표면을 가리켰다.

「호수라고요? 그건 중력이 제대로 작용할 때나 가능한 이야깁니다. 하지만 우주선 외부에 있는 태양 전지판이 항상 태양 광선을 받을 수 있다고는 장담을 못 합니다.」이브가 걱정스럽게 물었다.

「항시 충전이 가능한 전지를 생각하고 있습니다. 그럼 에너지가 모자라는 일은 없겠죠.」

사틴이 호기심 가득한 눈으로 모형을 이리저리 꼼꼼히 살펴보다가 물었다.「그럼 이륙할 때 호수는 어떻게 배치할 건가요?」

「중력이 작용하기 시작하면 호수에 물을 채울 겁니다. 어차피 대단히 큰 호수도 아닐 테고요. 하지만 우주선 안의 생태계는 정말 완벽한 모양을 갖출 겁니다. 솔직히 마음 같아서는 정상이 눈으로 덮인 산과 급류, 구름, 비, 바람, 바닷물 같은 것들도 넣고 싶군요.」

「인공 태양. 인공 중력. 인공 호수…….」맥 나마라가 꿈을 꾸듯 되풀이해서 말했다.

「인공 인류를 위해서 말이죠.」사틴이 한마디 거들었다.

「아니지, 새로운 인류를 위해서요.」이브가 한술 더 떴다.

아드리앵 바이스의 프로젝트 합류는 긍정적인 효과를 불러일으켰다. 덕분에 파피용호 시제품의 발사 실패에 대한 기억은 사람들의 머릿속에서 완전히 사라졌다.

이제 〈마지막 희망〉 프로젝트의 진두지휘는 네 사람이 맡게 되었다. 맥 나마라가 권력을, 크라메르는 발명을, 바이스는 심리학을, 말로리는 항해를 맡았다.

함께 있으니 더욱 강한 힘이 느껴졌다.

이브는 처음으로 파피용호가 언젠가 다른 태양계를 찾아내는 데 성공할 수 있을 거라고 확신했다.

그는 또 아버지 생각을 하면서 이 자리에 같이 계셨더라면 무척 자랑스러워했을 것이라고 생각했다. 그의 귓전에 대고 속삭이는 아버지의 목소리가 들렸다.

〈애벌레야, 껍질을 벗어라, 나비로 탈바꿈해라. 나비야, 날개를 펴고 빛을 향해 날아라.〉

20. 소금의 승화

두뇌들이 용광로처럼 달아오르고 있었다. 그들의 머릿속은 개척자라는 자부심으로 가득했다. 앞으로 펼쳐질 원대한 도전의 세계가 그들에게 날개를 달아 주었다. 창조적인 생각들이 꼬리에 꼬리를 물고 이어졌다. 〈마지막 희망〉 프로젝트의 엔지니어들은 먼저 완전한 생태계 시스템을 갖추고 중력을 유지하면서 회전하는 거대한 원기둥을 제작하는 데 따르는 여러 가지 제약 조건들을 고려하여 가장 이상적인 우주선의 크기와 돛의 크기를 정했다. 그리고 이를 바탕으로 최종적인 수치를 결정했다. 정말로 어마어마한 숫자들이었다.

파피용호의 흉부는 32킬로미터 길이의 관으로 이루어질 것이다.

원기둥의 길이는 이륙할 때는 1킬로미터에 불과하지만 경통 길이 조절이 가능한 망원경처럼 서른두 개의 슬라이딩식 관이 빠져나오면 32킬로미터로 늘어날 것이다.

흉부 원기둥의 직경은 5백 미터가 될 것이다.

마일라 돛은 1백만 제곱킬로미터로, 큰 나라나 작은 대륙 정도의 크기가 될 것이다.

1천 년이 지난 후 확실한 생존자가 나올 수 있는 이상적인 탑승객의 수는 14만 4천 명일 것이다.

그날 저녁, 근무를 마친 엔지니어들은 T 자의 왼쪽 팔에서 긴장을 풀고 휴식을 취했다. 레스토랑과 카페테리아에는 게임과 음악, 책이 마련되어 있어 연구원들이 편안히 쉴 수 있었다. 매주 토요일 저녁이면 레스토랑은 댄스홀로 변했다. 카페테리아 뒤쪽에는 조그만 영화관도 생겼다.

엘리자베트 말로리는 여전히 이브 크라메르를 피해 다니고 있었지만 그는 기분 나빠 하지 않았다. 그는 멀리서 엘리자베트의 휠체어가 지나가는 모습을 봐도 다가가 인사할 생각은 하지 않았다.

어쩌다 그녀가 자기 쪽을 쳐다보는 일이 생기면, 이브는 그녀에 대한 존중의 표시로 먼저 고개를 돌려 상대방이 거북하게 고개를 돌릴 필요가 없게 만들었다. 엘리자베트는 집중적인 근육 강화 훈련을 하면서 예전의 모습으로 돌아가기 위해 끊임없이 애썼다. 서서히 술과 담배도 끊었다. 항우울제도 끊고 수면제만 복용하는 정도였다. 그러던 어느 날, 그녀는 휠체어에 의지하지 않고 혼자 일어설 수 있게 되었다. 그녀는 목발을 짚고 걷기 위해 안간힘을 썼다. 여러 번 넘어진 끝에, 숨을 헉헉 몰아쉬기는 해도 수십 미터를 걸을 수 있게 되었다.

더 빨리, 더 강하게.

다시 태어난 느낌이었다. 아니, 네발로 기다가 처음으로 걸음마를 했던 유아기의 감격적인 순간을 다시 맛보는 기분이었다.

현재 그녀의 목표는 다른 공간으로 이동하기 위해 문손잡이까지 도달하는 것이었다.

〈문손잡이까지 가자.〉

그녀는 방 밖으로 나오는 데 성공했다. 그리고 집 밖으로, 정원 밖으로 나오는 데 성공했다.

그녀가 터질 듯한 환호성을 지르자 몇몇 이웃들은 그 소리를 고통의 절규로 오인하기도 했다.

그녀는 역사적인 사건을 기념하기 위해 그날 저녁 레스토랑에서 성대한 파티를 열었다. 그리고 〈마지막 희망〉 센터의 직원들이 지켜보는 가운데 자신의 휠체어에 휘발유를 붓고 불을 붙였다.

참석자들 모두는 그런 행위가 그녀에게 얼마나 중요한 의미를 띠는지 잘 알고 있었다. 정신이 물질에게 거둔 그 승리는 사람들에게 한층 더 활력을 불어넣었다.

자리에 참석하지 않은 이브 크라메르를 대신해 사틴이 큰 소리로 메시지를 전했다.

나는 나비가 날개를 잃고 다시 애벌레가 되는 모습을 보았습니다.

나는 애벌레가 기어다니는 모습을 보았습니다.

나는 애벌레가 다시 예전의 나비로 돌아가기 위해 애쓰는 모습을 보았습니다.

나는 애벌레에게서 다시 날개가 솟아나는 모습을 보았습니다.

탈바꿈은 언제든 가능한 일입니다.

비상할 수 있는 문은 언제나 활짝 열려 있습니다.

브라보, 엘리자베트.

이브 크라메르

레스토랑의 요리사가 직접 준비한 선물을 내왔다. 휠체어 위에 앉은 나비의 모습을 설탕으로 조각해서 얹은 케이크였다.

잠시 후 누군가가 피아노를 치기 시작했다. 다른 사람이 전기 기타를 치자 또 다른 사람은 냄비 여러 개를 가지고 리듬에 맞춰 두드리기 시작했다. 사람들은 불타는 휠체어를 둘러싸고 커다랗게 둥그런 원을 그리며 춤을 추었다.

엘리자베트는 어릴 때 부르던 노래를 불렀다. 음정이 맞지 않는 그녀의 쉰 목소리에서 유쾌함이 배어 나왔다. 맥 나마라는 다시 걸음마를 뗀 엘리자베트에게 춤을 청한 뒤 그녀를 단단히 붙잡았다. 그는 파트너가 균형을 잃을 것 같으면 꽉 잡아 주고는 엘리자베트가 좋아하는 특유의 호탕한 웃음을 웃었다. 마치 전염이라도 된 것처럼 그녀 역시 폭포수 같은 해방의 웃음을 쏟아 내 지난 수개월간 쌓인 끔찍한 긴장감을 단번에 날려 버렸다.

그런 편안한 분위기 속에서 아드리앵과 사틴은 함께 춤을 추었다. 두 사람은 다소곳이 입술을 맞추다가 격정적인 키스를 나누었다. 그렇게 맺어지는 커플들이 많았다. 대도시에서 멀리 떨어져 이 고립된 센터에 모여 살다 보니 자신들이 새로운 부족을 형성한 것 같다는 느낌까지 들었다.

다음 날, 아드리앵 바이스는 파피용호에 탑승할 14만 4천 명을 선발하는 문제를 결정짓기 위해 긴급회의를 소집했다. 그의 눈빛이 달라져 있었다. 한층 더 헌신적으로 프로젝트에 참여하는 것 같았다.

「우리는 지금 아주 새롭고 멋진 경험을 하고 있습니다. 이브가 말했듯이 〈새로운〉 인류를 다른 곳에서 다시 탄생시킬 수 있는 가능성이 열렸기 때문이죠. 새로운 인류가 과거의 실수를 반복하지 않기 위해서는 어떻게 해야 할까요?」

사람들 앞에는 제작이 끝난 파피용 흉부의 축소 모형이 놓여 있고, 우주선 내벽에는 잔디 위를 걸어다니는 사람의 모습을 형상화한 작은 플라스틱 인형들이 보였다.

「여러분도 아시다시피 제 아쿠아리움 I 실험은 실패로 끝났습니다. 밀폐 공간에 모인 인간들은 본능적으로 현재 우리 인간의 불행한 모습을 초래한 삶의 도식들을 그대로 재현하고 말았어요. 구성원들과 상관없이 인간 집단은 결국 착취자와 피착취자, 자유 의지가 있는 인간과 학대받는 자를 양산하게 되어 있습니다. 집단의 규모가 클수록 우두머리는 더 혹독해지고, 피학대자들의 고통도 커집니다. 우리의 〈새로운 인류〉는 이런 도식에서 벗어나도록 머리를 맞대고 방법을 찾아야 합니다. 특히 실험에 참여하는 참여자의 숫자가 늘어난다는 것은 언제라도 폭탄이 될 수 있는 니트로글리세린을 취급하는 것과 같습니다. (그는 좌중을 한번 훑어보았다.) 다른 곳에 가서 똑같은 비극을 되풀이할 것이라면 이번 프로젝트는 아무 의미가 없습니다. 더 기가 막힌 노릇이죠. 우리의 어리석음으로 다른 행성까지 더럽히고 오염시키게 될 테니 말입니다.」

「그래서 어떻게 하면 좋겠소?」 이브 크라메르가 차분하게 물었다.

「엄격한 선발 절차를 통해 파피용호에 〈멍청이〉나 〈나쁜 놈〉이 승선하지 못하게 해야 합니다.」

이제까지 냉정을 유지하던 바이스의 입에서 그런 단어가 튀어 나오는 걸 보면, 그가 말하려는 내용이 얼마나 중요한 의미를 내포하는지 잘 알 수 있었다.

참석자들이 술렁거리며 난색을 표시했다.

사틴이 먼저 지적에 나섰다. 「우리들 모두, 누군가의 눈에는 〈멍청이〉나 〈나쁜 놈〉으로 비치게 마련이죠.」

「그렇긴 합니다. 그럼 폭력적이고 파괴적이며 자멸을 초래하는 성향의 사람들이라고 해두지요.」

「하지만 그런 단어도 사람에 따라 다 다르게 받아들이는 것 아니오.」맥 나마라가 말했다.

「그럼 긍정적으로 생각하고, 〈나쁜 성향을 적게 지닌 사람들〉을 뽑도록 합시다. 우리가 태양계를 떠날 때 타고 갈 〈멋진〉 우주선을 이브가 만들어 줄 것이라고 나는 믿습니다. 〈멋진〉 새 인류를 만드는 문제는 제게 일임하고 지원해 주십시오.」아드리앵이 말했다.

맥 나마라는 그것 역시 〈엄청난〉 예산이 들 것이지만 문제될 것은 없다고 생각했다.

「일의 규모를 감안할 때 〈인간 문제〉 전문가가 여러 명 필요할 것입니다. 괜찮다면 사틴부터 우리 팀에 합류해 주었으면 하는데요.」

사틴은 걱정스러운 표정을 지었다. 그녀는 탑승객을 형상화한 조그만 플라스틱 인형들이 가득 든 상자에 손을 넣고 마치 가루라도 되는 것처럼 손가락 사이로 인형들을 주르륵 흘려보냈다.

21.14만 4천 개의 불꽃

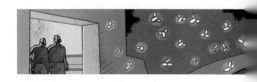

뾰족한 나뭇가지 끝이 숲 속을 지나가며 개똥벌레들을 깨웠다. 살아 움직이는 스무 개가량의 조그만 불빛이 빙글빙글 어둠 속을 돌며 하늘로 날아올랐다.

〈이 벌레들은 불을 찾아갈 필요가 없어, 스스로 빛을 만들어 낼 수 있으니까.〉

벌레들이 춤추는 모습을 오랫동안 지켜보고 서 있던 탓에 서늘한 한기가 느껴졌다.

〈인간이 자기 내부의 공간도 정복하지 못하면서 외부의 공간을 정복하는 게 무슨 소용일까? 우리 가슴속에 있는 별에 다가가지도 못하면서 멀리 있는 별을 찾아가는 게 무슨 의미가 있을까?〉

그는 마음을 다잡았다.

〈빌어먹을, 시인이 되면 곤란하지. 그런 건 나와 어울리지 않아.〉

길쭉한 형체가 이브에게로 다가왔다.

아드리앵 바이스

「당신은 고독한 사람이에요, 그렇지 않은가요? 밤 산책을 즐기시는 것 같군요.」

「고독하지 않은 사람이 어디 있겠소? 가끔씩 서로의 고독을 나란히 늘어놓을 수는 있겠지만 그 이상은 불가능하지요. 짝을 맺는다는 게 바로 그런 것 아니겠습니까? 함께하는 두 고독. 부모와 자식, 아내, 정부가 있기도 하지만 결국 우리는 늘 외로운 존재지요.」

아드리앵이 이브의 등을 툭 쳤다.

「그게 바로 독신자들이 하는 생각이죠. 전 생각이 다릅니다. 인간의 연금술이야말로 가장 감동적인 것 아닌가요? 케이크에 들어가는 재료를 섞듯이 사람들을 섞는 거죠. 중요하지 않은 사람은 없어요. 소금이 조금만 많이 들어가거나 이스트가 조금만 많이 들어가도 케이크를 망치게 되죠. 아쿠아리움 실험에서 전 재료 배합을 잘못했어요. 하지만 파피용호에서는 과거의 잘못을 되풀이하지 않을 겁니다.」

이브는 아드리앵을 쳐다보았다. 그의 마이크로월드에 불이 켜지는 것 같은 느낌이 들었다. 하지만, 사실 그것은 달걀 모양의 작은 유리 펜던트에 달빛이 반사되는 것일 뿐이었다.

얼마 후, 아드리앵 바이스는 기업의 유능한 인사 담당자, 헤드헌터, 인력 관리 전문가, 심리학자, 정신 분석학자, 영화 캐스팅 담당자 등으로 구성된 심리 팀을 꾸렸다.

그는 팀원들에게 〈나쁜 성향을 적게 지닌〉 14만 4천 명을 선별해 낼 테스트를 고안하라고 지시했다.

첫 번째 회의에서 서른두 명의 전문가들과 이브, 사틴, 가브리엘은 세 개의 선발 기준을 확정했다.

1. 자율성. 즉 다른 사람에게 의존하지 않고 스스로 자기 일을 해결하는 능력.

2. 사회성. 즉 개인의 이익을 초월하여 집단과 공공의 이익을 생각할 줄 아는 능력.

3. 동기 부여. 즉 D. E. 프로젝트의 성공을 바라는 의지.

그때, 문이 열리더니 엘리자베트가 목발을 짚고 들어왔다.

이브는 고개를 숙였다. 하지만 엘리자베트는 이제 그를 혐오하는 단계는 지났다는 듯이, 그에게서 멀지 않은 자리에 와서 앉았다. 둘 사이에는 사틴과 아드리앙 두 사람밖에 없었다.

아드리앙은 분위기를 부드럽게 할 필요를 느끼고 엘리자베트에게 참석해 줘서 고맙다고 인사했다. 그러고는 그녀에게 지금까지 논의한 내용을 간략하게 요약해 주었다.

「아주 간단한 기준을 하나 더 추가했으면 좋겠어요.」엘리자베트가 말했다.

4. 건강.

그녀의 입에서 나온 제안이었기에 엉뚱한 감마저 없지 않았다.

「흡연자, 알코올 의존자, 마약 의존자, 장기간 약을 복용해 온 사람도 안 됩니다. 그런 것을 우주선 안에서 만들 수는 없으니까요.」그녀가 덧붙였다.

「술도 없고 담배도 없으면 하루하루가 무슨 재미가 있겠소.」

맥 나마라가 엉큼하게 한마디 던지며 자신도 한 가지 추가할 기준이 있다고 했다.

5. 젊음.

「나처럼 늙은 사람들을 탑승시키는 건 말이 안 되오.」그가 겨우 웃음을 참으며 말했다.

「흡연자에다 알코올 의존자, 마약 의존자이고, 장기간 약을 복용하고 있는 데다 쉰을 넘긴 사람은 나 하나였으면 하거든.」

맥 나마라는 그렇게 말해 놓고는 폭포수 같은 웃음을 터뜨렸다. 그러나 웃음소리는 결국 고통스러운 기침 소리로 변하고 말았다.

이브는 맥 나마라의 말이 농담인지 아닌지 따지지 않았다. 그는 긴가민가하면서도 이런 프로젝트를 추진하기 위해서는 선택의 여지가 없다고 판단하고, 나이를 20~50세 사이로 제한했다.

6. 가족이라는 구속 요소가 없을 것.

사틴이 추가한 조건이었다. 탑승객은 독신이어야 하며 부양할 자녀나 부모가 없어야 한다는 내용이었다.

모두 찬성했다.

아드리앵 역시 의견을 내놓았다.

7. 탑승객들은 한 가지 전문 분야, 즉 특별한 재주가 있어야 한다.

아드리앵은 우주선 안에서는 먹이 사슬뿐 아니라 사회적 망도 재구성되어야 할 것이라고 설명했다. 따라서 의사, 생물학자, 화학자처럼 상호 보완적인 전문 지식을 갖춘 사람들도 필요하지만 〈농촌 같은〉 우주선 내부의 환경을 고려해 농부, 제빵 기술자, 요리사, 대장장이, 직조공, 건축가, 석공, 장인(匠人)도 필요할 것이라고 했다.

「예술가도 몇 명 필요하겠죠. 음악가, 화가, 가수 같은.」 사틴이 말했다.

「분위기를 좋게 만들려면 코미디언이 필요할 겁니다. 술도 마약도 없을 테니 기분을 풀 다른 방법을 찾아야 해요.」
이브가 말했다.

「우주 항해사도 추가로 필요할 것 같소. 엘리자베트 같은
훌륭한 항해사가 있긴 하지만 한 명으로는 부족할 테니 말이
오.」맥 나마라가 힘주어 말했다.

엘리자베트는 자신의 항해 팀에 소속되어 프로젝트에 참
가한 조타수들을 전원 탑승시켜야 한다고 말했다.

「제 생각에 꼭 필요하지 않은 사람은 정치인, 군인, 목사밖
에 없는 것 같습니다. 우리는 정부도 군대도 종교도 없는 최
초의 사회를 건설할 수 있을지도 모릅니다. 권력과 폭력, 신
앙 이 세 가지야말로 대표적인 의존 형태지요.」아드리앵이
말했다.

탑승 인원이 웬만한 지방 도시의 인구가 될 정도로 규모가
컸기 때문에, 이브는 전 세계적으로 사람을 모집하자고 제안
했다. 비서인 사틴은 수십여 개국의 신문에 작은 모집 광고
를 냈다. 〈프로젝트 참가자 모집. 높은 급여. 신체 건강하고
부양가족 없는 젊은 분. 적극적 참여 의지는 필수 조건.〉

지원자 170만 명 가운데 대부분이 〈높은 급여〉라는 조건
에 끌린 사람들이었다.

1차 선별 과정을 거쳐 기본적인 기준에 부합하지 않는 사
람들을 탈락시키자 93만 2천 명이 후보자 명단에 남았다.

아드리앵은 심리 팀 사무실에서 산더미 같은 서류를 쳐다
보았다.

「이제 가장 자율적이고, 사회적이며, 동기 부여가 강한 사
람들을 골라내는 일이 남았어요.」이브가 말했다.

「동기 부여가 강한 사람들을 뽑기 위해 제가 생각해 둔 방

법이 있습니다.」 아드리앵이 말했다.

「첩보 기관에서 요원들을 뽑을 때 사용하는 아주 간단한 테스트죠. 여러 센터에 후보들을 소집해 놓고 소집 이유를 설명해 주지 않은 상태에서 몇 시간이고 기다리게 하는 겁니다. 이렇게 하면 심지가 굳은 사람들과 그렇지 않은 사람들을 구별해 낼 수 있을 거예요.」

사틴은 그것이 현명한 방법이라고 생각했다.

「우리 프로젝트에 대해서 이야기를 해주나요?」

「물론 아닙니다. 후보들이 내용도 정확히 모르는 프로젝트를 머릿속에 그린 뒤 그것에 의욕을 갖도록 해야 해요.」

센터별로 체육관이나 대형 강당을 빌려 후보 93만 2천 명을 아침 여덟시에 소집한 뒤 밤 아홉시까지 기다리게 했다. 처음 한 시간이 지나자 4분의 1이 포기했다. 열세 시간 이후에는 후보의 절반인 43만 3천 명만이 남았다.

22. 침전

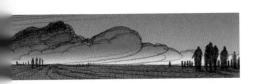

사막에서 광풍이 몰아쳤다.

하늘에선 구름들이 경주라도 하듯 빠르게 움직이고 있었다.

선별 단계가 끝이 나자 〈마지막 희망〉 프로젝트의 발기인들은 일종의 침전 단계로 넘어갔다.

아드리앵 바이스는 기존 센터 옆에 새로운 도시를 세웠다. T 자 가로획의 연장선상에 위치한 그 원형 모양의 도시는 T 자의 꼭대기를 굽어보도록 설계되었다.

엔지니어들이 살고 있는, T 자의 왼쪽 팔에 위치한 기존 도시의 이름이 〈나비 도시〉라는 의미의 파피용빌이기 때문에 이번에 새로 지은 도시는 〈애벌레 도시〉라는 의미로 슈니유빌로 명명했다. 〈애벌레 도시〉에서 성공적으로 살아남은 사람들은 언젠가 〈나비 도시〉로 이동해 갈 수 있다는 뜻을 내포하고 있었다.

슈니유빌 전역에는 감시 카메라가 설치되었고, 서른두 명의 심리학자들과 그 비서들이 서로 교대를 해가며 카메라 앞을 지키고 앉아 43만 3천 명의 후보들이 어떻게 생활하는지 관찰했다. 거리에서 다른 사람들과 함께 있을 때뿐만 아니라 각자의 집에 있을 때도 카메라가 그들의 모습을 담았다.

마치 어마어마한 규모의 텔레비전 리얼리티 쇼 같았다.

후보들도 자신들의 일거수일투족이 감시당하고 촬영되고 있다는 사실을 알고 있었다. 선발을 맡은 사람들도 후보들이 본모습과 다른 모습을 연출해서 보여 줄 수 있다는 사실을 모르지 않았다.

하지만 시간에는 장사가 없는 법 아닌가.

아드리앵은 인간이 주변 사람을 언제까지나 속일 수는 없다고 생각했다. 사람이 본색을 드러낼 때가 반드시 오게 되어 있다고.

침전이 일어났다. 32인의 선발 위원회는 먼저 폭력성의 징후를 보이는 참가자들을 전원 탈락시켰다.

화를 잘 내는 사람들.

타인의 문제에 무관심한 사람들.

반사회적인 행동 양식을 가진 사람들.

개인의 자유 의지를 무시하고 지도자를 추종하기만 하는 사람들이 탈락했다.

43만 3천 명이던 사람들이 1주일 만에 31만 명으로 줄었다.

사틴이 회의적인 반응을 보였다.

「이러다가는 마지막에 최고의 사기꾼들만 남게 될 수도 있어요. 주변 사람들을 속이는 재주가 뛰어난 인간들 말이에요.」

하지만 아드리앵은 생각이 달랐다.

「시간의 힘을 믿어 봐요. 가면은 벗겨지게 마련이니까. 멋지게 보이려고 발끝으로 걷다 보면 결국 지쳐서 나가떨어지게 되어 있어요.」

2주일이 지나자 사람들의 숫자가 25만 명으로 줄었다.

한 달이 지나자 21만 8천 명이 되었다.

「이제 요리를 빨리 익히기 위해 잉걸불에 바람을 한 번 훅 불어 줄 때가 왔어요. 그럼 가장 가벼운 것들이 증발해 버리고 말죠.」

아드리앵이 아리송하게 말했다.

선발팀에서 〈마지막 희망〉 프로젝트의 일자리가 종신 고용직임을 후보들에게 알렸다. 이 일을 하기로 결정하면 남은 일생 동안 다른 일은 아무것도 할 수 없을 것이라는 의미였다.

숫자가 금세 18만 5천 명으로 감소했다.

「바람을 한 번 더 불죠.」

이번에는 급여를 하향 조정할 것이라고 밝혔다. 그러자 오로지 금전적인 동기 때문에 참가를 결정한 사람들이 떠났다.

이제 14만 5천 명이 남았다.

〈의심스러운〉 나머지 1천 명을 탈락시키고 나니 마지막에 딱 14만 4천 명이 남게 되었다.

최종 선발자들은 프로젝트 참여 계약에 서명을 했다.

참가자들은 그때가 되어서야 〈마지막 희망〉 프로젝트와 우주 범선의 존재에 대해 들을 수 있었다.

처음에는 놀라는 반응을 보였지만 그들은 곧 자신들의 새로운 임무를 위한 준비 작업을 시작했다.

미래의 우주 비행사들은 아침마다 특별 훈련을 통해 우주 생활에 적응할 수 있도록 신체를 단련했다. 오후에는 식이 요법에 따른 점심 식사를 하고 파피용호의 작동 원리를 배웠다. 그리고 우주 속 도시가 정상적으로 기능하기 시작하면 어떻게 가장 효율적인 방법으로 임무를 분배할 것인지에 대해서도 배웠다.

이제 4두 마차가 14만 4천 명의 응원군을 얻은 셈이었다.

그들은 그 기이한 인간 양 떼 속에 너무 많은 불순분자가 섞여 있진 않길 바랐다.

23. 부패

비밀은 영원히 유지될 수 없는 법이다.

정부의 군사 레이더망에 파피용 4호의 이륙 장면이 포착되고 말았다.

로켓 동호회의 취미 생활 정도로 보아 넘길 수 있는 로켓들도 있지만 길이가 12미터가 넘는 로켓을 정지 궤도까지 쏘아 올린 것은 외부 관측자들도 좌시하고 있을 수는 없는 일이었다.

정치인들이 경계심을 보이기 시작했다.

위성들이 T 기지를 촬영하기 시작했다.

스파이를 파견했다.

결국 비밀이 탄로 나고 말았다. 도시에서 아주 멀리 떨어진 사막 한가운데에서, 어떤 괴벽스러운 억만장자가 항공 우주 프로젝트를 추진하고 있다는 사실이 알려졌다.

그가 10만 명 이상이 탑승할 수 있는 거대한 우주선을 제작하려고 한다는 사실이 밝혀지자 사건은 완전히 다른 양상을 띠기 시작했다.

스파이들에 이어 기자들이 〈마지막 희망〉 센터로 몰려들었다.

사람들은 미치광이가 된 맥 나마라가 과대망상에 사로잡혀 종말론을 주창하는 사교 집단을 만들려 한다고 생각했다.

그가 10만 명을 노예로 만들어 비인간적인 실험을 하고 있다는 소문도 돌았다.

현장에 파견된 조사 위원회에서 14만 4천 명의 참가자들을 심문했지만 별다른 법적 제재의 근거를 찾지 못했다. 하지만 문제는 여전히 남아 있었다. 일개 개인이 우주 정복에 나서는 것을 좌시하고 있어도 되는가?

그 일은 결국 국가적인 차원을 넘어서는 문제가 되고 말았다.

유엔에서는 해당 정부에 관련 자료를 제출하고 억만장자의 활동을 보고하라고 지시했다.

대부분 독재자들이 통치하고 있는 최빈국들이 가장 격렬하게 항의하고 나섰다. 그들은 유엔이 프로젝트를 직접 감독할 것과 각국별로 대표자 한 명씩은 탑승자 명단에 포함시킬 것을 요구했다. 뒤이어 종교인들도 목소리를 높였다. 14만 4천 명에 사제가 한 명도 포함되지 않았다는 사실에 충격을 받은 종교계는 각 종교별로 대표자 한 명씩을 탑승시켜야 한다고 주장했다. 이번에는 페미니스트들이 완벽한 남녀 동수를 요구하고 나섰다. 하지만 그 원칙은 이미 반영된 상태였기 때문에 더 이상 요구할 여지가 없었다.

마지막으로 정치인들은 정파별로 비례 대표를 구성하자고 주장했다. 탑승자를 민주적인 선거를 거쳐 뽑자는 주장도 나왔고, 로토 방식으로 추첨을 하자는 주장도 나왔으며, 학교 시험 같은 선발 방식을 채택해야 한다는 목소리도 있었다.

언론은 신바람이 났다. 〈비밀〉 프로젝트인 〈마지막 희망〉
과 파피용 로켓 시제품이 이제 뉴스의 최고 단골 메뉴로 자
리 잡았다.

센터가 세상과 고립된 채 오랫동안 베일에 싸여 있었다는
사실이 사건에 환상적인 요소까지 가미했다.

사막으로 급파된 파파라치들의 접근을 차단하기 위해 맥
나마라는 1백여 명에 이르는 경호원을 고용했다. 센터 부지
에도 이중으로 방벽을 세웠다.

그래도 여전히 긴장이 고조되자, 맥 나마라가 자신들끼리
는 〈옛 세계의 대표들〉이라고 부르는 정치인들 앞에서 담화
문을 발표하기로 결정했다.

24. 하소(煆燒)³

그는 연단에 오르기 전 백단향 향수를 뿌렸다.

가죽 바지와 최신 유행 재킷을 입고 연단에 홀로 선 단신의 남자가 물을 한 잔 마시고, 준비한 담화문을 읽기에 앞서 목청을 가다듬었다. 앞에서는 1백여 명의 각국 대표들이 비우호적인 분위기로 그를 주시하고 있었지만, 그의 의지는 결연하기만 했다.

그는 마이크를 향해 몸을 돌렸다. 그러고는 자그마한 빨간 불빛을 깜빡이며 촬영 중이라는 신호를 보내고 있는 카메라들을 응시했다.

「현명하다는 것은, 같은 실수를 반복하지 않는다는 뜻입니다.」

그가 기침을 했다.

「이게 제 담화문의 제목입니다.」

이렇게 말한 뒤 맥 나마라는 한 시간 동안 똑같은 행동은 똑같은 파국을 몰고 올 뿐이라는 내용의 연설을 했다.

그러므로 다른 것을 다른 방식으로 다른 곳에서 시도해 볼 필요가 있었다. 각국의 국민들이 골고루 탑승해야 하지 않느

3 어떤 물질을 공기 중에서 태워 휘발 성분을 없애고 재로 만드는 일.

냐는 질문에 그는 나라도, 국가도, 국경도, 종교도 없다고 생각한다고 했다. 그저 지구의 껍데기 위에 우글우글 모여 있는 인간종이라는 존재밖에 없다는 것이 자신의 생각이라고 밝혔다.

상대적으로 유약하고 의지도 박약한 많은 개인들을 쥐고 흔드는 이런저런 압력 집단의 입맛에 맞춰 별 볼 일 없는 사람들을 억지로 뽑을 의향은 없다고 했다.

야유 소리가 들려왔다.

하지만 그는 담화문을 계속 읽어 내려갔다. 어디에나, 어떤 민족에나, 어떤 종교에나, 어떤 국가에나 천재도 있고 바보도 있다는 것을 모르는 바 아니었다. 하지만 인종 차별주의와 광신주의를 부추기면서 창조성과 관용, 공감과 같은 가치들을 평가 절하하는 곳이 너무 많다는 사실을 지적하지 않을 수 없었다. 그런 나라들이 세상의 상당수를 차지하고 있을 뿐 아니라 대단한 영향력까지 행사한다고 해서 그런 나라들에서 프로젝트에 참가할 표본을 추출하지는 않겠다고 말했다.

또다시 청중들의 적대적인 반응.

어떠한 정부의 지원도 없이 순수하게 사재를 털어 〈마지막 희망〉에 필요한 자금을 대고 있는 만큼, 마음에 드는 〈직원들〉을 뽑을 권리는 자신에게 있다고 했다.

맥 나마라는 다시 한번 소란이 가라앉기를 기다려야 했다. 그리고 이번에는 준비해 온 담화문을 보지 않고 말을 하기 시작했다.

「나는 지금 두려움과 미신, 어리석음을 이용해서 획득한 당신들의 기득권 보호를 이야기하는 게 아닙니다. 부모 세대

에도 그랬다는 단 한 가지 핑계를 대며 비효율적이고 해로운
데다 위험하기까지 한 행동 양식을 반복하는 당신들의 전통
을 이야기하는 게 아닙니다. 나는 지금 인간이라는 종의 생
존을 말하고 있습니다. 현명하다는 것은 똑같은 실수를 반복
하지 않는다는 것입니다. 의식적으로 행동한다는 것은 언제
나 무기력한 합의 속에 갇혀 있는 다수의 뜻에 굴복하는 것
이 아니란 말입니다. 우리가 모든 사람들에게 일일이 물어보
았더라면, 기술 관료들과 정치인들에게 문의했더라면, 〈마
지막 희망〉이 존재했을 것이라고 생각합니까? 기억력이 좋
지 않은 여러분께 다시 환기해 드리겠습니다. 이 프로젝트는
이브 크라메르라는 이름의 엔지니어가 구상한 것이었습니
다. 그런데 항공 우주국 상부에서 퇴짜를 놓았습니다. 정말
로 참신한 프로젝트는 경직된 사고의 소유자들의 관심을 끌
지 못하는 법이죠. 당신들은 이제야 정신을 차렸습니다! 우
리가 일을 다 완성하고 난 뒤에 말입니다! 누워서 떡 먹자는
심산 아닙니까!」

이번에는 반응이 한층 적대적으로 변했다. 특히 그의 정
부 쪽 책임자들의 반응이 그러했다.

「유감입니다만 인류의 다수를 차지한다는 이유만으로 내
우주선에 〈멍청이〉들을 태우지는 않겠습니다. 그렇게 되면
매매 울며 당신들을 따르는 양 떼 앞에서 당신들의 인기가
높아질지는 모르지만 말이오.」

분노의 도가니.

맥 나마라는 잠시 흥분이 가라앉기를 기다렸다가 같은 어
조로 말을 이어 갔다.

「나는 지금 당신들의 지지도 여론 조사나 인기, 당신들의

116

유권자에 관한 이야기를 하는 게 아니라 인류의 미래에 관한 이야기를 하고 있습니다. 당신들의 특권이나 당신들이 받아서 관리하는 뇌물을 이야기하고 있는 게 아니란 말입니다. 새로운 지평에 관해 이야기하고 있습니다. 당신들은 단 1분이라도 코앞에 닥친 일에 연연하지 않고 조금 더 멀리 내다볼 수는 없습니까? 당신들을 위해서가 아니더라도, 적어도 당신 자식들을 위해서라도 말이오.」

맥 나마라는 머리를 숙이고 상대 선수에게 어퍼컷을 먹이려는 권투 선수처럼 어깨를 움츠렸다. 그러고는 마치 검이라도 되는 듯 두 손으로 마이크를 꼭 쥐었다.

「당신들은 자식을 사랑하기는 합니까? 여기 모인 정부 대표 중에는 자기 자식이 민간인을 가득 실은 버스에서 자폭 테러를 감행했을 때 박수를 치던 사람들도 보이는군요! 지하철에서 폭탄 테러가 일어났을 때 환호를 보내던 대표들의 모습도 보입니다. 최대한 많은 사람을 살상하기 위해 원자폭탄을 제조하려는 국가에서 온 대표단의 얼굴도! 그런 분들이 지금 나한테 한 수 가르치려 드는 겁니까?」

으르렁거림과 위협.

「당신들이 자식을 사랑한다면, 후손들을 위한 계획이 있는 사람들이라면 지금처럼 아무렇지도 않게 공기와 물을 오염시킬 수 있겠습니까? 언젠가 찾아올 더 나은 미래를 꿈꾸려면 지금부터 그 미래를 구상해야 합니다. 이브 크라메르가 그것을 구상했소! 그리고 내가 그의 생각을 지원하고 있소. 건설적인 일을 할 능력이 없으면 차라리 남들에게 맡기고 지켜보기나 하십시오! 우릴 가만히 내버려두란 말입니다! 당신들이 큰일이라도 터진 것처럼 난리 법석을 떠는 동안 조금이나마 건설적인 일을 할 수 있게 날 조용히 내버려두란 말입니다.」

사방에서 욕설이 터져 나오고 종이 뭉치와 플라스틱병들이 비 오듯 날아들자 맥 나마라가 버럭 성을 냈다.

「이 자리에서도 역시나 시대착오적인 사고의 소유자들이 다수를 차지하고 있는 것 같습니다. 그렇다면 내 생각에는 어떤…….」

이번에는 장내가 몹시 소란스러워 맥 나마라가 도저히 말을 이어 갈 수도, 다시 마이크를 잡을 수도 없는 지경이 되었다.

그를 향해 날아든 유리컵들이 요란한 소리를 내면서 깨졌다.

그러나 맥 나마라의 담화문은 모든 신문에 일제히 실렸고, 시사 평론가들이 앞을 다투어 관련 칼럼을 실었다.

〈그렇다면 내 생각에는 어떤……〉이 담화문의 마지막 문장이었다.

25. 생명의 묘약

긴장이 한층 고조되었다.

여러 국가 원수들이 나서서 그 프로젝트에 불쏘시개 역할을 하는 위험천만한 과대망상증 환자를 감옥에 집어넣으라고 요구했다. 그게 아니면 〈마지막 희망〉 프로젝트라도 전면 중단시켜야 한다고 목소리를 드높였다. 하지만 사유 재산권을 고려할 때 강제로 프로젝트를 중단하게 하는 것은 불가능했다.

크레인 위에 올라가 센터 내부의 사진을 찍는 파파라치들과 스파이들의 방해 공작에도 굴하지 않고 프로젝트는 계속 진행되었다.

얼마 지나지 않아 로켓 제작 구역에 어마어마한 크기의 원추형 엔진들이 정렬되어 있는 모습이 보였다. 지상 20미터 높이로 세워진 엔진의 크기를 볼 때 파피용 5호의 규모를 짐작할 수 있었다.

그즈음 주요 창고에서 폭탄 폭발로 화재가 발생했다.

몇 주에 걸쳐 작업한 성과가 순식간에 잿더미로 변해 버렸다.

불신의 분위기가 감돌기 시작했다. 이브 크라메르는 의심이 가는 몇몇 엔지니어를 해고하고 다른 이들로 대체했다. 경비원들조차 믿을 수 없는 상황이었다. 도처에 의심의 분위기가 팽배했다.

〈마지막 희망〉 센터에는 초기의 열광적인 분위기는 사라지고 대신 팽팽한 긴장감만 맴돌고 있었다.

파피용빌에서 또다시 폭탄 폭발로 인한 화재가 발생해 카페테리아가 전소되었다. 다행히 한밤중에 일어난 화재였지만, 그것이 전하는 메시지는 너무나 분명했다. 적들이 기계를 공격했고, 그것으로 여의치 않으면 사람도 공격하겠다는 선전 포고를 해온 것이다.

설상가상으로 14만 4천 명의 참가자들 중에 사람들을 부추겨 중도 포기하도록 선동하는 자가 있었다……

「전 세계를 상대로 싸울 수는 없어요. 세계의 모든 나라와 대립하는 상태에서 한 개인이 추진하고 있는 프로젝트를 지지할 수는 없어요.」

2백 명의 참가자가 그 말에 설득당해 센터를 떠났기 때문에 인원을 다시 충원할 수밖에 없었다.

이브 크라메르의 실망이 이만저만 큰 게 아니었다. 그는 뭔가, 아마도 처음에 품었던 열정이 사그라지고 말았다는 생각으로 괴로웠다.

맥 나마라는 용기를 잃지 않았다. 그는 재건축이 한창인 레스토랑으로 이브를 불러 피자와 포도주를 먹었다.

두 사람이 처음으로 마주 앉았던 근사한 테이블과는 너무나 거리가 먼 테이블을 앞에 두고 맥 나마라가 이브에게 말했다.

「이런 시련들을 기회라고 생각합시다. 모든 일이 일사천리로 착착 풀리리라고 생각했소? 이런 논쟁의 과정을 통해 우리는 탑승 지원자들을 조금 더 걸러 낼 수가 있소. 만약 그런 자들이 승선한 뒤에 사고가 일어났더라면 어떻게 되었겠소? 이런 일들을 통해 개개인의 결의 수준을 알 수 있는 것이오. 두고 보시오, 우리에게 벌어지고 있는 일들이 지금으로서는 몹시 당혹스럽겠지만 결국에는 〈마지막 희망〉 프로젝트에 약이 될 테니까.」

음식을 먹고 나서 맥 나마라가 이브를 창문 쪽으로 이끌었다.

이브는 깊은 생각에 잠긴 듯했다.

「〈역설〉이라는 개념을 도입해서 생각해 볼 필요가 있습니다. 우리는 흔히 밤보다는 낮에 더 잘 보인다고 생각하죠. 하지만 틀린 생각이에요. 낮에는 기껏해야 수십 킬로미터 정도밖에 분간이 되지 않습니다. 게다가 하늘에 있는 구름과 대기층 때문에 시야가 제한되죠. 하지만 밤에는…… 밤에는 몇백만 킬로미터 떨어진 별들도 눈에 보이죠. 밤에는 멀리 보입니다. 우주를, 그리고 시간을 보는 겁니다.」

이브의 이야기에 귀를 기울이며 맥 나마라가 시가에 불을 붙였다.

「사람들이 잠을 자면서 아무것도 보지 않는다고 생각하는 순간이 사실은 가장 많은 것들을 꿰뚫어 볼 수 있는 시간입니다.」

맥 나마라는 터져 나오려는 웃음을 억지로 참았다. 마치 흥분해서 날뛰는 말을 잡고 있는 형국이었다.

「나한테는 말이오, 비밀이 하나 있어. 내가 그것 때문에 물질적인 성공을 거두었는지 어떤지는 잘 모르겠지만, 어쨌든 그 덕분에 지금까지 정신적인 균형을 유지하면서 살아올 수 있었소.」

「말씀해 보세요.」

「방식은 다르겠지만, 나도 당신과 똑같은 면이 있소. 나에게 밤은 〈관조〉의 시간이오. 나는 항상 잠들기 직전에 한 가지 질문을 떠올리지. 다음 날 깨어나면 해답을 얻으리라는 것을 알기 때문이오.」

이브가 맥 나마라를 전과는 다른 눈길로 쳐다보았다.

「괜찮은 생각이네요. 자신의 수호천사에게 질문을 하는 겁니까?」

「꼬마 악마일 수도 있고, 나의 무의식이나 신, 아니면 우주일 수도 있겠지. 어쨌든 내가 알고 싶은 것을 분명하게 표현하고, 그러면 잠자는 동안 불안감이나 욕망, 감정의 동요에 시달리지 않을 수 있다오. 잠깐 동안이나마 자유로운 거요. 두려움조차 아무런 문제도 되지 않아.」

맥 나마라가 별들을 향해 담배 연기를 내뿜었다.

「오늘 밤에는 잠들기 전에 어떤 질문을 하실 건지요?」 이브가 물었다.

「아직 모르겠소. 질문을 하기 전에 먼저 하는 일이 있소. 하루 일과를 꼼꼼히 되돌아보는 것이지. 내가 잘못한 건 없는지 따져 보고, 머릿속에서나마 하루 동안에 한 실수들을 바로잡으려고 애쓰지. 그러다 보면 질문이 떠오르는 거야.」

「실수를 바로잡는다고 하셨습니까? 저녁이 되면 이미 너무 늦은 것 아닌가요? 이미 엎질러진 물인데.」

가브리엘이 수수께끼 같은 미소를 지었다.

「아니, 너무 늦은 때는 없는 법이오. 〈사후(事後)〉 청소도

가능하지. 내가 당했거나 내뱉은 모욕적인 언사를 지워 버릴 수 있소. 선택적으로 실수를 지워 버리는 거야. 이미 있는 소리를 지우고 다른 소리를 덮어서 녹음하는 녹음기의 헤드처럼 말이오.」

「생각이 시간이나 공간보다 훨씬 위력적이라는 말씀이십니까?」

「그렇소, 난 그렇게 믿소.」

「과거로 돌아가 청소를 할 수 있다면 미래로 나아가 질문을 하는 것도 가능하겠죠. 조금 복잡한 논리긴 해도 일관성은 있는 이야기네요.」이브가 흥미진진한 표정으로 말했다.

하늘에서 빙글빙글 춤을 추는 곤충들의 무도회가 한결 더 소란스러워졌다. 나방 한 마리가 전등으로 날아와 전구 유리에 몸을 부딪쳤다.

「저 나방은 제 아버지, 쥘 크라메르입니다. 가끔씩 나를 찾아와서 할 일을 일러 주고 가시죠.」이브 크라메르가 말했다.

「당신 질문에 대답도 해주시오?」

「그것만이 아닙니다. 내가 까맣게 잊고 지내던 질문들도 일깨워 주시죠.」

두 사람은 함께 나방을 쳐다보았다.

나방이 회색 날개를 퍼덕이며 전등 위로 날아오르더니 음식 찌꺼기 냄새를 맡으려는 듯 접시 가장자리에 내려와 앉았다. 그러고는 다시 화분가로 날아가 흡관을 펼치고 꽃 한가운데서 꿀을 빨아 먹기 시작했다.

「자, 그럼 당신이 보기에 저 장면은 무슨 의미요? 우주선에 꽃을 가지고 가야 한다는 뜻인가?」맥 나마라가 농담을 던졌다.

「잠들기 전에 제 수호천사에게 물어보죠.」 생각의 위력을
알겠다는 뜻으로 이브가 대답했다.

26. 조립

　흥분. 흰색 작업복을 입고 파란색 헬멧을 착용한 엔지니어들이 복닥거리고 있다.

　트럭들이 오가면서 초대형 입체 퍼즐 조각을 연상시키는 물건들을 싣고 내려놓는다.

　보안 시설을 갖춘 새 작업장에서 여러 달 끈질기게 제작에 매달린 끝에 드디어 파피용 5호가 거대한 격납고 안에서 부품 형태로 모습을 드러내기 시작했다.

　예정한 날짜에 부품 조립이 끝나자 우주선의 전체적인 윤곽이 드러났다.

　빌딩처럼 위압적인 모습으로 나타난 우주선은 비정상적인 웅대함마저 풍겼다.

　높이 1천 미터, 서른두 개의 분할 구역으로 이루어진 선체의 첫 번째 분할 구역의 크기가 그것이었다.

　직경 5백 미터.

　호기심이 발동한 새들이 원기둥 꼭대기를 빙빙 돌았다. 지금까지 발사된 다른 로켓들에 비해 1백 배는 길고, 넓고, 무거운 파피용 5호가 사막에 그늘을 드리웠다.

　사람들은 드디어 차세대 우주선의 모습을 전체적으로 볼

수 있었다. 굉장한 금속 덩어리였다. 1단인 우주선 밑부분의 〈복부〉에는 화살 깃처럼 십자형으로 배열된 서른 개의 대형 원추형 엔진이 장착되어 있었다.

바로 위, 규모가 조금 작은 2단에도 십자형으로 배열된 10여 개의 엔진이 있었다.

그다음 3단은 1킬로미터 높이의 거대한 원통으로, 말하자면 그 흉부가 탑승객들의 생활 공간이었다.

마지막으로 나비의 머리 부분에 해당하는 조종실이 원통 앞으로 튀어나와 있었다. 원통 위에 올라앉은 그 조종 구역에는 돌출된 안구를 상징하는 커다란 투명 구(球) 두 개가 옆에 붙어 있었다.

이브 크라메르는 자신의 작품을 후원자인 맥 나마라에게 소개했다.

「여기, 오른쪽 구에는 지상 로켓부 추진을 위한 조종실이 있습니다. 그리고 저기, 왼쪽 구에는 햇살돛 조종실이 있습니다. 하지만 지상 이륙부도 우주 비행 시에는 똑같이 비행 조종실로 활용하게 되어 있습니다.」

「섬세하군. 그럼 저기, 머리와 흉부를 연결하는 목의 두툼한 부분은?」

「이륙 시 승무원들이 좌석에 앉아 대기하는 환승 구역과 새로운 행성에 내리기 위해 타고 갈 착륙용 셔틀을 보관하는 화물실입니다.」

「착륙용 셔틀은 로켓이오?」

「아닙니다. 파피용처럼 화학 연료로 추진하다가 나중에는 광자 추진력으로 움직이는 소형 우주선입니다. 사틴이 각다귀라는 의미의 〈무슈롱〉이라는 이름을 붙이면 어떻겠냐

127

고 하더군요.」

「아, 사틴 방데르빌트. 정말 없어서는 안 될 보좌관이지.」

그가 입버릇처럼 말했다.

초대형 우주선을 감동의 눈으로 바라보는 그에게 이브는 원기둥의 모양과 조화를 이루도록 우주선 본체에 안쪽으로 움푹 들어간 태양 전지판들을 빙 둘러 설치했다고 설명했다. 태양 전지판 사이사이에는 현창으로 쓰일 큰 창들이 나 있어서 전체적으로 번쩍거리는 띠 모양을 이루었다.

「이브, 대단하네. 자넨 내가 얼마나 이날을 손꼽아 기다렸는지 모를 걸세. 이제 자네는 그냥 엔지니어가 아니라 발명가일세. 자네가 이 거대한 기계를 만들었어.」

맥 나마라가 다정한 손길로 이브를 툭 쳤다.

파피용의 모습을 본 D. E. 센터 직원들의 에너지가 하나로 결집되기 시작했다.

슈니유빌에서는 원통 내부의 환경을 만들고 관리할 준비를 하기 위해 훈련의 강도를 높여 갔다. 태업을 선동하는 자들이 또다시 몇 명 발견되었지만 전체적인 분위기에 영향을 끼칠 정도는 아니었다. 그들은 천둥 같은 존재로 인식되었다. 위험하고 성가신 작은 현상이기는 하나 수확을 가로막을 수는 없었다.

창고에서 또다시 폭발이 일어났지만 사람들의 사기를 꺾지는 못했다. 그런데 그만 예기치 못한 일로 원만하게 진행되던 전체 프로젝트에 문제가 생기고 말았다. 아드리앵과 사이가 나빠진 사틴이 〈개인적인〉 이유를 들어 프로젝트에서 손을 떼고 센터를 떠나기로 결정을 내린 것이다. 그녀는 엔지니어와 탑승객 사이에 없어서는 안 될 가교 역할을 하며 지난 몇 달 동안 프로젝트 내에서 커다란 비중을 차지하고 있었다. 그런 상황에서 그녀의 공백은 클 수밖에 없었다.

그녀는 이브 크라메르와 엘리자베트 말로리 사이에서도 중간자 역할을 했고, 아드리앵 바이스에게는 일관성 있는 생태계를 만들 수 있도록 프로젝트 초기부터 최고의 버팀목이 되어 주었다.

맥 나마라가 급여를 두 배로 인상해 주겠다고까지 하면서 사직을 만류했지만, 그녀는 아드리앵에게 실망한 것이 큰 상처로 남았는지, 앞으로 일절 연락하지 말라는 말을 남기고 센터를 떠나 버렸다.

그녀는 D. E. 프로젝트의 기밀은 절대 발설하지 않겠다고 약속했다.

사틴이 떠나 버리자 당연히 아드리앵은 의기소침을 넘어 허탈감에 빠져 지냈다. 그는 미친 듯이 여자들 뒤꽁무니를 쫓아다니기 시작했다.

그의 공략 대상은 당연히 젊은 여성들이었다. 턱수염 대신 콧수염을 기르고, 입에 늘 물고 다니던 파이프를 버린 대신 껌을 질겅거리고 다녔다. 옷도 항상 운동복을 입고 나타났다.

엎친 데 덮친 격으로, 맥 나마라가 심장 발작을 일으켰다. 긴급히 병원으로 후송된 그가 수술을 받고 나자, 회사의 주가는 곤두박질쳤다. 맥 나마라 제국이 버틸 수 있는 요인은 무엇보다 단 하나뿐인 총수의 카리스마와 건강이라고 생각하던 투자자들의 신뢰가 무너져 버렸기 때문이다. 그때까지 미래의 우주 비행사와 엔지니어, 경비원 들에게 월급을 주고, 부품과 원자재를 구입하는 데 재정적인 문제를 느끼지 않던 센터에 자금 조달 문제가 생기기 시작했다.

센터 정문에서 발생한 차량 폭파 테러로 경비 초소에서 근무 중이던 경비원 한 명이 사망하고 나자 분위기는 완전히 엉망이 되었다.

이번에도 인간이라는 요소가 모든 걸 뒤죽박죽으로 만들어 놓고 말았다.

또다시 사람들은 회의에 빠져들었다. 끈질긴 의심과 불만.

「이 프로젝트는 재수가 없어.」누군가 이렇게 내뱉었다.

준비 작업이 지연되기 시작했다. 설상가상으로 사막에서 돌풍이 일어나 모든 것이 끈적끈적한 연갈색 미세 먼지로 뒤덮였다.

엘리자베트가 이브 크라메르의 사무실 문을 두드렸다.

「우리 둘이 이야기를 할 때가 된 것 같군요.」

그녀는 인사도 없이 이 말부터 꺼냈다. 그러고는 옆에 목발을 세워 놓고 고통스러운 한숨을 내쉬며 의자에 주저앉았다.

27. 소금의 정제(精製)

서로 마주 보는 눈들.

두 사람은 대화를 나누기 전에 오랫동안 서로를 빤히 바라보았다.

이브는 분노에 가득 차 원고석에 앉아 있는 그녀를 처음 보았던 날처럼 가슴이 먹먹했다.

그녀의 고함 소리, 그를 지목하는 그녀의 손가락, 불꽃이 일던 그녀의 터키옥색 눈동자. 그녀가 〈파괴자〉, 〈살인자〉라는 이름으로 부르던 인간을 향해 비난을 토해 낼 때 그녀의 어깨 위에서 일렁이던 탐스러운 붉은 머리칼. 그 모든 것이 그의 기억 속에서는 아직도 생생하기만 했다.

밖에서는 바람이 불어 파피용 주변에 서 있는 크레인들이 윙윙 소리를 냈다. 그의 집 창문으로 원통형 타워와 본체에 장착된 대형 엔진들이 서서히 연갈색 먼지로 뒤덮이는 모습이 내다보였다.

「마실 것 좀 줘요.」 드디어 그녀가 말문을 열었다.

이브가 재빨리 백포도주를 한 잔 따랐지만 그녀는 조금 더 독한 것으로 달라고 했다.

「음, 그러니까 본론으로 들어가기에 앞서, 나는 아직도 당신을 끔찍이 싫어한다는 사실부터 밝혀 두죠. 당신을 보던 그 순간부터 난 당신을 증오했어요. 당신을 죽이고 싶은 마음도 있었죠. 그러다가 죽음은 너무 빠른 결말이라는 생각이 들어 당신을 고문해야겠다고 생각했어요. 나중에는 당신이 엄청난 자책에 시달리는 것 같다는 인상을 받고서, 제일 지독한 고문 방법은 끈질긴 회한 속에서 허덕이게 하는 것이라는 결론을 내렸어요.」

그가 보일 듯 말 듯 고개를 끄덕였다.

「그런 와중에 당신 비서가 우리 집에 와서 행패를 부리더군요. 당신 이미지가 좋아졌을 리가 없죠. 그런데 그녀의 입에서 이 프로젝트 이야기가 나오더군요. 파피용호라고. 내가 무엇에 홀려 그 이야길 듣고 있었는지 모르겠어요. 대체 무엇에 홀려 그것을 상상하게 되었는지 말이에요. 〈별들의 범선〉이 대충 어떤 것일지 감이 오자 나는 동경심을 품게 되었어요. 그렇게 의지와는 반대로 당신을 향해 조금씩 나아가기 시작한 거죠. 거절했어야 하는데. 아, 그걸, 내가 거절했어야 하는데. 환상을 만드는 기질 탓에 스스로 걸려든 거예요. 옛날에도 전화로 시스템키친과 이중창을 파는 사람들의 꾐에 똑같이 속아 넘어간 적이 있었는데, 결국 세 번이나 교환을 해야 했어요. 사람이라는 게 쉽게 변하질 않나 봐요.」

그녀가 술을 한 모금 마셨다. 그녀를 쳐다보면서 그는 〈마지막 희망〉 센터에 온 이후로 그녀가 얼마나 날씬해졌는지 직접 확인할 수 있었다. 살집이 없어지고 붉은 머리카락은 예전처럼 구불구불하고 풍성했으며, 파란색 시선은 영롱해 보였다.

무엇보다 그녀의 체취가 그를 뒤흔들어 놓았다. 그녀에게

서 향신료와 땀 냄새가 뒤섞인 〈모험가〉의 냄새가 났다.

그녀는 더없이 아름다워 보였다.

〈생각은 못 하는 일이 없어. 그저 바라는 것만으로도 과거를 지울 수 있어.〉

이브가 되뇌었다.

「이 프로젝트, 〈마지막 희망〉에 이제 난 애정을 느끼게 되었어요. 우주로 배를 띄워 인류를 구하겠다는 생각은 정말 머리가 어떻게 되지 않고는 떠올리기 힘든 일이죠. 하지만 난 도전을 좋아하는 사람이에요. 이제 내가 혼신의 힘을 다하기 시작한 이상, 당신이 실패하게 놔두지 않겠어요. 더군다나 난 파피용 5호의 설계가 정말 대단하다고 생각해요. 이 우주 범선이야말로 내가 지금까지 보아 온 이동 수단들 가운데 가장 멋진 거예요. 물론 다른 대단한 것들도 많았어요. 물결과 바람을 가르는 배들 말이에요.」

그는 그녀를 뚫어져라 쳐다보았다.

「요즘 들어 모든 게 엉망이 되어 가는 것 같아요. 우리가 가지고 있던 행운이라는 자산이 바닥이라도 난 것처럼 말이죠. (그녀가 잠시 침묵을 지켰다.) 어쨌든 이제 더 이상 내가 당신을 혐오하고 있을 상황이 아닌 건 분명해요. 난 당신을 용서하지 않았어요, 절대 용서하지 못할 거야. 하지만 당신이 이것만은 알아줬으면 해서 왔어요. 이런 어려운 시기에, 음…… 뭐랄까……. 무슨 일이 있어도…… 난 당신과 함께하겠어요.」

엘리자베트가 단숨에 술잔을 비웠다.

「고맙소.」이브가 말했다.

「아니에요, 나한테 고마워할 건 없어요, 당연한 일이죠. 당신한테 이미 말했듯이 난 이 프로젝트에 애정을 가지고 있어요. 그리고 난 상황이 어려워졌다고 포기하는 체질이 아니에요. 개인적인 철학의 문제죠.」

「고맙소.」 그가 다시 한번 말했다.

「역풍이 불고 있어요. 사틴의 사직, 가브리엘의 건강 문제, 아드리앵의 무관심, 방해 공작, 위협, 예산 감축, 그리고 또 14만 4천 명 사이에서 벌어지는 갖가지 문제들…… 아드리앵이 매주 최소한 1백 명씩은 다시 충원해야 하는 상황이고…….」

「알아요. 배가 가라앉고 있죠.」

「내 앞에서 그런 말 하지 마요. 이 프로젝트가 어떻게 태동했는지, 어떤 원대한 야망을 품고 있는지 잊어서는 안 돼요.」

골반이 아픈지 엘리자베트가 인상을 약간 찡그렸다.

「우리가 이제 와서 포기할 수는 없어요.」

〈우리〉라는 전혀 예상치 못한 단어를 듣고 이브는 아무 대답도 하지 못했다.

「우리는 지금 탈진 상태예요. 앞만 보고 달려왔으니 당연하죠. 이제는 결승 지점에 도달하기 위해 또 한 번 숨을 고를 때예요.」

아주 오래전부터 고대하던 순간이었는데, 막상 말을 듣고 보니 이브는 당혹스럽기만 했다.

「되돌아가기에는 너무 멀리까지 왔어요. 여기서 포기한다면 우리는 우리 자신을 절대 용서할 수 없을 거예요. 선택의 여지가 없어요, 앞으로 나아가는 수밖에.」

그녀는 거의 습관처럼 계속 시선을 외면하고만 있는 그의 반응을 이끌어 낼 방법을 생각했다.

「당신 봤어요? 난 얼마 전부터 목발을 짚고 걸어다닐 수 있게 됐어요. 의사들은 내가 해낼 수 있을 거라고 생각지도 않았어요. 나한테 잘될 거라고 말은 하면서도 확신은 없었지요. 난 불가능한 일인 줄 몰랐어요…… 그래서 해낸 거예요. 이 프로젝트처럼. 우린 이게 불가능한 일인 줄 몰랐죠, 그래서 지금 해내고 있는 거예요.」

이브 크라메르가 침을 꿀꺽 삼키고 나서 물었다.

「왜 나에 대한 생각을 바꿨소?」

「당신이 했던 말들 중에 내 머리를 떠나지 않는 말들이 있었어요. 아예 내 머릿속에 똬리를 틀고 떠나질 않더군요.」

힘이 들었는지 그녀가 자세를 틀어서 고쳐 앉았다.

「어떤 말이?」

「〈마지막 희망은 탈출이다〉라는 말, 또 〈언젠가 인류는 다른 곳에, 가능하다면 다른 방식으로 정착할 것이다〉라는 말. 이것들 말고 가브리엘이 한 말도 있는 것 같네요. 어느 날 저녁에 그가 나한테 〈모든 것은 역설이다. 그리고 진정한 지혜라는 것은 그러한 역설을 인식하는 것이다〉라고 하더군요.」

그녀는 마치 맥 나마라가 저세상 사람이라도 된 듯이 그에 대해 이야기하고 있었다. 이브는 약간 난감한 기분이 들었지만, 그녀가 말하는 의도가 무엇인지는 알 수 있었다. 그것은 맥 나마라를 위한 추도문이라기보다는 그녀 나름의 경의의 표시였다.

「나한테 일어난 사고가 〈역설적으로〉…… 〈좋은 일〉이 아니었나 하는 생각까지 하게 되었어요.」

그녀는 맥 나마라의 흉내를 내고 싶은 것처럼, 방금 한 말이 거짓말이었다고 스스로를 확인시키고 싶은 것처럼, 키득

키득 신경질적인 웃음소리를 냈다.

「당신은 나 때문에 엄청난 고통을 겪었소. 그게 어떻게 좋은 일이 될 수 있겠소, 그건 비극이오.」이브가 간략하게 대답했다.

그는 입술을 깨물었다.

「누가 알겠어요? 당신이 내 육체의 기능을 정지시키면서 어쩌면 내 마음의 문을 열었는지도. 사고가 일어나지 않았더라면 내 인생이 어떻게 됐겠어요? 영광도 한때예요. 결국에는 더 이상 승리도 못 하고 항해도 그만두는 때가 찾아왔을 거예요. 돈 많고 잘생긴 플레이보이를 만나 살림을 차리고 최고의 자식들을 잔뜩 낳고는 늙어 죽겠죠. 그게 내 인생의 〈평범한〉 길이었을 거예요. 그렇게 사는 동안에도 머릿속은 하나도 변하지 않았겠죠. 기껏 나 자신의 쾌락과 안락한 소시민적 삶만 생각하고 살았을 테니까. 그런데 지금은…… 당신을 만나고, 당신의 그 황당무계한 생각들 덕분에 내가 인류를 구원하고 다른 행성을 발견할지도 몰라요.」

「우리들 중에는 그곳에 도착하는 사람이 아무도 없을 거요. 최소한 1천 년이 걸릴 테니까.」이브가 정정해 주었다.

세세한 이야기로 넘어가는 것을 피하기 위해 엘리자베트가 너글너글하게 나왔다.

「그래도 최소한 우리 자식들이 다른 곳으로 가서 더 나은 세상을 건설할 기회는 줄 수 있잖아요.」

두 사람은 멀찍이 떨어져 있으면서 한동안 말이 없었다.

「밤에 자기 전에 자신의 수호천사에게 질문을 하면 다음 날 답을 얻을 수 있다는 이야기를 가브리엘한테 들었어요.」

이브는 맥 나마라가 자신과 똑같은 주제로 엘리자베트와

도 이야기를 나눈다는 사실이 의아했다.

「그래서 잠들기 전에 질문했더니 아침에 답이 왔더군요.」

「무슨 질문이었소?」

그녀는 못 들은 척하며 계속 말을 이어 갔다.

「밤마다, 잠들기 직전에 지금까지 살아온 인생을 다시 돌아보며 지우고, 다시 프로그래밍을 하고, 매듭을 풀 수 있다고 가브리엘이 말해 줬어요. 어제 저녁에 난 과거로 되돌아가 매듭을 하나 풀었어요.」

「과거를 바꿀 수는 없소. 엎질러진 물이지. 깨진 꽃병을 다시 붙일 수는 없는 법이오.」

「그거야 모르죠. 생각의 위력은 끝이 없는걸요. 날 봐요, 난 두 다리를 다시 쓸 수 있게 되었어요. 이게 물질에 대한 정신의 승리가 아니고 뭐겠어요?」

그렇게 이야기하고 나자 그녀는 목발 없이도 걸을 수 있다는 것을 보여 주고 싶었다. 그러나 당당하게 몇 걸음을 떼고 나더니 그만 넘어지고 말았다.

28. 불순물

　싸늘한 돌풍에 깃발들이 펄럭이자 검은 바탕천에 그려진 새파란 나비와 흰 별들이 돋보였다.

　〈마지막 희망〉 센터는 한 박자 늦춘 상태로 돌아가고 있었지만, 원기둥 안에서의 생활에 익숙해지기 위한 참가자들의 훈련은 계속되었다.

　파피용호에 대해 이것저것 가리지 않고 무조건 기사를 내보내던 언론은 이제 관심조차 갖지 않게 되었다.

　몇몇 예외적인 경우를 제외하면 기자들이란 본디 냄비 근성이 있는 사람들이었다. 뭔가 새로 기삿거리로 우려먹을 소재가 필요하던 차에, 마침 대규모 지진이 발생해 해안 도시 하나가 주민들과 함께 지도상에서 깡그리 자취를 감추는 일이 일어났다. 이와 때를 같이하여 〈마지막 희망〉 프로젝트를 가장 맹렬하게 비난했던 한 독재자가 자국의 핵무기 보유 사실을 밝히며 종교적인 대의를 위해서라면 인접국을 초토화하기 위해 핵무기를 사용할 의사가 있다고 밝혔다. 전 세계적으로 긴장이 한층 고조되었다. 마치 역사가 액셀러레이터를 밟고 있는 것 같았다.

　세계 대도시들의 하늘은 대기 오염 때문에 늘 짙은 황갈색 안개로 뒤덮여 있었다. 도시인들은 뻑뻑한 공기 속에서 제대로 숨을 쉴 수조차 없었다. 테러가 수도 없이 자행되어 이제 더 이상 기삿거리조차 되지 않았다. 지하철과 버스는 테러리스트들이 선호하는 목표물이었다.

타액으로 전염되는 신종 바이러스가 기승을 부렸으나 과학자들은 해결책을 찾지 못하고 있었다.

〈마지막 희망〉 센터에서는 우주선 조립 작업이 끝났다. 이제 파피용 5호는 시운전이 가능한 상태가 되었다. 우주선 내부의 인테리어를 마지막으로 손보는 일만 남았다.

퇴원한 뒤 센터로 돌아온 맥 나마라는 서서히 기운을 회복했다. 마지막 희망 프로젝트가 그에게 건강을 회복해야 하는 이유가 되었다.

아드리앵 바이스는 천문학을 전공한 센터의 엔지니어 카롤린 톨레다노와 커플이 되었다. 남자 친구로부터 자극을 받은 카롤린은 사틴의 공백을 성공적으로 메우며 센터의 수뇌부에 합류했다. 역동적이며 예술가적 기질이 있는 이 갈색 머리 여성은 금방 팀 내에서 없어서는 안 될 존재가 되었다.

엘리자베트 말로리와 이브 크라메르는 파피용호의 두 초대형 날개를 움직일 제어 시스템 작업 문제로 이제 주기적으로 얼굴을 마주하는 사이가 되었다.

하지만 두 사람은 기술적인 이야기만 나눌 뿐 개인적인 이야기는 일절 하지 않았다.

이브는 햇살돛을 작동시키기 위해 구식 3돛대 범선에 있었던 리깅을 연상시키는 밧줄 시스템을 생각해 냈다. 엘리자베트는 뒷면 혹은 측면에서 태양풍이 불어오는 점을 고려해서 돛의 형태와 가장 잘 맞는 도르래 구조를 발명했다.

하루는 엘리자베트가 이브에게 선물을 주었다.

깜짝 놀란 이브가 리본을 묶은 선물 상자를 흔들어 보고는 상자를 열고 속지를 꺼냈다. 상자 속에서 하얀색과 검은색이 섞인 보들보들한 털 뭉치를 꺼내니, 낑낑대는 주둥이에서 분홍색의 까끌까끌한 혀가 쏙 나왔다. 생후 2개월 된 아기 고양이였다.

「난 배를 탈 때 항상 고양이를 한 마리 데리고 타요.」

그녀가 갑작스러운 선물을 준 이유 대신 한 말이었다.

「뱃사람에게는 행운의 상징이죠. 대형 범선들의 선창에 식량을 갉아 먹는 쥐들이 우글우글하던 시절에 고양이를 키우던 게 시초인 것 같아요. 고양이가 그땐 일종의 수호자였던 셈이죠.」

이브가 고양이를 쓰다듬자 고양이가 가르랑거리기 시작했다.

「암컷이오, 수컷이오?」

「모르겠어요. 이 나이 때는 아직 알 수 없어요. 조금 더 기다려 봐야 해요.」

「고맙게 받겠소. 그런데 고양이 이름을 지어 줘야 될 것 아니오.」

「흰색과 검은색이 섞였으니 도미노라고 부르는 게 어때요? 암수 상관없이 어울리는 이름이기도 하고요.」

이브는 계속 가르랑거리는 고양이를 쳐다보고 있었다.

「우리의 마스코트가 될 거요. 도미노가 우리와 함께 있는 한 모든 일이 잘 풀릴 것이라고 확신하오.」

그때부터 이브 크라메르는 해적이 어깨에 앵무새를 앉히듯 고양이를 오른쪽 어깨에 얹고 복도를 걸어다녔다.

슈니유빌에서는 승무원들이 이륙에 필요한 구체적인 행동들을 점검하는 작업에 들어갔다.

　엘리자베트와 맥 나마라는 마치 프로젝트의 진전이 생물학적인 재건 과정에 불을 지피기라도 한 것처럼 건강이 좋아졌다.

29. 강한 불로 익히다

한동안 바람이 세차게 불더니 이번에는 무더위가 찾아왔다. 사람들은 모두 지쳐 버렸고 작업 속도도 현저히 떨어졌다. 로켓 제작장은 땀 냄새, 미적지근한 금속 냄새, 플라스틱 냄새, 먼지 냄새로 가득했다. 사람들이 점점 카페테리아에 머무는 시간이 길어졌고, 작업대 위에 쓰러져 잠이 드는 사람도 생겼다.

〈마지막 희망〉 센터가 서서히 무기력감에 휩싸이고 있었다.

곤충들조차 자취가 뜸해졌다.

그런데 그런 상황을 완전히 뒤집어 버리는 신문 기사가 등장했다.

한 주요 일간지의 기자가 다음과 같은 제목의 칼럼을 실은 것이 발단이었다. 〈만약 우리가 정말 볼 장 다 본 상황이라면 어떻게 할 것인가? 마지막 희망 프로젝트가 몇몇 과대망상에 빠진 광신도들의 희망이 아니라 진정으로 전 인류를 위한 마지막 희망이라면 어떻게 할 것인가?〉

기자가 지독한 우울증이나 편집증 증세에 시달리던 와중에 우연히 파피용호를 다룬 옛날 다큐멘터리를 본 게 틀림없었다.

기사 자체는 특별하거나 새로운 내용이 전혀 없는, 단순한 〈유머란 꼭지 기사〉일 뿐이었다. 그런데 마침 살인적인 지진이 발생한 직후인 데다 대통령 선거를 앞둔 민감한 시점이어서, 기사의 파장이 일파만파로 번져 나갔다.

국가가 직면한 경제, 사회적 문제로부터 국민들의 관심을 돌릴 수 있는 방법을 늘 고심해 오던 차에, 대통령은 직접 나서서 그 기사를 거론하며 관련 사안을 집중 부각했다. 그리고 〈이기주의자들이 우리를 빼놓고 도망가는 모습을 좌시하지 말자〉라는 내용을 주제로 캠페인을 시작했다.

드디어 입 밖으로 튀어나왔다. 이기주의자라는 단어가.

이제 〈마지막 희망〉 프로젝트에 참여하는 사람들에게 가망 없는 세상에서 혼자만 살겠다고 하는 이기주의자 집단이라는 낙인이 찍혔다. 맥 나마라는 처음에는 그런 반응에 별 신경을 쓰지 않았다. 언론이 딴죽을 거는 것이 이번이 처음은 아니었기 때문이었다. 그는 기자나 정치인의 입보다는 스파이의 방해 공작이 훨씬 파괴적이라고 믿는 사람이었다.

아무래도 맥 나마라가 그들이 얼마나 골치 아픈 존재가 될 수 있는지 제대로 파악하지 못하고 있었던 모양이었다.

이내 파피용호에 반대하는 시위대들이 등장했다. D. E. 센터의 발기인들의 초상화와 별 무리를 배경으로 파란 나비가 그려진 깃발들이 불태워졌다.

「대체 누가, 우리를 얼마나 증오하기에 이런 반대 시위를 하는 겁니까?」

텔레비전 뉴스를 보던 이브는 놀라움을 감추지 못했다.

「보수 반동적인 자들이지. 순식간에 우리가 그들의 새로

144

운 증오의 대상이 된 거요. 대중들한테는 항상 누군가 증오할 대상을 만들어 줘야 하는 법이지. 억만장자가 얼마나 거슬리겠소. 유명한 여성 항해사는 또 얼마나 질투를 불러일으키는 존재냔 말이오.」

「그렇지만 난 성공한 게 없는 사람이 아닙니까.」

「해고당한 엔지니어니까…… 맞는군. 질투할 대상은 아니지. 하지만 사람들이 좋아하지 않는 인간형은 두 부류로 나눌 수 있소. 성공하는 인간과 실패하는 인간.」

「그것 역시 선생의 철학에 근거한 설명입니까?」

「경험에서 나온 것들이오. 우리 세 사람 모두 맹목적으로 낭떠러지를 향해 내달리는, 부화뇌동하는 대중의 신경을 긁고도 남을 사람들이오. 더군다나 무리에서 빠져나와 무리를 구하겠다며 공동의 프로젝트를 추진하고 있지 않소. 어떤 인간이 우리보다 더 〈반체제적〉일 수가 있겠소?」

그가 폭발적인 웃음을 터뜨렸다.

「적대적인 반응들이 이렇게 뒤늦게 나온 건 거의 기적에 가깝다고 봐야 하오. 두고 보시오. 우리가 필요할 때 우리를 돕겠다고 나서는 사람이 아무도 없지 않았소. 이제 우리가 공격을 받게 되었어도 여전히 우리 편을 들어 줄 사람이 아무도 없을 것이오.」

「세 종류의 적이 존재한다, 이거 아닙니까? 똑같이 하고 싶은 자들, 반대로 하려는 자들, 아무것도 하지 않으려는 자들, 이 세 종류 말입니다. 〈모난 돌이 정 맞는다〉는 이야기일 테지요.」이브 크라메르가 기억을 떠올리며 말했다.

맥 나마라가 체념한 듯 어깨를 으쓱해 보이고 나서 덧붙였다. 「그냥 냉정을 잃지 말고 앞만 보고 가면 되는 거요.」

일주일 후, 국회에서 〈위급 상황 방치죄〉라는 죄목을 붙여 〈마지막 희망〉 프로젝트에 불법이라는 딱지를 붙일 목적으로 관련 법 개정안을 표결에 부쳤다.

참으로 놀라운 것은 이제 국회의원들이 정파를 막론하고 너나없이 〈마지막 희망〉을 공동체를 위한 구원책으로 여기고 있다는 점이었다.

역설적이게도 생태주의자들이 가장 맹렬하게 이 〈과대망상적인〉 프로젝트를 비난하고 나섰다. 이번에도 어김없이 한번 물꼬가 트이자 모두들 정신없이 달려들었다. 신문 사설들은 너 나 할 것 없이 사형 선고를 내렸다. 뼈 있는 말들, 괘씸죄 적용, 프로젝트 참가자들에 대한 인신공격이 점점 도를 더해 갔다. 기자들은 한편으로는 그들을 경솔하고 신뢰가 가지 않는 사람들이라고 비난하고, 다른 한편으로는 혼자만 잘 살겠다는 인간들이라고 비난했다. 〈마지막 희망〉은 부자들이 추진하는 프로젝트로 인식되어 가난한 자들의 심기를 건드렸다. 〈마지막 희망〉은 프로젝트에서 배제된 부자들의 심기도 건드렸다. 〈마지막 희망〉은 좌파, 우파, 종교계가 보기에도 탐탁지 않았을뿐더러, 사람이 살 수 있는 다른 행성을 찾으려는 시도가 종교적인 냄새를 풍긴다는 해석을 은근히 내놓는 무신론자들의 마음에도 들지 않았다.

여론 조사에서 국민의 83퍼센트가 서로 모순되는 여러 가지 이유를 들어 우주선 제작에 반대하는 것으로 나타났다. 여러 나라들에서 그 〈쇼〉를 그만두도록 조처를 취하라고 정부 측에 압력을 넣었다.

처음에는 생각, 다음에는 표현, 마지막에는 구체적인 행동으로 나타났다. 국회에서 〈허가 없이 우주로 도주〉하는 행

위를 금지하는 특별법을 채택했다. 그와 동시에 〈마지막 희망〉 센터 건물을 비롯해 우주선 및 센터에 속하는 모든 물건들을 국유화해 국방부에 귀속시킨다는 내용을 골자로 하는 시행령이 공포되었다.

대부분의 언론들에서 이미 〈미치광이 억만장자〉라고 부르는 맥 나마라의 항공 우주 센터를 접수하기 위해 소형 장갑차와 경탱크로 무장한 5백 명의 정예 장병들로 구성된 헌병 순찰대가 파견되었다.

30. 하얀 연기

기온이 끝도 없이 올라갔다. 건조한 공기는 숨을 쉴 수 없는 지경이 되었다.

맥 나마라는 화기(火器)를 사용하는 한이 있더라도 최대한 오랫동안 버티라고 경비대에 지시했다. 하지만 헌병 분대의 도착이 임박했다는 사실이 알려지기 무섭게 경호원들이 절반 가까이 줄행랑을 놓아 버렸다.

나머지 절반도 혼자 힘으로는 무장한 병력을 제지할 수 없다고 판단해 금세 그들의 뒤를 따랐다. 맥 나마라는 휘하의 병력이 자신을 저버리는 모습을 체념한 듯 지켜보았다.

「용병들에게서 기적을 바라서는 안 되지. 군인들을 우주선에 태우지 않기로 결정한 것은 정말 잘한 일이야.」

이브 크라메르가 생각에 잠긴 채 고개를 끄덕였다.

「전 세계가 한목소리로 선생이 틀렸다고 소리치는데 어떻게 스스로 옳다는 확신을 유지할 수 있습니까?」

아드리앵 바이스는 아무 이야기도 듣지 못한 척하면서 보고를 계속했다.

「14만 4천 명의 탑승자들을 고립 상태에서 생활하게 한 지 일주일이 지났습니다. 뉴스를 접하지 못했으니 최근에 사

149

소한 〈걱정거리〉가 생겼다는 사실을 알 리 없죠. 하지만 결국 뭔가 미심쩍다고 느낄 겁니다.」

「어떻게 하자는 이야기요?」

「병력은 없지만 우리는 수적으로 대단히 우세하고 의지도 강합니다. 끝까지 버티는 게 불가능한 일은 아니죠. 만일의 사태에 대비해서 제가 따로 비축해 둔 무기들을 나눠 줄 생각입니다.」

이브가 개입했다.

「소용없는 짓이오. 14만 4천 명은 다름 아니라 비폭력적인 성향 때문에 뽑힌 사람들이 아니오. 전투력은 매우 약할 게 분명하오.」

「그럼 어쩌자는 겁니까? 이대로 항복할 수는 없어요.」

이때 엘리자베트가 용단을 내렸다.

「싸우지 말고 달아나요. 〈마지막 희망은 탈출〉이라는 게 우리 프로젝트의 슬로건 아닌가요?」

「엘리자베트 말이 맞소. 언제면 이륙 준비가 완료되겠소?」 맥 나마라가 물었다.

이브 크라메르가 중앙 처리 장치에 연결된 컴퓨터를 켜고 여러 도면과 숫자 리스트를 확인했다.

「만약 모든 점검을 생략한다고 하면, 준비는 다 끝났다고 볼 수 있습니다. 내일이면 이륙이 가능합니다.」

「그럼 헌병대는 언제 도착하는 것으로 보도되었소?」

아드리앵이 인터넷에 접속했다. 화면에서 여러 차례 ID 확인을 거친 후 국방부 의사 결정 팀의 심장부에 진입했다.

「내일입니다.」

〈마지막 희망〉 프로젝트의 주축 멤버들은 서로의 얼굴을 쳐다보며 공통된 생각을 읽었다. 마치 운명이 결전의 시간을 정해 준 것 같았다.

「좋소. 분명히 짚고 넘어갑시다. 우리가 최대한 빨리 이륙할 수 있는 시간은 언제고, 그들이 도착하는 시간은 몇 시요?」맥 나마라가 담배에 불을 붙이며 물었다.

아드리앵이 컴퓨터에서 몇 페이지를 확인한 후 말했다. 「장갑차 때문에 이동 속도가 느려지는 점을 감안하면 아마도 내일 아침 11시경에 이곳에 도착할 것 같습니다.」

「그럼 우리는, 우리는 몇 시에 이륙할 수 있을 것 같소, 이브?」

이번에는 이브가 컴퓨터 자판을 두드리며 몇 가지 숫자를 확인한 뒤 말했다. 「내일 저녁 8시면 됩니다.」

「너무 늦어. 몇 시간 차이 때문에 모든 게 수포로 돌아간다면, 정말 바보 같은 짓이야.」

이브가 컴퓨터를 끄고 사람들을 향해 돌아섰다.

「좋습니다. 그럼 오늘 밤을 새워서라도 작업을 완료하기로 하죠. 내일 아침 동이 틀 때 파피용을 발사해야 합니다.」

「불가능해요.」프로젝트의 마무리 작업을 감독하고 있는 카롤린이 말했다.

「그게 안 되면 우린 지금까지 헛고생을 한 꼴이 된단 말이오.」맥 나마라가 허탈한 제스처를 보이며 말했다.

이브가 입술을 깨물었다.

「알았습니다. 전원, 지금 작업을 시작하도록 조치하죠. 그런데 이건 좀 다른 문제인데…… 현재 이곳에 있는 사람들 모두에게 우주선에 승선하라고 이야기해야 합니까?」

「물론이오.」

「그럼 건강이나 나이, 자율성, 장기간 복용하는 약의 유무 등등 여러 가지 기준에 부합하지 않는 사람들이 많아진다는 이야기가 되는데…….」

「문자 그대로 적용하지 말라고 만드는 규정들도 있는 법이오. 동기 부여라는 기준에만 부합한다면 다른 건 문제 될 게 없을 거요.」

동의를 뜻하는 참석자들의 웃음.

「그럼 저는 탑승자 선발을 맡고 있는 심리학자 서른두 명에게도 우리 팀에 합류하라고 하겠습니다.」 아드리앵 바이스가 말했다.

「지금까지 남아 있는 스무 명가량의 군인들도 있어요. 아마도 프로젝트에 대한 열정 때문에 남은 사람들일 거예요.」 카롤린이 말했다.

「그렇기 때문에 겉모습으로 사람을 판단을 해서는 안 되는 거요. 좋은 사람들이야 도처에 있게 마련이니까.」 아드리앵이 한마디 거들었다.

「지금 현재 이곳에 있는 사람은 모두 탑승할 수 있소.」

안절부절못하던 맥 나마라가 내린 결론이었다.

「이제 와서 저놈들에게 먹잇감으로 던져지기나 하려고 사람들이 오랜 기간 우리와 함께 일한 건 아니지 않소. 그리고 우리 파피용호에 대한 정보를 발설할 수 있는 사람이야 적으면 적을수록 좋은 것이고. 저자들이 원거리에서 프로젝트를 망치거나 비행선을 보내 우리를 공격하는 일은 없어야 하지 않겠소.」

이브 크라메르는 멀리 하늘을 올려다보았다. 하늘이 손짓을 하는 것 같았다. 그의 인생이, 또 어쩌면 인류의 미래가 앞으로 몇 시간 후에 결정될 것이다.

뒤에서 인기척이 느껴졌다. 누구의 냄새인지 알지만 그는 돌아보지 않았다.

「지금 우리는 모두 한배를 타고 있어요. 이제 더 이상 뒤로 물러나는 건 불가능해요. 성공하거나 아니면 죽거나죠.」

「만약 우리가 죽는다면?」

「적어도 시도는 해봤으니까…….」

엘리자베트 말로리가 결연하게 대답했다.

31. 승화

무더위가 지나가자 서쪽에서 몰려온 짙은 구름들이 하늘을 탁하게 뒤덮었다. 번개가 지평선에 얼룩무늬를 그리며 땅과 건물들을 뒤흔들고 있었다. 기온이 급강하했다. 마치 하룻밤 사이에 삼복더위가 한랭 기류에 자리를 내어 준 꼴이었다. 그토록 짧은 시간에 이렇게 대조적인 날씨로 바뀌는 것도 참으로 드문 일이었다.

모두들 기진맥진한 상태였다. 하지만 이전의 평범한 인생으로 돌아가겠다는 생각을 하는 사람은 아무도 없었다.

사람들은 하나같이 이브 크라메르의 꿈속에 있었다. 〈언젠가 인류가 다른 곳에서, 가급적이면 다른 방식으로 살아가게 되리라는〉 꿈 말이다.

새벽 4시. 14만 4천 명의 긴 행렬이 거대한 우주선 안으로 들어가기 시작했다. 각자 우주복을 착용하고 가방을 들고 있었다. 그들은 환승 구역에 자리를 잡고 안전벨트를 착용했다.

천둥이 그치더니 우박이 소나기처럼 쏟아졌다. 텅 빈 파이프를 때리는 탁구공 소리를 내며 우박이 요란하게 우주선을 후려쳤다.

새벽 6시. 아주 작은 곤충에서 덩치 큰 암소에 이르기까지, 생태계를 구성할 동물들을 우주선 안으로 들여놓았다. 그다음에는 자동 냉각 저장고와 그것을 돌릴 핵전지가 들어갔다. 저장고 안에는, 맥 나마라가 새로 도착할 행성에서 지구와 비슷한 동식물상을 재현하려면 반드시 필요하다고 생각하는 동물들의 수정란을 냉각해서 담은 시험관들이 들어 있었다.

6시 30분. 원기둥의 하단을 구성하는 두 개의 탱크에 각각 공기와 물을 채우고 이륙 시 필요한 연료통에 연료를 채워 넣었다.

6시 45분. 이제 파피용빌과 슈니유빌에 남아 있는 사람은 단 한 명도 없었다. 〈마지막 희망〉 센터 전체가 텅 비었다.

7시. 우박이 그치고 비가 억수같이 쏟아지기 시작했다.

「날씨도 우리를 도와주지 않는군요. 이륙에 문제는 없을까요?」 카롤린이 먹구름으로 뒤덮인 하늘을 쳐다보며 물었다.

「어쨌든 우리는 선택의 여지가 없어요. 비가 내리는 가운데 이루어지는 최초의 로켓 발사가 되겠죠.」 이브가 말했다.

7시 45분. 이브, 가브리엘, 엘리자베트, 아드리앵, 카롤린이 최종 점검을 마치고 제어 센터의 높은 이동식 타워와 파피용호 머리 부분의 오른쪽 안구를 연결하는 제일 높은 트랩으로 걸어 들어갔다.

8시. 서른 개의 분사구 엔진이 일제히 불을 내뿜기 시작했고, 엘리자베트는 150부터 시작해 카운트다운에 들어갔다.

스크린의 숫자가 130을 가리킬 때 조종석 내부로 이미지를 전송하는 외부 카메라들에 예상 시간보다 훨씬 일찍 도착한 헌병대의 모습이 포착되었다.

「이제 이륙해야 하오.」

맥 나마라가 한숨을 내쉬었다.

「트랩을 걷으라고 하시오.」

그때, 이브가 갑자기 안전벨트를 풀고 자리에서 일어나자 동료들이 깜짝 놀란 눈으로 그를 쳐다보았다.

「두고 온 게 있어요!」 그가 소리쳤다.

「너무 늦었어요.」 아드리앵이 그의 팔을 잡으며 소리쳤다.

하지만 이브는 단호하게 팔을 뿌리쳤다.

「이브 때문에 다 된 죽에 코 떨어지겠어!」

「내가 나가서 도와줄게요!」 이번에는 엘리자베트가 자리에서 일어나며 말했다.

「카운트다운은 멈추지 마요, 잠깐이면 되니까. 이브가 찾는 게 뭔지 내가 알아요. 그게 어디 있는지 아는 사람은 나밖에 없어요.」

이브 크라메르는 도미노를 마지막으로 본 관제실에서 그 고양이를 찾았다.

천둥이 치자 센터 전체가 진동했다. 창밖의 하늘은 어두컴컴해서 꼭 한밤중 같았다. 유리창으로 빗줄기가 흘러내리고 있었다.

「도미노는 개수대 밑에 숨었어요. 거기로 들어가는 걸 봤어요.」 엘리자베트가 멀리서 소리쳤다.

이브는 개수통 아래쪽 구멍에서 낑낑거리는 작은 소리를 들었다. 고양이를 잡으려고 했지만 고양이는 같이 놀자는 뜻이라고 생각하고 다가오는 이브의 손을 할퀴었다. 고양이가 폴짝 뛰더니 방안을 신나게 뛰어다니기 시작했다.

「안 돼, 도미노! 지금은 아니야! 돌아와!」

벌써 멀리서 출입문을 뚫고 〈마지막 희망〉 센터로 진입하는 헌병대 차의 사이렌 소리가 들렸다.

고양이는 책상 밑으로 기어 들어갔다.

「잊어버려요. 고양이한테는 안된 일이지만.」 엘리자베트가 간절히 부탁했다.

「저 고양인 우리의 마스코트고, 행운의 상징이오. 당신이 그렇게 말하지 않았소!」

「도미노, 도미노!」

엘리자베트는 문득 이브에게 괜히 고양이를 선물했다는 생각을 하면서 계속 고양이의 이름을 불렀다.

달아나는 도미노를 잡으려고 뒤쫓아 가던 그녀가 그만 비틀비틀하더니 쓰러지고 말았다.

이브가 부리나케 달려가 그녀를 일으켜 주었다. 고양이는 멀찌감치 떨어져서, 그러잖아도 놀고 싶던 차에 사람들이 잡기 놀이를 하자고 왔으니 잘됐다는 듯한 자세를 취하고 있었다.

「고양이는 포기해요, 어쩔 수 없어! 마지막 순간에 고양이를 구하는 건 영화 속에서나 일어나는 일이에요.」

〈똑똑한 고양이는 영화 속에나 있는 거지.〉

「고양이를 놔두고 갈 수는 없소!」

「아무리 애착이 가도 미래로 가기 위해서는 더러 과거의 잔재를 떨쳐 버릴 줄도 알아야 해요!」

「당신이 나한테 이런 이야기를 할 입장이오?」

엔진 소리, 사람들의 목소리, 황급히 뛰어오는 발소리가 뒤섞여 점점 가까이 다가왔다.

「제발 돌아가요! 그리고…… 미신을 믿으면…… 불행해진다고요!」

다리를 짓이기는 듯한 고통 때문에 엘리자베트가 얼굴을 찡그렸다. 이브가 그녀를 부축했다. 센터 안으로 침입하는 헌병대의 소리가 가까워지자, 두 사람은 함께 뛰기 시작했다.

「빨리, 저쪽으로!」 메가폰을 통해 권위적인 목소리가 우렁차게 말했다.

이브가 달아나면서 컴퓨터 한 대를 넘어뜨려 산산조각 냈다. 이내 쩌렁쩌렁 고함 소리가 울려 퍼졌다.

「놈들이 아직 저기 있다. 서둘러!」

헌병들이 뒤따라오고 있었다. 이브와 엘리자베트는 어렵사리 트랩 쪽으로 가까이 갈 수 있었다.

고양이는, 분위기는 먼저 띄우더니 지금은 자기를 내버려두고 도망치는 두 사람을 도무지 이해할 수 없으면서도, 이내 신이 나서 뒤쫓아 오기 시작했다. 하지만 두 사람이 자기를 잡으려고 손을 내밀기라도 하면 냅다 반대쪽으로 달아날 태세를 취하고 있었다.

겨우 트랩에 도착했을 때, 이브와 엘리자베트는 뒤쫓아 오는 헌병들의 조그만 형체들 한가운데 있는 도미노의 모습을 볼 수 있었다.

플라스틱과 금속으로 제작된 트랩을 내리치는 요란한 빗소리를 뚫고 간간히 찢어지는 천둥소리가 들렸다. 고양이가 아옹아옹 하며 울기 시작했다.

「당신한테 고양이를 선물하지 말았어야 했는데!」

엘리자베트가 로켓 안으로 뛰어 들어가자 이브도 뒤따라 달려 들어갔다.

「서지 않으면 쏘겠다!」

저 멀리 보이는 군복을 입은 사람들 사이에서 쩌렁쩌렁하게 울리는 목소리가 들렸다.

벌써 이브는 감압실 잠금 버튼을 누르고 있었다. 버튼이 작동하지 않는 바람에 핸들을 수동으로 조작해야 했다. 고양이는 트랩 위에서 까불거리고 뛰어다니면서 안간힘을 쓰고 있는 인간을 쳐다보았다. 고양이는 문이 서서히 닫히는 모습을 지켜보면서 생각했다. 누구랑 노는 게 좋을까? 저기서 뛰어오는 낯선 얼굴들, 아니면 이미 알고 있는 사람들?

고양이는 오직 본능에 따라 예전에 자기 밥그릇에 비스킷을 채워 준 적이 있는 사람들을 선택하기로 결정했다.

시간이 되었다. 고양이는 문이 닫히기 직전에 안으로 뛰어 들어왔다. 입구에 잠금 장치가 걸리자 이브는 트랩 제거 시스템을 가동했다.

이미 트랩으로 들어서 있던 추격자들은 미처 뒤로 물러날 시간을 갖지 못했다.

트랩이 제거되면서 우주선과 제어 센터 사이의 연결은 완전히 끊어졌다.

무장 병력은 이미 파피용호를 완전히 포위한 상태였다. 메가폰을 잡은 장교 하나가 최후통첩을 보내왔다.

「밖으로 나와라, 너희들은 포위됐다!」

우주선 꼭대기의 조종실에 있던 이브, 엘리자베트, 아드리앵, 맥 나마라, 카롤린은 제어 카메라가 전송하는 외부 이미지들을 바라보았다. 탱크에 탑재된 대포와 장갑차에 달린 기관총들이 그들을 향해 총구를 겨누고 있었다.

「발사하겠다!」

「쏘지 못할 거야.」 맥 나마라가 큰 소리로 말했다.

「총을 쏘면 다 폭발할 수도 있소. 비무장 상태인 사람들을 14만 4천 명이나 죽였다는 마음의 짐을 지고 싶어 하는 정부는 없을 거요. 계속합시다.」

이브 크라메르는 조종실 안을 뛰어다니는 고양이를 잡아 작업복 안에 집어넣었다. 고양이는 미지근한 작은 공처럼 몸을 웅크리고 야옹야옹 소리를 냈다.

천장에 부착된 스크린에서 카운트다운 숫자가 연이어 나타났다. 65, 64, 63.

「쏠 겁니다!」 아드리앵이 중얼거렸다.

「질투심은 인간의 가장 강력한 추동력 중 하나가 아닙니까. 그들은 우리가 성공하는 꼴을 보고 싶어 하지 않아요. 소수가 탈출하는 것을 보느니 다 같이 죽는 쪽을 택할 사람들이죠.」

카운트다운 숫자가 이제 49, 48, 47을 가리키고 있었다. 장교가 메가폰으로 다시 한번 위협을 해왔다.

「발사하겠다!」

「저들이 공갈을 놓고 있는 거요. 물러서지 맙시다.」 맥 나마라가 결연하게 말했다.

카운트다운 숫자는 이제 35, 34, 33을 가리키고 있었다. 병사들은 조준 각도를 최적으로 잡을 수 있게 포진을 마친 상태였다.

「저들은 발사할 거예요. 분명히 그런 쪽으로 지시를 받았을 거예요.」 엘리자베트가 거듭 말했다.

「아니에요. 이제 모든 건 오로지 병사들의 우두머리로 보이는, 지금 우리에게 말을 하고 있는 저 장교의 심리 상태에 달려 있어요.」카롤린이 말했다.

「발사하겠다!」헌병 장교가 말했다.

이브는 카롤린의 지적이 정확하다고 생각했다. 지금 남자는 상명하복의 원칙과, 대형 참사에 책임을 져야 하는 두려움 사이에서 갈팡질팡하고 있었다. 책임과 개인적인 윤리 사이에서 이러지도 저러지도 못하고 있는 것이었다.

15, 14, 13, 12……

비가 더욱 세차게 쏟아졌다.

환승 구역에서는 14만 4천 명이 주변의 소음을 걱정스럽게 듣고 있었다.

조종실에서는 다섯 명이 이를 앙다물고 있었다.

3, 2, 1, 0.

분사구에서 흰 연기가 뿜어져 나오더니 갑자기 작동이 멈췄다.

「빌어먹을! 지금 엔진이 고장을 일으킬 때가 아니라고!」이브가 소리쳤다.

「무슨 일입니까?」아드리앵이 물었다.

이브는 벌써 자리에서 일어나 스크린들을 확인하고 있었다. 밖에서는 로켓이 이륙에 실패했다는 사실을 알고 헌병대가 움직이기 시작했다. 그들은 대형 크레인을 끌고 와서 군인들을 실어 올려 보냈다. 로켓 하부에 있는 감압실 높이까지 올라오자 용접기를 들고 철문을 부술 준비를 했다. 옆에서는 헌병 한 명이 커다란 망치를 들고 경첩 부분을 때리기 시작했다.

우주선 전체로 시끄러운 소음이 울려 퍼졌다.

달랑 망치 한 자루를 든 놈이 프로젝트 전체를 망치려고 달려드는 꼴을 보고 있자니 가소롭기까지 했다. 흡사 작은 청딱따구리 한 마리가 바오바브나무를 쪼고 있는 형국이었다.

「우리는 우주선을 포위할 것이다! 문을 열어라. 그러지 않으면 무력으로 진입하겠다!」

화기 사용이 필요 없는 타협안을 찾았다는 생각에 한껏 고무된 장교가 소리쳤다.

「제기랄, 이브, 어떻게 좀 해보시오!」

맥 나마라가 더 이상 화를 참지 못하고 짜증을 냈다.

「냉각 시스템 때문에 지금 모든 게 멈춘 상태입니다. 바깥 기온 때문에 생긴 일입니다.」

여러 가지를 확인하고 나서 이브가 오류를 인정했다.

「날씨가 너무 추워요. 밤에 기온이 많이 떨어지는 바람에 연료가 관에서 얼어 버린 겁니다. 지금으로서는 기온 변화에 달렸습니다. 조금만 기온이 올라가면 시스템이 다시 정상적으로 작동할 겁니다.」

망치 소리가 울려 퍼졌다. 용접기 무더기가 로켓의 아랫부분을 훤히 밝히고 있는 모습이 제어 스크린들에 비쳤다.

「지금 단계에서는…… 기도가 최선의 방법일 것 같군요.」

카롤린이 두 손을 모으고 눈을 감았다.

「아니요. 운명에 맡겨 봅시다.」

철저한 무신론자인 아드리앵이 말했다.

이브가 한쪽 눈으로 바깥 기온과 엔진의 온도 변화 상황을 주시하면서 이것저것 핸들을 조작하느라 진땀을 흘렸다.

결국 맥 나마라도 눈을 감은 채 기도를 읊조리기 시작했다.

「그 위에서, 내 수호천사가 됐든 신이 됐든, 지금 내 목소리를 듣고 있으면 한번 말해 보시오. 내가 지금까지 살면서 어디 한 번이라도 간청을 한 적이 있습디까? 나는 로토에서도, 게임에서도 항상 잃기만 했던 사람입니다. 주차를 잘못해놓으면 어김없이 주차 위반 딱지를 받았지요. 공기 중을 떠다니는 병이라는 병에는 다 걸렸는데, 멋진 사랑을 한 적은 없었습니다. 좋습니다, 그러니 밀렸던 보너스 점수를 지금 한꺼번에 다 주실 수 있다면, 저는 넙죽 받겠습니다.」

엘리자베트가 근심스러운 표정으로 외부 제어 스크린들을 들여다보았다. 헌병들이 파피용호의 복부에 있는 연료 탱크의 뚜껑에 구멍을 내기 위해 크레인을 한 대 더 가지고 와 있었다.

애벌레야, 변해라, 나비로 탈바꿈하여라.

「저들이 용접기를 가지고 달려들면 다 폭발해 버릴 수도 있어요.」 엘리자베트가 차마 물어보지는 못하고 있던 궁금증에 답이라도 해주듯, 이브가 말했다.

「아니, 왜 해가 꾸물대고 뜨지 않는 거야. 다 덥혀야 하는데! 해야, 떠라! 제발, 해야, 이제 시간이 됐어. 지평선 위로 불쑥 솟아서 우리를 도와주렴!」

「분사구가 여전히 막혀 있어요.」 이브가 안절부절못하며 말했다.

그의 목소리에서는 이미 체념 같은 것이 배어 나왔다.

그가 자기 자리로 돌아와 장비를 갖추었다.

「이제 내 손을 떠났어요.」

그가 인정했다.

이때, 벌어진 이브의 웃옷 틈으로 고양이가 튀어나와 제어판 위를 돌아다니기 시작했다. 이브가 미처 제지할 시간도 없이 고양이가 여러 개의 버튼을 눌러 버렸다.

계기판 하나가 색깔이 변하더니 갑자기 엔진의 온도를 표시하는 눈금이 올라가기 시작했다.

「고양이가, 뭔가를 풀었어요.」카롤린이 소리쳤다.

「아! 이런. 내가 그걸 깜박했구나! 이 버튼, 어떤 젊은 엔지니어가 지난주에 추가로 부착한 것인데. 바로 결빙이 생겼을 때 펌프를 강제 작동시킬 수 있는 자동 제어 장치예요.」

엘리자베트는 이브의 말이 믿기지 않았다.

이브가 즉시 미친 듯이 버튼을 이것저것 누르기 시작했다.

「카운트다운을 다시 시작하죠.」이브가 말했다.

「1백부터 다시 시작할까요?」아드리앵이 헌병들의 작업 진척 상황을 스크린으로 지켜보며 물었다.

「아니. 이번에는 아니오. 즉시 이륙을 시도하도록 합시다. 10에서부터.」

「10, 9, 8, 7, 6…….」

노즐들이 다시 연기를 내뿜기 시작했다.

헌병들은 로켓이 다시 이륙을 시도하고 있다는 사실을 눈치채고는 황급히 자리를 피했다.

「5, 4, 3, 2, 1…….」

「0!」

우주선이 발사 구역 위로 서서히 떠올랐다.

나비야, 날개를 펴고 빛을 향해 날아라.

우주선이 하늘로 날아오를수록 노즐들이 뿜어내는 불꽃이 닿는 면적도 넓어졌다. 헌병들은 재빨리 뒤로 물러날 시간조차 갖지 못했다. 구멍을 내보려고 안간힘을 썼던 거대한 로켓에 의해 그들은 모두 재로 변해 버렸다.

이륙 시의 어마어마한 진동으로 벽면과 의자들이 요동을 쳤다. 탑승객들은 모두 두려움에 떨며 좌석을 부여잡았다. 몇십 분 동안 계속되던 진동이 서서히 잦아들기 시작했다.

파피용호가 드디어 이륙에 성공한 것이다.

환승 구역에 있던 14만 4천 명의 사람들은 흥분을 감추지 못했다.

식은땀으로 번들거리는 이마를 닦던 맥 나마라의 입에서 역사적인 문장이 튀어나왔다. 「좋아, 이거야, 됐어.」

제2부   우주 속의 마을

32. 증류

발사 후폭풍에 뒤이어 비상(飛上)의 시간이 왔다.

거대한 우주선이 가까스로 하늘로 떠올랐다. 후방 제트 엔진들에서 뿜어져 나오는 불기둥들로 발사대 주변과 대기가 요동을 쳤다.

로켓이 대기권의 절반을 넘어서자 1단계 화학 연료 엔진이 분리되어 떨어져 나갔다.

이제 사람들을 가득 채운 거대한 타워 모양의 우주선이 괴력적인 소음을 내며 대기를 가르고 수직 상승을 계속했다.

대기권의 상층부에 가까이 다가가자 2단계 복부 부분의 엔진이 분리되어 떨어져 나갔다.

1, 2단계 엔진들이 헌병대의 용접기에 손상을 입은 터라, 우주선이 무사히 기압을 견뎌 냈다는 사실을 확인한 이브 크라메르는 엄청난 안도감을 느끼지 않을 수 없었다.

이제 파피용호는 배 부분이 없어지고 큰 가슴 부분과 작은 머리 부분만 남아 있었다.

바람이 구(球) 모양으로 생긴 파피용의 오른쪽 눈을 때렸다. 눈 안에서는 우주복을 갖춰 입은 다섯 사람이 컴퓨터 콘솔과 제어 스크린을 들여다보고 있었다.

우주선의 상승 속도가 서서히 떨어지더니 마침내 지구 정지 궤도에서 멈추어 섰다.

환승 구역에 앉은 14만 4천 명의 승객들은 현창을 통해 고향인 지구를 바라보았다. 푸른빛을 띠는 커다란 공 위에서 구름들이 소용돌이를 그리며 흩어지고 있었다. 깜박깜박하는 하얀 섬광들이 그들이 떠나온 곳에서 천둥이 치고 있다는 사실을 알려 주고 있었다.

「이제 내가 일을 시작할 차례예요.」엘리자베트가 안전벨트를 풀며 말했다.

무중력 상태가 된 기체 안에서 그녀는 이내 조종실 천장으로 날아올랐다.

그녀는 몸을 지탱해 줄 만한 것들을 붙잡고 파피용의 오른쪽 눈과 왼쪽 눈을 연결하는 감압실로 향했다.

그녀는 조종실에 자리를 잡고 앉았다. 1백만 제곱킬로미터에 이르는 거대한 마일라 돛은 머리카락 굵기의 10분의 1 정도로 얇아서 돛을 펼치는 일은 그야말로 찢어질 위험을 감수해야 하는 극도로 복잡한 작업이었다.

구 모양의 큰 방처럼 생긴 파피용의 왼쪽 눈에는 대형 유리창을 향해 가죽 의자가 하나 놓여 있었다. 의자 앞에 있는 컴퓨터 콘솔과 섬세하게 조각한 목재 조작 키는 초현대적인 우주선에 과거의 정취를 더해 주고 있었다.

카롤린은 햇살돛 조종실을 고풍스럽게 꾸며야 한다고 강력하게 주장했다. 광도계의 구리 계기판에는 액정 화면 대신 바늘을 부착해 놓았다. 카롤린은 우주선의 앞 유리 역할을 하는 대형 창에 양쪽으로 진홍색 벨벳 커튼까지 달아 놓았다.

엘리자베트는 제어 패널들 위를 움직이며 여러 개의 버튼을 조작했다. 무중력 상태에서 그녀의 몸은 아픈 부위에 압력을 받지 않고서 둥둥 떠다닐 수 있었다.

돛을 펴는 데 많은 시간이 걸리리라는 것을 알기에, 아드리앵은 이륙을 위해 앉아 있던 의자에서 일어나 밖으로 나갔다.

「저는 가서 〈세탁기〉나 돌려야겠습니다.」그가 우주선 아랫부분으로 통하는 문을 열면서 말했다.

이브 크라메르도 자리에서 일어났다. 안전벨트를 풀고 일어나자, 의자 위로 몸이 붕 떠올랐다. 그는 무중력 상태에 맞게 몸을 움직이며 파피용의 오른쪽 눈에서 나와 엘리자베트가 있는 왼쪽 눈으로 이동했다.

분주하게 움직이고 있는 엘리자베트 곁에 도착하자 그는 우주복 안에 품고 있던 고양이를 내려놓았다. 발이 땅에 붙지 않자 고양이가 화들짝 놀랐다.

조그만 털 뭉치가 공기를 휘저으면서 천장 밑에서 빙글빙글 돌았다. 두려움에 떨던 고양이의 야옹 소리에 서서히 놀라움, 그리고 장난기가 묻어났다.

「당신한테 고양이를 선물한 내가 잘못이에요.」제어 기기들에서 눈을 떼지 않은 채 엘리자베트가 말했다.

「고양이 덕분에 우리가 이륙했잖소.」

이브는 도미노를 공중에서 한 바퀴 돌리고 나서 엘리자베트 옆으로 다가섰다.

「당신이 우주선 밖으로 뛰쳐나가는 바람에 모든 게 수포로 돌아갈 뻔했어요. 헌병들 총에 맞아 죽을 수도 있었잖아요.」

「사격 솜씨가 시원치 않던데 뭘.」

엘리자베트가 버튼을 몇 개 누르고 나서 스크린을 확인
했다.

「태양 전지판들에서 에너지를 전달받아 지금 배터리를 충
전하고 있어요. 충전이 끝나면 돛을 펼치는 소형 전기 엔진
들을 작동하면 돼요. 이제 기다리는 일만 남았어요.」

두 사람은 함께 유리창 앞에 섰다.

「이 붉은 벨벳 커튼, 정말 예쁘지 않소? 마치 영화관에라
도 와 있는 기분이오.」이브가 말했다.

「난 나무를 조각해서 만든 이 조작 키가 마음에 들어요.」

그녀는 이브가 자청해서 조작 키의 무늬를 고안했다는 사
실을 알고 있었다. 그녀는 조작 키 정 가운데에 있는 황금색
금속판에 손을 가져갔다. 판 위에는 세 개의 빛을 배경으로
하늘을 날고 있는 나비 한 마리가 부조되어 있고, 그 위에는
프로젝트의 슬로건이 쓰여 있었다.

〈마지막 희망은 탈출이다.〉

이브는 인테리어가 전체적으로 마음에 들었다. 잔디밭을
연상시키기 위해 깐 초록색 양탄자, 역시 나무를 조각해서
제작한 컴퓨터 콘솔들, 구리 계기판들, 또 다른 세 개의 빨간
색 마틀라세 가죽 의자들. 카롤린은 화분을 갖다 놓는 세심
함까지 발휘했다.

「이것들은 야자수고, 저것들은 대나무예요.」엘리자베트
가 탐스러운 붉은색 머리채를 흔들며 말했다.

「여성이 내부를 꾸미고 장식한 최초의 로켓이오.」이브가
말했다.

그는 컨트롤 콘솔 쪽으로 향했다. 스크린 하나하나마다

테두리를 나무로 두르고 조각을 하여 장식하고 고풍스러운 금도금을 했다. 세심한 카롤린은 각각의 기기에 이번 프로젝트의 상징 로고까지 박아 놓았다. 세 개의 빛에 둘러싸인 은빛이 감도는 파란 나비.

「몇 주 동안의 여행이라면, 그래요, 사실 인테리어 같은 건 중요하지 않아요. 하지만 몇 세기에 걸친 여행이라면 인테리어가 점점 더 많은 영향을 끼치게 되겠죠.」엘리자베트가 말했다. 「차가운 느낌의 컴퓨터 콘솔과 스크린이 설치된 오른쪽 눈의 조종석과는 확실히 다른 느낌이 나네요.」

「인간의 뇌가 감성적인 부분과 수학적인 부분, 아날로그적인 부분과 디지털적인 부분, 몽상가적인 부분과 기술적인 부분으로 나뉘는 것과 똑같이 말이오.」

두 사람은 황홀감에 젖어 지구를 바라보았다.

이브가 고전 음악을 한 곡 틀었다. 광대하고 장엄한 교향곡 소리가 물결처럼 올라왔다.

갑자기 엘리자베트의 눈에서 눈물이 떨어졌다. 눈물방울이 마치 진주처럼 반짝이는 공 모양으로 변했다.

엘리자베트가 눈물을 쓱 닦아 냈다.

「왜 그래요?」이브가 물었다.

「저기가…….」그녀가 숨을 깊게 들이쉬었다. 「저기가 우리가 살던 곳이에요.」

「우리들의 감옥이었소. 그리고 이제 우리는 그곳에서 해방되었고.」

「우리들의 요람이었어요.」

「아이가 자라면 요람을 떠나게 되어 있어요.」이브가 간결하게 말했다.

「우리 인간이라는 종은 저곳에서 유년기를 보냈소. 이제 우리는〈청소년〉이 되어야 하오.」

「어쨌든, 우리가 실패했더라도 다른 사람들이 시도를 했을 거요. 누군가 성공할 때까지 계속해서 말이오.」

「우리가 지금 한 일이 얼마나 대단한 것인지 잘 모르고 있었던 것 같아요. 중력, 빛, 공기, 다 좋았죠. 지구에 산다는 게 나쁘진 않았어요.」엘리자베트가 말했다.

「익숙한 세상을 떠나 미지의 세상으로 향하는 것은 자연스러운 진화의 과정이오.」이브가 콧등 위로 안경을 끌어올리며 말했다.

「최초로 물 밖으로 나와 육지로 기어 올라온 물고기의 심정이 어땠겠어요? 물 밖으로 나오기 무섭게 다시 물속으로 돌아가고 싶었을 거예요. 사실 다시 물로 돌아간 물고기들도 많고요.」

「소수의 물고기들만이 그 당황스러운 서식 환경에 적응했지.」

「어떤 물고기들이 말인가요?」

「불만에 찬 물고기들 말이오. 물속에서 사는 게 편치 않았던 물고기들. 편안함을 느낀다면 삶을 변화시키고 싶은 마음이 생길 이유가 전혀 없겠지. 고통만이 우리를 일깨우고, 문제의식을 가지고 모든 것을 대하게 만들지요.」

광대한 음악이 조종실 전체로 울려 퍼졌다.

「나는 우리가 고통 없이도 진화할 수 있다고 믿어요.」엘리자베트가 분명한 어조로 말했다.

「나도 그랬으면 좋겠소. 하지만 인류의 역사를 돌이켜보면 진보는 항상 고통 속에서만 가능했소…… 일종의 습성인 셈이지.」

「습성은 바꿀 수 있어요.」

「그럴 수 있으면 오죽이나 좋겠소.」

엘리자베트는 다시 버튼을 두드리고 기기들을 조정하기 시작했다. 이브는 끝없이 저무는 석양을 바라보았다.

이때, 배에 두 손을 올린 채 똑바로 누워 마치 수영이라도 하듯이 두 다리를 움직이며 둥둥 떠다니던 맥 나마라가 조종실 안으로 들어왔다.

「우리는 어쩌면 천하에 둘도 없는 바보짓을 해냈는지도 몰라!」

그가 호탕하게 웃었다.

이번만은 폭포수 같은 그의 웃음소리가 기침으로 바뀌지 않았다. 그는 자문자답이라도 하는 듯 한마디 덧붙였다.

「물론 끝까지 버텨 봐야만 알 수 있겠지. 하여튼 우리 모두 언젠가 죽을 목숨 아닌가. 그러니 평범함을 벗어난 경험도 몇 번쯤은 해볼 만하지 않겠소.」

그가 우주복 안에서 술이 든 납작한 병을 하나 꺼냈다.

「금지된 사항인 줄은 아네만, 친구들이 증류한 술이야. 여기까지 오는 동안 우리가 어디 제정신이었나. 이제 약간은 긴장을 풀어도 되지 않을까.」

맥 나마라가 공중에 떠 있는 고양이를 한번 돌려 보는 것 같은 재미있는 일을 놓칠 리가 없었다. 이번에는 고양이가 심상치 않은 소리를 내며 진저리가 난다, 자꾸 이러면, 누구든 털끝이라도 건드리기만 하면 발톱 자국을 내주겠다는 신호를 보내왔다. 그러자 맥 나마라가 공중에 술을 한 방울 쏟아 놓았다. 술은 이내 오렌지색이 나는 투명한 작은 공으로 변해 버렸다. 호기심이 발동한 고양이가 술 방울을 잡으려고 기를 쓰며 쫓아다녔다. 새 장난감을 발견한 고양이는 손을 대기가 무섭게 동글한 술 방울이 떨리면서 흩어지는 모습을 보고 놀라움을 금치 못했다.

「돛을 펼치고 선체가 회전할 때까지는 사양하겠습니다. 전투가 끝나기도 전에 승리를 자축하고 싶지는 않습니다.」 이브가 술병을 가리키며 말했다.

잠시 망설이던 엘리자베트와 가브리엘은 이브가 프로젝트의 발기인임을 떠올리며 그의 의견에 이의를 달지 않기로 했다.

맥 나마라는 이제 무슨 먹잇감이나 되는 양 술 방울들을 쫓아다니고 있는 고양이를 재미있다는 듯 지켜보았다.

「저 고양이, 진짜 멍청한 것 같네요.」 엘리자베트가 말했다.

그녀는 태양 전지가 충전된 것을 확인한 뒤 출력을 최소로 맞춘 상태에서 돛을 펼치는 모터들을 작동시켰다.

마술사의 손을 빠져나오는 하늘하늘한 은빛 스카프처럼 좌측 돛이 펼쳐지는 모습을 선체 밖에 설치된 제어 스크린들을 통해 볼 수 있었다.

33. 세 번째 솥: 알람빅[4]

리듬이 강한 음악. 환한 불빛. 버석거리는 우주복 소리.

아드리앵 바이스는 환승 구역에 있던 14만 4천 명에게 자리에서 일어나 이미 연습한 대로 열 명씩 짝을 지은 다음 줄을 맞춰 기다리라고 지시했다.

카롤린이 서른두 개 원기둥을 확장시키는 시스템을 가동하자 우주선이 마치 망원경처럼 늘어났다. 1킬로미터에 달하는 새로운 구역이 뒤에 생겨날 때마다 잠금 장치가 작동되며 끼익끼익 하는 소음이 들렸다. 14만 4천 명의 탑승객은 원기둥으로 통하는 문 앞에 서서 기다리고 있었다. 모두들 어떤 새로운 삶의 터전이 펼쳐질지 우려의 눈으로 지켜보고 있었다.

드디어 문이 열리자 직경 5백 미터, 길이 32킬로미터에 이르는 우주선 본체가 멀리까지 모습을 드러냈다.

천장은 아직 어둠에 잠겨 있었다.

문턱 바로 앞에는 대형 대리석 테라스가 있었다. 테라스는 첫 번째 원기둥의 중앙에 마치 횃대처럼 놓여 있었다. 테

4 물질을 증류시키는 기계. 10세기경 아랍에서 발명된 이 기계는 처음에는 향수를 만드는 용도로 쓰였다.

라스에 하나는 바닥으로, 하나는 천장으로 연결되는 두 개의 계단이 붙어 있었다. 카롤린이 거인 형상을 한 네 개의 조각들이 테라스를 떠받치게 만든 그곳 역시 복고적인 분위기를 풍겼다.

14만 4천 명의 승객들은 안으로 들어가 곤충 떼처럼 무리를 지어 다니며 대리석 테라스 위, 그리고 대리석 주변을 떠다녔다.

엘리자베트는 계속 우주선의 왼쪽 눈에 남아 한쪽 돛이 서서히 펼쳐지는 모습을 지켜보았다. 이브와 가브리엘, 카롤린은 아드리앵과 합류했다.

개 줄 대신 가는 끈에 묶인 도미노도 세 사람을 따라갔다. 털이 군데군데 술에 젖은 고양이는 마치 공처럼 몸을 둥글리고 세 사람 위를 둥둥 떠다녔다.

신호에 따라 고전 음악이 테라스에 있는 스피커를 통해 울려 퍼지자, 아드리앵이 노트북의 자판을 두드리기 시작했다.

인공 태양으로 쓰일 네온관 등이 켜졌다.

구역마다 차례차례 불이 들어오자 끝없이 펼쳐지는 원기둥의 내부가 모습을 드러냈다. 하지만 원기둥은 대단한 규모 외에는 인상적인 점이 하나도 없었다. 서른두 개의 원기둥 중 첫 번째에는 흰색 플라스틱 덮개가 씌워져 있었는데, 그 덮개에는 이륙할 때 흙과 식물들이 쏟아지지 않게 잡아 주는 밧줄이 달려 있었다. 나머지 구역들은 그저 벌거벗은 금속 원기둥에 불과했다.

아드리앵이 인공 중력 시스템을 가동시켰다. 마치 우주선 내벽에 폭풍우라도 몰아치는 것처럼 사방이 진동하기 시작했다.

아드리앵이 피아노를 치듯 자판 위에서 손을 움직이자, 벽이 서서히 움직이면서 원운동이 시작되었다.

승객들은 파피용호의 흉부에 중력이 작용하는 것을 느꼈다.

원기둥이 회전을 계속하자 승객들은 둥근 벽 쪽에 가서 붙게 되었다.

아드리앵은 컴퓨터 계기판을 통해 인공 중력이 서서히 나타나는 것을 확인할 수 있었다.

중력 지표가 지구와 비슷한 1G에 도달할 때까지 기다려야 했다. 그러지 않으면 사람은 물론 모든 동식물이 마치 수족관 속의 물고기처럼 원기둥 한가운데서 둥둥 떠다니게 될 것이었다.

중력 지표가 상승하기 시작했다. 0.08G, 0.13G, 0.38G에 이르자 갑자기 가속이 붙으며 0.54G로 올라갔다.

0.81G가 되자 탑승객들이 마치 땅 위에 떨어진 얇은 나뭇잎처럼 벽 위에 살며시 내려앉았다. 그러나 노트북 화면을 보고 있던 아드리앵은 이내 문제가 발생하리라는 것을 알 수 있었다. 관성 때문에 원기둥의 회전 속도가 계속해서 빨라지고 있었다. 1.23G. 서 있던 사람들 일부가 바닥에 납작하게 엎드리는 자세가 되었다. 1.52G. 모두 배를 땅에 붙인 자세가 되고 말았다. 사람들이 플라스틱 내벽이나 투명한 유리창에 딱 달라붙었다.

아드리앵이 가까스로 자리에서 일어난 뒤 자판을 조작해서 회전 운동의 속도를 늦춰 보려 애썼지만, 원기둥 전체의 막대한 중량 때문에 변화 작용을 급속도로 일으키기는 불가능했다. 중력이 끊임없이 상승하더니 2.12G 수준에서 안정

되었다. 사람들은 아무도 자리에서 일어날 수 없었다.

아드리앵이 몇 번 더 조작하자 중력이 다시 내려오기 시작했다. 미리 적정 중력에 접근할 때를 예상하고 있어야 한다는 사실을 깨닫고, 그는 서서히 모터의 속도를 늦추었다. 0.91G에서 중력을 안정시키고 나서 이 정도의 오차면 무리가 없다고 생각했다. 그는 엔진을 재가동했다가 중력이 1G를 넘어서면 장치가 고장이 날 수도 있겠다고 판단했고, 그런 위험을 감수할 생각이 없었다.

「0.91G면 우리가 지구에서보다 아주 조금 가벼운 정도입니다, 차이는 그것뿐이에요.」아드리앵이 결론을 내렸다.

「그렇다면 식물은 키가 더 크게 자라겠군요, 그렇지 않은가요?」흥미를 느낀 카롤린이 물었다.

「그렇지요. 그리고 동물들이 움직이는 속도가 더 빨라지겠고요. 하지만 차이는 미미해요. 중요한 것은 〈세탁기〉를 돌릴 수 있다는 거지요.」

「안 돼요. 정확히 1.00G에 도달해야 하오.」이브가 말했다.

「이유가 뭐죠?」

「호수 때문이오. 호수에 물을 채워 놓으려면 넘치지 않게 해야 할 것 아니오.」

바늘을 0.91에서 1.13, 0.98에서 1.02 사이를 왔다 갔다 하게 조작하던 아드리앵이 중력을 완벽하게 1.01G로 맞추는 데 성공했다.

「0.01G 정도만 높으면 물은 호수 밖으로 넘치지 않을 거예요. 괜찮아요. 다만…… 나중에 기압 때문에 아기들이 조금 더 작게 태어날지도 모르겠네요.」

중력 재현 작업이 성공적으로 끝났기 때문에 사람들은 회전하고 있다는 것조차 느낄 수 없었다. 둥그런 대형 통유리 창 밖으로 미끄러져 가는 별빛을 보고 있어야만 우주선이 회전한다는 사실을 지각할 수 있었다. 사람들은 즐거워하며 플라스틱 덮개 위를 걸어다녔다. 아래쪽이던 곳이 위쪽으로 변하면서 계속 움직이는 게 가능했다.

우주에서 상대성의 개념이 지금처럼 중요한 의미를 가진 적은 없었다. 어디에 있든 승객들은 자신들이 〈아래에서〉 움직이고 있다고 느꼈고, 그들의 머리 위에 있는 사람들은 〈위에〉 있는 것으로 인식했다.

마치 세제 통 속에 든 개미들처럼 조그만 인간들이 반대로 걷고 있는 모습을 보면서 너 나 할 것 없이 황홀감에 젖었다.

「좋아, 이제 이것도 됐어.」 맥 나마라가 황홀해하며 말했다.

더 이상 공중에서 제자리 돌기를 할 수 없게 된 고양이가 실망한 모양인지, 바닥에서 몸을 뒤틀며 울음소리를 냈다.

사람들이 거의 정상적인 중력하에서 움직이게 되자, 아드리앵이 테라스 앞머리에 있는 연단으로 가서 마이크를 잡았다.

「1단계 조명 작업 완료. 2단계 중력 만들기 성공. 이제 3단계로 우주선 내부를 공개할 시간이 왔습니다.」

이미 슈니유빌에서 연습한 대로 14만 4천 명의 승객들은 원기둥 앞쪽에 줄을 맞춰 정렬한 뒤 덮개를 고정시킨 밧줄을 당기기 시작했다.

첫 번째 구역에 있는 인공 환경이 모습을 드러내자 이브와 그의 동료들은 경탄의 눈길로 지켜보았다. 언덕, 숲, 물길, 넓은 평지, 그리고 물을 채워 인공 호수를 조성할 호수 바닥이 드러났다. 우주선 내부 디자인에 각별히 신경을 쓴 카롤린이 정원사, 지리학자, 영화 세트 디자이너의 도움을 받아 만든 작품이었다.

아직 건물은 하나도 지어 놓지 않은 상태였다. 우주에서 자신들이 살아갈 도시를 직접 건설하는 것이 14만 4천 명에게 중요한 소일거리가 될 것이라고 아드리앵이 판단했기 때문이다. 그래서 그는 우주선 본체의 제일 끝 부분, 테라스에서 제일 멀리 떨어진 공터에 건축 자재를 쌓아 두었다. 나무와 알루미늄 들보, 시멘트와 콘크리트 이음 블록, 유리벽, 벽돌은 물론이고 심지어 그림, 태피스트리, 양탄자, 조각, 가구 같은 것들도 있었다.

첫 번째 구역의 덮개를 모두 걷어 내자 (한시라도 빨리 자신들의 삶의 터전을 보고 싶어 안달하는 사람들 때문에 예상보다 훨씬 적은 시간이 소요됐다), 맥 나마라의 성화에 못 이긴 이브 크라메르가 개막 연설을 하겠다고 알렸다.

모두들 테라스 아래로 모여들었다. 마이크와 음향 시설들도 조정했다. 드디어 〈마지막 희망〉 프로젝트 고안자의 입에서 나올 역사적인 첫마디를 기다리며 사람들이 숨을 죽였다.

이브 크라메르가 침을 꿀꺽 삼키고 말을 시작했다. 「과학자인 저는 연설에 그리 능한 사람이 아닙니다. 하지만 상황이 상황인 만큼 최선을 다해 보겠습니다. 먼저, 지금 이곳에 함께하고 계신 여러분, 대단히 고맙습니다.」

록 스타들의 콘서트에서나 들어 봄 직한 그의 말이 현재의 상황과 지금까지 겪은 엄청난 시련들에 비하면 너무도 싱겁게 들렸기 때문에, 작은 소리로 키득키득 웃는 사람들이 생겨났다. 웃음이 전염되어 14만 4천 명이 이내 한목소리로 웃기 시작했다. 지금까지 쌓인 긴장이 한순간에 풀어졌다.

당황한 이브 크라메르는 순간적으로 사람들이 자기를 조롱하고 있다고 생각했다. 그는 긴가민가하면서 자신도 한바탕 웃어 보리라 마음먹었다.

「우리는 이륙에 성공했습니다! 다른 사람들은 모두 불가능하다고 생각했지만, 우리는 해냈습니다. 젠장, 우리가 해냈단 말입니다!」

그가 불끈 쥔 주먹을 들어 올렸다.

우레와 같은 환호성이 14만 4천 명의 가슴에서 터져 나왔다.

「그렇습니다. 두려움을 극복하고 다른 사람들의 반대를 무릅쓰고, 우리는 함께 해냈습니다! 이 자리를 빌려 저는 무엇보다 초지일관 우리를 지지해 준 단 한 사람, 가브리엘 맥나마라 씨에게 감사의 말씀을 드리고 싶습니다.」

우렁찬 박수 소리.

이브가 친구에게 마이크를 넘겼다.

「음, 솔직히 말하면, 이 일은 무엇보다 내가…… 재미있어서 한 일이었소.」

청중들의 웃음소리.

「내가 여러분에게 하고 싶은 말은, 우리가 지금 이 자리에 따분하게 서 있으려고 모인 게 아니라는 것입니다. 오늘 저녁에 당장 이 역사적인 사건을 기념하기 위해 조촐한 축제를 열었으면 합니다. 아드리앵의 말을 듣지 않고 제가 몰래 술을 기내로 반입했습니다. 그러니까 오늘 저녁 원기둥 안은 축제의 한마당입니다. 아드리앵, 자네한테는 안됐네만 어쩌겠나. 이 우주선에도 곧 늙은이들이 생길 거야. 나도 있고, 환자들도, 그리고 조만간 알코올 의존자들도 생겨날 걸세.」

또다시 환호성.

「일부에서 오해를 하실 수도 있다는 생각에서 여러분께 다시 한번 말씀드립니다. 이제 더 이상 후퇴는 불가능합니다. 우리는 모두 여기서 죽을 것입니다. 우리 자손들이 다른 곳에서, 일이 잘 풀리면 무분별한 인간들이 더럽히지 않은 깨끗한 새 행성에서, 처음부터 다시 시작할 수 있게 하기 위해서 말입니다.」

이번에는 박수 소리가 훨씬 잦아들었다.

「우리는 이미 이곳, 파피용호 안에서 새로운 사회를 건설하기 시작했습니다. 나는 말[言]의 위력을 믿습니다. 긍정적으로 사고해야 합니다. 우리는 처음부터 이 프로젝트를 〈마지막 희망〉이라는 뜻의 〈D. E.〉로 불렀습니다. 그 이름이 우리가 지구에서 겪었던 상황과 완벽하게 맞아떨어졌기 때문입니다. 하지만 이제 그것은 더 이상 마지막 희망이 아닙니다. 지금 우리는 새로운 모험을 하고 있습니다. 그러니 새로운 희망이죠. 모든 것이 실패로 끝난다 해도 달라질 건 아무것도 없습니다. 우리는 모두의 반대를 무릅쓰고 이 모험을 강행했으니까요, 우리가 해냈단 말입니다.」

박수 소리.

「우리는 과거의 문제들을 새로운 방법으로 해결하기 위해 이 실험을 감행했습니다. 이곳이 바로 행복과 건설, 쇄신의 장입니다. 그래서 나는 우리가 앞으로 건설할 미래의 도시를 〈천국의 도시〉라고 부를 것을 제안하는 바입니다. 우리 조상들이 말씀하셨듯이, 〈천국은 지상에는 없기〉 때문입니다. 당연한 이야기죠. 하지만 조상들은 그 천국이 조만간 이곳에

185

탄생할 것이라는 사실은 몰랐습니다. 우리가 이 두 손과 연장들로 그 천국을 건설할 것입니다. 앞으로 조성될 호수 옆으로 펼쳐진 평원에 〈천국의 도시〉를 건설하자고 여러분에게 제안하는 바입니다.」

박수갈채가 절정에 달했다.

겨우 박수 소리가 잦아들기 시작하자, 이브가 아드리앵의 컴퓨터를 들고 자판을 두드렸다. 그러자 제일 높은 언덕의 꼭대기에서 수문이 열리며 물이 거세게 터져 내려왔다. 구불구불한 물길을 따라 텅 빈 바닥으로 쏟아져 내려온 물이 이내 강줄기를 이루더니 인공 호수로 쓰일 웅덩이에 흘러들었다.

사람들의 예상과는 달리 물은 파란색이 아니었다. 광채가 나는 연보랏빛이었다. 연초록 잔디와 연갈색 바위들이 깔린 평야의 한가운데에 있는 연보라색 호수가 독창적인 색의 조화를 연출하고 있었다.

그곳 역시 영화 세트 디자이너를 고용해 세심하게 신경을 쓴 카롤린의 작품이었다.

벌써 호수로 달려가는 사람들이 눈에 띄었다. 둑에 이르자 사람들은 옷을 벗고 알몸으로 물속에 뛰어들었다. 그들은 대기 위에 매달린 인공 수영장에서 수영을 했다.

그때 갑자기 경보기의 빨간 불빛들이 깜박거리더니 우주선 전체에 사이렌이 울려 퍼졌다.

34. 뚜껑을 열다

엘리자베트 말로리가 황급히 사람들이 있는 테라스로 뛰어왔다.

「돛이 꼼짝도 하지 않아요!」그녀가 소리쳤다.

사람들은 모두 그 말이 무엇을 뜻하는지 알고 있었다. 그 문제를 해결하지 못하면 지구 정지 궤도를 떠날 수 없을 것이고, 그렇게 되면 지구 주위를 끝없이 회전하는 우주 정거장 신세로 전락할 것이었다.

제어 스크린을 통해 돛의 상태를 확인하고 나자, 이브는 벌써 옛 동료들의 빈정거리는 소리가 귀에 들리는 듯했다. 이때다 싶어 그를 조롱하기 위해 달려들 신문 기자들은 말할 것도 없었다. 벌써 신문에 대문짝만하게 실릴 기사의 제목들이 눈에 아른거렸다. 〈파피용호는 제대로 날지도 못했다. 우주선은 마치 전구 주위를 맴도는 날벌레처럼 지구 주위를 돌고 있다.〉

분노가 폭발한 이브는 책임자가 누구인지부터 따져 보았다.

「내가 잘못했어요.」엘리자베트가 잘못을 시인했다.

「내가 면직물과 플라스틱으로 돛을 만드는 일반적인 배를

188

염두에 두고 돛을 펼치는 시스템을 만든 탓이에요. 마일라라는 얇은 소재의 특성을 고려했어야 했어요. 이 소재는 쉽게 구겨지고, 일단 구겨지면 돌돌 말리죠. 엔진에서 계속 돛을 잡아당기면 매듭이 생기고 말아요.」

「당신 정말 형편없는 사람이군!」 이브가 소리쳤다.

엘리자베트가 그에게로 가까이 다가왔다.

「내가 당신을 용서하고 나니 이제 당신이 나를 질책할 차례인가요?」

「당신은 우리 모두의 피와 땀의 결실을 수포로 만들어 놓았소.」

「문제는 그게 아닌 것 같은데요. 당신은 나를 돛이라는 분야에서는 일인자라고 생각했어요. 항공 우주라는 분야에서는 당신이 일인자라고 스스로를 평가했던 것처럼 말이죠. 일인자들의 결합, 그걸 꿈꾸었던 것 아닌가요? 그런데 내가 잘못을 하는 바람에 〈고수(高手)들의 상호 보완〉이라는 당신의 구상이 처참히 무너지고 만 거죠.」

「아니요. 그런 게 아니란 말이오!」

이브가 끓어오르는 분노를 참지 못하고 주먹으로 벽을 쳤다.

「아니긴요, 맞잖아요. 당신은 내가 최고의 항해사가 아니라서, 모든 것을 사전에 대비하는 사람이 아니라서 실망한 거예요.」

도미노가 슬쩍 안으로 들어오더니 콘솔 위를 폴짝거리며 뛰어다녔다. 버튼 위를 걸어다니려고 하는 고양이를 엘리자베트가 붙잡아 복도에 가두어 버리자 고양이가 낑낑댔다.

「그렇지만 이브, 중요한 말은 이제부터니 들어 봐요. 내가 삼각돛이 꼼짝하지 않을 때 요트 위에서 하는 것처럼 해 보일 테니 지켜보라고요.」

한 시간 후, 모두의 만류에도 엘리자베트는 여압복을 입고 등에 자그마한 엔진을 하나 단 채 밖으로 나갔다. 안전 로프 하나가 그녀를 동체와 연결해 주고 있었다.

14만 4천 명의 사람들은 테라스 위에 설치된 대형 스크린을 통해 선체 외벽에 빼곡히 붙어 있는 제어 카메라들이 촬영해서 송신하는 이미지를 지켜보고 있었다. 진공 상태에서 움직이는 엘리자베트의 일거수일투족이 스크린에 나타났다. 돛집 가까이에 다다른 엘리자베트가 고장 난 프린터에서 잡아 뺀 구겨진 종이 뭉치를 연상시키는 매듭을 풀기 위해 애를 쓰고 있었다. 찢어지지 않게 마일라 돛을 빼내기 위해서는 엄청난 솜씨가 필요했다.

그녀는 여러 번 시도를 했다.

「돌아와요. 산소 비축량이 바닥나고 있소.」

이브 크라메르가 그녀의 이어폰에 들리게 소리쳤다.

「요트 항해를 하기 전에 난 해양 잠수에 미쳤던 적이 있어요. 최악의 상황에서는 호흡을 멈추고 작업할 수도 있단 이야기예요.」

너무도 길게 느껴지는 몇 분의 시간이 흘렀지만, 제일 문제가 되는 매듭은 풀릴 생각도 하지 않았다.

「이제 돌아오시오, 이건 명령이오.」이브가 고함쳤다.

「돛에 관한 한 나는 누구한테도 명령받을 이유가 없어요. 내가 바로 키잡이니까. 위험을 감수하든 말든 상관 마요. 그건 내가 결정할 테니까.」

「지금 농담하는 거 아니야. 당장 돌아와!」

이브가 반말을 쓰자 그녀도 같은 말투로 대답했다.

「고만 좀 떠들어, 피곤해 죽겠네. 지금 있는 힘을 다해 여기에 집중해야 한다는 거 몰라?」

「그러다가 당신이 죽고 말아! 우리에겐 당신이 필요해! 이 말이 무슨 뜻인지 모를 정도로 멍청하지는 않겠지! 돛을 못 꺼내는 한이 있더라도 당신은 살아서 돌아와야 한다고. 기체 밖으로 나가는 건 나중에 다시 해도 되잖아.」

「거의 다 됐어.」

「아니야, 아직 멀었어!」

「이브, 당신 정말 짜증 나, 날 열 받게 하는 데는 선수라고.」

긴박한 상황에서 둘 사이에 그런 말싸움이 오가자 우주선 안의 승객들은 어리둥절해졌다.

「이제 오디오를 끊겠어. 말을 하니까 산소가 더 많이 소모돼. 지금은 그런 데 쓸 산소가 없어.」

「안 돼! 내 말 들어!」

짤깍 하는 소리가 들리자 오디오 연결이 끊어졌다.

산소가 바닥이 났는데도 그녀는 아직 매듭을 풀지 못하고 있었다.

「이건 완전히 자살 행위야.」 아드리앵이 중얼거렸다.

곧 엘리자베트의 동작이 느려지기 시작했다. 스크린을 지켜보는 사람들은 모두 그녀의 동작 하나하나가 엄청난 노력을 요하는 것임을 느낄 수 있었다. 그녀가 몸을 떨더니 꼼짝도 하지 않았다. 그녀의 두 손에서 서서히 돛이 빠져나가고, 안전 로프에 연결된 그녀의 몸이 허공으로 날아갔다.

「질식했나 봐요. 저러다 죽겠어요!」 카롤린이 소리쳤다.

이브가 노발대발했다.

「저 여자, 정말! 앞뒤 꽉 막힌, 고집불통 같으니라고!」

이미 그는 여압복을 입고 있었다. 몇 분 후 감압실 문이 열렸고, 이브는 헬멧을 쓴 상태에서도 계속 욕을 하면서 밖으로 나갔다. 그러고는 엘리자베트 쪽으로 다가갔다.

35. 생명의 끈

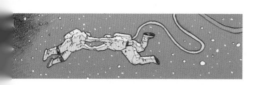

　이브는 여압복의 헬멧 안에서 울리는 자신의 숨소리를 들었다. 심장이 쿵쾅거리고 등에서는 땀이 흘러내렸다.

　우주 유영 훈련을 한 번도 받은 적이 없는 데다, 화가 치밀고 조바심이 난 상태였던 이브는 그만 안전 로프를 선체와 연결하는 것을 깜빡 잊고 말았다.

　붙잡을 곳을 하나 놓치자 이내 파피용호에서 멀어지며 허공에서 광대처럼 허우적대기 시작했다. 그렇게 우주선 가까이로 되돌아갈 수 있으리라고 기대하는 것처럼. 진공 상태에서는 기체든 무엇이든 간에, 지지대로 쓸 수 있는 것이 하나도 없었다. 따라서 그가 아무리 몸을 움직여 봐도 진행 방향을 바꿀 수는 없었다. 그는 우주선에서 멀어지고 있었다.

　원기둥 안에서는 14만 4천 명의 군중이 숨을 죽이고 있었다.

　이브가 달랑 등에 산소통 하나만 멘 채로 우주로 날아간다면, 그는…… 운석이 되고 말 것이다. 그의 시체는 출발 당시의 추진력에 힘입어 우주를 가로질러 갈 것이다.

　그런데 다행히도 이브의 몸이 엘리자베트 쪽으로 향했다.

　모든 것이 느릿느릿하게 진행되었다.

암흑 같은 우주를 배경으로 두 개의 밝은 형체가 만났다.

이브가 엘리자베트의 헬멧을 붙잡으려고 했지만 손가락이 원형 헬멧의 매끈한 표면 위로 미끄러져 내리자 포기할 수밖에 없었다. 그의 두 손이 다시 우주의 진공 속에서 버둥거렸다.

승객들의 초조함이 절정에 달했다.

「정말 서툰 사람이야.」 아드리앵이 아랫입술을 깨물며 중얼거렸다.

지켜보는 사람들 위에 있는 확성기에서는 이브의 여압복에서 연이어 터져 나오는 세련된 욕들이 들려오고 있었다. 지금과 같은 긴박한 상황이 아니었다면 아주 재미있는 광경이었을 것이다.

그때, 반쯤 펴진 햇살돛 옆을 지나던 이브의 발이 돛에 걸렸다. 여압복이 드디어 우주선과 다시 연결된 것이다. 인류의 미래가 지금 이 순간에 달려 있다는 생각을 하며, 그가 조심조심 걸음을 떼었다. 그렇게 돛을 거슬러 올라온 끝에야 동체로 돌아왔다.

그는 우주선의 우둘투둘한 부분을 꽉 붙잡고 이동해 마침내 엘리자베트의 로프가 묶여 있는 지점까지 갈 수 있었다.

그는 입술을 깨물고 로프를 꽉 잡은 채 꼼짝 않고 있는 엘리자베트에게로 다가갔다.

「이브는 참 어설픈 사람인데, 운은 있단 말이야.」

아드리앵이 한숨을 쉬었다.

「우주가 진실로 그를 사랑하는 거지.」

맥 나마라가 〈우주는 나름대로의 계획을 가지고 있어서, 그것을 실현하기 위해 우리를 이용한다〉는 자신의 철학을 떠올렸다.

이브는 부옇게 김이 서린 헬멧 유리창을 통해 얼굴이 창백해지고 코가 바짝 오므라든 엘리자베트의 모습을 확인했다.

그는 한 손으로는 로프를 당기고, 다른 한 손으로는 마치 수영 강사가 물에 빠진 사람을 물 밖으로 데려 나갈 때처럼 그녀의 목덜미를 잡았다.

그녀를 감압실 출입문 안으로 끌고 들어오고 난 뒤, 이브는 헬멧을 벗기고 고등학교 때 응급조치법 강습 시간에 배웠던 내용을 어렴풋이 떠올리며 인공호흡을 시작했다.

의대를 졸업한 아드리앵이 지금은 인공호흡이 필요한 때가 아니라며 그를 엘리자베트에게서 떼어 냈다. 그는 대신 그녀의 가슴에 양손을 얹고 간헐적으로 압박하기 시작했다.

하지만 그녀의 몸은 반응을 보이지 않았다.

다른 의사 한 명이 새들백을 들고 달려오더니 전기 장비를 꺼냈다. 심전계를 켜자 스크린의 심전도가 일직선으로 나타났다. 전기 충격을 가했지만 엘리자베트의 심장은 다시 뛰지 않았다. 여러 번 충격을 주고 난 의사가 회의적인 반응을 보였다.

「계속해야 해요.」이브가 창백한 얼굴로 말했다.

「유감스럽지만 아무 소용이 없습니다. 이 여자는 죽었어요.」의사가 최종 판정을 내렸다.

「아니야! 계속 해보시오!」

의사가 제세동기를 치우자 이브는 기계를 빼앗아 출력을 최대로 맞춘 뒤 엘리자베트의 가슴에 대고 전기 충격을 가했다.

이브가 시체에 집착하지 못하게 카롤린과 아드리앵이 벌

써 그의 팔을 꽉 잡고 있었다.

이때, 도미노가 엘리자베트 위로 뛰어올라 귓불을 세게 물어뜯었다.

심전계에서 〈삐삐〉 소리가 나더니 스크린의 일직선 위로 삐죽삐죽 돌출선이 나타났다.

즉시 의사가 나서서 충격을 계속 가했고, 규칙적인 심전도 곡선을 만드는 데 성공했다.

36. 날개를 펴다

한쪽 눈을 떴다.

의식을 회복한 엘리자베트의 입에서 나온 첫마디는 〈돛은 펴졌어요?〉였다.

맥 나마라가 그녀를 부축해 일으킨 뒤 스크린 쪽으로 데려 갔다. 미세한 황금색 직물은 여전히 구깃구깃하게 뭉쳐 있 었다.

「혹시 보조 엔진을 돌리면 문제가 해결될지도 모르겠어.」 엘리자베트가 다시 우주로 나갈지도 모른다는 생각에 이브 가 재빨리 말했다.

「깜빡했는데, 당신한테는 말하지 않고 측면에 소형 보조 엔진들을 장착해 두었어. 아까는 그것들을 작동시킬 생각을 미처 못 했는데, 한번 시도해 볼 수 있을 거야.」

엘리자베트가 눈에 불을 켜고 그를 노려보았다.

「당신 그것도 깜빡한 거야?」

그 말을 마친 후 그녀는 탈진해서 다시 잠이 들었다.

측면의 소형 보조 엔진은 사실 존재하지 않았다. 대신 여 러 명의 우주 비행사들이 교대를 해가면서 손으로 뭉친 돛을 풀었다.

몇 시간 후, 삼각형 모양의 왼쪽 날개가 완전히 펼쳐지자 테라스 밑에서 대형 스크린을 주시하던 14만 4천 명의 승객들이 환호성을 질렀다.

「자, 이제 이것도 됐고. 어차피 일어날 수밖에 없는 사건들이었어.」맥 나마라가 이마의 땀을 닦으며 조용히 말했다.

아직 피곤이 가시지 않은 엘리자베트가 동료들이 모여 있는 곳으로 왔다.

「난 당신이 잘못했다는 게 아니라 너무 조바심을 냈다고 말한 거야.」이브가 말했다.

이제 그녀를 잃을지도 모른다는 두려움은 싹 가신 듯했다.

「파피용호의 두 번째 날개는 속도를 3분의 1로 늦춰서 펼치도록 하자고. 지구 궤도에 조금 더 머물러 있다 한들 어때. 1천 년 여행에서 하루 더 늦어진다고 큰일이 나는 것도 아니잖아.」

이브가 엘리자베트의 붉은 머리를 쓰다듬었다. 그가 얼마나 두려움에 떨었는지 엘리자베트는 느낄 수 있었다.

고양이도 쓰다듬어 달라는 듯 그녀의 두 다리에 착 달라붙었다.

「당신이 설치해 놓고 다른 승무원들에게는 정확한 용도도 알려 주지 않은 안전장치들이 또 있어?」엘리자베트가 또박또박 말했다.

이브는 대답을 하지 않은 채 두 번째 날개를 펼치는 시스템을 작동시키자고 했다.

두 번째 날개가 완전히 빠져나오자, 두 개의 얇은 황금빛 막이 우주선 흉부에서 길게 뻗어 나와 거대한 나비 모양이 되었다.

돛이 1백만 제곱킬로미터나 되다 보니 지구에서도 맨눈으로 양쪽 날개와 가운데 부분의 기다란 원기둥을 볼 수 있었다.

「하늘에 떠다니는 거대한 곤충 같군.」한 구경꾼이 하늘을 올려다보며 말했다.

「어마어마해!」

「엄청나게 큰 연이군. 도시 크기만 하겠어!」

「나라, 아니 대륙 크기는 될 것 같은데. 저길 봐, 태양을 가리면서 작은 그림자를 만들잖아.」

천문학 관측소들에서도 관심 있게 우주선을 지켜보았다.

항공 우주 센터에 있는 옛 동료들은 이브가 완전히 미쳤다고 생각했다. 텔레비전에 출연한 항공 우주 전문가들은 지금까지 실시한 우주 범선 실험들이 모두 실패로 돌아갔으며, 따라서 이번에도 성공할 가능성은 아주 희박하다고 밝혔다.

맥 나마라의 회사가 도산했지만 신경을 쓰는 사람은 아무도 없었다.

대다수의 사람들에게 파피용호는 14만 4천 명의 순진한 사람들이 미치광이 현자(賢者)의 몽상에 현혹되어 죽음이라는 파국을 맞이하는 것으로 끝이 날 기이한 실험으로밖에 보이지 않았다.

그러나 개중 호기심이 있는 사람들은 대체 저 하늘 위에서 무슨 일이 벌어지고 있는지, 궁금함을 감추지 못했다.

37. 불에서 꺼내다

모두 맡은 바 직무를 다하고 있었다.

엘리자베트와 이브는 우주선의 왼쪽 눈에서 제어 스크린들을 지켜보고 있었다.

「마일라 돛이 광자로 가득 차서 이제 추진력이 생기기 시작했어. 이제 우리 우주선을 잡고 있는 건 브레이크 역할을 하는 외부의 역추진 엔진들밖에 없으니 언제든지 지구 궤도를 떠날 수 있어.」엘리자베트가 말했다.

「좋아, 그럼 가자고.」이브가 말했다.

엘리자베트는 잠시 말이 없었다.

「쓸데없는 말일지도 모르겠는데, 궁금한 게 하나 있어서……. 간단한 거야. 나도 당신과 같아. 그런데…… 어디로 가지?」

이브가 집게손가락을 들어 어딘가를 가리켰다.

「저기. 삼각형 모양으로 보이는 저 별자리만 보고 쭉 따라가면 돼. 내가 죽거나 나한테 무슨 문제가 생기면, 삼각형을 이루는 저 빛 세 개를 향해 기수를 고정하고 비행하면 된다는 것만 기억해.」

이브의 손가락 끝이 가리키는 방향을 보다가 더 정확히 보기 위해 엘리자베트가 그와 나란히 섰다.

「저쪽?」

「아니, 조금 더 왼쪽으로, 저쪽. 큰 빛 하나하고 작은 빛 두 개.」

「이런 최첨단 기술을 모두 갖추고 있으면서 아직도 손가락으로 방향을 가리키고 있다니, 정말 말도 안 돼.」

이브는 엘리자베트의 지적을 듣지 못한 척했다.

「그런데, 우리끼리 하는 말인데, 당신은 왜 우주선의 항로를 비밀에 부친 거야?」

「우주선 조종부터 하고 나서 다시 이야기하지, 어때?」

엘리자베트는 모든 것이 정상적으로 작동하고 있음을 확인했다. 우주선 본체의 제어 스크린에는, 탑승객들이 테라스에 걸린 분할 스크린을 통해 한쪽에서는 지구의 모습, 그리고 또 한쪽에서는 파피용호 앞으로 펼쳐진 우주의 모습을 바라보고 있는 장면이 잡혔다.

「다들 준비됐습니까?」이브가 방송을 통해 물었다.

「이륙 프로세스 개시.」엘리자베트가 말했다.

그녀는 우주선을 지구 궤도에 잡아 두고 있던 엔진들을 하나씩 껐다.

「5, 4, 3, 2, 1······ 이륙!」

삼각형의 거대한 황금빛 양 날개가 견인하는 파란색의 긴 원기둥이 지구 정지 궤도에서 수직 상승을 시작하는데도, 이번에는 선체에 진동조차 느껴지지 않았다.

14만 4천 명의 가슴에서 함성 소리가 터져 올라왔다.

분할 스크린에 비치는 공 모양의 지구가 점점 작아졌다.

이브가 투명 유리창 앞에서 가만히 손을 흔들었다.

「안녕…… 어머니 지구여.」

「영원히 안녕.」엘리자베트가 말했다.

38. 비밀

빛으로 부풀어 오른 두 황금빛 날개.

지구의 생명을 가득 실은 거대한 파피용호가 미지의 우주 속을 천천히 미끄러져 가고 있었다.

부지불식간에 우주선에 가속도가 붙기 시작했다.

엘리자베트가 탐스러운 긴 붉은색 머리채를 흔들며 이브를 향해 돌아섰다.

「저 별 세 개란 말이지, 좋아. 그런데 별들에 가까이 가면 어느 별로 가야 하는지는 어떻게 알지?」

「저 세 개의 빛은 별이 아니라 멀리 떨어진 성운(星雲)이야. 그곳에 다가가면 가운데에서 빛을 발하는 또 다른 별을 찾을 수 있을 거야. 우리 태양 크기만 한 별이지. 지금은 육안으로 식별이 불가능해. 그 별 주변에서 생물이 살 수 있을 것 같은 행성을 하나 발견했어.」

「육안으로 볼 수 없다면서, 그럼 당신은 어떻게 찾아낸 거야?」

「항공 우주 연구 센터에서 전파 망원경으로 찾아낸 거야. 오래전부터 관심을 갖고 관측하던 곳이 있었어. 그 방향으로 망원경을 돌려서 별을 하나하나 관측한 끝에 찾아냈지. 하지만 그 이야기는 아무한테도 하지 않았어.」

「그런데 다른 사람들 눈에는 왜 보이지 않았을까?」

「다른 사람들도 봤을지 몰라. 하지만 그 행성까지 가는 여행단을 꾸리겠다는 생각은 하지 못했겠지.」

엘리자베트는 아무래도 미심쩍은 마음을 떨쳐 버릴 수 없었다.

「당신이 가려는 그 별의 이름이 뭐야?」

「현재로서 그 별의 과학적 이름은 그냥 JW103683이야.」

「그럼 행성은? 그 행성도 전파 망원경으로 찾아낸 거야?」

「일반적으로는 같이 사용하지 않는 여러 장비들을 결합해서 사용한 덕분이지. 그렇게 해서 우리 태양계 외부에 존재하는 그 행성들이 어떻게 구성되었는지 추론해 낼 수 있었어. 태양과 같은 기능을 하는 별로부터 적당한 거리에 있어서 생명이 불타거나 얼어 죽지 않고 기온과 대기 구성도 적당한 행성은 단 하나밖에 없는 것 같아.」

「이제 그 알 듯 말 듯한 이야기는 좀 그만하고, 말해 봐. 당신이 가려는 행성은 대체 어디에 있는 거야?」

이브가 수수께끼 같은 미소를 지어 보였다.

「지금은 밝힐 때가 아니야. 마지막 순간에 알게 될 거야. 인류가 준비도 되지 않은 채 도착해서 그곳을 더럽히는 꼴은 보고 싶지 않거든. 그래서 별의 정체를 숨겨 두었지. 여기. 이 우주선 안에.」

엘리자베트가 눈썹을 찡그렸다. 〈이브가 아무래도 보물섬 이야기 같은 것들을 너무 많이 읽은 게 틀림없어. 이거 지나치게 내성적인 사내아이들이나 하는 짓 아니야.〉 그녀는 속으로 생각했다.

「사실은 그 행성의 정확한 위치를 표시한 지도를 금고 안에 넣어 두었어.」

「말도 안 돼. 인류의 미래가 달린 문제인데 당신은 비밀이니, 보물이니, 미스터리니 하는 것들을 들먹이며 장난이나 하고 있다니. 당신 대체 나이가 몇 살인 거야, 이브?」

이브는 자신의 작전이 아주 흡족한 모양이었다.

「금고는 1천 년이 지나야만 열 수 있어. 안에 시계 장치를 해놓았거든.」

엘리자베트가 그를 뚫어지게 바라보았다.

「지금 무슨 말도 안 되는 소리를 하는 거야. 14만 4천 명이나 되는 사람들이 우주 한가운데 떠 있는데 마지막 순간에 가서야 종착지를 알 수 있다니!」

「파피용호 탑승객들의 마지막 대에 가서야 최종 목적지를 알 수 있게 할 거야. 그 사람들만, 자격이 있어야만 알게 되는 거지.」

엘리자베트가 이브의 표현을 그대로 따라 했다.

「그 〈자격이 있는지〉는 어떻게 판단할 건데?」

「간단한 지능 검사를 하는 거지. 아주 간단한 수수께끼인데, 그걸 풀면 정확한 목적지가 표시된 지도가 든 금고를 찾을 수 있을 거야. 수수께끼를 풀면 글자 조합이 나오고, 그 글자들만 알면 금고를 열 수 있어.」

「그 〈간단한〉 수수께끼라는 게 대체 뭐야?」

「사람들이 절대 잊어버릴 수 없게 계기판 위에 새겨 놓았어.」

이브가 가리키는 스크린 위에 잔글씨로 쓰여 있는 세 개의 문장을 엘리자베트가 기가 막힌다는 표정으로 소리 내어 읽었다.

　　이것으로 밤이 시작하고 Cela commence la nuit.
　　이것으로 아침이 끝난다 Cela finit le matin.
　　그리고 이것은 우리가 달을 쳐다볼 때 보인다
　　Et on peut le voir quand on regarde la lune.

「빌어먹을, 천문학 수수께끼잖아. 이거 큰일이네. 그건 그렇고, 그럼 당신이 말한 금고는 어디 있지?」

「멀리 있지 않아. 진짜 멀지 않은 곳에 있어. 바로 당신 두 눈 앞에.」

이브가 턱으로 키를 가리켰다. 엘리자베트의 눈이 이브가 가리키는 방향을 따라가다가 〈마지막 희망은 탈출이다〉라는 슬로건과 함께 별이 세 개, 나비가 한 마리 새겨져 있는 금속 플레이트 위에서 멈추었다.

「설마 키 〈안〉에 있다고 말하려는 건 아니겠지?」

이브가 고개를 끄덕였다.

「우리가 갈 방향은 키 안에, 더 정확히 말하자면 비어 있는 축 안에 있어.」

엘리자베트가 손톱으로 잡아뗄 것처럼 금속 플레이트를 잡아당겼지만, 헛수고였다.

「작은 금고지만 아주 단단한 금속으로 제작해 달라고 했어…… 강철, 티탄, 세라믹이 들어갔지. 용접기를 써도 열리지 않을 거야. 운이 나빠서 혹시 고약한 놈이 전자자물쇠를 뜯어낼까 봐 자동 파괴 장치까지 설치해 놓았어.」

「그렇게 되면 다 수포로 돌아갈 텐데. 〈마지막 희망〉 프로

젝트가 아무짝에도 쓸모가 없게 될 거라고. 그렇게 되면 우리가 이루어 낸 성과도 아무 의미 없이 사라지게 되는 거지. 그리고 파피용호에 남은 최후의 탑승객들이 우리나 우리 부모 세대보다 나은 사람인지 알아보는 방법이 고작 수수께끼를 풀어서 단어를 찾아내게 하는 것이란 말이야?」

이브가 재미난 장난을 치는 어린아이처럼 황홀한 표정을 지었다.

엘리자베트가 어깨를 으쓱했다.

「만약 당신이 틀렸으면, 당신이 찾은 미지의 행성에 가까이 다가갔는데 알고 보니 정착하기 불가능한 곳이라면, 그땐 어떡하지?」

「이론적으로는 그 태양계에 적어도 다섯 개의 따뜻한 행성이 있어. 그중 아무것도 대안이 되지 못한다면, 그럼 50세대에 걸쳐 1천 년을 더 여행해서 가까이 있는 두 번째 태양계로 가면 되지. 1천 년쯤이야 그들에게는 아무것도 아닐 테니까.」

이 농담에 엘리자베트는 웃지 않았다.

그녀는 수치 하나가 계속해서 상승하고 있는 계기판을 주시했다.

「우주선 밖으로 나간 날 구해 줘서 고마워.」

두 사람은 앞으로 길잡이 역할을 할, 세 개의 빛이 반짝이는 하늘의 지평선을 쳐다보았다.

「우리는 결코 우주선이 도착하는 걸 지켜보지 못할 거야.」그가 웅얼거렸다.

「우리는 아니지만 우리 후손들은 볼 수 있을 거야.」

그는 그녀의 이 말을 간접적인 유혹으로 받아들였다.

그가 한 발짝 가까이 다가섰다.

「그럴 후손을 먼저 만들어야지…….」

그가 조금 더 다가섰다.

「당신, 날 정말 완전히 용서한 거야?」

그가 물었다.

「아니, 완전히는 아니고 75퍼센트 용서했어. 골반의 통증 때문에 밤에 깨는 일이 없어지면 그때 완전히 용서할 거야.」

「75퍼센트에서 76퍼센트로 높이려면 내가 어떻게 해야 하지?」

「날 감동시켜 줘. 항상 놀라움을 선사해 주면 돼. 난 다른 건 다 넘어가도 권태로움은 절대 용서할 수 없어.」

그러자 이브가 더 바싹 다가왔다. 그들의 입술이 닿을 듯 말 듯 했다. 그가 몸을 숙이자 그녀가 흠칫 뒤로 물러났다. 그가 자리에 멈춰 서서 그녀의 눈을 바라보았다. 눈동자의 깊숙한 곳을 응시했다. 이번에는 그녀가 살짝 다가섰다. 그가 다시 한 걸음 앞으로 나가도 그녀는 뒤로 물러서지 않았다.

그녀는 그의 입맞춤에 응했다. 키스는 오랫동안 계속되었다. 쳐다보던 도미노가 성질을 내며 이브의 장딴지를 있는 힘을 다해 깨물었다.

39. 압력 상승

더 빨리, 더 강하게.

더 멀리, 보다 더 멀리.

목적지의 비밀이 담긴 키 앞에 홀로 선 엘리자베트 말로리가 별들을 쳐다보며 갈라지는 목소리로 노래를 불렀다.

그녀의 민감한 터키옥색 눈동자는 이제 언제나 눈앞에서 숭고한 파노라마를 펼쳐 보이는 무수한 별들을 구별할 수 있게 되었다. 예전에는 그저 〈별〉이라는 이름으로 하늘에 있었던 흰 점들이 이제 그녀에게 마치 정글 같은 존재로 다가왔다. 은하, 은하군, 성운, 가스 구름, 항성, 성단, 운석, 초신성, 우주끈을 비롯해 블랙홀, 화이트홀이 지닌 특성들을 일일이 꿰고 있어야 했다.

설명이 불가능한 블랙홀과 화이트홀이라는 두 우주 현상은 육안으로는 관측이 불가능하고 파피용호에 탑재된 소형 전파 망원경으로만 볼 수 있었다.

자기장과 태양풍조차 이 우주 항해사에게는 더 이상 비밀스러운 현상이 아니었다.

성운들은 다채로운 빛을 발하는 먼지 입자들을 모아 만든 예술 작품처럼 보였다.

끝없는 선으로 이어지는 은하의 단면이 배경처럼 펼쳐지고 있었다.

엘리자베트는 광도계를 통해 두 개의 커다란 삼각돛으로 불어오는 태양풍의 강도 변화를 주시하고 있었다. 태양풍의 세기가 수시로 변하기 때문에 그녀는 원격으로 조종되는 보조 엔진들을 이용해 밧줄을 최대한 팽팽하게 유지했다.

그녀의 앞에는 나비 로고와 함께 〈마지막 희망은 탈출이다〉라는 비상한 슬로건이 붙은 조작 키가 있었다.

자판들 위에는, 쉽다고는 하지만 그녀가 여전히 해답을 얻지 못한 수수께끼가 쓰여 있었다.

〈이것으로 밤이 시작하고 이것으로 아침이 끝난다. 그리고 이것은 우리가 달을 쳐다볼 때 보인다.〉

여명?

남십자성?

햇빛?

아니야, 무슨 〈속임수〉가 있는 게 분명해. 이브는 어린애 같아, 서툴고 경솔한 어린애. 하지만 이렇게 큰 장난감을 만들어 14만 4천 명을 태울 정도로 대담한 상상력을 가진 아이지.

그리고 제대로 자라지 못한 이 어린애를 뒤따를 정도로 바보 같은 사람들, 그녀를 포함해서.

엘리자베트는 혼자 웃기 시작했다. 그녀는 맥 나마라의 웃음에 감염되어 묘하게도 똑같은 웃음소리를 내는 자신의 모습에 깜짝 놀랐다.

맥 나마라식 웃음은 흉곽과 목의 근육을 단단하게 하고, 인체를 정화하는 완벽한 운동이었다.

그때, 스크린에 유성 하나가 우주선을 향해 곧장 날아오는 모습이 보였다.

엘리자베트는 즉시 키를 돌려 우주선의 진행 방향을 바꾸었다. 아주 느리게, 점진적으로 움직였기 때문에 아무도 그녀가 진로를 바꾸었다는 사실을 눈치채지 못했다. 그녀는 유성체를 어떻게 피해 가야 할지 잘 알고 있었다. 사실 그게 키를 잡고 있는 그녀가 중점적으로 해야 할 일이었다. 예전에 빙산, 돌고래, 암초를 피해 항해하던 것과 어느 정도 비슷했다.

그녀는 제어 스크린들을 통해 유성의 이동 방향을 볼 수 있었다.

유성이 제법 가까이 접근하자 그녀는 망원경을 꺼내 오른쪽 돛을 스칠 듯이 지나가는 큼지막한 바윗덩어리의 모습을 확인했다. 그러고 나서 키를 돌려 우주선이 다시 〈세 개의 빛〉 쪽을 향하게 했다. 그녀의 뒤쪽에 있는 〈원기둥〉에서는 삶이 펼쳐지고 있었다.

14만 4천 명은 나머지 서른한 개 구역에도 금방 〈가구를 들여놓았다〉. 카롤린의 지침에 따라 〈나머지 인테리어〉를 하기 위해 우주선 후미에 있는 창고들에서 모래와 자갈을 가져다 깔고 그 위에 풀과 나무를 심었다. 또한 언덕과 계곡, 강, 숲도 추가로 만들었다.

이렇게 조성된 32킬로미터 길이의 인공 대지 위에서 사람들은 앞으로, 뒤로, 그리고 위에서 아래로 왔다 갔다 할 수 있었다.

석공들은 첫 번째 마을을 짓기 시작했다. 〈천국의 도시〉라는 이름이 붙은 그 주거 단지의 일부는 연보랏빛 호수 위에 필로티를 세우고 지은 건물이었다.

광물, 식물을 적절히 배치한 서식지가 마련되자 이브는 동물을 풀어 놓으라고 지시했다.

먼저 곤충들부터, 아주 작은 것부터 큰 것에 이르기까지, 그러니까 개미를 비롯해 거미, 꿀벌, 그리고 물론 나비를 포함해 쇠똥구리에 이르기까지 여러 가지 생물군을 풀어 놓았다. 곤충마다 다 포식자가 있게 만들어 놓는 게 원칙이었다.

수중 생태계도 같은 방식으로 미역에서 조개까지, 올챙이에서 곤들매기까지 갖가지 수중 생물을 풀어 조성했다.

다음은 덩치가 큰 동물들을 풀어 놓을 차례였다. 개구리와 도롱뇽 같은 양서류, 쥐와 다람쥐 같은 설치류, 양과 소 같은 초식 동물, 그리고 여우와 들고양이 같은 육식 동물.

모기, 거머리, 파리처럼 인간에게 어느 정도 해가 되는 동물들은 조금 더 때를 기다리기로 했다. 그러니 전갈이나 뱀, 곰, 호랑이, 사자, 하이에나 같은 위험한 동물들은 더 말할 필요도 없었다.

위험한 동물들은 현재로서는 자동 냉각 저장고 안에 든 시험관들 속에 수정란 상태로 보관되어 있다가, 후손들이 원할 때 꺼내 해동하면 그때 비로소 생명력을 얻게 될 것이다. 사람들이 원기둥 안에서 성난 맹수와 마주칠까 봐 두려워하지 않고 자유롭게 돌아다닐 수 있기를 바라는 것은 아주 당연한 일이었다.

14만 4천 명 중에서 집 짓는 일에 배정되지 않은 사람들은 들에 나가 씨를 뿌리면서 첫 수확을 준비했다. 동물들에게 풀을 먹이는 사람들도 있었다. 현재의 식량, 공기, 물의 비축량으로는 겨우 6개월밖에 버틸 수 없으며, 그다음부터는 생존을 위해 필수적인 그 세 가지 요소들을 자급자족하는 수밖에 없다는 사실을 누구나 알고 있었다.

우주선 내에서의 일은 〈누가 무엇을 하고 싶은지〉, 자발적 의사를 존중하여 분배되었다. 가장 고된 일들을 분배하는 데 있어서는 아드리앵이 약간 다른 방식을 도입하였다. 〈힘든 일일수록 노동 시간이 줄어든다〉는 법칙이었다. 힘든 일을 택한 사람은 하루에 몇 시간만 일을 하면 되었다.

현재로서는 아무 문제가 없었다.

하늘을 올려다볼 때 태양을 대신해 흰색 인공 불빛을 밝히고 있는 중앙의 네온관 등과 머리를 아래로 향한 사람들과 들판, 숲이 보이지만 않으면 지구에 있다는 착각을 하는 사람도 있을 정도였다.

너무 서늘하게, 나중에는 또 너무 덥게 맞춰졌던 우주선 내부의 온도는 최종적으로 낮에는 24도, 밤에는 19도로 맞춰져 온대 지방의 여름 기온과 비슷했다.

24시간마다 특수 시계가 인공적으로 여명, 그리고 밤을 만들어 냈다.

40. 황의 여과

모두가 그 여행이 아주 길 것이며, 자신들은 절대 그 끝을 볼 수 없으리라는 사실을 알고 있었다.

중력, 공기, 물, 식량, 주거지 같은 생존의 문제가 해결되고 나자 사람들은 삶에서 상대적으로 덜 필수적인 여가, 예술, 단체 활동 같은 것에 관심을 기울이기 시작했다. 천국의 도시에서는 즉시 각종 단체들이 생겨났다.

신축 마을의 중앙에서는 질이라는 이름의 코미디언이 원맨쇼를 선보였다.

「마지막 희망 반대 시위 때예요. 시위 현장에서 마주친 두 명의 시위자 중 한 명이 상대방에게 말하죠. 〈당신은 왜 이 프로젝트에 반대하죠?〉〈음, 그러니까 우리 지구에서의 삶을 받아들이지 않는 비겁자들의 프로젝트이기 때문이죠.〉〈그러는 당신은?〉〈실은 나도 그런 비겁자가 되고 싶어요.〉」

웃음소리.

「당신은 왜 헌병들이 이륙하는 로켓에 발포하지 않았는지 알아요? 로켓에 화학 연료 추진 장치가 있다고 생각한 거야. 로켓 흉부 전체가 연료 탱크로 뒤덮여 있다고 생각했기 때문에, 화기를 발사하면 다 폭발해 버릴 거라고 믿은 거라고요.」

215

웃음소리.

질이 신이 나서 계속했다. 새로운 삶에는 그에 맞는 새로운 유머가 필요했다. 이브는 자신들이 감행하고 있는 모험을 소재로 농담을 하는 것도 우주선 내의 전체적인 분위기를 위해서 필요하다고 생각했다.

「천국의 도시 여성 두 명이 서른두 개 분할 구역에 잔디를 깔고 있어요. 한 명이 다른 사람에게 말하죠. 〈네 생각에는 1천 년 동안 파피용호 안에서는 어떤 스타일이 유행할 것 같아?〉 〈푸, 난 말이지, 어찌 됐든 자나 깨나 수영복을 입고 다니면서 언덕을 만들고 있는 건장한 사내들의 눈길을 한 몸에 받을 생각이야〉 하고 다른 사람이 대답했어요.」

맥 나마라는 원맨쇼의 최고 관객이었다. 그가 한번 웃음을 토해 내면 사람들이 질의 코미디를 보고 웃는 것인지, 그 코미디가 맥 나마라한테 발휘하는 효과를 보고 웃는 것인지 분간이 가지 않았다.

그렇게 첫 주가 흘러갔다.

사람들이 고된 일을 회피하면서 우주선 내에 긴장이 조성되기 시작하자, 이브는 파피용호에 설치된 전파 안테나들 중 하나의 방향을 돌려 지구의 텔레비전 방송을 수신했다. 지구에서 쏘아 올리는 텔레비전 전파는 우주는 물론이고 어디든 닿지 않는 곳이 없었다.

아드리앵은 천국의 도시 중심부에 5미터 높이의 대형 스크린을 설치하기로 결정했다.

눈앞에 펼쳐지는 장면들을 보고 파피용호의 승객들은 경악을 금할 길이 없었다. 뉴스에서는 잔혹한 장면들이 끊임없이 이어졌다. 이제 멀리 떨어져 지켜보면서, 그들은 각국의

국가 원수들이 합세하여 민중의 자유를 억압하고 있으며, 민중에게는 복종하느냐 아니면 굶어 죽느냐 둘 중 하나를 선택하는 것 외에는 뾰족한 대안이 없다는 사실을 분명하게 확인할 수 있었다. 국가 간, 종교 간의 분쟁도 거리를 두고 우주선 안에서 지켜보다 보니 생뚱맞게만 느껴졌다. 민중의 의식을 마비시키거나 꼭두각시 부대를 만들려는 우두머리들 간의 장난으로밖에 보이지 않았다.

독재자들은 짐짓 민주주의를 뒤흔들겠다는 인상을 주었다. 대통령들은 자기들끼리, 혹은 광신자들을 상대로 싸움을 일으켰다. 하지만 결국 정치, 경제, 군사, 종교의 수뇌부들은 자기들 사이에서 타협점을 찾아냈고, 개인의 활동과 사고를 제약하는 데 공포를 최대한 이용했다.

기자들은 사람들의 머릿속까지 공포가 침투할 수 있게 기사를 더 자극적으로 썼다. 화면에 나타나는 어린아이들의 시체, 칼을 휘두르고 자동 병기로 공중에 발포하면서 살인을 선동하는 구호를 연호하는 시위자들의 모습, 참관인들의 참혹한 증언들, 그럴듯한 암시들은 민중의 사고를 어느 정도 획일화하는 역할을 했다.

〈지구에서는 모든 사람이 텔레비전에 세뇌당해, 객관성이 완전히 결여된 상태에서 동시에 똑같은 생각을 한다〉는 것이 14만 4천 명이 내린 분명한 결론이었다. 이브 크라메르는, 14만 4천 명 공동체의 열정과 단합심을 처음 그대로 유지할 수 있기 위해서는 그 어떤 형태의 선동보다도 지구의 뉴스를 방영하는 것이 최고의 방법이라는 사실을 알게 되었다.

대형 스크린 안에서 서로 물어뜯으며 싸우는 사람들과는

더 이상 같은 종이 아니라고 생각하는 사람들이 많아졌다.

엘리자베트도 잠시 조종석을 떠나 24시간 뉴스 채널을 통해 온갖 영상들이 서로 떠밀듯이 나타나는 모습을 지켜보았다. 그때 마침 파피용호를 다룬 짧은 기사가 나왔다.

텔레비전에 출연한 항공 우주 전문가는 우주선에 탑승한 14만 4천 명이 성공적으로 여행을 마칠 가능성은 전혀 없다고 했다. 시간이 지나면 마모되는 소재의 특성상 우주 범선이 1천 년 동안 항해하는 것은 불가능하다는 것이다.

「이제 자기들과 멀리 떨어져 있는데도 우리를 비방하려 드는군. 그들은 여전히 우리를 증오하고 있어⋯⋯.」이브가 말했다.

「어쩌면 우리가 듣고 있을 것이라고 생각해서 겁을 주려고 하는지도 모르지.」

「세상 전체가 선생이 틀렸다고 반복해서 말하는데 어떻게 옳다고 확신하십니까?」

「우리들은 강물을 거슬러 올라가는 연어와 같소. 끝까지 가봐야만 알 수 있겠지.」

뉴스가 계속 이어졌다. 오존층에 구멍이 생겨 극지방이 녹고 있었다. 해수면 상승으로 또다시 여러 차례 지진 해일이 발생해 여러 해안 도시가 물속에 잠기고 말았다. 신종 돌연변이 바이러스가 새를 통해 사람에게 감염된 후 치명적인 독감으로 변했고, 그 때문에 엄청난 희생자가 발생했다. 현재로서는 어떤 해독제도 없었다. 수억 명의 희생자가 발생할 수도 있다는 우려가 팽배해 있었다.

「우리는 최악의 시대에 태어났어. 지금처럼 질병과 폭력이 난무하고 환경 오염이 심각했던 적은 없었지.」

엘리자베트가 어깨를 으쓱했다.

「다른 시대에 살았던 사람들도 다 그렇게 생각했을걸. 페스트, 콜레라, 세계 대전, 노예 제도가 있었던 과거에 살았던 사람들은 저마다 그때가 최악의 시대라는 생각을 하지 않았을까? 모든 세대마다 예전보다는 나아졌고 다음 세대에는 더 나아질 것이라고 믿어. 어쩌면 결국 상황은 언제나 똑같을지도 몰라. 단지 우리 시대에는 더 많은 정보를 접할 수 있기 때문에 더 끔찍하게 생각되는 거지. 그러니까 냉정하게 바라볼 필요가 있어.」

텔레비전 화면에서는 참혹한 영상들이 꼬리를 물고 이어졌다.

「어쩌면 떠나지 말았어야 했는지도 몰라.」 이브가 웅얼거렸다.

「당신이 이 모든 일을 다 계획해 놓고 이제 와서 떠나지 말았어야 한다니, 말이 돼?」

「확신이 없어서 그래. 탈출이라…… 비겁한 짓은 아니었을까?」

「그럼 도대체 당신이 생각하는 용기라는 건 뭐지?」

「남아서 투쟁하는 것.」

「이길 가능성이 있을 때 투쟁하는 거야. 지구에 남아 있었더라면 우리는 시련을 겪으며 자멸하는 인류의 모습을 두 손 놓고 지켜볼 수밖에 없었을 거야.」

이브가 입 벽을 깨물었다.

「끝까지 노력해 보지 않은 건지도 몰라.」

「바보 같은 소리 하지 마, 이브. 어떻게 아직까지도 회의를 품고 있을 수 있어? 당신은 잘한 거야. 분명해. 우린 정말 잘

한 거라고. 우리는 지구상에서 아무것도 바꿔 놓을 수 없었
어. 6백만 년 동안 쌓인 나쁜 습성들이 한 세대 만에 사라질
수는 없다고. 마지막, 그리고 유일한 희망은 탈출이야!」

이제 대형 스크린에 운동 경기에서 자기 팀의 이름을 연호
하는 군중의 모습이 나타나 있었다. 이브는 계속해서 입 벽
을 깨물었다. 팀 동료들로부터 헹가래를 받는 챔피언이 우승
컵을 번쩍 들어 올렸다.

「지구라고 다 나쁘지는 않았어.」이브가 말했다.

「당신이 뭘 할 수 있었겠어, 세계 혁명이라도 일으켰을
까?」엘리자베트가 살짝 어깨를 으쓱했다.

「이미 너무 늦었어. 파피용호를 제작한다는 사실만으로
도 우리를 향해 세상의 모든 반대 에너지가 결집되는 걸 당
신도 지켜봤잖아. 우린 제대로 목소리 한 번 못 내보고 뭉개
져 버렸을 거라고.」

천국의 도시인들은 점점 더 낯설게만 느껴지는 이 세계의
영상들 앞에서 어안이 벙벙했다.

그렇게 예전 세계의 텔레비전 뉴스들이 나가고 난 뒤, 아
드리앵 바이스가 이번에는 조종실 앞으로 펼쳐지는 장면을
대형 스크린을 통해 내보냈다. 별들로 가득한 멋진 우주
였다.

41. 융합

　몇몇 장인(匠人)들이 원기둥 안에서 이동하기에 적합한 빠른 교통수단으로 자전거를 개발하기로 결정했다. 우주선 내의 대장간들에서는 보습을 만들기에는 적합하지만 경주용 자전거에는 부적합한 중금속밖에 생산할 수 없었기 때문에, 그들은 대나무 자전거를 발명했다. 금속으로 만든 자전거 바큇살과 고무로 만든 타이어를 빼고는 전체가 대나무로 이루어진 것이었다.

　이제 천국인들은 원기둥 안에서 더 빠른 속도로 이동할 수 있게 되었다. 자전거들이 자연스럽게 바큇자국을 내었고, 그 자국들은 농토와 숲, 주거지 사이로 꼬불꼬불 작은 길을 만들었다.

　이브 크라메르는 자신이 직접 제작한 자전거를 원기둥 앞 머리에 세워 놓고 우주선의 왼쪽 눈으로 올라갔다.

　「조종해 볼래?」엘리자베트가 물었다.

　「〈우리〉 소송이 끝나고 나서 자동차뿐만 아니라 원동기 운전면허도 다 정지된 걸 당신도 알면서 그래! 우주선이라고 예외는 아니지.」

　엘리자베트가 이브를 끌어당겨 키 앞에 세웠다. 이브는

잠자코 있었다. 엘리자베트는 그의 손 위에 자신의 양손을 포개 얹은 뒤, 양력(揚力)[5]이 지탱하는 마일라 돛 전체에 주름이 하나도 잡히지 않도록 완벽하게 부풀어 오르게 하기 위해서는 파피용호의 커다란 두 날개를 어떻게 조작해야 하는지, 시범을 보여 주었다. 이브는 아주 작은 인간이 거대한 기계를 조종하고 있다는 느낌을 받았다.

그때, 그녀가 그의 손을 잡았다.

그가 흠칫 손을 빼려고 했다.

「이제 그만 달아나. 적어도 나한테서는 말이야.」

그가 주저주저하다가 그녀의 손바닥 밑으로 손을 밀어 넣었다.

「난 당신을 원해.」그가 그녀의 눈을 강렬하게 응시하며 말했다.

그녀가 살짝 눈썹을 찡그렸다. 그러더니 아무 말도 하지 않고 고양이를 밖으로 내보낸 뒤 조종실 출입문을 닫았다.

「부드럽게.」그녀가 속삭였다.

그는 제어 시스템을 두드려 느린 음악을 한 곡 골랐다. 음악이 서서히 울려 퍼지자 그는 서랍을 뒤져 양초를 찾아낸 뒤 주변에 여기저기 켜놓고는 불을 껐다.

두 사람은 춤을 추고, 포옹하고, 애무하고, 서로의 몸을 섞어 생명의 에너지를 교환했다.

황홀감의 절정에 이른 붉은 머리의 아름다운 항해사는 온몸으로 전율하며 원기둥에까지 들릴 정도로 거친 해방의 숨소리를 폭발적으로 쏟아 냈다.

5 유체 속을 운동하는 물체에 운동 방향과 수직 방향으로 작용하는 힘. 비행기는 날개에서 생기는 양력에 의해 공중을 날 수 있다.

잠시 후 그녀는 서랍에서 〈자신만의 보물〉이라고 부르는 것들을 담은 상자를 꺼냈다. 그 안에 담배와 독한 술이 든 술병들이 있었다. 두 사람은 함께 담배를 피우고 술을 마셨다.

「내 몸이 반응하지 않을까 봐 얼마나 겁이 났는지. 정말 너무 오랜만의 일이어서……」 그녀가 담배 연기를 내뿜으며 말했다.

그녀가 격정적으로 그를 끌어안더니 갑자기 키득키득 작은 웃음소리를 냈다.

「당신이 내 골반 뼈의 기능을 되찾아 줬어. 더 이상 아무런 감각도 느끼지 못하던 곳의 신경을 다시 살려 준 거야.」 그녀는 벌거벗은 채로 목발도 짚지 않고 자리에서 일어났다. 그러고는 제법 발을 옮기다가 벽을 붙잡았다.

「그게 바로 사랑의 치료 효과지.」 아직 땀으로 끈적끈적하게 젖은 이브가 말했다.

「앞으로 당신 치료를 예약해 놓고 받아야겠어.」

그녀는 이렇게 말하고 나서 촉촉하게 젖은 머리칼을 이브의 목에 비비면서 키스를 퍼부었다.

두 사람은 서로를 껴안고 몇 번이고 사랑을 나눈 뒤 서로 엉킨 채 조종실 바닥에서 잠이 들었다.

엘리자베트는 이내 지팡이 하나만 짚고도 걸어다닐 수 있게 되었다. 그 모습이 큰 보폭으로 휘청걸음을 걷는 해적을 연상시켰고, 그녀도 결국 인정했다.

프로젝트의 발기인인 아드리앵과 카롤린 커플이 드디어 함께 살 집을 짓기로 결정했다.

며칠 후 두 사람의 새 집이 모습을 드러냈다. 호수 위에 필로티를 세우고 지은 집이었다.

카롤린이 내부 설계와 인테리어에 직접 참여해서 만든 작품이었다. 그녀는 사방의 벽과 방 천장에 거울을 붙여 놓았다. 아주 기능적으로 꾸며진 부엌에서는 곧바로 호수가 내다보였다.

「혹시 크라메르 씨가 창문에서 낚싯대를 드리워 잡은 고기를 프라이팬으로 곧장 던지고 싶을지도 몰라서.」아드리앵이 말했다.

거실에는 텔레비전이 한 대 있고, 대나무 벽을 바탕으로 아주 도드라져 보이게 얼룩말 무늬가 그려진 큰 소파들이 놓여 있었다.

「원기둥의 장점은 바람도 불지 않고 비도 내리지 않기 때문에 가벼운 건자재를 써서도 집을 지을 수 있다는 점이에요.」카롤린이 설명했다.

「이곳에다 집을 지으면 멀리 떨어져 살지 않아도 되잖아요. 우리 집 바로 옆에 가브리엘의 집도 지었어요. 이제 모두 이웃이 되는 거예요. 혹시라도 의자나 식탁보가 필요할 때 좋겠죠.」

집을 지탱하는 가운데의 굵직한 나무 들보를 고양이가 발톱으로 할퀴다가 하얀 아마 커튼 위로 뛰어올랐다. 그러고는 발톱 끝으로 커튼을 잡아 뜯듯이 매달린 채 아래로 주르르 미끄러져 내렸다.

「도미노가 기분 좋은 모양인데.」카롤린이 말했다.

맥 나마라가 큰 케이크를 들고 도착했다.

「보니까 오늘이 자네 생일이더군.」

「이런, 완전히 깜빡했어요.」

「우주에 있다 보니 그런 거야. 시간 개념이 달라지니까.」

사람들이 새 집의 식당에 모여 앉자 카롤린이 촛불을 켰다. 그런데 아직 집을 제대로 파악하지 못한 이브가 촛불을 끄면서 커튼 쪽으로 바람을 부는 바람에 커튼에 금세 불이 붙고 말았다. 사람들이 모두 임시 소방관이 되어 움직였지만 불은 이미 대나무 벽으로 번지고 있었다.

화재를 진압하고 나니 다행히 한쪽 벽이 불타고 커튼이 재로 변한 것 외에 다른 피해는 없었다. 호기심 있게 사건을 지켜보던 고양이는 수염이 타버렸고, 하얀 털은 끝이 오그라들고 말았다.

맥 나마라가 이브 옆으로 다가왔다.

「하나만 물어보세. 자네 일부러 그러는 건가? 혹시 캐릭터라도 만들어 보려고?」

「전…… 그러니까…… 그게 아니라, 제가 조심성이 없어서 그런 것 같습니다.」이브가 거북해하며 대답했다.

그 말을 들은 맥 나마라가 웃음보를 터뜨렸다.

「인류 최고의 웅대한 프로젝트를 추진한 사람이 실수투성이 인간이라니!」

「전 그저 머릿속에서 생각을 하는 것으로 만족하는 사람입니다.」

「그럼 사상적 지도자가 될 생각은 없어요?」아드리앵이 진지하게 물었다.

「아니, 없어. 절대로. 그러려면 내가 더 이상 틀리는 일도 없어야 하고, 거짓말도, 멍청한 소리도 하지 말아야 한다는 거 아닌가. 난 그 세 가지 자유를 무척 좋아해서 다른 특권들과 맞바꿀 생각이 없어.」

아드리앵이 이해하겠다는 듯 미소를 지었다.

「아쿠아리움은 실패했지만 파피용은 성공할지도 모르는 게 바로 그 때문이죠. 이브, 당신은 늘 소박함과 겸손함을 잃지 않으니까요.」

이브의 얼굴이 붉어졌다.

아드리앵이 몸을 숙이더니 이브의 귀에 대고 속삭였다.

「물론 겸손한 게 좋을 때도 있지만 더러는 자기 지위에 맞게 움직일 필요도 있어요.」

탄 냄새가 가시기 시작하자 사람들은 모두 케이크를 먹었다. 카롤린은 아직 엘리자베트를 자기만의 부엌으로 들이지 않고 혼자 커피를 만들어 내왔다.

엘리자베트의 입에서 대미를 장식하는 말이 나왔다. 「생일 축하해, 이브. 우리를 꿈꾸게 해줘서 고마워.」

42. 설탕이 된 소금

파피용호는 끝없이 속도를 높이며 항해했다.

첫날 시속 1백 킬로미터로 지구를 떠났던 우주선은 일주일 만에 시속 1만 킬로미터, 2주일 만에 시속 10만 킬로미터, 한 달이 지나자 시속 1백만 킬로미터까지 속도를 높였다.

빛과 진공이 지닌 엄청난 위력이었다.

이브 크라메르의 예상대로 공기와의 마찰이 없기 때문에 전혀 저항을 받지 않았던 것이다.

우주선의 항해에 제동을 걸 수 있는 것은 아무것도 없었다.

마찬가지로 우주선을 끌어당길 만한 중력도, 속도를 떨어뜨릴 수 있는 장애물도 없었다.

그렇게 우주선은 〈우주의 거대한 무(無)〉 속으로 조금의 진동도, 속도로 인한 바람의 작용도 없이 미끄러지듯이 나가고 있었다.

현창들 밖으로 색깔 있는 점이 하나 나타났다. 그것은 행성으로 밝혀졌다. 표면은 오렌지색이었고, 몇몇 대형 분화구 바깥쪽으로는 시간의 흐름이 파놓은 광맥들이 보였다.

앞쪽, 파피용호의 왼쪽 눈 안에는 엘리자베트와 이브가

제어 기기들 앞에 앉아 있었다. 이브는 화면으로 우주선의 전파 망원경들이 보내온 숫자와 영상들을 확인하고 있었다.

「여긴 아무것도 없어.」그가 말했다.

「어디에도 아무것도 없을 거야.」

엘리자베트가 유리창을 통해 행성의 표면을 관찰하기 위해 망원경을 꺼냈다.

그녀가 망원경을 내렸다.

「생명이 출현하려면 여러 가지가 동시에 맞아떨어져야 해. 행성의 크기도 적당해야 하고, 적당한 타원형 공전 궤도를 가져야 하고, 적당한 기온과 중력, 그리고 또 적당한 위성도…….」

「그뿐만 아니라 어떤 방식으로든 생명의 유전자들이 그곳에 도달해야 하지.」

문이 제대로 닫히지 않은 틈을 타서 도미노가 안으로 들어오자 이브가 금방 쓰다듬어 주었다. 도미노는 기이한 사건들이 벌어진다는 느낌이 드는 그 방으로 오는 것을 좋아했다.

「난 아미노산을 운반하는 운석들이 지구에 생명을 가져왔다고 믿어. 이 운석들은 우주의 정자와 같은 존재지. 운석들이 행성에 닿으면 수정이 되는 거야.」

「그럼 행성은 난자라는 이야기네? 정말 시적인 생각인걸.」

엘리자베트는 맥 나마라식 웃음을 완벽하게 흉내 내며 한바탕 웃음을 터뜨렸다.

「그럼 당신이 말하는 그 아미노산을 포함한 운석은 대체 어디서 오는 거야? 어딘가에 우주로 퍼져 나간 생명의 첫 번째 흔적이 분명히 있어야 하잖아.」

두 사람은 멀리 별들을 쳐다보았다.

「글쎄, 생명이 지구에만, 우주 전체에서 유일하게 지구에만 출현했다면 또 모를까. 만약 그렇다면 그건 재현 불가능한 단 하나뿐인 사건이 되는 거지. 그러니까 한 치의 오차도 없는 지금 그대로의 지구 크기, 태양과의 위치 관계가 갖춰질 때만 생명의 출현이 가능하다는 이야기야. 지구가 단 하나뿐인, 예외적인 기적이라는 거지.」

「그렇다면…… 우리가 생명을 나르는 우주의 정자들이 되는 거네…….」

「우리가 우주에 존재하는 유일한 생명의 흔적이니까, 우리의 책임은 실로 막중한 거야.」

「그런데도 다른 지각없는 인간들은 정치, 경제, 혹은 종교적 광신주의 때문에 지구를 파괴하고 있으니.」

「조심해!」이브가 소리쳤다.

행성을 지나쳐 가던 이브의 눈에 위성이 하나 발견된 것이다. 다행히 쉽게 피해 갈 수 있었지만, 돛들의 크기를 고려해서 충분한 시간적 여유를 두고 키를 조작해야 한다는 사실은 늘 염두에 두어야 했다.

엘리자베트는 키를 돌리고 엔진들을 가동해 파피용호의 양 날개가 방향을 틀게 만들었다.

우주선은 살짝 방향을 바꿔 당구공처럼 생긴 위성에서 제법 멀찌감치 떨어졌다.

「괜찮아. 도대체 얼마나 걱정을 하는지. 긴장을 좀 풀어, 파피용호는 견고한 범선이야.」

「돛이 손상될까 봐 걱정이 돼서 그래. 좀 큰 돛들이어야 말이지.」그는 다시 망원경을 집어 들었다. 「저 행성에는 가스밖에 없어. 생명이 있을 가능성은 전혀 없는 거지.」

엘리자베트가 덥실덥실한 붉은 머리채를 옆으로 빗어 넘기며 커다란 터키옥색 눈망울로 그를 응시했다. 그녀는 고양이를 품에 안고 남자 친구보다 훨씬 섬세하게 쓰다듬어 주었다.

「우리가 1천 년 후에 도착할 곳이 인류가 생존할 수 있는 곳이라고 생각하는 근거가 뭐야?」

이브가 눈썹을 찡그렸다.

「누가 그러더라고, 계측기보다 직관을 믿어야 하는 순간이 있다고.」

「만약 당신이 틀렸으면?」

「적어도 시도는 해봤으니까. 당신은 회의가 들어?」

「물론이야. 당신은 아니야?」

「나도 그래. 하지만 드러내지 않으려고 애쓰고 있어. 모두의 사기를 꺾는 일이 될 테니까. 실수를 저질러 놓고도 굳건한 모습을 보이는 게 진실을 확보해 놓고도 흔들리는 것보다 낫지. 회의를 품은 사람들의 이야기는 누구도 귀 기울여 듣지 않거든.」

「하지만 그들이 옳은 거 아니야? 이 세계가 얼마나 복잡한데. 사실 조금이라도 확신을 갖는 것 자체가 불가능한 거지.」

「그래서 자기만의 확신을 갖는 수밖에 없어. 난 우리가 떠나길 잘했다는 나만의 확신이 있어.」

엘리자베트는 지구 방송이 나오는 텔레비전을 켠 뒤 소리를 죽였다. 정치인 하나가 카메라 앞에서 말을 하는 모습이 보였다.

「아무리 그래도 말이야, 당신 생각대로라면 우주에 유일하게 존재하는 생명체는 우리밖에 없고, 다른 곳 어디에도 생명체라곤 없다면…… 우리 책임은 얼마나 막중한 거지!」

정치인의 모습에 이어 턱수염을 기른 화를 내고 있는 지도자의 모습, 그리고 기막히게 침착해 보이는 군인의 얼굴, 그리고 군대의 행진 장면이 연이어 지나갔다.

「그리고…… 인간들은 시간적, 공간적으로 유일무이한 저 보배를 파괴할 수도 있는 원자 폭탄을 제조했지.」

「그 원자 폭탄들은 비이성적인 종교적 대의를 내걸고 그것들을 이용하려고 하는 아주 광신적인 자들의 손에 들어가 있어.」

엘리자베트가 이브의 어깨를 감싸 안았다.

「저 지구를 파괴하는 자들과 내가 같은 종이라는 사실이 더러 수치스러울 때가 있어.」 그가 목소리를 높였다.

그가 엘리자베트의 손을 힘껏 쥐더니 그녀를 포옹했다.

「그런데 왜 항상 거짓말쟁이들과 못난 놈들이 승리하게 되지? 왜 항상 최악의 인간들이 법을 만들게 되는 거야?」

「사람들에게는 노예 기질이 있으니까. 사람들은 자유를 요구하면서도 정말로 자유가 주어질까 봐 전전긍긍하고 있어. 반대로 권위와 폭력 앞에서는 안도감을 느끼지.」 엘리자베트가 말했다.

「바보 같은 짓이야!」

「그게 바로 인간이 지닌 역설이야. 더군다나 사람을 세뇌하는 가장 좋은 방법은 바로 공포라고.」

「우리들이 자식을 낳으면 그 아이들에게는 〈다른〉 가치들을 주입해야 할 거야.」

「우선은 왜 현재의 상황까지 오게 되었는지부터 알아야겠지.」

「그건 관점의 문제일 수도 있어. 인간은 항상 스스로를 높은 수준의 의식을 지닌 원숭이라고 생각하지. 실은 뒤집어서 봐야 하는데 말이야. 우린 기껏해야…… 원숭이의 몸을 빌린 높은 수준의 의식들에 불과하다고.」

이브가 지도들이 있는 책상에 와서 앉더니 만년필과 양피지로 만든 것 같은 큼직한 공책을 한 권 꺼냈다.

「항해 일지를 적고 있어?」 엘리자베트가 물었다.

「그런 셈인데, 사실은 좀 다른 거야.」

그녀가 이브의 어깨 너머로 내려다보았다. 그가 멋진 글씨체로 표지에 적어 놓은 제목을 보여 주었다.

〈새로운 행성:사용법〉

「이게 뭐야?」

「그러니까…… 그곳에 도착했을 때 어떻게 해야 하는지를 적어 놓은 지침서야. 그러니까, 우리들을 위한 건 아니고. 1천 년 후의 우리 자손들을 위한 거지.」

「당신은 벌써 거기까지 생각해?」

「난 먼 미래를 생각하는 데는 익숙하지만 당장 현재를 생각하는 데는 서툴지.」

그가 그녀의 손에 입을 맞추었다.

「당신이 옆에 있을 때는 달라. 당신은 날 다시 현재로 돌아오게 하거든.」

그녀가 그의 입술에 입을 맞추고 혀끝으로 장난을 쳤다.

「어때, 지금은 현재 속에 있어?」

「〈확장된〉 현재 속에.」 이번에는 그가 그녀에게 오랫동안 입맞춤을 하면서 속삭였다.

도미노가 몰래 조종실 안으로 들어와 자기도 사랑해 달라고 낑낑거렸다.

43. 우주의 알

파피용호가 드디어 순항 속도에 도달했다.

시속 2백만 킬로미터.

우주의 어느 한 지점에서 가만히 지켜보았다면, 광자로 부풀어 오른 큰 황금빛 삼각돛 두 개를 단 거대한 파이프가 마치 유성처럼 날아가는 모습을 볼 수 있었을 것이다.

원기둥 안에 심은 씨앗에서 싹이 트고, 식물이 자랐다.

식물에 잎, 열매, 채소, 곡물이 달렸다.

이제 천국의 도시는 완전히 시골 마을 같았다.

염소는 많이 죽었지만 반대로 양, 닭, 토끼는 왕성하게 번식하고 있었다.

9개월 후, 엘리자베트가 여자아이를 낳았다. 이름을 엘로디라고 지었다.

「주먹을 꽉, 단단히 쥐고 있어요.」 이브가 아기를 보면서 말했다.

「우리 모두 태어날 때는 다 주먹을 꽉, 단단히 쥐고 있지.」

아기가 첫선을 보이는 자리에 다른 사람들과 함께 온 맥나마라가 말했다.

「그렇지만 나중에는 손을 활짝, 맥없이 펴고 죽죠.」 카롤린이 말을 이었다.

「왜일까요?」

「우리를 태어나게 했고, 우리가 90년 동안 매달려 왔던 싸움에서 해방되기 때문이지.」

어른들의 이야기 소리를 듣고 잠에서 깬 아기가 포대기 속에서 꼼지락대기 시작했다.

「엘로디가 지구가 어떤 곳인지 알 수 없을 거라고 생각하면……..」

아드리앵이 한숨을 쉬었다.

「아니죠. 텔레비전을 보면 알게 될 거예요. 앞으로도 오랫동안 전파가 잡힐 테니까.」카롤린이 말했다.

「어찌 보면 좋은 일이고, 어찌 보면 나쁜 일이죠.」

아기가 두 다리를 내차기 시작했다.

도미노는 침을 질질 흘리면서 소리를 지르는, 한마디로 극도로 수상쩍은 그 괴물 같은 존재로부터 멀찌감치 떨어져 있고 싶어 했다.

「엘로디는 최초의 별들의 세대예요. 최초의 〈호모 스텔라리스〉죠. 신체도 이전 인간들과는 달라요.」아드리앵이 덧붙였다.

「현재 우리가 지구 중력보다 약간 높은 상태에 있는 점을 감안하면 아기의 뼈가 더 눌려서 키가 그리 크지 않을 게 틀림없어요.」카롤린이 상세한 설명을 덧붙였다.

왁자지껄한 인기척에 잠시 놀라는 반응을 보였던 아기가 다시 눈을 감았다. 엄마 배 속에 대한 향수를 간직한 채 다시 커다란 알 같은 모양을 하고 잠이 들었다.

237

44. 표면의 거품

원기둥은 서서히 회전하는 원심기 같았다.

안에서는 반죽이 굳기 시작했다.

내벽을 두껍게 뒤덮은 흙은 통풍이 잘되었고, 특유의 흙 냄새를 풍겼다. 흙 표면에 우그르르한 동물과 식물이 갖가지 향을 발산했다.

엘로디에 이어 많은 아기들이 태어났다.

14만 4천 명 가운데 4분의 3에 가까운 사람들이 짝을 이루었다.

우주선 주민들은 자신들을 특징적으로 지칭할 수 있는 말을 만들기 위해 처음에는 〈마지막 희망인〉 혹은 〈원기둥인〉이라고 부르다가 결국 〈나비인〉이라고 부르기로 최종 결정했다.

아드리앵이 강력하게 추진한 결과, 우주선 내에서 비밀 투표를 통한 선거가 치러졌다. 우주선 내의 활동들을 조정하는 역할을 할, 〈천국의 도시 시장〉 직무를 수행할 사람을 선출하기 위한 선거였다. 조슬린 페레라는, 아주 활동적인 젊은 여성이 시장으로 뽑혔다. 조슬린은 과거 지구에서 여러 자원봉사 단체와 히피 공동체에서 일을 한 경험이 있는 사람이었다. 정치와 사회적인 삶을 조직하는 방법에 대한 경험적인 지식을 가지고 있었던 그녀는 도시 내의 일을 보다 〈과학적으로〉 분배할 수 있었다.

짝을 짓는 문제에 있어서 나비인들은 〈자유로운 결합〉이라는 원칙을 따랐다. 결혼이라는 제도가 없었다. 마음이 맞는 사람끼리 같이 살다가 자유롭게 헤어졌다. 계약이나 구속 같은 것도 전혀 없었다.

주례를 원하는 커플이 있으면 조슬린이 그 역할을 맡아 주었다. 그녀의 주례사는 〈이제 두 사람은, 사랑이 식어 서로 헤어지는 순간까지 하나가 되었습니다〉라는 말로 마치곤 했다.

〈유머리스트〉 질은 자신의 공연 레퍼토리에 이를 패러디한 냉소적인 문장을 하나 넣었다. 〈이제 두 사람은…… 둘 중 하나가 더 괜찮은 사람을 찾기 전까지 서로 하나가 되어 상대방에게 충실합니다.〉

우주선 내의 집들은 대문을 닫지 않았다. 모든 것이 신뢰를 바탕으로 운영되었다. 여자가 남자를 원하거나, 또 남자가 여자를 원할 때는 상대방에게 물어보기만 하면 되었다. 받아들이거나 거절하는 것은 오직 당사자의 뜻에 달려 있었다. 아이들의 호적 문제도 없었다. 모든 신생아들은 〈별들의 자손〉이었기 때문에 공동체 전체가 아이들을 양육하고 교육하는 책임을 맡았다.

모든 아이들은 따라서 〈14만 4천 명의 부모를 가진 고아들〉이었다.

대형 강당을 하나 지었는데, 매일 저녁 그곳에서 음악, 연극, 코미디 같은 공연을 했다. 조슬린은 관객들이 지루하지 않게 프로그램을 다양하게 만들었다.

나비인 관객들은 원기둥 내의 분위기를 부드럽게 하는 고전 음악을 좋아했지만, 코미디 공연도 무척 좋아했다.

질은 언제나 인기를 한 몸에 받았다. 그는 지구인들의 나쁜 습성들을 흉내 내면서 끊임없이 창작의 영감을 얻었다.

승객들은 파피용호 내부에 신설된 텔레비전 네트워크를 통해 지구의 뉴스를 받아 볼 수 있었다. 나비인들은 세 개의 채널을 시청할 수 있었다. 한 채널에서는 지구 프로그램을 그대로 받아 내보냈고, 두 번째 채널에서는 우주선 전방부에서 카메라로 포착한 별빛으로 수놓인 하늘의 영상을 내보냈고, 세 번째 채널에서는 천국의 도시 대강당에서 개최되는 음악, 연극, 코미디 공연 실황을 내보냈다.

나비인들이 특히 넋을 놓고 시청하는 것은 지구의 뉴스보다도 지구의 텔레비전 시리즈물에 자주 등장하는 부부 싸움 장면들이었다. 〈당신, 내가 경고하는데, 당신이 바람을 피우면 난 당신 돈을 몽땅 빼앗고 이혼해 버리겠어.〉

사유 재산도, 따라서 돈도 없고 결혼 제도도 없는 세상에서 사는 사람들이 보면 폭소를 터뜨리지 않을 수 없는 장면들이었다. 또한 질은 과격 종교 집단의 대표자들이 했던 유엔 연설을 흉내 냈다. 〈우리는 오직 비군사적 목적을 위해서만 핵을 제조하고 있습니다.〉

원기둥 안의 관객들 사이에서 당연히 폭소가 터져 나왔다.

다른 문장들도 코미디언의 입을 통해 나올 때는 전혀 다른 의미를 지녔다.

〈수익이 감소하고 있기 때문에 직원을 해고할 수밖에 없다〉, 〈우리 국민 전체를 대표하지 않는 소수에 의해 자행된

이 테러를 비난한다〉, 〈교외에서 발생한 폭동은 언론의 관심을 끌 궁리만 하는 할 일 없는 청년들이 벌인 짓일 뿐이다〉, 그리고 〈우리 공장에서 산(酸)을 하천으로 방류해 지하수 층이 오염된 사실에 대해 국민들께 유감의 뜻을 전한다〉 등등의 전형적인 문장들이었다. 경제부 장관이 하는 말도 기가 막혔다. 〈소비가 지속적으로 상승하는 이상 모든 것이 잘될 것이다.〉

맥 나마라는 지구 방송을 보면서 누구보다 발작적으로 폭소를 터뜨렸다. 나비인들은 한때 자신들이 살았던 지구에 사는 사람들이 〈우린 당신들을 바보 멍청이라고 생각한다. 하지만 당신들이 이 사실을 알게 되면 때는 너무 늦을 것이다〉라는 의미밖에는 없는 속 빈 연설들에 속아 넘어가는 모습을 보고 놀라지 않을 수 없었다.

아드리앵은, 지구인들을 비웃기 전에 원기둥 내부의 사회를 주시하는 것이 더 중요하다고 생각했다.

아드리앵은 웃지 않았다.

45. 침용[6]

맨 처음 발생한 사건은 화학 물질의 구성과 관련이 있었다.

원기둥 내의 탄산가스 농도가 급상승하는 바람에 공기가 탁해져 사람들이 숨을 쉬기가 어려워졌다.

꽃이 시들기 시작했다. 사람도 동물도 지금까지 느껴 본 적이 없는 피로감을 느꼈다.

「어떻게 된 거야?」이브가 걱정스럽게 물었다.

아드리앵은 파피용호의 오른쪽 눈을 중력, 공기, 물을 비롯해 원기둥 내부의 생태계를 조절하는 제어 센터로 쓰고 있었다.

여자 친구인 카롤린의 손길 덕분에 우주선 안은 정원 같았다. 녹색 식물도 많고, 수족관, 곤충 테라리엄, 발아 중인 씨앗들이 가득 든 관들, 그리고 여러 가지 제어 스크린들도 설치되어 있었다.

「가스-미네랄-식물-동물로 이어지는 생태계의 순환 고리는 아주 민감하고 불안정하기 때문에 조금이라도 교란이

6 일반적으로 포도주 양조에 쓰이는 용어. 수확한 포도를 압착하여 과즙을 낸 뒤, 과즙과 함께 재워 두어 껍질의 색소와 타닌을 뽑아내는 과정.

일어나면 금세 전체적인 균형이 깨지고 말아요. 밀폐 공간이
니까요. 어떤 인자 하나라도 과잉, 혹은 결핍되는 상황이 발
생하면 생태계 사슬 전체가 그런 현상을 증폭하죠. 지구라는
〈우리〉는 크기 때문에 반응이 나타나는 데 시간이 걸리지만
여기서는…….」

　벌써 몇몇 사람들이 테라스 밑에 모여 공기 개선을 요구하
는 시위를 벌이고 있었다.

　「사람들이란 얼마나 소심한지.」 비디오 화면을 지켜보던
아드리앵이 생각에 잠긴 채 말했다.

　「저들은 공기의 질을 개선해 달라고 시위를 하고 있어. 합
법적인 행동이지. 그럼 이 문제를 어떻게 해결할 생각이지?」
이브가 물었다.

　아드리앵이 도표가 그려진 종이를 한 장 펼쳤다.

　「탄산 가스 과다라? 밤에 식물들이 배출한 탄산 가스가 문
제예요. 식물들의 수면은 빛으로 조절할 수 있죠. 인공 태양
을 꺼놓는 시간을 줄여서 밤의 길이를 짧게 하는 것으로 간
단하게 해결될 거예요.」

　이브는 화학 물질별로 구성 비율이 적힌 목록들을 자세히
들여다보았다.

　「그것만으로 될까?」

　「물론이죠. 불안정한 균형이란 곧 민감한 상태를 뜻하니
까요. 약간만 변화를 줘도 많은 효과를 낼 수 있어요. 시위자
들에게 문제가 해결될 것이라고 발표를 하세요…….」

　「발표? 왜?」

　「이미 말했다시피 아주 민감하기 때문이죠. 사람들의 신
경이 곤두서 있으면 호흡도 거칠어지고 탄산 가스도 많이 내

뿜게 돼요. 〈발표〉는 14만 4천 명의 승객들에게 실질적인 영향을 미칠 거예요. 다 잘 해결될 것이라는 발표를 듣고 사람들이 안도의 숨을 쉬는 것만으로도 우주선 내부의 대기 구성에 틀림없이 변화가 생길 거라고요.」

이브는 아드리앵의 말이 진담인지 아닌지 알 수 없었다. 하지만 문제가 하나만 있어도 극도의 혼란이 발생하고, 또 밤의 길이를 줄여 사람들을 안심시키는 것으로 그 문제가 간단히 해결된다는 사실이 한편으로는 놀랍기도 하고 다른 한편으로는 무섭기도 했다.

이브가 짧은 담화를 발표하자 그 장면은 즉시 광장의 텔레비전과 각 가정의 수신기를 통해 중계되었다. 이브는 다시 아드리앵을 만나러 갔다.

「지구의 환경 오염을 피해서 도망친 우리들이 우주선 내의 오염 때문에 실패할 수도 있다니. 이런 바보 같은 짓이 또 있을까!」

아드리앵의 시선은 급속한 삼림 파괴와 사막이 확대되는 문제를 다룬 지구 텔레비전 채널의 다큐멘터리 방송을 향해 있었다.

「자네가 진행했던 〈아쿠아리움 I〉 실험에서 결과적으로 가장 적응력이 높았던 생물종이 뭐지?」

「그게, 그 질문에는 정말 조금도 주저하지 않고 쉽게 대답할 수 있어요. 바로 개미예요. 덩치가 큰 다른 동물들은 모두 몇 달이 지나고 나자 죽어 버리더군요. 개미와 흰개미 일부만 아쿠아리움 실험에 잘 적응했죠.」

이브는 텔레비전 화면을 계속 응시했다. 시위대의 모습이 나오고 있었다.

복면을 쓴 폭도들이 차량을 전복시키고 불을 질렀다.

「자네 생각엔 저들이…… 살아남을 것 같은가?」

「누구 말이에요?」

「지구인들. 저들은 자신들의 파괴에 광적으로 집착하는 것 같아. 하지만 자네 말대로 공간 때문에 모든 현상이 희석되어 보이지. 그래서 그들은 우리만큼 놀라지도 않고, 대응속도도 훨씬 늦어. 게다가 그들은 밤의 길이를 줄일 수도 〈휴〉 하는 안도의 소리로 대기에 영향을 줄 수도 없어…….」

이제 연쇄 살인범으로 소개된 사내의 모습이 보였다. 강간, 고문 및 히치하이킹을 하던 관광객 50여 명을 살해한 혐의가 있는 사람이었다. 자신에게 수갑을 채우는 두 명의 형사 사이에서 그 남자는 웃으며 카메라를 향해 키스를 보냈다.

연이어 그의 개인 고문실이 화면에 나타났다. 끔찍한 기계가 여러 개 정렬되어 있는 모습이 보였다.

「음, 뉴스를 다 보여 주지 않는 것도 고려해 봐야겠어요. 지나치게 충격적인 장면들이 있을지도 모르니까.」

「나비인들은 저런 사건 사고들을 아직도 넋을 잃고 쳐다보고 있어. 자동차 사고가 난 장면을 보려고 도로에 차를 세운 사람들처럼 말이야.」

「아직 14만 4천 명의 사람들에게 남아 있는 그런 병적인 면을 없애야 해요. 그렇지 않으면 문제가 발생할 거예요.」

이브는 엘로디를 생각하면서, 그 아이를 위해서 폭력의 이미지가 완전히 배제된 세상의 모습을 떠올리려고 애썼다.

환희에 젖은 연쇄 살인범의 모습에 뒤이어, 기자가 그에게 관광객들을 어떤 방법으로 죽였는지를 묻는 장면이 나

왔다.

「내재적인 폭력성이 우리 유전자들 속에 이미 각인되어 있을까?」이브가 심리학자인 아드리앵에게 물었다.

「글쎄요. 하지만 파피용호의 실험이 그것을 알 수 있게 해 줄 거라고 생각해요. 폭력적인 조건이 마련되지 않은 상황에서도 인간은 과연 폭력을 휘두르게 될까? 참 흥미로운 질문이죠…….」

이브가 작은 수첩을 꺼냈다.

「아쿠아리움에서 개미가 이겼다고 자네가 말했지. 그건 결국 아주 장기적으로 보면 장차 최후의 승리자가 될 동물도 개미라는 이야긴데.」

「개미들은 원자 폭탄이 폭발한 후 방사능이 퍼진 상황에서도 살아남았어요. 땅속에서 생활한다는 것과 개미에 붙어 있는 등껍질 덕분이었죠.」

「그럼 지금 원기둥 안에서는 어때?」

아드리앵이 스크린 하나에 전원을 넣자 원기둥 내에서 서식하는 각 동물종의 구성 비율을 표시한 도표들이 나타났다. 도표를 보자 멸종 위기에 놓인 동물들과 왕성하게 번식하는 동물들이 각각 어떤 것들인지 확인할 수 있었다.

「개미들이 여전히 우세하네요.」

「좋았어, 아주 효율적인 사회군. 일관성 있는 공동체를 일구기 위해서 우리가 개미들에게서 배울 게 있을지도 몰라.」

도표를 들여다보던 아드리앵이 갑자기 걱정스러운 표정을 지었다.

「개미도 우세하지만 쥐 역시 그래요.」

「쥐가? 원기둥 안에 쥐도 들여놨어?」

「당연하죠. 쥐는 최고의 청소부예요. 무엇이든 가리지 않고 먹어 치울뿐더러 다양한 형태의 단백질을 분해하는 데도 중요한 역할을 하죠. 개미처럼 쥐도 잡식성인 데다 어디서든 살 수 있거든요.」

이브는 아드리앵에게서 들은 정보를 제대로 이해하기 위해 지구 방송을 껐다.

「개미와 쥐라…….」

「사회적인 동물들의 자연스러운 진화 경향을 보여 주는 두 가지 대표적인 예죠. 개미들의 연대와 쥐들의 이기주의. 인간들은 딱 중간이에요. 협력의 법칙이냐, 약육강식의 법칙이냐. 개미들의 법칙이냐 쥐들의 법칙이냐.」

46. 관찰의 시간

그들은 부산하게 움직였다. 그들은 양식을 운반했다. 그들은 땅을 팠다.

이브 크라메르는 개미가 든 시험관을 관찰했다.

〈이 원기둥은 시험관이야. 문자 그대로《시험》의 장소지. 우리는 혁명적인 실험을 하고 있는 것이 아니라…… 32킬로미터에 이르는 시험관에서 종의 진화를 실험하고 있어…….〉

이브는 시험관을 이리저리 돌려보며 개미들이 시험관이 움직이는 대로 따라오는지 살펴보았다.

〈이 원기둥은 솥이고, 아타노르야. 이 안에서 우리는 보다 성숙한 새로운 인류를 실험하고 있어. 인류의《현자의 돌》.[7] 빛의 인류. 우리는 애벌레야. 우리는 나비로 탈바꿈하게 될 거야. 그다음 단계는 몸속에 자체적인 발광원을 지니고 빛을 내는 나비가 되는 거지. 개똥벌레가.〉

아드리앵과 이야기를 나눈 후에, 이브는 집 안에 1미터 길이의 아쿠아리움을 설치하고 그 안에 커다란 개미집을 들여놓았다. 그리고 종종 그 안을 관찰했다.

7 일명 〈철학자의 돌〉이라고도 한다. 평범한 금속을 값비싼 금으로 만들어 주는 재료이다.

그는 조슬린을 집으로 불러 개미집을 관찰하게 한 뒤, 원기둥 내부의 사회를 쥐들의 사회가 아니라 개미들의 사회와 비슷한 시스템으로 만들어 가야 하지 않겠느냐고 말했다.

「자세히 관찰해 보니까 저놈들 모두가 다 일을 하는 건 아니더군요. 3분의 1이 쉬고 있는 동안 다른 3분의 1은 쓸모없는 일을 하고 나머지 3분의 1만 효과적으로 일을 합니다. 이 마지막 3분의 1의 개미가 실수를 바로잡고 개미 공동체가 돌아가게 하는 거요.」

조슬린은, 처음에는 우글거리는 곤충들을 혐오스럽다는 듯 바라보았다.

「난 우리 나비인들의 공동체에 개미들과 같은 분업 방식을 채택해야 한다고 생각합니다.」이브가 말했다.

조슬린은 잠시 망설이다가 이브의 제안대로 자연의 가르침을 따르기로 하고, 집 안에 이브와 똑같이 1미터 길이의 개미집을 설치했다.

그녀는 그 동물 사회를 관찰하면서 인간 사회를 운영하는 데 필요한 많은 아이디어를 얻었다.

그리고 실제로 3분의 1만 일해도 식량을 생산하고 공동체 구성원들을 위한 건물을 지을 수 있다는 사실을 직접 확인할 수 있었다.

이에 따라 조슬린 페레는, 교대 근무의 원칙을 세웠다. 똑같은 3분의 1이 계속 일하는 것이 아니라 사람들을 매달 돌아가면서 일하게 하는 방식이었다. 전달에 일을 한 사람은 휴식을 취하거나 다른 것으로 시간을 보내다가 그다음 달에 다시 일을 하는 식이었다.

1:1:1의 원칙은 생산에도 적용되었다.

3분의 1은 농업.

3분의 1은 공업.

3분의 1은 예술 창작.

천국의 도시에는 돈이 없었다. 행정부도, 정해진 우두머리도 없었다. 프로젝트가 있을 때마다 그때그때 지도자가 나왔다. 프로젝트가 끝나면 지도자는 다시 평범한 신분으로 돌아가 비슷한 형태의 다른 프로젝트가 그들의 독특한 경험이나 카리스마를 필요로 할 때를 기다렸다.

조슬린은 〈열정 없이는 효율적으로 일할 수 없다〉는 기본 개념을 수립했다.

건물 청소나 힘든 농사일처럼 싫지만 꼭 필요한 일들에는 추첨 제도를 도입해 공평하게 운영될 수 있도록 했다.

이브 크라메르는 오랫동안 시간을 내지 못해 미뤄 두었던 일을 시작했다. 바로 걸어서 산책을 하는 것. 불안감 속에 이루어졌던 이륙, 엘리자베트에 대한 사랑. 그 후에는 밤마다 일어나 아기에게 물릴 젖병을 준비하고 새로운 자장가를 불러 주는 아빠로서의 의무 때문에 한 번도 파피용호의 실험이 이룩한 위업을 확인할 시간이 없었다. 지금까지는 파피용의 눈과 필로티를 세워 지은 집 사이를 대나무 자전거를 타고 왔다 갔다 했을 뿐이다. 그는 빠르고 소음이 없는 그 이동 수단을 정말 즐겨 사용했다.

그래서 이제는 주변 마을들을 걸어다니며 지금까지 자주 다니지 못한 곳을 구경하기로 했다.

먼저 〈천국의 도시〉 마을부터 시작했다. 흙길 양 옆으로는 서로 다른 스타일로 지은 3층짜리 작은 목조 건물들이 늘어서 있었다. 집집마다 작은 정원과 꽃, 채소, 과일들에 둘러싸여 있었다.

아드리앵은 여자 친구와 함께 폐쇄 회로 방식으로 작동하는 생태 주택을 지었다. 거기서 배출되는 쓰레기와 배설물은 식물을 위한 퇴비로 사용되고, 퇴비를 발효시킬 때 나오는 메탄가스로 발전기를 돌려서 집에 전기를 공급해 주었다.

마을 외곽에 있는 일터에서는 사람들이 자신의 리듬에 맞게 일을 하고 있었다. 주민들은 상부상조하며 서로의 집을 지어 주었다.

이브는 나비인들의 옷차림에 유행이 생긴 것을 확인할 수 있었다. 사람들이 입은 옷들은 대부분 빨강, 파랑, 노랑, 초록 같은 원색이었다. 푸크시아 자홍색, 연보라색, 금색이 특히 인기를 끌었다. 검정색이나 흰색, 파스텔 색조의 옷을 입은 사람은 아주 드물었다.

모두들 다른 사람들 눈에 띄고 싶어 하는 것 같았다. 유행하는 무늬는 꽃, 새, 물고기가 많았다.

액세서리는 각양각색의 나비 모양이 있는 제법 큼지막한 보석류가 주를 이루었다.

유머리스트 질은 그것을 주제로 공연 레퍼토리를 하나 만들었다. 우주선 안에서는, 남자들은 스스로를 나비로, 여자들은 꽃으로 여겨, 1천 년 동안 그런 현상이 계속되다 보면 돌연변이종이 나온다는 내용이었다. 질은 그렇게 되면 여자 꽃들에게 와서 꿀을 찾는 남자 나비들이 출연할 것이라고 했다.

이브는 나무 밑에 떨어져 있는 사과를 하나 주워서 깨물어 먹다가 벌레가 너무 많은 것을 보고 금방 다시 뱉고 말았다. 인간의 입장에서는 약간 불쾌하기도 한 자연의 본성을 그동안 잊고 있었던 것이다. 자연이 주는 과일은 인간만을 위한 것이 아니다. 그동안 방사선을 쬐고 살충제와 제초제로 뒤범벅이 된 과일만 먹다 보니 사과에는 벌레가 없고, 썩지 않는다고 믿게 되어 버렸던 것이다.

그는 사과를 살펴본 뒤 벌레들을 떼어 낸 후 나머지를 먹었다.

어떤 집에서 하프의 음을 맞추는 소리가 새어 나왔다.

이브는 천국의 도시가 풍기는 전형적인 향취를 천천히 들이마셨다.

그는 약초 가게 앞을 지나갔다. 백리향, 샐비어, 사리에트의 향을 맡을 수 있었다. 그들은 최소한 여기까지, 즉 의약품에 의존하지 않고 원기둥 안에서 자라는 식물들로 치료가 가능한 단계에까지는 이른 것이다. 치료가 어려운 질환에 걸린 환자들을 위한 작은 병원도 지었다. 그 병원에서는 치과와 외과 진료를 했다.

쏜살같이 도로를 지나가는 쥐 한 마리가 눈에 띄었다. 순간적으로 이브는, 쥐가 어디엔가 예전의 세계를 다시 만들어 놓았을 것이라고 생각하다가, 이내 생각을 바꾸었다. 쥐들은 예전 세계와 현재 세계의 장점들만 취했을 것이다.

빵집에서 향긋한 빵 냄새가 풍겨 나왔다. 그곳에서는 빵이 한나절 만에 딱딱해졌다. 옛날처럼. 대장간에서는 숯불과 철 냄새가 났다. 불쾌한 악취는 아마도 무두질할 때 나오는 것이리라.

그는 강을 따라 거슬러 올라갔다. 투명한 물속에서는 송어와 개구리 들이 우주선 이륙 이후부터 나타나기 시작한 해초들 사이를 구불구불 헤엄쳐 다니고 있었다.

하천 주변에는 온갖 크기의 생명체들이 저마다 소리를 내고 있었다. 라벤더 향. 빨래하는 여자들의 모습이 보였다. 큰 물레를 놓고 실을 잣는 여자들도 보였다. 이제 그곳은 누에 공급량이 충분해서 자체적으로 견직물을 생산할 수 있을 정도였다. 예술가들은 여러 색깔로 비단에 물을 들였다.

들에서는, 소가 끄는 쟁기로 밭을 갈던 남자가 친구와 교대를 하고 있었다. 친구는 남자에게 목을 축이라고 물병을 건네주었다. 남자는 한쪽에 앉아서 우주선의 대형 도서관에서 빌린 책을 읽기 시작했다.

〈별들의 자손인 엘로디에게 걸맞은 정말 멋진 세상이야.〉

그는 숲속을 산책하다가 분명히 아드리앵이 풀어 놓았을, 처음 보는 동물종들을 발견했다. 나뭇가지 사이를 뛰어다니는 다람쥐, 나무껍질 위에 앉은 도마뱀, 그리고 물론 교대를 해가며 있는 힘을 다해 나뭇잎 조각을 동그만 나뭇가지 집까지 물어 나르는 개미들.

그는 아드리앵의 말을 떠올렸다.

먼 미래에 인류는 쥐처럼 사느냐 개미처럼 사느냐, 둘 중의 하나를 선택해야 할 것이다.

나무 자전거를 타고 지나가던 긴 머리 아가씨들의 인사를 받고 그도 인사를 했다.

저 멀리, 해바라기 밭에는 꿀벌들이 구름처럼 몰려들어 있었다. 벌들 역시 교대로 꽃에 가루받이를 해주며 꿀을 만들었다.

이브는 그 유명한 천국산(産) 꿀을 처음으로 맛보던 때를 떠올렸다. 그가 알고 있던 맛과는 달랐다. 사실 맛은 조금 덜했지만 그래도 〈그들의〉 꿀이었다.

그는 해바라기를 하나 꺾어 냄새를 맡았다. 사실 그 꽃은 그들에게 처음부터 해결책을 가르쳐 주었다.

빛을 향해 돌아서라고.

그는 언덕으로 올라가 강의 발원지에 섰다. 그 위에서 천국의 도시 마을을 내려다보았다.

〈지구에서만큼 좋아.〉

작은 참새 한 마리를 좇던 이브의 시선이 관(管) 모양으로 생긴 태양, 그리고 하늘 너머까지 닿았다. 거꾸로 있는 또 다른 숲이 눈에 들어왔다. 그에게 신경도 쓰지 않고 나무 자전거를 타고 이동하는 사람들의 모습이 보였다. 그들의 머리카락조차 밑으로 떨어지지 않았다.

〈아니, 지구에서보다 나아.〉

더 이상 바람이나 진짜 태양이 그립지 않았다.

그는 과거는 제쳐 두었다. 그리고 더 이상 미래 때문에 전전긍긍하지도 않았다.

그는 드디어 확대된 자신의 이상을 보았다.

누군가의 손이 그의 어깨를 잡았다. 이브는 뒤를 돌아다보았다.

유머리스트 질이었다.

「대장님, 죄수들한테 인사나 하시려고 감옥에 행차하신 겁니까?」

「잘 있었나, 질. 쉬고 있나?」

이브가 코미디언이 손에 들고 있는 술병을 가리키면서 물었다.

「사람을 웃긴다는 게 아주 진이 빠지는 일이네요. 더러 긴장을 풀어 줄 필요가 있어요.」

255

「자넨 여기서 행복한가?」

「솔직히 이야기할까요? 아닙니다. 관광객 신분이라면 괜찮아요. 음식도 좋고, 여자들은 예쁘고 〈생각이 트였어요〉. 하지만 유머리스트로서는 솔직히 지루합니다. 여기 사람들은 회화할 만한 구석이 별로 없어서 도무지 놀려 먹을 수가 없어요. 어떤 위기 상황이 발생해서 내가 유머를 발휘할 수 있는 것도 아니고요. 우리들, 코미디언이라는 사람들은 본디 불안감을 상쇄하는 역할을 하는데, 불안감이라고는 없으니, 어느 짝에 쓰겠습니까? 포복절도할 만한 멋진 전쟁이나 나서 내가 쓸모 있는 놈이라는 느낌을 받는 때가 하루빨리 왔으면 좋겠어요.」

이브는 눈살을 찌푸렸지만 질의 말이 농담이라는 것을 모르지는 않았다. 긴가민가하면서 이브가 살짝 억지웃음을 지어 보였다. 질은 그를 한 번 툭 치고는 옆에 있는 숲으로 한잔하러 들어갔다.

이브는 저녁 내내 언덕 꼭대기에서 인공 태양이 서서히 꺼지는 모습을 지켜보았다. 개똥벌레가 나타날 시간이 되었다. 〈아침 이슬만 있으면 모든 것이 완벽하겠어〉 하고 그는 혼잣말을 했다.

지금으로서는 중앙 네온관 등에 약간 응결이 일어나 물방울이 조금씩 똑똑 떨어지는 것밖에 별다른 일은 없었다.

47. 캐러멜화의 위험

　숨을 들이쉬고, 내쉬고, 들이쉬고, 내쉬고.

　아침 일찍부터 마을 광장에서는 카롤린이 단체 체조를 지도하고 있었다. 강렬한 리듬의 음악에 맞춰 카롤린은 모든 근육을 이용하고, 호흡과 심장 박동을 조절하는 동작들을 선보이고 있었다.

　이브는 아주 어설프게라도 그녀의 동작을 따라 해보려 했지만 마음대로 되지 않았다.

　이때, 갑자기 빨간 경보등이 깜박거리면서 사이렌이 울려 퍼졌다.

　사이렌이 마지막으로 울려 퍼진 것은 돛이 펴지지 않아 이륙에 문제가 생겼을 때였다.

　카롤린이 굳은 얼굴로 텔레비전에 나타나 끔찍한 소식을 알렸다.

　천국의 도시에 범죄가 발생했다는 것이다.

　이브가 자전거를 타고 시청으로 달려가니 벌써 가브리엘 맥 나마라와 아드리앵 바이스, 조슬린 페레가 중앙 사무실에 자리를 잡고 앉아 있었다.

　「계속되기엔 너무 멋졌어. 아슬아슬하더라니, 결국 마음이 무너진 사람이 나오고 마는군.」맥 나마라가 씁쓸하게 말했다.

조사를 벌인 결과, 치정 사건으로 밝혀졌다. 애인한테 차인 남자가 술김에 부엌칼을 집어 들고 옛 여자 친구를 찌른 사건이었다.

「술과 질투심에 그만 천국의 평화가 깨지고 말았어요.」

조슬린이 그 일로 가장 충격을 받은 것 같았다.

나비 사회 내에 무기가 없다고 해서 살인이 일어나는 것을 막을 수는 없었던 것이다. 부엌칼만으로도 돌이킬 수 없는 행동을 저지르기에 충분했다.

「그렇다고 사람들한테서 칼을 모두 강제로 수거하고 대신 아이들이 쓰는 끝이 둥근 칼을 나눠 줄 수는 없죠…….」

이브 크라메르는 아버지 쥘이 했던 말을 떠올렸다.

〈사랑이라는 길을 좇아서는 안 된다. 사랑 때문에 사람을 죽일 수도 있고 사랑한다는 명분으로 저열한 행동을 저지를 수도 있다. 단 한 가지 확실한 길은 빛을 따라가는 것이다.〉

「죄인을 어떻게 하죠? 감옥에 넣을까요? 죽일까요? 용서하고 묻어 둘까요?」

「어째서 선발 당시에 그자처럼 폭력성이 잠재되어 있는 사람을 발견하지 못했을까?」맥 나마라가 물었다.

「정말 매력적인 사람이었어요. 처음부터 일도 열심히 하고, 열정적이고, 사회성이 좋은 사람이었죠. 더구나 아주 특별한 재주도 가진걸요.」

「제빵 기술자예요. 그것도 보통 기술자가 아니라 천국의 도시 최고의 제빵 기술자죠.」아드리앵이 인정했다.

이브는 매일 아침 맛보던 기막힌 크루아상을 떠올리며 더

더욱 실망감을 감추지 못했다. 그 사람이 사라지면 맛없는 크루아상을 먹어야 할 것이다.

「딱 하나 아쉬운 게 있다면 바로 그건데…… 내가 전에도 말했듯이, 인간이라는 요소가 가장 제어하기 힘들어. 빌어 먹을, 왜 그런 거야? 왜?」

맥 나마라가 테이블에 있던 유리컵을 집어 벽을 향해 있는 힘껏 날렸다. 컵은 산산조각이 났다.

맥 나마라의 화가 가라앉자 사람들은 서로를 걱정스러운 눈빛으로 바라보았다.

「본보기를 보여 줘야 해! 이런 일이 다시는 재발하지 않도록 말이야. 그 제빵 기술자는 지금 어디 있나?」

「집에 틀어박혀 울고 있어요.」

「그자를 이대로 풀어 주고 용서를 해서는 안 돼. 그건 결국 천국의 도시에서는 사람을 죽여도 처벌을 받지 않는다는 것을 뜻하니까.」

「그를 죽여서도 안 되죠. 그럼 우리 사회가 눈에는 눈, 이에는 이라는 원칙으로 돌아간다는 뜻밖에 안 되니까요.」

「그에게 더 많이, 예를 들어 밤에도 일을 시키는 방법도 있어요.」이브가 타협안을 내놓았다.

되짚어 생각해 보면서 이브는 바보 같은 소리를 했다는 사실을 깨달았다. 제빵 기술자들은 어차피 해가 뜨기 전에 일을 시작하니 말이다.

조슬린 페레는 민중 재판을 하자고 했다. 그녀는 열두 명의 배심원을 추첨으로 뽑을 것을 제안했다.

그녀의 제안대로 일이 진행되었다. 쉽지 않은 문제였기 때문인지 재판은 도리어 신속하게 끝이 났다. 법정에서는 죄

260

인에게 실형을 선고했다. 그래서 나비인들은 신속하게 죄인을 수감할 수 있는 폐쇄 공간을 지어야 했다.

첫 번째 범죄 사건으로 순수한 공동체라는 느낌은 완전히 사라지고 말았다. 하얀 천 위에 처음으로 까만 점 하나가 똑 떨어진 것이다.

감옥에 갇힌 제빵 기술자는 밤이면 때때로 죽은 애인의 이름을 부르며 울었다.

「뤼신다, 당신을 사랑했어! 당신을 사랑했다고!」

조슬린이 집으로 찾아왔을 때 이브는 엘로디에게 젖병을 물리고 있었다.

「이제 우린 다시 여느 인간 사회와 똑같이 돼버렸어요. 너무 실망했어요. 멍청이 하나 때문에 모든 걸 다 망쳤어요.」

「아니, 아주 잘됐어요.」

「잘됐다니요, 범죄가?」

「뭘 기대했소? 탑승객들 모두가 성인(聖人)일 거라고 기대했소? 여태껏 문제가 없었던 것만으로도 대단한 일이지. 그래도 여전히 문제는 남아 있어요. 원한을 불러일으키지 않고 어떻게 정의를 구현할 것인가 하는.」

조슬린은 이브가 무슨 말을 하려고 하는지 도무지 이해가 되지 않았다.

「당신은 우리가 1천 년을 여행하는 동안 한 건의 범죄도 일어나지 않을 거라고 정말 믿었단 말이오?」이브가 물었다.

「술의 유통을 금지해야 했어요. 이륙 전에는 어쨌든 금지했잖아요.」

「사람들이 과일주스를 가지고 몰래 술을 증류하는데 어쩌겠소. 당연한 거지. 그들은 긴장을 풀 필요가 있어요. 심지어

261

동물들까지 자기들만의 〈긴장 이완제〉가 있는 마당에.」

그가 취할 만큼 고양이풀을 실컷 먹은 도미노를 가리켰다.

「완전히 금지해야 했어요.」조슬린이 말했다.

「그랬다면 사람들은 다른 것을 찾아냈을 거요. 리아나나 대마 같은 식물 말이오.」

「그것도 금지했어야죠.」

이브가 엘로디를 어깨 위에 비스듬히 올린 뒤 작게 트림을 시키고 다시 아기 침대에 내려놓았다.

조슬린이 옹알옹알하는 아기를 내려다보았다.

「정말 아무 일 없이 살려면 너무나 많은 것들을 금지해야 해요. 하지만 그러면 우린 독재자가 되고 말지. 사람들을 어린애로 만들고 마는 거야. 미래의 호모 스텔라리스가 그런 모습이 되는 건 싫소.」

「빌어먹을! 왜 그 사람들은 절제할 줄 모르는 거죠? 그래도 최소한 선발을 거친 사람들이라고 믿었는데.」

「환상을 버려요. 아무리 최고의 캐스팅이라 해도 그들은 그저 인간일 뿐이오. 우리 뒤에는 수백만 년이라는 범죄의 역사가 있어요. 그게 우리 피 속에 흐르지. 그러니 쉽게 지워지지는 않을 거요.」

날아오는 유성을 피해 우주선을 조작한 뒤 다시 본래 항로로 돌려놓느라 기진맥진해진 엘리자베트 말로리가 막 방으로 들어왔다. 아기가 금세 다른 옹알이를 하더니 주먹을 쥐었다 폈다 하며 엄마를 불렀다.

「그럼 조슬린, 당신의 해결책은 뭐예요?」엘리자베트가 대화에 끼어들었다.

「지금까지 암묵적으로 합의했던 규칙들을 분명히 할 때가

왔다고 생각해요. 말이 없이도 잘되는 일이라면 공개적으로 말을 하고 나면 더 잘되겠죠.」

엘리자베트가 아기 엘로디를 침대에서 꺼내 두 팔에 안고 어루만졌다.

「헌법을 만들어야 할 것 같아요. 금지 사항을 명문화하는 거죠. 각각의 경범죄와 중범죄에 상응하는 처벌의 내용을 밝히도록 해요.」

「처벌? 그럼 그걸 실행하는 일은 누가 맡는 거요?」

「경찰이요. 우리도 경찰이 필요해요. 우리도 이제 더 이상 사람들을 열정만 가지고 끌고 가는 위험을 감수할 수는 없어요. 처벌에 대한 두려움이 없다면 모든 것이 와르르 무너지고 말 거예요. 그리고 순수의 시대가 끝나면 서서히 야만의 시대가 시작되겠죠.」

엘리자베트가 아기에게 사랑을 듬뿍 쏟아부으려는 듯, 여전히 아기를 꼭 안은 채 두 사람을 향해 돌아섰다.

「조슬린, 당신은 뭘 기대했어요? 우리가 1천 년 동안 아무런 불상사도 없이 서로 웃으며 지낼 수 있을 거라고 생각한 거예요?」

「그러길 바랐죠. 돈도, 사유 재산도, 결혼 제도도, 술도, 세금도, 정부도 없으니, 모든 것이 자연스럽게 잘 진행될 거라고 생각했어요.」

「이제…… 〈지구에서처럼〉 할 때예요. 아니, 그보다는 〈현실감〉을 되찾을 때라고 해야겠군요. 우리들은 그저 인간일 뿐인걸요.」

엘로디가 다시 옹알거리기 시작했다. 세 사람이 서로 눈치를 보고 있다가 엘리자베트가 먼저 입을 열었다.

「이 아인 별들의 자손이에요. 하지만 이 아이 세대는 아직 수가 적어요. 우린 〈우주의 신세대〉이기 전에 〈지구의 구세대〉들이에요.」

조슬린이 입을 샐쭉하며 실망스러운 표정을 지었다.

「헌법을 제정할 수 있게 자문 회의를 구성해야겠어요. 우리 다섯으로는 역부족이에요.」

엘리자베트가 아기를 침대에 내려놓은 뒤 아무 생각 없이 조슬린에게 술을 한 잔 권했다. 조슬린은 단호하게 거부하며 거들떠보지도 않았다.

「그럼 자문 회의를 구성하는 것으로 하고. 달리 필요한 것은 없겠소?」이브가 물었다.

「감옥에 감방을 여러 개 만들어야 해요. 한 1백 개쯤. 범죄가 또 발생할 테니까.」

공상에 잠긴 이브가 절대 내뱉고 싶지 않았던 말을 하고 말았다. 「빈 감방들이 있다는 사실만으로도 결국 그것들이 가득 차는 결과를 불러오지는 않을지…….」그가 생각을 바꾸었다. 「항상 파국을 몰고 왔던 이전의 방식을 다시 따르고 있다는 느낌이 드는군요. 다른 해결책은 없겠소?」

「그건 필요악이에요. 하지만 최소한의 악이죠. 최악의 경우는 바로 범죄를 저질러도 처벌받지 않는 것, 그렇게 우리가 무정부 상태로 가는 것이에요.」엘리자베트가 말했다.

「난 무정부주의자였소. 언제나 경찰도 정부도 없는 세상을 꿈꿨지.」이브가 말했다.

「그건 유토피아예요. 현실에서 법의 공백은 협잡꾼과 우두머리 들에게만 유리할 뿐이에요. 그들은 제재가 없는 틈을 타서 폭력을 이용해 자기들의 법을 따르라고 강요할 거예요.」엘리자베트가 그에게 현실을 상기시켰다.

「그럼 우리가 〈정부〉를 구성해야 하는 거로군.」

그는 그 단어가 무슨 혐오스러운 음식이나 되는 양 말했다.

「달리 방법이 없군요.」조슬린이 말했다.

이브가 대나무 벽을 주먹으로 내리쳤다.

「왜 우리는 항상 같은 도식에서 빠져나올 수 없는 거지?」

「인간이란 존재를 쉽게 변화시킬 수 없으니까요.」

엘리자베트가 아기를 흔들어 달래면서 말했다.

「우리 모두는 타인에 대한 편집광적인 인식 체계를 지니게 되었어요. 젊은 시절에 우리 부모들, 학교, 일터, 텔레비전이 우리를 눌러서 거푸집에 넣어 버린 결과죠. 거기서 쉽게 벗어나는 건 불가능해요. 여러 해 동안 우주여행을 해도 그렇게 우리 의식 속에 뿌리를 내린 것들을 뽑아내기는 어려워요. 그러니까 이제는 그것을 잊어버리도록 나비인들의 뇌를 세척해야 해요. 깨끗해질 수 있게, 지금까지 보고, 당한 폭력들을 떨쳐 버릴 수 있게 말이에요. 모두의 기억 속에서 어린 시절에 볼기짝을 맞았던 기억까지도 다 지워질 수 있게. 어둠에 대한 두려움도, 늑대에 대한 두려움도 기억 속에 남아 있지 않게.」

「난 다음 세대를 믿어요.」엘리자베트가 확신을 가지고 말했다.「인내심을 가져야 해요. 아이들에게, 우린 아이들에게 행복에 대한 열망을 주기 위해 노력할 거예요.」

「쉽진 않아. 문제아 한 놈만 폭력의 바이러스에 감염돼도 무리 전체로 질병이 확산되니까 말이야.」

조슬린이 결국 술잔을 들더니 한숨에 들이켰다.

「우리의 실험이 독특한 건 바로 그 때문이에요. 사상 처음으로 우리는 과거의 규칙들을 변화시킬 수 있는 가능성을 가지게 되었어요. 하지만 그러기 위해서는 우선 그 규칙들 중 몇 가지는 유지해야 해요. 헌법과 법률이 바로 그것이죠. 정부나 경찰도 마찬가지고. 우리가 완벽해질 때까지, 우리가 우두머리 없이도 살 수 있는 날이 올 때까지.」

48. 분해

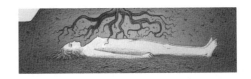

　제빵 기술자 여자 친구의 장례식은 조슬린이 묘지라고 부른, 구릉지 모양으로 탁 트인 장소에서 이루어졌다.

　늘 원기둥 내의 생태계 보전을 염려하는 아드리앵의 제안에 따라 젊은 여성의 시신을 수의도 입히지 않은 채 땅에 구덩이를 파서 그대로 묻었다. 벌레들에 의해 분해되어 다시 원기둥의 〈자연〉으로 돌아가게 하기 위해서였다.

　시신 위로 모래를 덮자, 조문객들이 즉석에서 장송곡을 합창했다.

　가사가 없는 노래였다.

　곡조가 계속 높아지면서 점점 더 크게 퍼져 나갔다.

　아드리앵의 강력한 제안에 따라 이번에는 무덤 위에 배나무를 심었다.

　추도사를 대신해 아드리앵이 말했다.「고인의 미량 원소들이 땅을 비옥하게 하고, 모래가 나무의 수액에 양분이 되게 하소서. 그렇게 해서 훗날 이 시신으로부터 우리 모두가 먹을 수 있는 과일의 모습으로 생명이 다시 태어나게 하소서. 이를 통해 그녀의 기억이 우리들의 세포 속에 영원히 남아 있을 것입니다.」

작은 배나무에 물을 주고 나서 사람들은 자리를 떠났다.

49. 증기를 빼다

기온이 올라갔다.

온도계와 태양을 조절하는 간단한 문제.

사회 내부의 긴장감 역시 고조되었다.

최초의 범죄는 최초의 감옥, 최초의 법정, 최초의 무덤, 최초의 경찰, 최초의 정부, 최초의 의회, 최초의 헌법을 탄생시켰다.

〈이렇게 무질서에서 질서가 탄생하는 것입니다.〉 아드리앵이 주장했지만 아무도 동의하지 않았다.

파피용호의 키 앞에 홀로 선 엘리자베트는 이브가 이만저만 낙심한 게 아니라는 사실을 잘 알고 있었다.

처음의 조화가 깨졌다.

그의 꿈이 짓밟혔다.

먼 곳을 응시하는 그녀의 시선은 〈세 개의 빛〉에서 떠날 줄을 몰랐다.

부지불식중에 그녀의 손이 비밀스러운 그들의 목적지, 언젠가 자손들이 도착할, 사람이 살 수 있을지도 모르는 낯선 행성의 위치가 숨겨진 금속 플레이트를 어루만지고 있었다.

그녀가 슬쩍 왼쪽으로 시선을 돌렸다. 어린 엘로디가 두 손으로 헝겊 인형을 꼭 잡고 조종실 안에서 단잠을 자고 있었다. 더 나은 미래를 약속받은 별들의 자손.

그녀는 아기의 이마에 키스를 했다.

엘리자베트는 기억을 떠올렸다. 그녀가 단독 항해사가 된 것은 우연이 아니었다.

그녀 역시 낮의 어둠을 피해 밤의 빛으로 도망친 것이다.

어린 시절의 장면들이 그녀의 기억 속에 되살아났다.

엄마를 구타하던 술 취한 아버지에 대한 기억들. 〈안 돼요, 애 앞에서. 애가 보지 않게 방으로 가요.〉

〈생각으로 과거를 지울 수 있다. 과거를 지울 수 있는 녹음 테이프라고 생각만 하면 돼.〉 이브가 그렇게 가르쳐 주었다.

그녀는 눈을 감고 지워 버렸다. 산(酸)을 잔뜩 묻힌 상상의 수세미로 박박 문지르며 여러 번 반복해서 지워야 했다.

〈엎질러진 물이야, 과거로 되돌아갈 수는 없지만 그 기억들과 결부된 고통은 덜어 낼 수 있을 거야.〉 그녀가 혼잣말을 했다.

이브는 지나간 인생의 어느 한 순간을 지우면 마치 온 우주가 다 알고 그 사람의 이야기를 덮어쓰기를 하는 것 같다고 그녀에게 말한 적이 있었다.

〈별들은 우주의 눈이고, 우주는 호기심에 가득 찬 눈빛으로 우리를 관찰하고 있어.〉

이내 다른 이미지들이 뒤따랐다. 우울증에 빠져 울고 있는 엄마의 모습.

〈자, 이 약을 복용하세요, 잠이 잘 올 거예요. 당분간은 외출하지 마시고 집 안에 계시는 편이 좋습니다〉 하고 의사가 권했다.

지우기.

학교에서 처음으로 체벌을 받던 때의 이미지들.

〈엘리자베트, 스무 문제 중에 세 개를 맞혔어. 공부를 열심히 하지 않는구나, 그렇게 해서 뭐가 되려고 하니.〉 중학교 때 선생님이 하신 말씀이었다.

관 속에 누운 할아버지의 시체.

〈고통스러워하진 않으셨어요, 임종이 가까워서는 말을 한마디도 못 하시긴 했지만요. 가만히, 허공을 응시하고 계셨어요. 저희가 주사를 놓을 때도 말이죠. 더 이상 아무것도 느끼지 못하시는 것 같았어요.〉 할아버지의 마지막 순간을 지켜본 여자 간호사가 이렇게 말했다.

같이 사는 남자가 듣지 못하게 소리를 낮춰 말하던 아버지의 정부. 〈우린 나름대로 당신 딸을 진짜 자주 맡는 것 같아. 당신 전(前)부인한테 딸을 좀 더 데리고 있으라고 할 수 없어? 주말에 좀 조용하게 여행이라도 갈 수 있게 말이야.〉

엘리자베트는 그 말의 의미를 정확히 이해했다. 자신을 원하지 않는다면, 더 이상 거추장스러운 존재가 되지 않고 멀리 떠나리라. 마음을 후벼 내는 말들이 더 이상 들리지 않는 바다로 떠나리라.

그리고 이어지는 또 다른 이미지들……

그녀가 휘두르고, 받았던 폭력. 그녀가 버린 남자들이 돌아오라고 그녀에게 애걸하는 장면.

〈미안하지만, 날 이해해 줘. 난 당신을 사랑하지만 사랑에 빠지진 않았어.〉

그리고 그녀가 냉대한 어머니의 모습.

〈엄마, 엄마가 인생에 얼마나《성공》했는지 보고 있으면

271

난《실패》해야겠다는 한 가지 생각밖에 들지 않아. 엄마가 나에게 본보기를 보여 준 셈이야. 행복해지려면 엄마의 선택과 정반대로 선택하면 된다는 걸 알았어.〉

거리에서, 지하철에서, 그녀가 살던 건물 입구에서 손을 내밀던 걸인들의 모습도 보였다.

〈사모님, 부디 불쌍히 여기시어, 제발 밥이라도 먹게 한 푼만 주십시오.〉

〈자, 여기 돈 받아요. 하지만 이건 밥을 먹으라고 주는 게 아니라 술을 먹으라고 주는 거예요. 내가 당신 처지라면 차라리 술을 먹겠어.〉 그녀는 이렇게 대답했다.

수세미로, 호스로 물을 뿌려서, 부석으로, 유리종이로, 끌로 지우고, 굴착기로 지우려고 애썼다.

이브 크라메르가 조종실 안으로 들어와 평소처럼 그녀의 입술에 키스를 한 뒤 음악 소리를 낮추고 그녀의 어깨를 주물러 주기 시작했다.

「당신 무슨 생각 해? 무슨 일 있는 것 같은데?」

「지구의 걸인들 생각을 하고 있었어. 최소한 원기둥 안에는 가난한 사람, 굶어 죽는 사람, 마약을 하는 사람은 없잖아. 호화롭게 사는 부자 계급과 고통 받는 피착취자 계급으로 나뉘어 있지는 않아.」

「모든 부(富)를 능력이 아니라 필요에 따라 공평하게 분배하니까. 개미들을 보면서 조슬린이 생각해 냈지. 개미 세계에서는 개인의 가치라는 개념이 없는 것처럼 보여. 각자 공동체를 위해 일을 하는 데 필요한 것만 받는 거지. 개미한테는 특별한 위(胃)가 하나 더 있어서, 거기에 저장한 음식을 배고픈 개미들을 먹이는 데 쓰기도 해. 조슬린은 요즘 나한테 개미집 이야기밖에 안 해. 자연이 가장 겸손한 대표들을 통해 우리에게 갈 길을 가르쳐 준다고 그녀가 나에게 말하더군.」

「개미? 나도 할머니 할아버지 댁 정원에서 개미를 오랫동안 관찰하고 그랬는데.」엘리자베트가 꿈을 꾸듯이 말했다.

「개미는 경찰이 없이도 도시를 꾸려 가는 데 성공했어.」

「모두 자발적으로 참여한 덕분이지.」

「바로 그 점에 주목할 필요가 있어. 처음의 열정 말이야. 어떤 법을 만들어도 그보다 더 강할 수는 없어. 이렇게 저렇게 가능한 처벌과 보상의 형태를 모두 만든다 해도〈파피용〉프로젝트의 성공을 바라는 공동체적인 열망과 비교하면 아무 효과도 없을 거야.」

스크린 하나가 깜박거리기 시작했다. 전파 망원경들이 데이터를 분석하고 있는 지역에 숫자 점이 하나 나타났다.

그 점이 무엇을 뜻하는지 두 사람은 누구보다 잘 알고 있었다.

〈유성.〉

「음, 저거 제법 크고 속도도 빠른데.」이브가 말했다.

엘리자베트가 스크린에 나타나는 지표들을 주시하며 키를 돌렸다. 이내 파피용호가 옆으로 기울기 시작했다.

「정말 빠른데. 저렇게 속도가 빠른 유성은 지금껏 처음이야. 하지만 우리도 가속이 더 붙어서 지금 속도가 시속 250만 킬로미터야.」

「피할 수 있겠어?」

엘리자베트가 보조 엔진들을 작동시켜 돛의 방향 전환 속도를 높였다.

하지만 파피용호가 방향을 트는 속도가 유성이 날아오는 속도에 비해 너무 느렸다. 바위는 얇은 마일라 돛에 닿자 침대 시트를 뚫고 지나가는 총알처럼 빠르게 뚫고 나갔다.

돛은 선체와 관절 형태의 시스템으로 연결되어 있기 때문에 파피용호의 흉부와 머리에는 충격조차 전해지지 않았다. 하지만 제어 카메라들로 확인해 보니 황금빛 돛에 구멍이 뚫려 있었다.

「문제가 될까?」엘리자베트가 이브에게 물었다.

그는 화면을 살펴보면서 우주선의 속도가 거의 떨어지지 않았다는 사실을 확인했다.

「대륙 크기만 한 돛을 달고 있는 게 이럴 때 좋군. 바위가 날아와도 항해에는 거의 영향을 미치지 못하잖아. 앞으로 바위가 여러 개 더 날아와도 파피용호는 한참 동안 끄떡없을 거야.」

그의 이야기를 듣고 비로소 걱정을 떨쳐 버린 엘리자베트가 우주 범선의 항로를 다시 처음처럼 〈세 개의 빛〉을 향해 되돌려 놓았다. 거대한 우주선이 돛을 팽팽하게 펼치고 기우뚱하며 항로를 바꾸었다. 오른쪽 날개에 뚫린 구멍으로 별빛이 쏟아져 들어왔다.

그 사건은 엘리자베트와 이브 두 사람에게 하나의 메시지를 전해 주었다. 기수를 유지하면서 나아가는 이상 작은 사고는 극복할 수 있다.

50. 틀에 넣다

　그들은 생일 케이크에 꽂아 놓은 초들처럼 동심원 모양으로 자리하고 있었다. 의회를 구성하는 예순네 명의 의원을 뽑는 최초의 선거를 치른 결과, 좌파, 우파, 중도파로 정치색이 나뉘었다.

　우파는 범죄 재발을 확실히 막기 위해 경찰력 증강을 주장했다.

　좌파는 나비인들의 선의를 전적으로 신뢰하며, 경찰은 필요 없다고 주장했다.

　중도파는 중간적인 해결책들을 제시했다.

　첫 번째 선거에서는 세 정파가 서로 비슷한 수의 표를 얻었다.

　여기에도 1:1:1의 법칙이 적용되었다. 좌파가 약간 우세해서 다수당의 위치를 차지했다. 대부분의 유권자들이 사람들의 선의에 의해 모든 문제가 즉각 해결될 수 있기를 여전히 바란다는 증거였다.

　여성들이 의석의 다수를 차지했다. 나비인들은 여성들에게 한 표를 던짐으로써 남성이 주를 이루는 지구의 정부들과는 확연히 구분을 짓고 싶은 것 같았다. 아니면 자연의 순리

275

에 따라 생명의 잉태자인 여성들이 남성들보다는 훨씬 비폭
력적일 것이라고 기대하는지도 몰랐다.

정부는 세 지도부로 구성되었다.

첫 번째 축은 프로젝트 발기인들의 집단이었다.

프로젝트를 만든 다섯 명, 즉 이브, 가브리엘, 아드리앵, 카
롤린, 엘리자베트가 그 주인공이었다. 그들은 우주선의 운
영과 항해를 담당하며, 나비인들이 프로젝트를 시작하던 때
의 초심을 잃지 않도록 유지하는 역할을 해야 했다.

두 번째 축은 조슬린이 총책임을 맡고, 경찰력의 뒷받침
을 받아 유지되는 행정부 조직이었다.

마지막으로 세 번째 축은 우주선 내의 전반적인 생활 규칙
들을 정할 입법부였다.

예순네 명의 의원들은 한자리에 모여 헌법을 구성할 가장
기본적인 내용부터 정하기 시작했다. 질이 맡고 있는 우주선
내부 방송국에서 현장을 녹화해 모든 사람들이 헌법의 탄생
을 지켜볼 수 있게 했다.

의원들은 가장 간단명료한 법부터 만들었다.

1. 살인을 금한다.

2. 타인에게 상해를 입히는 행위를 금한다.

3. 강간을 금한다.

4. 타인의 재산에 손상을 입히는 행위를 금한다.

5. 타인의 재산을 훔치는 행위를 금한다.

안락사, 중절, 형사 처벌 방식 같은 주제들에 대해서는 이
견이 있었기 때문에 의원들은 다음 날 계속해서 헌법을 제정
하기로 결정했다.

그런데, 바로 그다음 날 아침에 최초의 폭동이 일어났다.

51. 황갈색 연기

고향인 지구에 대한 향수는 애초부터 있었지만, 대단한 문제는 아니었다.

지치고 힘들 때 〈그래도 옛날에, 지구에 살던 때가 좋았어〉 하는 결정적인 한마디를 내뱉는 사람들이 더러 있긴 했다.

사실 그런 생각을 한 번쯤 해보지 않은 사람은 아무도 없을 것이다. 바다에서 보내는 휴가, 높은 산에서 스키를 타던 일, 보고 싶은 사람들의 얼굴, 그 모든 것이 다 그리웠다. 어떤 사람들에게는 그런 증상이 보다 심하게 나타났다. 아드리앵은 새로운 질병을 이렇게 불렀다.

〈지구병.〉

생태 심리학자인 아드리앵에 따르면 그 병은 일종의 강박증이었다.

어떤 현상에 명확한 이름이 붙고 나자 위기감이 줄어드는 것 같았다.

패러슈팅의 추억, 불어오는 바람의 쾌감을 몸으로 기억하고, 얼굴에 똑똑 떨어지는 빗방울의 느낌을 떠올리는 것, 그것이 바로 지구병이었다. 시속 2백 킬로미터로 자동차를 몰고, 사격을 즐기던 때를 그리워하는 것, 심지어는 지하철이나 자동차 배기가스의 냄새를 그리워하는 것도 모두 지구병의 일종이었다.

하지만 아무도 그것이 정말 문제를 일으키리라고는 생각도 하지 못했다. 1백여 명이 한밤중에 방송국 본부를 장악하기 전까지는 말이다.

아침이 되자 폭도들이 각 가정의 텔레비전과 천국의 도시 가운데 있는 대형 벽걸이 텔레비전을 통해 선동을 하기 시작했다. 그들의 지도자인 듯한 젊은 여성이 원기둥의 모든 주민에게 현 정부를 무너뜨리고 지구로 되돌아갈 것을 촉구했다.

아드리앵이 엘리자베트와 이브의 집으로 황급히 뛰어왔다.

「저자가 누군지 알겠어요?」 그가 걱정스럽게 물었다.

「누구?」

「텔레비전에 나와서 이야기하는 여자 말이에요.」

여자를 주의 깊게 관찰하던 이브의 입에서 엘리자베트보다 먼저 이름이 튀어나왔다.

「사틴 방데르빌트!」

폭도들의 우두머리는 카메라 앞에 서서 자신과 자신이 이끄는 〈해방군〉들은 이제 〈진공 속으로의 탈출〉을 그만두고 지구로 돌아가기로 결정했다고 발표했다. 그녀는 모두에게 봉기할 것을 촉구했다.

「사틴이 저기서 뭐하는 거지? 우리도 모르는 사이에 우주선에는 어떻게 승선한 거야?」

이브가 놀라움을 감추지 못했다.

「저 여자 염색을 하고 안경을 썼어. 이름도 바꿨고. 14만 4천 명 사이에 끼여 눈에 띄지 않게 들어온 거지.」 엘리자베트가 설명했다.

「아드리앵, 자넨 우리한테 왜 그녀와 헤어졌는지 한 번도 말한 적이 없었잖아.」

「지금 우리가 고민해야 하는 건 〈왜〉가 아니라 〈어떻게〉예요. 어떻게 하면 저 여자가 〈마지막 희망〉 프로젝트를 망치지 못하게 할까를 고민해야 한다고요.」

원기둥의 주민들이 동요하기 시작했다. 벌써 사람들이 중앙 광장에 모여 사건에 대한 이야기를 나누기 시작했다. 금세 사람들 사이에 언쟁이 일어났다. 그리고 몇 분도 채 지나지 않아, 사틴이 텔레비전을 통해 선동을 계속하는 사이, 충성파와 반란파 두 그룹 간에 싸움이 시작되었다. 아직 경찰 병력이 구성되기 전이어서, 싸우는 사람들을 떼어 놓을 수 있을 만한 사람이 아무도 없었다.

조슬린이 집 앞에 나타났다.

「빨리 갑시다, 몽둥이로 무장한 소규모 병력을 꾸렸어요. 가서 방송국을 다시 접수해야 해요.」

「미안하지만 난 아기와 집에 있겠어요.」엘리자베트가 말했다.

「내가 가지.」이브가 빗자루를 잡으면서 말했다.

아래쪽에는 벌써 의원들이 몽둥이를 들고 모여 있었다. 아드리앵이 선봉에 섰다. 마치 폭도들의 우두머리와 개인적인 원한 관계라도 청산하겠다는 태도였다.

그들이 마을 북쪽의 언덕에 자리 잡은 방송국 건물에 가까워졌을 때는, 이미 전투가 시작되고 난 후였다.

족히 1천 명은 넘는 사람들이 방송국을 사수하기 위한 방어선을 구축하고 있었다. 그들은 돌을 던지며 전선을 사수했

279

다. 한 무리의 사람들이 두 진영 사이를 뚫고 돌진했다. 발길질, 주먹질, 몽둥이질. 망치, 심지어 칼까지 무기로 사용되었다. 분노의 외침. 고통의 외침.

벌써 부상을 입고 땅 위에 나뒹굴며 꼼짝도 하지 못하는 사람들이 나왔다. 이브는 눈앞에 펼쳐지는 장면에 아연실색하고 말았다.

〈우리가 쌓아 올린 것이 이렇게 위태로운 것이었어. 저 사람들은 옛날 세계에 대한 향수 때문에 모든 것을 파괴하고 있어.〉

그들 주위에서 전투가 더욱더 격렬해지고 있었다. 폭도들이 우위를 점했다. 그러나 다행히도 자전거를 탄 사람들이 사방에서 도착했다. 이들 가운데 상당수가 충성파일 것으로 기대되었다.

폭도 한 명이 이브를 가리켰다.

「〈그들〉이 저기 있다!」

이미 조슬린, 아드리앵, 이브는 임시방편용 무기를 휘두르는 적대적인 무리들에게 포위당한 상태였다. 그들이 세 사람을 위협하며 서서히 다가오기 시작했다.

이브는 두려웠다. 그는 두 손으로 몽둥이를 꽉 움켜쥔 채 언제든지 가격할 태세를 갖췄다. 적들이 천천히, 아무 말 없이, 결연한 눈빛으로 다가오고 있었다. 그때 교란 작전이 펼쳐졌다. 맥 나마라와 질이 원군을 데리고 도착한 것이다. 맥 나마라가 놀라운 솜씨로 나무 쌍절곤을 휘둘렀다. 맥 나마라 옆에 선 질은 긴 장대를 흔들고 있었다.

짜랑짜랑하는 쌍절곤 휘두르는 소리에 이어 퍽퍽 가격하는 소리와 고통스러운 절규가 뒤따라 들렸다.

맥 나마라와 질이 반란군 무리를 뚫고 와서 친구들을 구해 주었다.

「다시 방송국을 장악해야 해요.」질이 말했다.

그들은 방송국 건물을 향해 올라갔다.

방송국은 벽돌로 제법 단단하게 지은 자그마한 건물이었다.

「뒤쪽에 출입문이 있어요. 그쪽으로 들어가면 저들을 기습 공격할 수 있어요.」질이 알려 주었다.

조슬린은 의원들에게 지금이 방송국 건물을 되찾는 데 기여함으로써 정부 내에서 그들의 위치를 확고히 할 수 있는 기회라고 말했다.

그들은 그렇게 50여 명 정도가 몽둥이로, 일부는 칼로 무장을 하고 방송국 내로 잠입했다. 하지만 기습 사실을 눈치 챈 반란군들은 방송 설비의 전원을 모두 끊고 이미 도망친 뒤였다.

질은 즉시 방송 시설을 재가동했고, 조슬린은 카메라 렌즈를 똑바로 쳐다보며 마이크를 잡았다.

「여러분 모두 제 말을 들으십시오. 이건 혁명이 아닙니다. 집단적인 〈지구병〉 발병에 따른 단순한 병적 징후일 뿐입니다. 일군의 폭도들이 아마도 미지의 세계에 대한 두려움 때문에 파피용을 상대로 공격을 감행한 것 같습니다. 그들은 〈반동분자〉들입니다.」

그녀는 〈혁명〉이란 단어가 긍정적인 의미를 함축하고 있다는 사실을 알고 있었다. 그렇기 때문에 〈반동분자〉라는 부정적인 뜻을 내포한 단어로 그 의미를 무력화할 필요가 있었다. 그 말은 더군다나 지구에 있는 과거의 적들을 지칭하기

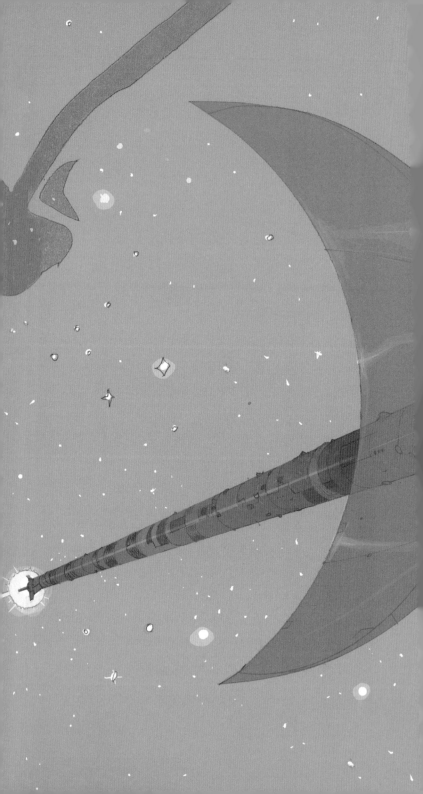

위해 맥 나마라가 이미 쓴 적이 있는 표현이었다.

「불안해하실 필요가 없습니다. 모든 것이 금방 제자리를 찾을 것입니다.」

이브는 창문을 열고 1백여 명 남짓한 폭도 무리가 파피용 호의 머리 쪽으로 달려가는 모습을 보고 있었다. 항상 승리자의 편에 서길 원하는 대중들의 속성을 반영하듯이, 양편 사이에서 갈팡질팡하던 사람들이 그들과 합류했다.

「저들이 조종실 안으로 침입하려고 해! 자, 빨리!」

하지만 충성파 진영이 전열을 정비하고 추격을 시작했을 때, 폭도들은 벌써 테라스 근처까지 진군해 있었다. 바로 그곳에서, 각각 아래와 위로 이어지는 두 개의 넓은 계단에서, 수백 명의 군사들이 참여하는 대대적인 전투가 벌어졌다. 아래쪽과 위쪽에서 동시에 전투가 벌어지는 참으로 이색적인 광경이 펼쳐졌다. 병사들이 돌을 던지면, 중력 축을 벗어나서 날아간 돌은 아래로 다시 떨어지지 않고 계속 날아가 그들 위에서 싸우고 있는 사람들에게 떨어졌다. 몽둥이를 휘두르고 백병전이 벌어지는 사이 중상자가 속출했다. 땅에 쓰러져 일어나지 못하는 사람들도 있었다. 흰 대리석 바닥에 피가 고였다.

질은 방송국에 남아 부대의 사기를 북돋웠다.

「반동분자들을 가차 없이 죽여라!」

폭도들이 흉부와 머리 부분을 연결하는 문을 부수고 들어갔다. 맥 나마라와 이브는 각각 쌍절곤과 몽둥이를 휘두르며 적들의 저지선을 뚫는 데 성공했다. 두 사람은 파피용 머리 부분으로 통하는 복도에서 사틴을 비롯한 1백여 명의 무장 군인들과 마주쳤다.

「왜 이러는 거야, 사틴? 왜 당신이 예전에 우리와 함께 완성한 프로젝트를 이제 와서 망치려 드는 거야?」 이브가 물었다.

「이젠 너무 늦었어. 여긴 당신들뿐이고 우리는 1백여 명이나 돼! 우리가 이겼어! 우리는 우주선의 항로를 돌려 지구로 돌아갈 거야.」

「도무지 이해할 수가 없군.」

「내가 떠난 건 아드리앵과 사이가 나빴기 때문이야. 그 사람은 지독한 이기주의자야. 그와 함께한 세월은 정말 지옥 같았어. 도저히 더는 버틸 수가 없었다고. 하지만 시간이 지나자 생각이 달라졌어. 그래서 신분을 감추고 돌아가자고 생각했지. 프로젝트가 성공할 수 있을지 궁금했거든. 몇 달 동안 난 그것이 성공해야 한다는 마음과 실패했으면 좋겠다는 마음 사이에서 무척 갈등했어. 매일매일 어떻게 돼야 좋을까 생각했어. 그런데 헌법이 제정되는 걸 보면서 다 알게 됐지. 어떤 현상이든 반작용을 초래한다는 사실을 말이야. 생각했던 것과 정반대의 반작용을. 맞아, 난 우리가 〈반동분자〉라고 생각해. 하지만 만사가 다 그런 거 아니야? 약이 병을 만들지. 법이 범죄를 만들고. 감옥이 범죄자를 만들고. 헌법이 혁명을 불러오는 것처럼 말이야.」

이브가 몽둥이를 내려놓으며 맥 나마라에게도 무기를 내려놓으라는 신호를 보냈다.

「어쨌든 이제 와서 모든 걸 망쳐 버릴 생각은 없어.」

사틴이 키득키득 웃었다.

「지금은, 너무 멀리 와버렸어. 나를 설득하려고 하지 마. 다 소용없는 짓이야. 이브, 당신도 알지, 내가 늘 비행기가 하늘로 뜨는 것을 〈신비로운〉 현상이라고 생각했던 거. 커다란 금속 덩어리가 사람들을 그 안에 태우고 공중에 떠 있다는 것은 참으로 논리적으로 말이 안 되는 일이지. 그게 가능한 이유는, 모든 승객들이 그것에 대한 믿음을 가지고 있기 때문이라고 난 생각해. 그 사람들은 고철 덩어리가 구름보다 더 가벼운 게 당연하다고 믿지. 하지만 누군가 나서서 〈근데 사실, 이건 말이 안 돼, 추락해야지 맞는 거지〉 하고 말만 꺼내면…… 그만 추락하고 말아. 파피용도 마찬가지야. 모든 탑승객들의 믿음이 있어야만 유지될 수 있단 말이야. 이제 난 그 모든 것이 상식에서 벗어난 일이라는 것을 깨달았어. 사람은 땅에 살라고 태어났지, 녹이 슬다가 1천 년 후에 우주에서 부패해 버릴 통조림 통 안에서 살라고 태어난 게 아니잖아.」

폭도들로부터 지지의 목소리가 웅성웅성 들려왔다.

「실수를 인정하기에 너무 늦은 때는 없어. 돌아가면 모든 게 잘될 거야.」

이브가 불쾌한 표정을 짓다가 이내 미소를 머금었다.

「당신은 파피용을 조종할 수 없잖아. 그건 엘리자베트만 할 수 있어.」

「그래서 뭐가 어떻단 말이야?」 사틴이 물었다.

「조종 제어 장치는 컴퓨터화되어 있어. 조종 시스템을 작동하려면 암호를 알아야 하지.」

사틴의 낯빛이 순식간에 변했다.

「거짓말이야. 공갈을 치는 거야!」

「확인을 해보면 될 것 아냐!」

그녀가 이브를 노려보고 나서 말했다. 「할 수 없지, 그럼 다른 방법을 찾을 수밖에. 자, 다들 갑시다. 〈무슈롱〉을 타고 돌아갑시다.」

「그게 뭐요?」 폭도 한 명이 물었다.

「착륙선이오.」 다른 한 명이 대답했다.

「그 비행선이 있는 장소를 알아요, 내가 직접 도면 설계에 참여했으니까. 거기까지 암호를 걸어 두진 않았을 거야.」

벌써 그녀는 우주선의 화물실로 향하고 있었다.

바로 그때 맥 나마라가 필사적으로 제지하고 나섰다. 그가 사틴의 턱을 향해 쌍절곤을 힘껏 날렸지만, 그녀는 용케 피한 뒤 도리어 그의 배를 부엌칼로 찔렀다.

맥 나마라가 어안이 벙벙한 채 뒤로 물러났다. 이브가 그를 부축하였지만 그는 몸을 가누지 못했다.

「유감이야, 날 공격하지 말았어야지. 당신들한테는 유감이 없어. 내 집으로 돌아가고 싶을 뿐이야. 내 행성으로 말이야. 가까이 오지 마, 이브. 그럼 당신도 찌를 거야. 안녕.」

사틴은 1백여 명의 반란군과 함께 재빨리 우주선에 올랐다.

앞으로 있을 착륙에 대비해 조종석을 단순하게 설계해 만든 그 작은 우주선은 쉽게 이륙 준비를 마쳤다.

화물실 문이 우주를 향해 열렸다. 무슈롱호의 엔진이 불을 뿜으면서 이륙하자 이제 아무도 그 우주선을 제지할 수 없었다.

충분히 멀리까지 날아가자, 우주선은 햇살돛을 펼친 후 사틴이 사랑스러운 고향 땅이라고 여기는 지구를 향해 날아갔다.

52. 온도 조절

소요 사태는 몇 시간 만에 끝이 났다.

아드리앵은 부상자들을 치료하고 사망자들의 숫자를 파악하라고 지시했다. 집계 결과 아군과 적군을 막론하고 20여 명의 사망자와 1백여 명의 부상자가 발생한 것으로 나타났다.

일부 사람들은 전투 도중에 다른 진영으로 넘어가기도 했다.

파피용호는 서서히 안정을 되찾았다.

맥 나마라는 심한 중상을 입고 병원으로 후송되어 긴급 수술을 받았다. 하지만 의사들은 그의 회복 가능성에 대해 회의적인 반응을 보였다. 마취에서 깨어나며 맥 나마라가 인상을 찡그렸다.

「다 잘됐어. 그건 마치 번개 같은 거였소. 긴장감이 분출될 필요가 있었던 거지. 우리가 느끼지 못한 긴장감이 현실적으로 존재했던 것이오. 불평불만 분자들은 언제나 있게 마련이오. 사틴이 적어도 그런 자들을 드러나게 하는 데는 도움을 준 셈이지. 그러니 여기에 남은 사람들은 이론적으로는 모두…… 만족하는 사람들이란 뜻 아니겠소.」

그가 미소를 짓다 소리를 내며 웃기 시작했다. 하지만 웃음소리는 금방 고통스러운 기침으로 변하고 말았다. 그가 시가를 한 대 달라고 했다.

「최소한 암으로 죽지는 않겠네.」그가 농담을 했다. 「어차피 볼 장 다 본 마당에 나한테 마지막 기쁨이나 하나 선사한다고 생각하시오. 시가 말이오. 내 집에 있어. 누가 가서 좀 가져다줄 수 있겠소?」

이브가 가서 시가를 가져왔다. 맥 나마라는 독한 시가에 불을 붙이고 게걸스럽게 담배를 빨아들였다.

「우리가 현재 상태에 절대 만족하지 못하는 인간의 속성을 제대로 파악하지 못했던 것 같소. 인간은 지구에 있을 땐 우주로 떠나고 싶어 하지. 그리고 우주에 있으면 다시 지구로 되돌아가고 싶어 하고.」

또다시 그가 킥킥거렸다. 자기가 생각하기에도 아주 멋진 농담이었다는 듯이.

「언제라도 욕망을 배출할 수 있는 시스템이 필요하오. 압력솥처럼 김을 뺄 수 있게 증기 배출 장치가 필요한 거야. 없으면 폭발해 버리고 말지. 이제 우리는 증기 배출 장치를 만들어야 하오. 잘 조직되고 제어된 감정의 분출구를 말이야.」

그가 황홀한 표정으로 푸르스름한 연기를 내뱉었다.

「좋아, 한 가지 문제가 남았어. 무슈롱호 말인데. 우리한테 한 대밖에 없던 것이라, 정말 큰 문젠데…….」

「우린 그 착륙선 없이도 착륙이 가능합니다.」이브가 말했다.

「다시 한 대를 제작해야 하오.」맥 나마라가 말했다.

「현재 천국 안에는 그런 우주선을 제작할 만한 첨단 기술이 없습니다.」

「당연하지, 기술은 없어, 하지만 당신들한테는 시간이 있잖소.」

〈당신들〉이란 말은, 맥 나마라 자신은 프로젝트에서 발을 뗐다는 것을 의미했다.

「1천 년이면 실험실의 생쥐도 도망칠 방법을 찾아낼 시간이오. 당신들도 방법을 찾아낼 거요. 1천 년이라는 시간은 모든 문제를 해결하기에 충분한 시간이야.」

그가 또다시 웃더니 금방 인상을 찡그리며 배를 움켜쥐었다.

「그자들은 도대체 왜 이런 짓을 한 거야!」 괴로워하는 친구를 보면서 치밀어 오르는 분노를 삭이며 이브가 말했다.

「원숭이. 인간에게는 아직 겁 많고 공격적인 원숭이가 숨어 있어. 아주 살짝만 건드려도 불안에 떠는 포식자가 모습을 드러내지……. 게다가 〈마지막 희망〉 프로젝트는 너무도 위태로워…….」

「아니에요. 〈마지막 희망〉은 어느 때보다 강건합니다.」이브가 말했다.

맥 나마라가 담배 연기를 한 모금 내뿜었다.

「그런 믿음을 갖는 건 좋아요. 하지만 지난 사건이 우리에게 보여 주지 않았소. 가장 중요한 싸움, 바로 우리 자신의 어리석음과의 싸움에서 이길 준비가 되어 있는 사람이 아직 아무도 없다는 사실을 말이오.」

그가 이브의 손을 잡았다.

「날 꿈꿀 수 있게 해줘서 고맙소, 크라메르 선생. 죽음을 앞둔 내 인생에 의미를 찾게 해줘서 고맙소. 환생이란 게 있

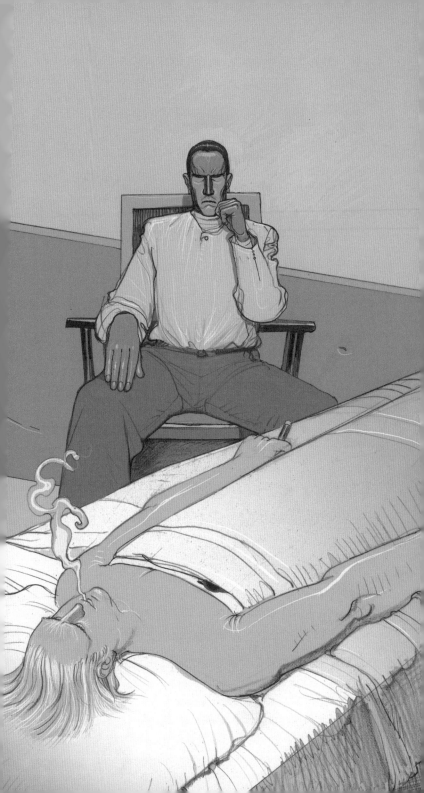

는지 없는지 난 잘 모르오. 하지만 내가 환생해야 한다면 난 이곳에, 파피용호 안에 사는 사람으로, 그래서 이 프로젝트를 계속 추진할 수 있는 사람으로 다시 태어나고 싶소. 당신들 자식으로 다시 태어나고 싶소…….」

이브가 그의 손을 꼭 잡았다.

맥 나마라가 그를 똑바로 바라보며 중얼거렸다. 「좋아, 이제 됐어.」

이제 그의 시선은 움직이지 않았다. 이브가 조심스럽게 그의 두 눈을 감겨 주었다.

다음 날, 억만장자의 시신은 천국의 도시에서 일어난 최초의 전쟁에 희생당한 사람들의 시신과 함께 공동묘지에 나란히 묻혔다. 이브의 요청에 따라 그의 무덤 위에 원기둥 안에서 제일 큰 올리브나무를 한 그루 심었다.

넓은 구릉지 위에 자리 잡은 묘지에서는, 나비인들이 모두 참석한 가운데 조슬린이 추도사를 했다. 그녀는 모든 작용은 반작용을, 모든 생명의 충동은 죽음의 충동을 불러온다는 사실을 인식하게 되었다고 말했다. 엘로디는 태어나고 맥나마라는 죽었다. 그들은 단결된 공동체를 만들었는데, 반동적인 혁명이 일어나 그들의 단결력을 해체하려고 했다. 파피용호는 지구를 떠나왔지만 무슈롱호는 그곳으로 돌아갔다.

「이런 일이 다시는 일어나지 않게 하려면 어떻게 해야 할까요?」 조슬린이 물었다.

「여러분들은 언제나 회의에 시달릴 것입니다. 여러분은 언제나 고향인 지구를 그리워할 것입니다. 하지만 맥 나마라의 장례식은, 지구에서 살았던 우리 과거를 완전히 묻어 버리는 상징적인 것이 되어야 합니다. 우리는 이제 되돌아갈 수 없습니다. 〈계속 가거나 아니면 죽거나〉 둘 중 하나죠. 돌아가는 게 낫다고 생각하는 분들이 있으면 지금 말씀하십시오. 그러지 않을 거면 영원히 입을 다무세요.」

「만약 그럴 의사를 밝히면 어떻게 되는 겁니까?」 멀리서 한 남자가 물었다.

「그런 사람들이 다수를 차지한다면 우리 우주선은 지구로 돌아갈 것입니다. 여러분에게 약속합니다.」

이브와 엘리자베트는 시장의 이런 행동이 적잖이 당황스러웠다. 하지만 아드리앵은 앞으로 모두의 참여를 확실히 이끌어 내려면 이렇게 위험한 패를 던질 수밖에 없다고 생각했다. 충분히 그럴 가치가 있는 일이라고.

순간적으로 동요가 일었지만, 남아 있는 14만 3881명의 사람들 중 손을 드는 사람은 아무도 없었다.

「그럼 예정대로 계속 항해하겠습니다. 그리고 앞으로는 불만이 있는 사람들은 혁명을 일으키기 전에 우선 저를 찾아와 이야기를 나누시길 바랍니다.」

아드리앵이 발언권을 요구했다.

「죽기 전에 가브리엘은 혁명을 일으키지 않고도 욕망을 해소할 방도를 찾아야 한다고 말했습니다. 이번에도 역시 그는 선지자적인 면모를 보여 주었어요.」

그는 앞으로 할 이야기가 시의적절한 것인지 모르겠다는 듯, 조심스럽게 말을 시작했다.

「저 역시 사탄이 일으킨 혁명을 통해 질서 속에 무질서를 도입할 필요, 죽음과 파괴의 본능을 분출할 필요가 있다고 느꼈습니다. 욕망을 해소할 필요가 있다는 말입니다. 그런 본능은 우리들 안에 있습니다. 아무리 부정해도 소용이 없어요. 그래서 저는 날을 잡아…… 카니발을 열었으면 합니다. 그러니까 폭죽으로 전쟁놀이를 하고 24시간 동안 모두들 한번 미쳐 보는 겁니다. 이 24시간 동안은 법을 어기는 행위들이 모두 허용될 것입니다. 물론 사람들에게 해를 끼치지 않는다는 조건하에서 말입니다. 살인이나 강간, 절도, 기물 파손 같은 것은 안 됩니다. 하지만 술, 축제, 파괴적이지 않은 자유분방한 행동들은 다 허용될 것입니다.」

박수 소리가 울려 퍼졌다. 모두가 우주여행 처음부터 유지해 온 도덕적인 태도를 부담스러워하고 있었던 것이다.

「가브리엘도 이걸 바랐을 것이라고 믿습니다…….」

말을 끝낸 아드리앵이 놀란 모습으로 서 있는 이브와 카롤린을 향해 돌아섰다.

「충격을 잊기 위해서는 새로운 충격을 만들어야 합니다. 찬성하십니까?」

두 사람도 동의했다.

「그럼, 다음 주에 카니발을 열기로 하겠습니다.」

언제나 일을 미루는 데는 선수인 이브가 제안했다.

「아니요, 지금 당장 해야 합니다. 내일은 멋진 카니발이 열리는 날이 될 겁니다. 지구의 축제 중에 딱 하나 우리가 간직해야 할 게 있다면 바로 이것입니다.」

이번에는 이브 크라메르가 메가폰을 잡았다.

「저는 파피용호에 비축된 자재들을 가지고 무슈룽호를 대신할 착륙선을 제작할 연구 팀을 꾸릴 것을 제안하는 바입니다. 저와 함께 이 작업에 참여하실 분들은 한 시간 후 마을 센터로 오시기 바랍니다. 우선 조금 더 규모가 큰 대장간부터 새로 지어야 할 것 같습니다.」

　그러나 사람들의 머릿속에는 수많은 비극을 겪고 나서야
찾아온 이 신기한 단어에 대한 생각밖에 없었다.

　〈카니발.〉

53. 혼합물을 휘젓다

거리에는 환희에 젖은 군중들, 꽝꽝 귀를 찢는 음악, 불꽃놀이, 외설스러운 노래, 병 깨지는 소리들.

집 안에는 웃음, 술과 포도주 냄새, 거친 숨소리, 절정의 순간에 토해 내는 신음 소리들.

원기둥의 첫 번째 카니발은 철저한 방탕의 시간이었다. 사방에서, 천국의 도시 거리거리에서, 정원, 숲, 들판, 작업장, 강당, 호수에 띄운 배 위에서 사람들이 서로 끌어안고, 춤을 추고, 손톱만큼의 부끄러움도 없이 몇 번씩이고 사랑을 나누었다. 사람들은 〈반동분자들의 혁명〉으로 불리는 지나간 사건의 희생자들을 뇌리에서 금세 지워 버렸다.

확성기에서 흘러나오는 음악 소리에 동체의 벽이 진동했다. 원기둥 전체가 마치 숨을 헐떡거리는 거대한 디스코텍처럼 느껴졌다. 아드리앵은 인공 태양을 이용해 깜빡이 조명을 넣기까지 했다.

그것이 원기둥 전체에 스트로보스코프[8] 효과를 내자 사람들의 흥분은 극에 달했다.

---

8 스트로보스코프란 주기적으로 깜박이는 빛을 쬠으로써 급속히 회전(또는 진동)하는 장치를 말한다.

술을 퍼마시고, 방탕하고 음란하게 날뛰는 축제는 24시간이 아니라 사흘 밤낮에 걸쳐 계속되었다. 사람들은 근육에 마비가 오고, 심장이 녹초가 되어 잠이 들 때까지 미친 듯이 축제에 빠져 있었다.

그리고 이토록 대대적인 욕망 분출의 시간이 끝나자, 광란적인 축제의 후유증에서 벗어날 수 있도록 일주일이라는 휴식 시간이 주어졌다.

후일, 1천여 명의 생명이 카니발 기간에 잉태된 것으로 밝혀졌다. 그 아기들을 〈카니발의 자손들〉이라고 부르기로 했다.

54. 시간 조절

이브는 한 고비를 넘겼다고 판단했다. 과거와 결별하는 과정이 끝났으니 이제 새로운 토대 위에서 다시 시작할 때가 되었다.

그런 변화를 가장 상징적으로 표현할 방법을 고심한 끝에, 그는 새 달력을 만들기로 했다.

어느 아름다운 인공 저녁에 그는 제조 물품 비축 창고에서 꺼낸 대형 괘종시계를 사람들에게 선보였다. 대리석 테라스에서는 조슬린 페레가 시계 모습을 비추고 있는 대형 스크린 밑에 서서 마이크를 잡았다.

「10초 후, 새로운 시간을 사용하는 최초의 시대가 시작됨을 선포하는 바입니다.」

아드리앵이 타다닥 컴퓨터 자판을 두드려 불을 껐다.

시장이 어둠 속에서 숫자를 셌다.

「10, 9, 8, 7, 6, 5, 4, 3, 2, 1, 0!」

아드리앵이 서서히 태양을 올리기 시작했다.

이브는 시계 작동 버튼을 눌렀다. 12 위에 있던 바늘들이 몸을 떨기 시작했다. 먼저 초침이, 수줍음이라도 타듯이, 불규칙적으로 부르르 떨며 움직였다.

「나는 새로운 시대의 이 초를 첫 번째 초, 이 분을 첫 번째 분, 이 시간을 첫 번째 시간, 이날을 첫 번째 날, 이 달을 첫 번째 달, 이 해를 첫 번째 해로 선포하는 바입니다. 오늘은 00년입니다.」 조슬린이 외쳤다.

아드리앵이 네온관 등을 조절해 빛의 세기를 특별히 강하게 했다. 카롤린은 웅대하고 장엄한 교향곡을 틀었다.

박수를 치는 사람은 아무도 없었다. 모두들 마지막 야만의 잔재를 털어 내고 시원(始原)에서 다시 인류의 실험을 시작하고 있다는 감격에 사로잡혀 있는 탓이었다.

나비인들은 서로 끌어안고 입을 맞추었다. 그제야 자신들의 행위에 담긴 웅대한 역사적 의미를 제대로 알게 된 것이다.

고지(高地)에 설치한 대형 괘종시계는 금방 눈에 띄는 상징물이 되었다.

엘리자베트는 새로운 시대를 만드는 데 그치지 않고 진정으로 새로운 인류, 별들의 인간 〈호모 스텔라리스〉를 탄생시킬 수 있기를 희망했다.

그녀가 캥거루 가방 밖으로 머리를 쏙 내민 엘로디를 쓰다듬었다. 엘로디는 조용히 미소를 짓고 있었다. 마치 그 모든 일이 아주 당연한 것이라는 듯.

이번엔 아드리앵이 마이크를 잡았다. 「이제 우리가 과거와의 관계를 단절할 때라고 생각합니다. 지나간 역사는 잊어버립시다. 이제는 지나간 세계의 사람들이 된 지구 사람들도 생각하지 맙시다. 나는 우리 모두가 기존의 이름을 부르는 방식을 버렸으면 합니다. 그 속에 숨어 있는 상처와 질곡이 고스란히 현재로 전해지고 있기 때문입니다. 이제 우리는 성(姓)은 버리고 이름만 가지게 될 것입니다.」

누군가 손을 번쩍 들었다.

「이름이 같은 사람들은 어떡하죠?」

「리스트를 작성할 테니 오셔서 본인 확인을 하십시오.」조슬린이 아드리앵의 제안에 힘을 실어 주었다. 「미셸-1, 미셸-2 하는 식으로 번호를 붙이도록 합시다. 본부로 오시면 선착순으로 번호를 부여해 드리겠습니다.」

그 결정이 과거를 청산하려는 의지의 표현임을 모두들 잘 알고 있었다.

아드리앵이 다시 말을 이었다. 「마지막으로, 앞으로 지구 텔레비전 프로그램의 방송 중단을 제안하는 바입니다. 그 프로그램들이, 그 안에 담긴 끔찍한 장면들이 우리에게 영향을 미쳤습니다. 이제 여러분은 두 채널밖에 볼 수 없을 것입니다. 파피용호 앞에 펼쳐지는 우주의 모습과 천국의 도시에서 펼쳐지는 공연들을 녹화한 방송 말입니다.」

좌중이 웅성웅성하기 시작했다. 충격적인 지구의 뉴스 장면들과 비웃으면서 지켜보던 지구 정치인들의 모습이 결과적으로는 자신들에게 부정적인 영향을 끼치고 있었다는 사실을 새삼 깨달았기 때문이다.

새 시대의 첫날은 휴일로 선포되었다. 아무도 일을 하지 않았다. 나비인들은 삼삼오오 짝을 지어 앞으로 만들어 갈 새로운 인류의 비전에 대한 이야기를 나누었다.

그날 밤, 14만 3881명의 탑승객들은 과거의 꿈이 아닌 미래의 꿈을 꾸며 잠이 들었다.

그들은 새로운 시대의 원년을 열어젖힌 〈호모 스텔라리스〉였다.

말이라는 것은 참으로 대단한 위력을 지녔다.

55. 휴식의 시간

생태계의 순환이 제자리를 찾았다.

곤충은 흙에 바람이 통하게 해주었다. 식물은 공기를 여과했다.

포유류는 단백질을 변화시켰다. 박테리아는 배설물과 포유류의 사체를 분해했다.

32킬로미터 길이의 거대한 시험관 속 생태계가 마침내 안정적인 균형을 확보했다.

파피용호 내의 기술력과 한정된 자재로는 최대 탑승 인원이 두 명인 소형 우주 왕복선밖에 제작하지 못했다. 이브-1은 도미노-1을 어깨에 앉히고 키를 조작하고 있는 엘리자베트-1에게로 다가갔다. 딸이 그녀의 옆에서 잠들어 있었다.

「2년 후면 무슈롱 2호에 탑승할 수 있을 거야. 우리 태양계에 속한 마지막 행성을 지나갈 때가 되겠지. 우린 무슈롱호를 타고 그곳에 내려서 전원 승선이 가능한 무슈롱 3호를 완성하는 데 필요한 다른 금속을 구할 수 있는지 알아볼 거야.」

「거짓말하지 마. 이제 그만해. 나도 무슈롱 2호를 제작한 엔지니어들과 이야기를 해봤어. 다른 금속이 더 필요한 것은

301

사실이지만 우리 태양계의 마지막 행성에는 금속이 없다고 했어. 가스 행성이라고 말이야.」엘리자베트-1이 말했다.

이브-1은 도미노-1한테 신경을 쓰고 있는 척했다.

「시간이 가면 어떻게든 해결책이 나오게 마련이지. 불가능하다고 우리 입으로 이야기할 필요는 없어. 우리 아이들이 틀림없이 어떤 해결책을 찾아낼 거야.」

「〈마지막 희망〉이라는 우리 프로젝트의 이름을 생각해 봐. 끊임없이 행운을 기대할 수는 없어. 당신 말뜻은 잘 알겠지만 어쨌든 두 사람이 탈 수 있는 비행선밖에 없잖아. 그게 다야. 바로 그게 하나밖에 없는 진실이라고.」

이브-1도 그것을 인정할 수밖에 없었다.

그들 앞에서는 머나먼 별들이 팔딱거리고 있었다. 그 순간, 엘리자베트-1은 여전히 그것들이 우주의 수많은 눈이며, 이 우주가 마치 생명체처럼 그들을 지켜보고 있다는 느낌을 받았다.

「혹시 우리 유전자 속에 자기 파괴 프로그램이 프로그래밍 되어 있다면 어떻게 될까?」이브-1이 말했다.

「도무지 무슨 말인지 난 모르겠어.」

「자연은 논리적으로 움직여. 자연이 우리가 빠른 속도로 진화해서 아주 강력한 동물이 되게 한 것은, 우리 인간에게 〈자기 제한적인〉 유전자가 프로그래밍 되어 있다는 사실을 미리 알았기 때문인지도 몰라. 우린 스스로 자연을 완전히 정복했다고 믿지만, 사실은 앞서 멸종한 다른 종들과 비교하면 특별히 그렇다고 할 수도 없어. 자연은 질병, 유성, 기후 변화를 동원해서 그들의 멸종을 유도했지. 그러니까 우리 인간에게, 우리들 유전자 속에 입력된 시나리오에도 이미 종말이 예정되어 있을지 모른다는 거야.」

엘리자베트-1은 그의 생각이 얼마나 혁명적인지 알 수 있을 것도 같았다.

「그럼 당신 말은, 어떤 종이 탄생할 때 자연은 미리 그 종의 종말을 예견하고 있단 거야?」

「적어도 그 종의 〈제한자〉⁹가 무엇인지는 알지. 어떤 종들의 경우에는 그 제한자가 포식자일 수도 있어. 인간의 경우는 자기 파괴 충동이 바로 그 제한자야.」

「과연 그럴까? 우릴 봐. 우린 그런 충동이 없는걸.」

「우리가 정상이 아닌 거야. 아이들을 봐. 누가 뭐라고 이야기를 해준 것도 아닌데 아이들이 제일 먼저 하는 놀이가 바로 전쟁놀이야.」

「사내아이들이나 그렇지. 여자아이들은 아니야.」

「여자아이들도 그래. 여자아이들은 말로, 서로를 비방하면서 할퀴고 물어뜯지. 결국 인간이란 존재는 서로 잘못되기만을 바라는 거야. 전혀 모르는 사람을 그저 본능 발산의 차원에서 죽여도 된다면, 그것도 어떤 처벌도 받지 않고 말이야, 그럼 누구라도 서슴지 않고 살인을 저지르게 될걸. 경찰과 군대라는 또 다른 형태의 집단적인 폭력만이 개개인이 파괴의 열망을 분출하지 못하도록 제지할 수 있지.」

「어떻게 그런 끔찍한 이야기를 입에 담을 수 있어?」

「난 냉철한 사람이니까. 우린 모두 사악한 사람들이야. 그리고 그건 자연이 인간이 무한히 팽창하는 것을 막고, 우주를 침략하지 못하게 하려고 만든 일종의 안전장치지.」

「난 그렇게 생각하지 않아. 난 〈나쁜〉 사람이 아니야.」

9 어떤 종의 번식을 제한하는 역할을 하는 요소 혹은 인자.

「하지만 잘 살펴보면 당신도 틀림없이 나쁜 사람일 거야. 우리는 모두 밑바닥에 흉악함을 숨기고 있어. 우리들의 유전자에 뿌리박힌 이 원초적 저주를 씻어 내는 것은 불가능해. 이게 바로 우리의 고통, 우리의 두려움, 우리의 공격성의 뿌리야. 그리고 어떻게 보면 모든 좋은 프로젝트들이 실패로 끝나는 이유이기도 해.」

「하지만 우리는 10만 명이 넘는 사람들과 함께 파피용호를 이륙시키는 데 성공했잖아. 그리고 지금까지 수많은 어려움을 다 극복해 왔고.」

「그래, 우린 탈출하는 데 선수들이니까. 하지만 우리가 우리 안에 입력된 모든 악을 지워 버릴 수 있을까?」

엘리자베트-1이 인상을 찌푸렸다.

도미노-1이 이브의 어깨에서 폴짝 뛰어내리더니 엘로디-2의 침대로 가서 킁킁거렸다.

「고양이의 삶이 우리보다 어떤 점에서 더 좋은지 알아?」 이브-1이 물었다.

엘리자베트-1이 고양이를 쓰다듬었다.

「고양이는, 자기가 언젠가 죽는다는 것을 모르지. 어쩌면 우리가 느끼는 모든 불안감의 밑바닥에는 죽음에 대한 두려움이 있는지도 몰라.」 그가 말했다.

엘리자베트-1이 붉은색 긴 머리채를 흔들었다. 이브-1의 말이 어떤 뜻을 내포하는지 너무도 잘 알기에, 그녀는 대화 소재를 바꾸었다.

「천국에서는 어떻게들 살고 있어?」

엘리자베트-1이 이제는 원기둥을 생태의 공간이 아니라 정치가 지배하는 사회라고 여기고 조종실에 틀어박혀 지낸다는 것을 이브-1은 알고 있었다.

「남쪽 지역에 있는 식물들이 반기를 드는 것 같아. 리아나, 고사리, 담쟁이가 우후죽순으로 자라고 있어. 내가 또 식물에 대해 특별한 이론이 있잖아. 뭐냐면, 식물은 지금 인간에게 복수를 하고 있어. 커피, 담배, 포도나무, 마리화나, 차, 아편, 양귀비, 코카인 같은 것들이 벌써 예전 지구 땅에서 인간을 중독 상태로 만들었잖아. 내 생각엔 그 식물들이 자기들의 종적 정체성을 자각하고 일부러 그런 것 같아. 우리가 정원에 가둬 키우고 재배하면서 자기들을 통제하는 데 대한 복수심에서 말이지. 식물은 질서를 좋아하지 않아. 정글을, 숲과 카오스를 좋아하지. 여기서도 식물들이 다시 권력을 잡으려고 하는 거야.」

엘리자베트-1이 미소를 지었다. 그녀는 이브-1의 개똥철학에 이미 익숙해질 대로 익숙해져 있었다. 하지만 이번에는 그가 식물에 대한 새로운 이론을 펼치게 내버려 두지 않았다.

「그럼 승객들은 어때?」

「질-1이 우주선 내 방송국을 아주 새롭게 변신시켰어. 난 〈유머리스트〉라는 그 사람의 역할이 정말 중요하다고 생각해. 사소한 긴장들을 풀 수 있게 해주니까.」

「그럼 심각한 긴장들은 어떡하고?」

「조슬린-1이 다소 권위적으로 변했어. 하지만 사람들은 도시의 수장 자리에 그렇게 카리스마가 있는 사람이 앉아 있다는 사실이 도리어 안심이 되나 봐. 방임주의자가 맡으면 완전히 휘둘릴 자리야. 사람들은 반동분자들이 일으킨 혁명을 아직 기억하고 있으니까.」

「또다시 폭동이 일어나게 해서는 안 되지.」

「조슬린-1이 밤 10시 이후에는 음주를 금지했어. 부모가 자식을 구타하는 것도 금지했어. 쓰레기 무단 투기도 금지 사항이고. 도시 안에선 침을 뱉어서도 안 돼.」

「의회에서 그 법들을 표결에 붙였어?」

「예순네 명의 의원들도 그녀 앞에선 벌벌 떨고 있어. 그녀가 펄쩍펄쩍 뛰면서 미칠 듯이 화를 내거든.」

「권력을 쥐었다고 눈에 뵈는 게 없나 보지?」

「그녀를 주시하고 있어. 지금까지는 그녀가 합당하게 행동하고 있다고 봐. 사람들은 〈꽉 잡혀 있다는〉 느낌을 좋아하거든.」

「조슬린이 감옥을 넓혔다는 이야기를 들었어.」

「복역하는 죄수가 이제 열다섯 명이 됐어.」 이브-1이 말했다.

「무슨 죄로 들어갔는데?」

「살인. 대부분 치정 살인이야. 사랑, 질투심, 배신감 때문에.」

「사람을 소유하려는 본능은 쉽게 없앨 수 없나 봐.」

「다른 범죄를 저지르고 들어온 사람도 셋 있는데, 그게 말이지…… 도박 때문이야.」 이브-1이 말했다.

「도박? 무슨 도박?」

「끼리끼리 모여서 카드를 치고 주사위 놀이를 하는 사람들이 생겼어. 그런데 그 사람들이 돈내기를 하고 싶어 해. 볼트를 걸고 내기를 하더군. 분명히 볼트를 돈 대신 쓰고 있을 거야.」

「예상했어야 했어. 마약과 술, 그리고 이웃을 살인하는 충

306

동이야 일시적으로 억제할 수 있지. 하지만 게임에 대한 기호나 성적 소유욕 같은 본능은 다스리기가 어려워. 두 가지가 서로 얽혀 있는 경우도 더러 있고…….」

이브-1이 엘리자베트-1을 쳐다보았다. 그렇게 많은 세월이 지났는데도 여전히 그녀를 사랑하고 있다는 사실이 믿기지 않았다. 그녀가 아닌 다른 사람과 함께하는 인생은 상상도 할 수 없었다. 그는 〈마지막 희망〉 프로젝트 덕분에 두 사람이 맺어진 것만으로도 자신이 지금까지 프로젝트에 쏟은 노력을 모두 보상받았다고 생각했다.

「당신과 엘로디를 위해서라면 누굴 죽이라고 해도 죽일 수 있어.」이브가 말했다.

「그러지 말고 우리를 위해 살아야지. 내가 당신한테 알려줄 좋은 소식이 하나 더 있어. 그러고 보니 좋은 소식이 두 개네.」

그녀가 배를 가리키며 은밀한 윙크를 보냈다.

56. 수액이 된 설탕

여섯 달 후, 엘리자베트-1이 쌍둥이를 낳았다.

대단한 난산이었다. 출혈이 멎지 않았기 때문이다. 의사는 태아 두 명이 밀고 나오는 과정에서 자동차 사고로 골절을 입은 골반이 다시 손상되었기 때문이라고 설명했다.

엘리자베트-1은 하루 종일 단말마의 고통을 겪었다.

임종을 앞둔 마지막 순간, 그녀는 이브-1의 손을 잡았다.

「우린 잘해 냈어.」그녀가 고통을 참아 가며 말했다.

도미노-1이 방으로 들어와 여느 때처럼 아픈 부위라고 생각되는 곳에 올라앉았다.

고양이가 자리를 바꿔 가며 자신에게 자주 먹이를 준 사람으로 기억하고 있는 인간에게 더 찰싹 몸을 붙였다.

「난 이제 끝났어. 당신이 우리 아이들과 우리 아이들의 자식들을 돌봐 줘야 해. 아이들이 착륙지를 알 수 있게 당신이 수수께끼의 비밀을 알려 줘.」

슬픔에 젖은 이브-1은 한마디도 할 수 없었다.

「그리고 아이들에게 당신이 만든『새로운 행성: 사용법』, 그 책도 줘. 행성에 도착해서 아이들이 우왕좌왕하게 될까 봐 겁이 나.」

그는 뺨으로 흘러내리는 눈물을 닦았다.

「결국 당신이 옳았어. 지식은 제대로 쓸 수 있는 사람한테 줘야 하는 거야.」

「그만 말하고 좀 쉬어.」그가 겨우 말을 꺼냈다.

「이브, 당신 알아? 난 행복하게 죽어. 다른 사람들도 나처럼 살 수 있기를 바라. 와서 날 일깨워 줘서 고마워. 방법은 조금 〈폭력적〉이었지만 말이야.」

그가 그녀의 손을 꽉 잡았다.

「당신도 행복해야 해. 당신은 그럴 권리가 있어. 우린 성공했어. 우린 성공했어…….」

그녀의 손이 이브-1의 손에서 스르르 빠져나갔다.

그의 머릿속으로 갑자기 여러 가지 생각이 밀려들었다.

〈엘리자베트를 따라 죽을까? 함께 아름답게 떠날까? 아니야. 난 아빠니까 그렇게 할 수는 없어. 사랑 때문에 자살하지는 않을 거야. 세대가 계속 이어지는데도 부모 세대의 도식을 그대로 재현하고만 있다면 아무 의미가 없는 거지. 아버지의 자살은 이기적인 행동이었어. 아버진 날 버렸지만 나는 자식들을 버리지 않겠어.〉

이브-1은 엘리자베트를 추모하는 의미에서 아이들에게 〈엘〉 음절이 들어가는 이름을 지어 주었다.

엘리-1과 엘라-1.

어차피 엘로디-2는 오래전부터 엘로-2라고 부르고 있었다.

이브-1은 엘리자베트-1의 무덤에 그녀가 제일 좋아하던 과일인 사과나무를 심자고 했다. 또한 아무도 그 나무에 가까이 가지 말아 달라고 부탁했다. 혼자서만 아내에게 기도하고 싶다고 했다.

얼마 후, 파피용호의 조종을 맡을 항해사가 새로 선출되었다.

57. 전수

엘리자베트-1이 죽고 난 후 이브-1은 집 밖으로 나오는 법이 없었다. 그는 온종일 책상에 앉아 『새로운 행성: 사용법』과 『항해 일지』를 집필하는 데 몰두했다.

고양이 도미노-1은 키도 크고 살도 쪘다.

이브-1은 이제 고양이가 원기둥 안을 마음대로 돌아다니게 놔두었다. 까만 털, 흰 털, 붉은 털을 가진 새끼 고양이를 여러 마리 낳은 것으로 보아 도미노-1은 암컷이었다.

하지만 수컷과 짝을 이루어 살지는 않았다. 고양이는 점점 더 높은 곳을 정복하고 싶다는 개인적인 도전 정신으로 가득 차 있었다. 고양이는 네발이 어느 정도까지 충격을 흡수할 수 있는지 알아보기 위해, 점점 더 높은 언덕에서 뛰어내렸다.

그러던 어느 날, 고양이는 대리석 테라스의 꼭대기에서 뛰어내렸다. 하지만 착지자세가 불안정했던 탓에 척추가 부서지고 말았다. 이브-1은 고양이를 공동묘지에 묻고 고양이가 제일 좋아하던 고양이풀을 무덤 위에 심어 주었다.

그 시기에 파피용호는 태양계의 마지막 행성에 가까워져 있었다. 생존한 프로젝트 발기인들이 우주선의 왼쪽 눈에 모여 눈앞에 보이는 행성은 가스와 수증기로 가득 찬 것임을 확인했다. 그러니까 새로운 우주 왕복선을 제작하는 데 필요한 철광물을 구할 가능성은 사라진 것이었다.

앞으로 별의 진공 속을 최소한 9백 년은 여행해야 다른 항성이나 행성을 만날 수 있다는 사실을 모르는 사람은 아무도 없었다.

지구에 작별을 고한 뒤, 그들은 새로운 태양계를 맞이하기 위한 의식을 거행했다. 황금빛 양 날개를 활짝 펼친 파피용호가 이제 시속 2백60만 킬로미터로 운항하고 있었다. 앞으로 더 이상 속력을 높일 수는 없을 것이다. 그 속도로 계속 항해하게 될 것이다.

58. 화석화

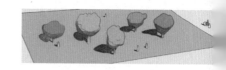

일주일. 한 달. 1년. 10년. 20년. 30년.

엘리자베트-1의 무덤 위에 심어 놓은 사과나무는 여러 번 열매를 맺어 이제는 아주 근사한 나무로 자라 있었다. 원기둥의 인공 태양까지 가지를 뻗을 정도였다.

들판에서는 소들이 끄는 쟁기 주변으로 벌레를 좋아하는 새들이 구름 떼처럼 몰려들었다. 정원에서는 야릇한 색깔의 나비들이 꽃으로 날아와 앉았다.

중앙 광장에서는 등이 구부정한 노인들이 모여 지구에서 살았던 삶을 떠올리며 서로의 추억을 주고받았다. 창문에는 빨래가 널려 있었다. 좌판 위에 널어놓은 훈제 생선들이 강렬한 냄새를 풍기고 있었다. 대장간의 소음은 천국의 도시에 활력을 불어넣었고, 응결 현상으로 원기둥 중앙 축의 네온관 등에 맺힌 물방울들은 사방으로 동시에 떨어져 내렸다.

중력은 안정적으로 유지되고 있었다. 숲에도 식물들이 무성하게 자라고 있었다. 호수는 개구리, 두꺼비, 곤들매기, 도롱뇽 같은 수중 생물로 가득했다. 하늘에서, 땅에서 생명이 넘쳐나고 있었다.

머리에는 서리가 내리고 얼굴에는 주름이 깊게 패었지만,

이브-1의 눈빛은 여전히 날카롭고 총기가 서려 있었다. 엘리자베트-1이 떠난 후 그의 건강은 계속 악화되었다. 의사들은 딱히 진단을 내리진 못하고 다만 〈생명이 그의 몸에서 서서히 빠져나가고 있다는〉 말만 했다.

기침을 심하게 했지만 의사들도 정확히 병명을 밝히지 못한 상태에서 세상을 떠나기 직전, 〈마지막 희망〉 프로젝트의 고안자 이브-1은 엘로-2에게 키 안에 설치된 금고의 존재를 알려 주었다.

「금고를 여는 데 필요한 단어를 찾으려면 수수께끼를 하나 풀어야 한다.」그가 설명했다.

이것으로 밤이 시작하고

이것으로 아침이 끝난다.

그리고 이것은 우리가 달을 쳐다볼 때 보인다.

엘로-2는 엄마를 참 많이 닮았다. 그녀는 아버지의 말을 정성스럽게 받아 적었다. 오랫동안 기침을 하고 난 이브-1이 정신을 가다듬으며 말했다. 「그리고 또 우리 프로젝트 추진의 역사를 기록한 『항해 일지』와 『새로운 행성: 사용법』이라는 매뉴얼이 있는데, 우리 프로젝트가 혹시라도 성공하면 유용하게 쓰라고 만든 것이란다.」

이브-1은 딸에게 두 권의 책을 보여 주었다.

「그리고 또 하나, 『예전 세계의 백과사전』이라는 책이 있다. 일종의 역사책이면서 또한 다양한 분야들에 대한 정확한 지식을 담고 있는 지식의 백과사전이기도 하지. 지난 20년간 나 자신의 기억을 더듬으면서, 그리고 여러 전문가들의

도움을 받아 그 사람들이 기억하고 있는 각종 기술과 과거의
사건을 받아 적어 기록한 책이란다.」

「〈예전 세계〉라는 게 대체 뭐죠?」

이브-1이 엘로-2의 얼굴을 어루만졌다.

「딸아…… 그건 지구라는 곳인데…….」

그 정도로 궁금증을 유발하는 선에서 이야기를 마무리하
려던 이브-1이 딸아이에게서 앎에 대한 강렬한 욕망을 느끼
고 말을 이어 갔다.

〈죽기 직전에 어떻게 인류의 이야기보따리를 다 풀어 놓
을 수가 있겠니.〉

「옛날에 어떤 행성에 사람들이 살고 있었단다. 그런데 그
사람들은 자신들 내면의 공격적이면서, 구역 표시를 일삼는
원숭이와 같은 본능에 그만 사로잡히고 말았어. 그들은 문명
을 세웠지만 그 문명 세계는 결국 답보 상태를 거듭하다가
몰락하고 말았단다.」

「우리가 거기로 돌아가면 좋겠어요.」엘로-2가 말했다.

이브-1이 예상치 못한 반응이었다.

그는 딸을 설득할 논리를 찾아야 했다.

「일곱 가지 상처 때문에 그들은 곪아 버렸단다.」

「어떤?」

「생각나는 대로 말해 보마.

첫째, 지진이 발생해 집들이 무너져 내리고 말았단다.

둘째, 광신주의자들이 공포를 확산시키며 자신들의 생각
을 강요하려고 했단다.

셋째, 사람을 물어 잠이 들게 만드는 모기들이 있었단다.

넷째, 독 구름을 뿜어내는 원자 폭탄들이 있었단다.

다섯째, 열병을 옮기는 새들 때문에 사람들이 숨을 쉴 수 없었단다.

여섯째, 집채만 한 파도가 밀려와 대륙들을 집어삼켰단다.

일곱째, 그리고 쥐도 있었지.」

「쥐?」

「쥐의 근성 말이다. 이기주의와 약육강식의 법칙이지. 자기 이익에만 급급하고 약자들은 죽게 내버려 두는 것 말이야. 예전 지구의 사람들은 그런 생각으로 살았단다.」

「그래서 어떻게 끝이 났어요?」

「아마도…… 〈요한의 묵시록〉대로 됐겠지.」

「〈요한의 묵시록〉? 그게 뭔데요?」

「글자 그대로 해석하자면 〈베일을 걷는다〉는 뜻이야. 진실을 드러낸다는 거지. 지나치게 고통스러운 일이어서 사람들에게는 세상의 종말처럼 받아들여진단다.」

「예전 지구의 사람들은 죽었어요?」

「잘 모르겠다. 어쨌든 우린 〈요한의 묵시록〉이 실현되기 전에 〈도망을 쳐서〉 떠나왔으니까. 마지막 희망은 탈출이니까.」

「이 책엔 그럼 그 이야기가 담겨 있어요?」그녀가 『예전 세계의 백과사전』을 가리키며 물었다.

이브-1이 딸의 머리카락을 쓰다듬었다.

「그렇단다. 정치 문제도 약간은 언급하긴 했지만 예전 세계의 자연과 기술을 묘사하는 내용도 담았단다. 예를 들어 우주선의 시험관 속에 보관되어 있는 동물의 이름 같은 것 말이다. 또한, 아직까지 우리가 쓰고 있는 말이긴 하다만, 옛 언어의 단어들도 하나하나 기록해 놓았단다. 그리고 농사,

목축, 도예, 직조 같은 분야의 기술들도 설명해 놓았지.」

「자전거를 만드는 방법도요?」

「그래, 언젠가 그 모든 것이 다 잊히는 날이 오면, 이 책이 나 이 책을 읽은 사람들의 입을 통해 다시 발견될 수 있을 거야. 지식은 침전되는 것이니까 최대한 많은 지식을 보존하겠다는 생각으로 기록한 것이란다.」

발명가의 시선이 창문 밖 멀리, 새들이 지나가는 하늘을 향했다.

「사람들은 잊어버릴 거야. 하지만 이 숨겨 둔 지식 덕분에 어떻게든 다시 기억해 내서 다음 세대에 전수할 수 있겠지. 자기들 리듬에 맞게. 점진적으로. 변형도 일어나겠지만, 적어도 다 상실되고 마는 일은 없을 거야.」

「이 책은 정말 대단한 위력을 지녔어……」 엘로-2가 중얼거렸다.

「그래. 하지만 멍청이들은 또 이 책들에 담긴 지식을 얼마나 쉽게 잊어버리고 말는지. 그러니 이 책들을 아무에게나 아무렇게나 줘서는 안 된다. 감춰서 보관하거라.」

「어디에요?」

「『사용법』, 『항해 일지』, 『백과사전』, 이 세 권을 네 엄마의 무덤에서 자라고 있는 사과나무의 속이 빈 줄기 속에 넣어 두어라. 그럼 엄마가 나무에 수액을 불어넣어 그 책들을 보호해 줄 거야.」

「하지만 1천 년 뒤면 사람들이 그걸 찾을 수 없게 될 텐데요.」

「그건 걱정하지 마라. 내가 이미 키 안에 든 금고 속에 책들이 있는 장소를 적은 메모지를 넣어 두었단다.」

이브-1이 엘로-2를 쳐다보았다. 그리고 30년 전에 엘리자베트-1이 자신의 손을 잡았던 것과 똑같이 딸의 손을 잡았다.

「이건 반드시 알아 둬야 한다……. 우린 선택의 여지가 없었어. 우리의 마지막 희망은 탈출이었단다. 절대, 아버지가 다시 말하는데, 절대로 다시 지구에 대한 향수에 사로잡혀서는 안 된다. 뒤는 돌아보지 말고 앞만 똑바로 보고 가야 해. 약속할 수 있겠니?」

「과거가 아니라 미래를 위해 살게요, 아버지. 약속할게요.」

이브-1의 표정이 한결 편안해졌다.

「그래, 엘로, 훌륭하구나. 네 아이들 이름에 첫 글자든 끝 글자든 엄마의 이름을 따서 〈엘〉 자를 집어넣어라. 아무도 엄마를 잊어버리지 않으면 좋겠구나.」

엘로-2는 아버지의 시신을 엄마 곁에 묻고 무덤 위에 살구나무를 한 그루 심었다. 그녀는 추도사에서, 자신이 꿈을 갖도록 마지막 순간까지 이야기를 해주었던 그는 정말로 좋은 아버지였다고 간략하게 말했다. 그리고 이브-1이라는 사람을 한마디로 규정하라면 〈다른 사람들이 꿈을 갖도록 이야기를 해주셨던 분, 그리고 그 꿈들을 행동으로 옮길 줄 아셨던 분〉이라고 말하겠다고 했다.

엘로-2는 여성들에게 더 끌린 탓에 자식이 없었다. 그녀의 쌍둥이 남동생과 여동생인 엘리-1과 엘라-1이 이브-1과 엘리자베트-1의 혈통을 이었다.

1.01G의 중력을 유지하며 회전하는 원기둥 안에는 이제 점점 더 많은 새로운 세대의 젊은이들이 생겼다. 그들은 부모 세대보다 키가 조금 작고, 밀폐 공간에서 생활한 탓에 더

허약했다.

바람, 비, 추위, 더위가 없는 곳에서 살다 보니 사람들의 성격도 훨씬 예민했다.

그 시기에, 이제는 상당히 언로해진 조슬린-1이 지구를 추억하며 뚜렷한 계절을 만들었다.

1년은 사계절로 나뉘었다.

온화한 봄.

더운 여름.

선선한 가을.

추운 겨울.

조슬린-1은 기온 변화뿐만 아니라 네온관 등의 색깔에도 변화를 주자고 제안했다. 이에 따라 겨울에는 보다 푸른빛을 띠는 불빛을 비추고, 여름에는 더 짙은 노란색 불빛을 비추었다.

그녀의 발의로 각종 오락, 스포츠, 게임을 진흥하는 캠페인이 벌어졌다. 인위적으로 경쟁을 붙여서 사람들의 두뇌와 재주를 계발하자는 의도였다.

조슬린-1은 더 큰 규모의 도서관을 짓게 한 뒤, 앞으로 언젠가 필요할 때를 대비해서 각자 예전에 살았던 지구에 대한 기억을 빠짐없이 기록해 놓으라고 했다.

그녀가 생전에 추진한 마지막 대형 프로젝트였다.

얼마 후, 조슬린-1이 죽고, 카롤린-1과 아드리앵-1도 세상을 떠났다.

프로젝트 발기인들 중에는 이제 아무도 살아 있는 사람이 없었다. 단지 공동묘지 한구석에서 나란히 자라는 올리브나무, 사과나무, 살구나무 옆으로 무화과나무, 개암나무, 밤나

320

무가 심겼을 뿐이다.

　파피용호는 여전히 우주의 진공 속을 미끄러지듯 항해하고 있었다. 원기둥 모양의 긴 흉부 속에 들끓고 있는 작은 기생충들이 벌이는 일 따위에는 아랑곳하지 않는 것처럼.

59. 화학적 결혼[10]

엘리자베트-1의 무덤 위에 심어 놓은 사과나무는 두툼해진 줄기 위로 사삭사삭 무성하게 새잎이 돋으면서 위풍 있는 아름드리나무로 자라났다.

시청 건물의 박공에 걸린 달력은 60년 5월 13일이라는 날짜를 가리키고 있었다. 벌써 3세대라고 불리는 세대가 사회의 주축을 이루고 있었다.

1세대들에게 꽃과 나비가 그려진 알록달록한 색상의 옷이 유행이었다면, 2세대 사이에서는, 아마도 그 반작용으로, 파스텔 색상과 줄무늬, 체크무늬가 유행을 선도했다. 3세대에 와서는 유행이 완전히 검은색과 흰색으로 돌아섰다. 무늬라고는 검정 바탕에는 연한 색깔의 별 모양, 흰 바탕에는 진한 색깔의 행성 모양이 고작이었다.

공동묘지가 위치한 구릉지는 과수원으로 바뀌었고, 근처 구릉지에는 벌써 공동묘지가 하나 더 들어서 있었다.

천국의 도시 외곽으로 작은 정원이 딸린 소형 개인 빌라들이 들어서면서 교외 주택 단지가 생겨났다. 사람들은 점점

---

10 연금술적 표상으로, 근친적인 성분을 결합해 새로운 물질을 얻어 내는 화학 반응을 가리킨다.

같은 집에서 여럿이 함께 살려고 하지 않았다. 집집마다 문에 자물쇠가 채워졌다. 공동체적인 삶에 대한 가치를 어느 정도 공유하던 사람들이 다시 개인적인 삶에 대한 관심을 보이기 시작했다는 증거였다.

저녁이 되어야 한자리에 모인 나비인들의 모습을 볼 수 있었다. 그들은 최신 유행하는 나이트클럽으로 모여들어 찢어질 듯한 싱커페이션 리듬에 맞춰 몸을 부대끼며 춤을 추었다.

집단적인 〈트랜스〉[11] 상태였다.

모든 사람들이 일제히 펄쩍펄쩍 뛰는 모습을 볼 수 있었다.

강당에서 하는 공연들을 중계해 주던 텔레비전 방송국에서는 픽션 프로그램을 자체 제작하기 시작했다. 인간이란 본래 숨겨 둔 악한 마음을 배설할 필요가 있는 존재임을 말해 주듯이, 그 프로그램들은 폭력적이었다.

음식 문화에 있어서는 향이 강한 음식이 유행했다. 고추, 겨자, 후추를 재배하는 밭이 늘어났다.

그런데 조슬린-1의 뒤를 이어 시장직을 맡은 조에-27은 권위도 카리스마도 없는 인물이었다. 그녀는 즉각적인 쾌락을 추구하느라 직무를 유기하고, 권태로움을 퇴치한다는 명분하에 각종 파티와 축제를 개최하는 데만 몰두했다.

개미를 관찰하고 나서 그녀가 얻은 교훈은 고작 〈각자 하고 싶은 일을 한다〉는 것밖에 없었다. 프로젝트 발기인들의 정신을 이어받아 어느 정도 질서가 지배하는가 싶었다. 그러

11 외부 세계와 단절된 상태에서 고도의 희열을 맛보는 것. 보통 최면이나 히스테리 상태에서 나타난다.

323

나 곧 방임주의의 시기가 도래했다. 골치 아픈 일을 벌이지 않기 위해, 법정에서는 더 이상 죄인을 처벌하지 않고 대신 공개 사과를 하게 했다. 감옥의 빗장이 열리고 죄수들은 사회의 화합이라는 차원에서 모두 석방되었다.

이브-1과 엘리자베트-1의 세 자식인 엘리-1, 엘로-2, 엘라-1만이 사태의 심각성을 깨닫고 있었다. 그들은 사람들에게 경종을 울리려 했지만 이내 〈우울한〉 사람들로 취급당하고 말았다. 요즘처럼 거의 반강제적인 축제의 시대에는 대단히 모욕적인 말이었다. 자문 회의에서는 이렇다 할 반응을 보이지 않았다.

〈각자 하고 싶은 일을 한다〉는 원칙에 따라 힘든 일을 하려는 사람이 아무도 없었기 때문에, 수확이 줄어들고 식량이 부족해졌다.

그 무렵, 뤼크-66이란 자가 청년 패거리를 모아 쇠막대로 자물쇠를 뜯고, 열려 있는 창문을 통해 안으로 들어가 도둑질을 하고 다녔다.

얼마 남지 않은 경찰 병력이 그를 체포하긴 했지만, 그는 공개 사과만 하고는 즉시 풀려났다.

그러자 뤼크-66은 보다 노골적으로 도둑질을 해야겠다고 생각했다. 그는 무장한 패거리를 동원해 천국의 도시를 약탈했다. 시장과 자문 회의의 몇몇 자문관을 인질로 잡았고, 자신들의 행동에 확실한 무게를 싣기 위해 자문관 몇몇을 살해하기까지 했다. 그 사건은 매우 충격적인 효과를 발휘했다. 벌써 그의 통치를 받고 싶어 하는 사람들도 상당수 나왔다. 그러나 그가 권력을 잡기 직전, 이제 예순의 나이가 된 엘로-2가 신속하게 대항 세력을 결집해 그에게 맞섰다.

그때부터 양쪽 진영은 똑같이 세를 확대해 나갔다.

뤼크-66 지지 진영과 엘로-2 지지 진영의 대결.

두 진영 간의 전쟁은 여러 주 계속되었다.

양쪽 군대의 병사들은 이웃을 죽이면서 희열을 맛보는 자신들의 모습에 놀라움을 금할 수 없었다. 카니발보다 훨씬 나은 축제였다. 사람을 죽이면서 느끼는 모종의 쾌감 때문에, 그들은 자신들의 사회를 지탱해 온 가장 강력한 금기 사항을 무참히 짓밟고 있었다. 질서를 수호하기 위해서이든 무질서를 수호하기 위해서이든, 모두 본능적인 욕구를 발산하기 위한 핑계라는 점에서는 하등 차이가 없어 보였다.

그들은 활, 창, 새총, 더러는 주먹질로 서로 죽이고 죽는 싸움을 했다. 시장들은 즉각 그동안 정확한 의미조차 잊고 있었던, 아주 오래전 지구에서 쓰던 왕이라는 칭호를 사용하기 시작했다.

원기둥 내부에는 이렇게 천국을 지배하는 연로한 왕 엘로-2와 지옥을 지배하는 젊은 왕 뤼크-66이 등장하게 되었다.

엘로-2는 본인도 깜짝 놀랄 정도로 뛰어난 전략가적 재능과 전사(戰士)적 기질을 발휘했다. 지금 같은 상황적 요인이 없었더라면 그녀는 자신에게 그런 재능이 있는지도 모르고 살았을 것이다.

그때부터 상황은 마치 체스 게임처럼 돌아갔다.

야간 기습 공격을 먼저 생각해 낸 쪽이 1점을 얻었다.

보다 집단적으로 기동성 있는 공격을 감행하기 위해 자전거 병력을 활용할 생각을 먼저 한 쪽이 1점을 얻었다.

모든 것이 다시 만들어지고 있는 듯했다. 특공대, 죄수, 인

질, 스파이, 고문, 반역.

수백 명의 자전거 경기병들이 열을 지어 늘어선 궁수들과 전투를 벌이는 장면을 볼 수 있었다. 무장한 자전거 분대끼리 전투를 벌이기도 했다. 해자를 파놓는 경우도 있었다. 때로는 전선이 하늘 꼭대기까지 이어져 완벽한 고리 모양을 만들기도 했다. 고리 모양끼리 서로 싸우는 모습이 연출되었다.

최초의 전면전에서 수만 명의 희생자가 나왔다. 시대를 반영하듯, 편의를 우선시하여 사망자마다 개별적으로 무덤을 만들어 주지 않고 진영별로 하나씩 커다란 구덩이를 판 뒤 시신들을 집단 매장했다.

전쟁에 지친 두 군주가 마침내 휴전에 합의했다. 이에 따라 원기둥 안에는 군사 분계선을 의미하는 방책이 생겨났고, 천국의 도시를 수도로 가진 지역과 지옥의 도시 지역으로 양분되었다.

다행히도 파피용호의 조종을 맡는 항해사 자리가 공석이 된 적은 없었다. 파피용호는 어떤 상황에서도 〈세 개의 빛〉을 향해 항로를 잡고, 빛으로 부풀어 오른 긴 황금빛 날개를 펼친 채 항해를 계속해 나갔다.

거리가 멀어지면서 처음의 태양빛은 많이 약해졌고, 우주선을 향해 날아오는 유성을 두세 번 피하지 못해 거대한 마일라 돛 두 개에 여러 군데 구멍이 뚫렸다.

파피용호의 속도는 서서히 줄어들기 시작해 시속 2백 5십만 킬로미터, 그리고 2백 2십만 킬로미터가 되었다.

60.1천 년 동안의 숙성

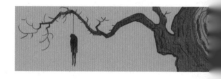

전쟁 후에 찾아온 평화.

평화 후에 다시 찾아온 전쟁.

그 중간중간에 찾아오는 겨우 몇십 년간의 짧은 기간 동안 사람들은 어떤 때는 전쟁의 폐해를, 또 어떤 때는 평화의 정당성을 까맣게 잊은 채 지냈다.

옷은 성별을 막론하고 나뭇잎 무늬가 있는 녹색 위장복이 유행이었다. 화장도 비슷한 분위기가 유행했다.

축산업은 황폐화되었고, 수확은 줄어들었다. 영양실조에 걸리는 사람들이 나오기 시작했다.

신체의 저항력도 점점 떨어졌다.

그런데 역설적으로, 전쟁터에 내몰 병사들이 필요했기에 신성한 군사적 대의를 들어 여성들에게는 다산(多産)이 장려되었다. 아이들의 수가 늘어날수록 식량은 줄어들고, 군인들의 수가 늘어날수록 농부들의 수는 줄어들었다. 그것이 원기둥 내부에서 일어난 악순환의 역사였다.

화합을 부르짖고 들판으로 돌아가 다시 농기구를 잡을 것을 촉구하는 사람들은 웃음거리가 되어 버렸다.

사람들의 의식 속으로 호전적 기질이 침투했다. 평화를

구축하고자 하는 합리적인 사람들은 목에 〈반역자〉라는 팻말이 걸린 채 두 도시로 들어가는 입구에서 교수형에 처해졌다.

그처럼 파괴적인 전쟁을 중단시키기 위해서는 외부 요소의 개입이 절대적으로 필요했다.

전염성 독감이 퍼졌으나 해결책을 찾지 못했다. 어마어마한 피해가 발생하자, 양쪽 진영에서는 바이러스 퇴치를 위해 서로 함께 노력을 하고 일시적인 휴전에 들어갔다. 길고 지루한 협상을 거친 후, 양측은 두 영토의 경계 부분에 대형 병원을 짓고, 생물학자들의 공동 연구를 통해 치료 약을 찾으려고 노력했다. 그러는 사이 사망자는 늘어만 갔다.

3세대 종반부에 왔을 때, 주술사 한 명이 그동안 잊고 있던 백신을 다시 개발했다. 그는 도서관에 소장된 책에서 비활성 세균을 주입하는 방식을 찾아냄으로써 백신 개발에 성공했다.

그런데 〈우주병〉이라는 이름만 존재할 뿐, 원인을 알 수 없는 또 다른 전염병이 원기둥 사회를 강타했다.

한 주술사는 그 병의 원인이 포화 상태인 두 수도의 높은 인구 밀도라고 주장했다. 사람들이 좁은 공간에서 밀집해 살다 보니 쥐와 바퀴벌레, 파리가 왕성하게 번식했다. 사실상 원기둥에서 벌어진 1차 전쟁 이후 주민들의 전반적인 위생 상태가 많이 악화되어 있었다.

그렇게 되자 양 진영에서는 수도인 천국의 도시와 지옥의 도시의 인구를 도로와 오솔길로 연결되는 10여 개의 작은 마을에 분산 이주시켰다.

농업과 수공업이 다시 부흥기를 맞았다.

다른 마을보다 상대적으로 더 잘사는 마을이 생겨나고, 프로젝트 발기인들이 절대적으로 금지한 사항인데도 불구하고 엽전 모양의 화폐가 다시 출현했다.

그 시기에 건달패들이 주택을 털고 떼를 지어 마을을 공격하는 일까지 벌어졌다.

창과 방패의 싸움이 재연되었다.

일부 도시에서는 자전거 도적 떼의 공격으로부터 보호하기 위해 자체 방책을 세우기도 했다. 다행히도 식물들이 쑥쑥 자란 덕분에, 필요한 목재를 야생 삼림에서 양껏 갖다 쓸 수 있었다.

도적들은 검과 활에 이어 불법으로 도서관을 뒤져 제조법을 찾아낸 투석기까지 동원했다. 그들은 더 멀리, 더 높이 돌을 쏘아 날릴 수 있는 기계를 만들기 시작했다.

기계 조작이 서투른 병사 한 명이 쏜 돌이 인공 태양으로 날아가는 바람에 그만 네온관 등의 한쪽 끄트머리가 깨지는 사고가 발생했다. 중앙의 네온관 등이 120개의 램프를 병렬해 만든 것이기에 망정이지, 그렇지 않았더라면 나비인들은 영원히 암흑 속에서 갇혀 지내야 했을 것이다. 사고 이후 장거리 병기의 제작은 금지되었다. 적어도 그런 무기들이 어떤 피해를 입힐 수 있는지 기억하는 세대까지는 말이다. 하지만 그 후 세대는 완전히 달랐다.

때는 새로운 시대의 560년이었다. 그 무렵 니콜라-52라는 아주 특별한 도적 두목이 나타났다. 그는 방책 밑으로 터널을 파서 마을을 약탈하겠다는 계획을 최초로 수립한 사람이었다. 일명 〈두더지〉로 불리는 휘하의 무장 병력을 이끌고 그는 기습 공격으로 다섯 개 마을을 점령했다. 그러고 나서 모든 마을의 지도자를 불러 사태를 논의하자고 했다.

니콜라-52는 전면적인 휴전을 제안했다.

하지만 개인적인 원한 관계도, 분쟁 관계도 청산하고 싶은 생각이 전혀 없었던 도적 떼 두목들과 마을 수장들은 그의 생각에 동의하지 않았다. 더군다나 그들은 니콜라-52의 중재로 휴전을 맺을 이유가 없다고 생각하고 있었다. 그러자 니콜라-52가 이들 지도자를 모두 초청한 연회를 베풀어 동의를 이끌어 냈다. 참석자들은 모두 독살되었다. 그러니 도적 떼 두목들도, 마을의 시장들도 모두 사라진 상황에서, 이제 니콜라-52의 통치를 막을 수 있는 세력은 아무도 없었다.

그의 첫 번째 연설은 염소와 양에 대한 이야기였다. 그는 양들과 사이가 좋지 않은 염소들을 화해시키는 가장 좋은 방법은 늑대를 출현시키는 것이라고 했다.

그리고 늑대로 등장한 그는, 엘레-1로 이름부터 바꾸었다.

또한 스스로 〈대왕〉이란 수식어를 붙여 자신을 엘레-1 대왕이라고 칭했다.

그는 자신이 신비로운 두 프로젝트 발기인 이브-1과 엘리자베트-1의 혈통을 정통으로 계승했다고 주장했다.

그에게 반론을 제기하려 하거나 그의 혈통을 문제 삼으려 하는 사람들은 쥐도 새도 모르게 사라졌다.

엘레-1은 자문 회의에서 〈유일왕〉으로 선출되었다.

이제 공포 정치하에서 마침내 하나가 된 원기둥은, 약간의 이의 제기도 허용하지 않는 군주의 통치 아래 어느 정도 안정을 이루었다. 왕은 성벽을 허물고 천국의 도시를 유일한 수도로 공포했다.

엘레-1은 〈3보 전진, 1보 후퇴〉라는 철칙을 적용했다. 그는 한 발짝 진화하면 항상 퇴보하는 단계가 뒤따르게 마련이라고 생각했다. 그래서 퇴보의 범위를 제한할 필요가 있다고 주장했다. 한 발짝만 뒤로 물러나고는 다시 세 발짝 앞으로 나아가야 한다는 게 그의 철학이었다.

엘레-1 대왕은 111세의 나이에 노환으로 세상을 떠났다. 이제 엘레라는 명칭은 〈원기둥의 왕〉과 동의어가 되어 버렸다.

그의 아들인 엘레-2는 아버지에 비해 카리스마가 부족했다. 아버지 시절의 공포 정치를 떠올리며 그가 600년에서 650년까지 통치하는 동안, 소규모 국지전이 몇 차례 발생했지만 사회는 어느 정도 안정을 이루었다.

730년에 새로운 전염성 독감이 발병했다. 그리고 전염병 발병 직후, 스스로를 예언자라고 주장하는 교주의 주창으로 〈진실교〉라는 이름의 종교가 생겼다. 신흥 종교에 대한 반작용으로 교주의 형제 하나가 〈진정한 믿음〉이라는 새로운 종교를 만들었다.

750년, 형제 예언자들이 이끄는 두 종교 간에 대대적인 전쟁이 벌어졌다.

〈3보 전진, 1보 후퇴〉의 원칙은 〈3보 전진, 2보 후퇴〉의 원칙으로 대체되었다.

780년, 스스로 무신론자이며 반(反)종교주의자라고 칭하는 세 번째 그룹이 출현했다.

일명 〈3대 종교〉 전쟁이 19년 동안 지속되는 동안, 원기둥 내의 가장 드넓은 삼림이 화재로 완전히 소실되는 바람에 생태계의 균형이 깨지고 공기는 숨을 쉬기 어려울 정도로 오염

되었다. 병사들은 숨을 헐떡이며 전투에 임했다. 모든 사람이 땀에 젖어 있었다.

799년, 3천 명이 넘는 자전거 전투 부대가 대격돌을 벌인 전투에서 반종교주의자 그룹이 완전한 승리를 거두었다. 즉시 무신론자의 수장에게 새로운 엘레, 엘레-3이라는 이름이 붙여졌다. 엘레-3〈무신왕〉은 종교를 금지하는 법을 공포했다.

813년, 늙은이들을 모조리 죽이자며 청소년들이 반란을 일으켰다.

일명 〈세대〉 전쟁은 41년간 지속되었다. 그때 다시 투석기가 전장에 투입되었고, 인공 태양의 네온관 스무 개가 파괴되었다. 이제 관(管) 모양의 태양은 아흔아홉 개밖에 남지 않았고, 완전히 어둠 속에 잠긴 지역들이 생겨났다.

〈3보 전진, 2보 후퇴〉의 원칙은 〈2보 전진, 2보 후퇴〉의 원칙으로 대체되었다.

854년, 새로운 왕인 엘레-4가 농민들의 봉기를 틈타 철권통치를 시작했다. 권위적인 법률들이 공포되었다.

사람들은 이제 색깔 옷을 입지 못하고 검은 유니폼을 입어야 했다. 음악도 공식적인 음악 한 가지밖에 없었다. 책도 『검은 소책자』라는 공식적인 책 한 권밖에 없었다. 유머와 춤도 금지되었다. 밀고는 의무 사항이었다. 사랑의 감정은 반정부적인 것으로 취급되어 〈국가 종복의 숫자를 늘리기 위한 생식 열망〉으로 대체되었고, 그것만이 유일하게 고결한 감정으로 인정되었다.

왕에 따라 생각이 달라지고 질서도 달라졌다. 각자 자기의 입장만을 고수했고, 아무도 변화를 원하지 않았다.

엘레-4〈부동왕〉은 안정의 원칙을 수립했다.

그는 인간의 불행은 자신의 처지를 문제 삼으려는 욕망에서 비롯된다고 생각했다. 그러므로 행복은 부동 상태에 있다고 했다. 엘레-4는 안정의 원칙이라는 이름으로 사람들에게 창의적인 사고를 금지했다. 발명도 금지했다. 정부가 정한 규칙에 대안을 제시하는 것도 금지했다.

안정을 깨뜨리는 범법자는 충격 요법의 차원에서 국민들이 보는 앞에서 체형에 처해 죽였다.

진화, 새로움, 제의, 제안, 야망, 독창성 같은 단어들은 불안정을 야기하는 불온한 생각들로 인식되어 금지되었다. 〈내일은 또 다른 어제여야 한다〉가 새 왕의 신조였다. 〈안정〉이야말로 혼란을 막을 수 있는 유일한 방패였다. 그리고 그 〈안정의 철학〉에 따라 행복은 영속성에 있는 것으로 인식되었다. 부동이야말로 모든 덕을 갖춘 자들이 추구해야 할 목표였다. 〈공식적인〉 철학자들에 따르면, 인간의 모든 불행은 자신이 처한 조건에 만족하지 않는 것에서 비롯되었다. 인간은 자신이 가진 것에 만족하며 안정을 꾀하기보다는 자꾸만 갖지 못한 것을 가지려 한다는 것이었다. 어떤 변화도 일어나지 못하게 하기 위해 엄청난 에너지를 쏟아부었다.

〈2보 전진, 2보 후퇴〉의 원칙에 뒤이어, 새로운 지도자는 〈더 이상 전진도 후퇴도 없다〉라는 새 원칙을 수립했다.

그는 5개년 계획을 세운 뒤, 수많은 경찰력과 정보기관을 동원해 미래의 모습을 확실히 통제할 수 있었다.

엘레-4〈부동왕〉은 긴장을 풀어 주기 위한 방편으로 카니발 횟수를 세 번 더 늘리고, 폐쇄된 경기장에서 단체 구기 경기 대회를 개최했다. 사람들은 그런 시합을 전쟁을 대신하는 욕망의 배출구로 인식했다.

엘레-4가 추구한 안정 정책이 40년간 지속되는 동안 특기할 만한 사건은 하나도 벌어지지 않았다.

독재자 엘레-4가 늙자, 그의 내무 장관이 반란을 일으켜 권력을 잡은 뒤 스스로를 엘레-5라 칭하고 그간 유지되어 온〈대(大) 안정의 시기〉에 종지부를 찍었다.

이어 전직 내무 장관에게 질투심을 느낀 다른 장관들이 여러 차례 쿠데타를 일으켰다. 이후 원기둥의 영토가 수많은 조그만 남작령으로 쪼개지더니 나중에는 완전히 무정부 상태로 빠져들고 말았다.

평화 다음에는 전쟁.

중앙 집권화 다음에는 분권화.

대도시들 다음에는 작은 마을들.

의회 체제 다음에는 독재 체제.

안정 다음에는 광란.

무정부 상태 다음에는 전체주의.

학살 다음에는 출생.

화려한 패션 다음에는 경직된 패션.

파피용호의 탑승자들은 그렇게 후세 사람들이〈인간 무리의 역사적인 호흡〉이라고 정의한 순환을 겪고 있었다.

숨 들이쉬기 다음에는 숨 내쉬기.

엘리자베트-5라는 여성은 그런 현상을 바탕으로 전쟁, 경제, 전염병, 농사, 패션, 음식 분야의 예상 순환 주기를 계산하는 과학적 시스템을 구축하기까지 했다.

그녀는 『어리석음의 계절 순환』이라는 제목의 책을 쓰기도 했다.

하지만 아무도 그녀의 말에 귀를 기울이려 하지도, 미래를 알고 싶어 하지도 않았다.

905년, 두 명의 도적 두목이 다시 사람들을 결집해 확연히 구분되는 두 진영을 구축했다. 그들은 천국의 도시와 지옥의 도시를 다시 장악한 뒤, 몇 세기 전 선조들이 했던 방식과 똑같이 투석기와 〈자전거 경기병〉을 동원해 전쟁을 벌였다.

원기둥 안은 이제 무장 병력의 호위를 받지 않고서는 나다닐 수도 없는 지경이 되었다. 두 도시 간에 이루어졌던 소규모 무역도 약탈자들의 공격으로 방해를 받았다.

〈3보 전진, 1보 후퇴〉의 원칙은 〈1보 전진, 3보 후퇴〉의 원칙으로 대체되었다.

그리고 세대가 계속 이어졌다. 부모 세대의 잘못을 반복하고, 해결책을 모색하고, 새로운 삶의 방식과 새로운 종교, 새로운 철학, 새로운 법, 새로운 독재자, 새로운 지도자, 새로운 유행을 시험했다. 과거로 회귀할 때마다 고통은 가중되었다. 전염병으로 더 많은 사망자가 발생했다. 독재자는 더 잔인해졌다. 무정부 상태는 더 파괴적인 결과를 낳았다.

〈1보 전진, 3보 후퇴〉 다음에는 〈1보 전진, 4보 후퇴〉였다. 이제 중앙 네온관 등의 절반이 깨진 상태였지만, 그것을 수리하거나 다시 만들 수 있는 사람은 아무도 없었다.

그럼에도 불구하고 언제나 1보 전진은 있는 법이다.

더러 평화와 희망의 시대가 찾아오기도 했다. 혁신적인 생각을 불어넣는 위대한 왕들이 있었다.

특히 엘레-12 명석왕과 역시 그의 아들 엘레-13 위대왕이 그런 사람들이었다. 그들의 통치하에서는 자문 회의를 통해 과학 발전과 의식의 고양이 장려되었다. 평등한 사회 속에서 구성원들은 서로 연대감을 느끼며, 집단의 성공 없이는 개인의 행복이 존재할 수 없다는 생각을 하게 되었다.

뛰어난 교향곡과 벽화, 훌륭한 조각품, 섬세한 발명품, 혁신적인 건축물들이 탄생했다.

그러다 인간의 뇌에서 잠자고 있던 폭력적이고 겁에 질린 원숭이가 또다시 모습을 드러냈다. 평화는 위태롭기만 했다. 미치광이 살인자, 테러리스트 그룹, 매수한 공모자들의 협조를 받는 교활한 독재자. 그동안 쌓아 올린 뛰어난 사회적 성과물들이 와르르 무너져 내렸다.

엘레-13 위대왕에 이어 엘레-14 광신왕.

엘레-15 관용왕에 이어 엘레-16 유혈왕.

현자들에 이어 독재자들.

저열한 욕망에 불을 지피는 독재자들은 의식을 고양하기 위해 애쓴 통치자들보다 훨씬 강한 영향력을 발휘했다. 1보 전진하고 나면 5보 후퇴했다. 하지만 옛 문헌들은 잊히지 않았다. 파피용호의 역사가 담긴 책들은 천국의 도시의 대형 도서관에서 언제나 찾아서 읽을 수 있었다. 그것은 미약하나 절대 부서지지 않는 나침반이었다. 심지어 최악의 전제 군주들도, 야만적인 약탈자들도 자신들이 왜 우주에 있으며, 파피용호가 어디로 향하고 있는지는 알고 싶어 했기 때문이었다.

1000년, 파피용호는 여전히 JW103683에서 멀리 떨어져 있었다. 원기둥 안의 인류는, 뜻밖에도 평화로운 한 해를 보내고 있었다.

세 개의 불빛은 앞쪽에서 여전히 빛나고 있었지만, 이

브-1의 말대로라면 그 불빛들 가운데 모습을 드러내야 할 별은 아직 우주선의 망원경에도, 전파 망원경에도 잡히지 않았다.

1005년, 또다시 전염병, 전쟁, 독재, 혁명, 그리고 평화.

사람들은 이제 어수선한 시절의 변화에는 신경을 쓰지 않았다. 마치 계절의 연속성에 신경을 쓰지 않는 것처럼 말이다.

1251년, 당시 키 조작을 맡고 있던 조슬린-84라는 항해사가 드디어 삼각형 모양의 〈세 개의 빛〉 가운데서 빛나고 있는 별을 발견했다.

그때, 우주선 안에는 여러 차례 전염병과 전쟁이 휩쓸고 지나간 탓에 지구를 떠나온 14만 4천 명의 승객들 가운데…… 단 여섯 명만이 남아 있었다.

61. 경험의 찌꺼기

파피용호의 흉부는 어두컴컴했다.

인공 태양의 120개 네온관 등 중에서 단 한 개만이 아직 꺼지지 않은 채 대리석 테라스를 비추고 있었다. 동체 깊숙이 들어가면 갈수록 더 어두워졌고, 무성한 야생 식물들이 길을 막았다.

가시덤불로 뒤덮인 대리석 테라스 꼭대기에서 조슬린-84가 선을 다시 연결한 마이크를 켰다.

「찾았어! 우리 시야에 태양계가 나타났어!」

아직도 작동하는 확성기들을 통해 그의 목소리가 퍼져 나갔다.

다른 생존자들이 아래쪽 계단과 위쪽 계단을 통해 뛰어와 테라스 위에 죽 늘어섰다. 조슬린-84가 유심히 바라보고 있는 그들이 파피용호의 다섯 생존자들이었다.

그를 포함한 파피용호 최후의 여섯 생존자의 얼굴에는 딱지가 더덕더덕 붙어 있었다. 입은 옷은 너덜너덜한 누더기였다.

그 여섯 명은 나이가 그다지 많지 않아서, 열여섯에서 열아홉 사이였다. 얼굴과 몸에는 털이 덥수룩하고, 피부는 쭈

글쭈글했으며, 몸에서는 강한 동물적 체취가 풍겨 나왔다.

긴 머리채를 지녔으며 턱수염이 없는 것으로 보아 여자인 듯한 사람은 한 명뿐이었다.

수렵과 채집의 단계로 되돌아온 파피용호의 마지막 생존자들은 천국의 도시 속 폐허에서 살고 있었다. 더 이상 농사는 짓지 않고 딸기류 열매와 버섯을 따 먹으면서 지내고 있었다. 그들은 인간이 더 이상 손을 대지 않으면서부터 급속도로 번식하기 시작한 발광성 녹색 토끼를 활로 쏴서 잡았다. 원기둥의 어둠 속에서는 발광성 토끼가 꼭 도깨비불처럼 보여서, 다행히 사냥하기는 어렵지 않았다. 토끼는 그렇게 심해의 물고기처럼 스스로 유전자 코드를 변화시켜 자체적으로 빛을 냄으로써 어둠에 적응하였던 것이다.

발광성 토끼 외에도 개미, 파리, 쥐, 도미노의 마지막 후손인 일종의 돌연변이 고양이 같은 것들도 왕성하게 번식하고 있었다. 조그만 스라소니처럼 생긴 고양이는 어둠에 적응하기 위해 푸른색 발광원을 몸에 지니게 되었다. 뾰족한 송곳니와 예리한 발톱을 가진 돌연변이 고양이는 떼를 지어 달려들면 인간에게 매우 위협적인 존재가 될 수도 있었다.

호수는 악취를 풍기는 진흙 늪으로 바뀌고, 가장자리의 둑은 움직이는 모래밭이 되어 들어가기에도 위험한 곳으로 변해 있었다. 도롱뇽은 붉은색 발광원을 지니게 되었고, 개구리의 몸은 푸른빛으로 반짝거렸다.

사방이 가시덤불로 뒤덮인 드넓은 숲에는 까마귀 떼가 날아다니고, 돌연변이 독거미가 활개를 치고 돌아다녔다. 그나마 고지에 자리 잡은 공동묘지에 가야만 달콤한 과일이라도 구경할 수 있었다. 그곳이 모기도 가장 적었다. 과일 때문에 모여든 박쥐가 천적인 곤충을 쫓아 버리기 때문일 것이다.

〈마지막 희망〉 프로젝트의 여섯 생존자는 함께 황급히 파피용호의 오른쪽 눈으로 달려갔다.

「태양계라고 했지, 장난하는 거 아니야, 조스?」키가 제일 큰 생존자가 턱수염 밑에 붙은 딱지를 긁으면서 물었다.

「어떡하지?」생존자 가운데 유일한 여성인 엘리자베트-15가 물었다.

「어떡하긴, 가야지……」가브리엘-54라는 이름의 갈색 머리 청년이 말했다.

벅벅 긁고 있던 긴 수염에서 손을 뗀 니콜라-55라는 이름의 제일 키가 큰 청년이, 망원경을 들고 화제의 태양계를 관찰했다.

「그런데 저 별 주위에 있는 행성이 한두 개가 아닌걸!」

「우리가 찾는 건 어떤 행성이지?」엘레-19라는 제일 뚱뚱한 청년이 말했다.

「위성들도 여러 개 보이는데. 우리 우주선은 너무 덩치가 크고 조작이 힘들어서 행성마다 다 가볼 수는 없어. 선택을 해야 한다고.」

머리카락과 턱수염이 곱슬곱슬한 키 작은 갈색 머리 청년 아드리앵-18이 한술 더 떴다.

그러자 엘리자베트-15가, 자신의 어머니가 외할머니에게서, 외할머니는 또 증조할머니에게서 들은 비밀이 하나 있다고 털어놓았다.

「그 행성의 위치는 나비 무늬가 새겨진 금고 안에 들어 있어. 저기!」

그녀가 키 한가운데를 가리켰다. 가브리엘-54가 벌써 더럽고 긴 손톱으로 플레이트를 뜯어내려고 용을 쓰고 있었다. 마음대로 되지 않자 그는 칼을 꺼내 금속을 긁어내기 시작했다.

「엄마는 수수께끼를 하나 풀어야 금고를 열 수 있다고 하셨어.」그녀가 어렵게 수수께끼를 기억해 내며 말했다.

이것으로 밤이 시작하고
이것으로 아침이 끝난다.
그리고 이것은 우리가 달을 쳐다볼 때 보인다.

사람들은 알쏭달쏭한 표정을 지었다.
「예전 지구에서 보이던 달을 암시하는 먼 옛날의 수수께끼가 틀림없어.」
〈예전 지구.〉
상상에 빠지게 만드는 표현이었다.
그들 중에서 자신들이 어디서 왔는지 아는 사람은 한 명도 없었다. 그들이 기억하는 것이라곤 부모가 조상들로부터 들어서 전해 준 애매모호한 이야기들이 전부였다.
지구에 대한 수많은 전설이 존재했다.
여섯 명 모두에게, 그들의 뿌리가 있는 지구라는 행성은 굉장한 일들이 벌어졌던 신비스러운 장소로 기억되고 있었다. 물론 지금까지 들은 소문들도 한두 가지가 아니었다.
호수들이 얼마나 큰지, 한가운데 있으면 기슭이 보이지 않는다더라.
사람들한테 이름이 두 개였다더라. 하나는 자기 고유의

이름이고, 다른 하나는 자기가 태어난 나라와 자기 가족의 역사를 알려 주는 이름이라더라.

눈 깜짝할 사이에 사람을 수천 명이나 죽일 수 있는 무기를 만들었다더라.

하지만 그들 중 누구도 그런 전설을 믿지 않았다.

여섯 명의 생존자들은 예전 지구인들을 〈아는 건 많지만 판단을 잘못한〉 사람들로 기억하고 있었다.

「도서관에 가서 좀 찾아봐야겠어.」 엘리자베트-15가 말했다.

「불가능해, 엘리트. 지난번에 큰 전쟁이 났을 때 도서관이 파괴되고 불에 탄 걸 너도 잘 알면서 그래.」

「훼손되지 않은 책들이 있을지도 모르지.」

「어쨌든 한번 가보긴 하자.」 아드리앵-18이 말했다.

모두 도서관을 이 잡듯이 뒤졌다.

「아침이 끝나면 정오가 되잖아. 해는 하늘 높이 걸릴 테고. 뭔가 해와 관련이 있는 게 분명해.」

「저녁이 시작되면 해는 낮게 걸리지.」

해답을 찾아낸 사람은 아드리앵-18이었다.

「알파벳 〈N〉이야.」

「빨리 설명해 봐!」

「아침matin이란 단어의 마지막 글자니까 그게 아침의 끝에 있는 거고.」

「맞아.」

「밤nuit이란 단어의 첫 번째 글자니까 그게 밤의 시작에 있는 거지.」

「그럴듯하다.」

「그리고 달lune이라는 단어를 쳐다보고 있으면 가운데에 알파벳 N이 보이잖아.」

그들은 금고 위에 새겨진 〈마지막 희망은 탈출이다〉라는 슬로건 중에서 N을 한 번 꾹 눌렀다.

그러자 금방 크르릉 소리가 나며 뚜껑이 열리더니 작은 구멍이 나왔다.

그 안에 접어서 집어넣은 지도가 한 장 보였다.

「대체 이 많은 행성들 중에서 어디로 가라는 이야기야?」 엘리자베트-15가 가려운 두피를 벅벅 긁으면서 물었다.

마지막 왕들의 후손이라고 자처하는 엘레-19라는 이름의 청년이 지도를 펼쳐 화살표가 그려진 행성을 찾아냈다.

「지도에 의하면 태양에서 네 번째 행성이야.」 그가 초조한 마음에 땅에 침을 뱉으면서 말했다.

그들은 벌써 망원경을 들고 지도가 가리키는 방향을 쳐다보고 있었다. 운석 충돌의 흔적으로 뒤덮인 조그만 회색 행성이 눈에 띄었다.

「아니야, 네 번째 행성이 아니야. 지도를 잘 봐, 여기, 옆에 있는 건 행성이 아니야. 크기도 너무 작고 옆에 있는 큰 행성과도 너무 딱 붙어 있어.」 엘리자베트-15가 다른 의견을 제시했다.

「그럼 그건 뭔데?」

「그건 단지 위성일 뿐이야. 이브-1이 이 지점을 관찰하던 때가 우연히도 행성 주위를 돌던 위성은 세 번째 위치에 오고 정작 행성은 네 번째 위치에 오는 시점이어서 그렇게 된 것일 수 있어. 하지만 회전하면서 자리는 바뀌게 되잖아. 우리가 찾는 행성은 그러니까 지금 세 번째로 보이는, 큰 행성이야.」

파피용호는 항로를 수정하여 엘리자베트-15가 말한 그 행성을 향해 다가갔다.

엘리자베트-15는, 우주가 아주 오래전부터 꾸며 온 음모가 자신들 여섯 명을 이곳에 도착하게 한 것이 아닌가 하는 생각을 했다.

이곳에, 그것도 지금.

제3부   **낯선 행성에의 도착**

62. 현자의 돌

그다음 날부터 여섯 명의 생존자는 몸을 씻고 행성에 도착할 마음의 준비를 하기 시작했다. 청년들은 면도도 했다.

그들은 도서관을 뒤져 약탈당하지 않고 남아 있는, 예전 지구의 모습을 담은 책을 몇 권 찾아 읽었다.

이야기의 대부분은 이해가 불가능한 내용이었다.

아드리앵-18이 목적지가 표기된 지도를 수도 없이 들여다보는 사이, 엘리자베트-15가 지도 뒷면에 쓰인 글귀를 발견했다.

그녀는 무슨 내용인지 확실히 알고 싶었다.

〈지식은 나무 속에 있다〉라고 쓰여 있었다.

그리고 그다음 줄에는 〈착륙하기 전에 꼭 습득해야 한다. 하지만 그러기 위해서는 파란 눈동자를 지니고 붉은 머리카락 사이사이에 바람을 간직한 여자를 떠올려야 한다〉라고 쓰여 있었다.

「빌어먹을, 또 수수께끼야.」

조슬린-84가 한숨을 쉬었다.

「넌 수수께끼 푸는 데는 재주가 있잖아. 자, 아드리앵, 무슨 뜻인지 우리한테 설명 좀 해봐.」

아드리앵-18이 눈썹을 찡그렸다.

「이걸 쓴 사람은 이브-1이야. 그러니까 그 사람의 아내 엘리자베트-1과 관련이 있는 게 분명해.」

몇 분 후, 그들은 공동묘지에 있었다.

「이 많은 나무들 중에서 어떻게 찾아내지?」

아드리앵-18이 도서관에서 찾아낸 여행기 한 권을 꺼냈다.

「엘리자베트-1은 일찍 사망한 축에 끼여. 그러니까 수령이 많은 나무들 중 하나일 거야.」

그들은 제일 늙은 나무들 사이에서 배나무, 올리브나무, 살구나무, 사과나무를 찾아냈다.

엘리자베트-15가 다시 이브의 글을 읽었다. 「〈지식은 나무 속에 있다.〉 그러니까 나무줄기 안에서 찾아봐야 해.」

그들은 나무 세 그루를 벤 뒤, 그 나무들을 톱으로 잘게 토막 냈다.

드디어 엘레-19가 찾아냈다.

「늙은 사과나무 속에 있어!」

정말 나무 속에 구멍이 있었다.

그 안에는 쉽게 알아볼 수도 없는 깨알 같은 글씨로 쓴 두꺼운 책이 세 권 들어 있었다.

『항해 일지』, 『예전 세계의 백과사전』, 『새로운 행성: 사용법』이란 제목의 책들이었다.

그들은 1천 년도 넘는 세월을 견딘 유물들 앞에서 놀라움을 금할 길이 없었다.

엘리자베트-15가 마치 책의 기운이라도 느끼려는 듯, 세 번째 책을 두 손에 꼭 쥐었다. 그러고는 촛불을 밝혀 들고 첫

장을 큰 소리로 읽어 나갔다.

〈언젠가 이 책장을 뒤적이고 이 글을 읽는 눈들이 있을 것이다. 난 그들이 이것만은 꼭 알아주었으면 한다. 우리가 뿌리를 둔 행성에서 떠나온 것은 그곳에 더 이상 구원의 가능성이 없다고 판단했기 때문이다. 마지막 희망은 탈출이며 인간종의 미래가 우주의 다른 곳에 있을 것이라고 생각했기 때문이다.〉

여섯 명은 글의 단어 하나하나가 모두 의미심장하다는 생각을 하며 서로를 바라보았다. 엘리자베트-15가 계속 읽어 내려갔다.

〈다른 태양계에 속한 다른 행성을 찾아가기 위해 2광년이라는 거리를 1천 년에 걸쳐 여행한다. 이것이 우리가 목표로 삼은 도전의 내용이다. 이 글을 읽고 있는 당신들이 누구인지는 모르겠으나, 파피용호가 한 여행의 의미를 제대로 이해할 수 있는 사람이길 바란다. 이것이 정말로 우리의《마지막 희망》이라고 생각하기 때문이다. 이제 다른 곳에서 다른 방법으로,《다른 것》을 다시 건설할 일이 남았다. 가능하다면《더 나은 다른 것》을. 당신들이 책임지고 해야 할 일이다. 난 당신들이 그 일을 성취하는 데 도움을 주기 위해 이 책을 썼다.〉

여섯 명은 글의 내용을 소화하기 위해서인 듯, 잠시 아무 말이 없었다.

〈먼저 파피용호 안에 착륙용 우주 왕복선을 숨겨 두었다는 것을 알아야 한다.〉

「우주 왕복선?」

〈그리고 그 안에 수천 개의 동식물에 생명을 불어넣을 수

351

있는 생물 실험실이 있다. 이 동식물들은 현재로서는 씨앗과 수정란 상태로 냉동시켜 시험관 안에 보관하고 있다. 그러나 그것들을 심고 생명을 주입하는 방법은 내가 설명할 것이다. 그렇게 함으로써 당신들은 새로운 행성에서 예전 지구 땅에 살았던 동식물들을 부활시킬 수 있을 것이다.〉

그들은 서로 돌려 가며 책을 보았다. 책은 내용이 한눈에 들어오는 제목을 붙인 여러 장으로 구성되어 있었다. 즉 「파피용호에서 이륙하는 방법」, 「무슈룽 2호를 조종하는 방법」, 「착륙 방법」, 「파종 방법」, 「수정란 부화 방법」 등의 장이 있었고, 그중 마지막 장은 〈곤충〉, 〈물고기〉, 〈양서류〉, 〈포유류〉로 세분화되어 있었다.

「이브-1이 모든 걸 예견했어.」 생명체별로 각각 그림과 도식, 구체적인 방법을 기록해 놓은 것을 보고 감탄을 금치 못하며 아드리앵-18이 말했다.

「그가 이걸 다 기록하는 데 꼬박 30년이 걸렸어. 진정한 지식의 백과사전인 셈이지.」

「마치 이 책들만으로 예전 지구의 지식들을 다 알려 주려는 것처럼 말이야.」

「원기둥 안의 역사는 결국 괄호 안에 들어가는 내용밖에 안 되는 거지. 처음에 이륙과 이 책을 집필하는 행위가 있었다면, 끝에는 도착과 이 책을 읽는 행위가 있는 거야.」

「그럼 그 〈괄호〉 안에서 살았던 사람들은 다 뭐야?」 엘레-19가 물었다.

「최소한 이 고독한 남자의 계획을 완전히 망쳐 버리지는 않은 거지.」 조슬린-84가 빈정댔다.

아드리앵-18이 낡은 책 표지를 어루만졌다.

「한 페이지 한 페이지 잉크로 그린 작은 그림들로 가득 채운 이 단순한 물건 하나가 정말 얼마나 대단한 위력을 지녔는지!」

그들은 경외심으로 가득 찬 책장을 하나씩 넘겼다.

그런데 마지막에 가서 발견한 이상한 문구 앞에서 이들은 당혹스러움을 금치 못했다.

〈……우리 역시, 어떤 의미에서는 우주로 생명을 전하는 정자라고 볼 수 있다. 생물학적으로 파피용은 수정할 난자 행성을 찾아 여행하는 생명의 전령에 다름 아니다. 하지만 생명만 있는 것은 아니다. 그것은《생명+지식》이다. 이렇게 추가된 지식 덕분에 우리는 똑같은 실패를 부르는 똑같은 실수를 반복하지 않을 수 있을 것이다.〉

계속 책 표지를 만지고 있던 아드리앙-18의 손에 볼록 튀어나온 부분이 느껴졌다.

「안에 뭔가 박아 넣은 게 있어.」

표지를 찢어 보니 납작한 모양의 얇은 열쇠가 나왔다.

엘리자베트-15가 재빨리 해당 부분을 찾아서 내용을 확인했다.

「이 책에 따르면 파피용 안에 무슈롱 2호라는 우주선이 숨겨져 있어. 이 열쇠로 그걸 찾을 수 있을 거야.」

다음 날, 그들이 열쇠를 꽂자 우주선의 흉부와 머리 사이에 있는 부품 창고의 위장용 벽이 스르르 옆으로 밀리면서 비행선이 모습을 드러냈다.

마치 파피용호를 축소해 놓은 것 같은 모양이었다. 하지만 비행선 앞쪽에는 안구 모양의 눈이 하나밖에 없었다. 그 뒤로 관(管) 모양의 흉부가 연결되어 있고, 복부 끝에는 엔진

여섯 개가 달려 있었다.

　엘레-19가 감압실 문을 열자 다른 사람들도 뒤따라 안으로 들어갔다. 좌석이 두 개 있는 조종실이 먼저 눈에 들어왔다. 그리고 아드리앵-18이 조종실 뒤쪽에서 식물과 동물의 이름이 적힌 수백 개의 시험관이 보관되어 있는 실험실을 발견했다.

　엘레-19가 기계들을 가리켰다.

　「수정란을 숙성시키기 위한 인공 자궁과 인공 부화기들이야.」

　「이 기계들 속에서 수정란을 부화시키면 다시 생명을 만들어 낼 수 있는 거지.」 엘리자베트-15가 기쁨에 들떠 말했다.

　「그럼 여기서 하면 되잖아?」 원기둥 안의 동물들이 심각한 돌연변이를 일으키는 바람에 더 이상 가까이할 수도 없게 된 사실을 떠올리며 조슬린-84가 물었다.

　「비행선이 너무 좁아서 동물을 다 태워 갈 수 없어.」 옆에 있던 청년이 어깨를 으쓱하며 대답했다.

　「여길 봐. 시험관마다 동물의 그림과 예상되는 키, 그리고 몸무게가 적혀 있어. 이거, 〈코끼리〉라고 쓰여 있는 걸 봐. 키가 2미터나 되는걸. 그런 놈을 이 안에서 부화시켰는데, 그놈이 알을 낳는다고 생각해 봐, 어떻게 될지.」

　엘레-19가 계기판 위에 붙어 있는 설명서를 찾아냈다.

　「문제는 딱 하나야. 내가 제대로 이해했다면, 이 비행선에는 두 사람만 탑승할 수 있어. 그런데 우린 여섯이지.」

　「잠깐만. 몸을 밀착시켜서 타면 되지. 다 들어갈 수 있을 거야.」 조슬린-84가 말했다.

「안타깝게도 비행선에는 두 사람분의 산소만 비축되어 있어.」엘레-19가 말했다.

「숨을 적게 쉬면 되잖아.」더럭 겁이 난 니콜라-55가 제안했다.

「적어도 하루는 타고 가야 하는데?」

엘레-19가 계속해서 설명서를 확인했다.

「어차피 다른 제약 조건이 한 가지 더 있어. 무게 말이야. 비행선은 돛으로 움직이기 때문에, 두 사람 이상의 중량은 견딜 수 없대.」

그들은 서로의 얼굴을 바라보았다. 딸기류와 과일, 발광성 토끼만 먹고 살아온 탓에 몸무게를 걱정할 필요는 없었다. 엘레-19가 타고난 덩치가 다른 사람들보다 좋고, 니콜라가 키가 큰 것만 빼면 딱히 문제 될 건 없었다. 그때, 아드리앵-18이 다른 사람들의 마음을 속 시원히 긁어 주었다.

「어쨌든 우리 중에 여자는 단 한 명밖에 없으니까, 엘리트는 무조건 타야 해. 그래야 최소한 인간이 그곳에서 자손을 퍼뜨릴 가능성이 생기니까.」

그러자 청년들은 왜 진작 엘리트의 호의를 사놓지 않았을까, 후회스러워졌다.

「우리 다섯 중에서 나머지 하나를 뽑아야 해.」니콜라-55가 말했다.

「간단히 제비를 뽑으면 되는 일이야.」엘레-19가 제안했다.

운이 없는 나머지 네 명은 파피용호의 원기둥 안에서 죽음을 맞이하게 될 것이라는 생각을 하며, 청년들은 말이 없었다.

조슬린-84가 씁쓸한 미소를 지었다.

「60억 가운데 과학적으로 선발한 14만 4천 명으로 출발해서 이곳까지 왔는데, 고작 제비뽑기 따위로 최후의 두 명을 결정해야 하다니.」

「제비뽑기? 안 돼, 그건 너무 요행수에 좌우되는 방법이야. 우리 가운데 가장 뛰어난 사람이 그 행성으로 가야 해. 우리 인간종의 미래가 걸린 일인걸. 동물들은 암컷 하나를 차지하기 위해 수컷들이 서로 싸우기도 하잖아. 우리도 결투를 해서 제일 강한 사람이 엘리트와 함께 떠나는 걸로 하자.」가브리엘-54가 말했다.

「뭘로 결투를 하지? 단도로? 검으로? 활로? 아니면 둔기? 투석기?」

「그건 안 돼. 결투는 제일 폭력적인 사람한테 유리해. 체스 토너먼트는 어떨까. 우리 중에서 제일 머리가 좋은 사람을 가려낼 수 있을 텐데.」엘레-19가 말했다.

「네가 체스를 잘하니까 그런 이야기를 하는 거잖아. 우리 모두가 똑같이 승산이 있는 테스트여야 해. 카드 게임은 어때?」가브리엘-54가 제안했다.

「제일 민첩한 사람을 뽑을 수 있게 달리기 시합을 하면 어떨까?」조슬린-84가 말했다.

니콜라-55는 맨손 결투를 제안했다.

아드리앵-18은 고통을 얼마나 잘 견디는지로 결정하자고 했다.

엘레-19는 아무래도 자기가 제안한 체스 시합이 제일 좋겠다고 했다.

가브리엘-54는 검투를 주장했다.

조슬린-84는 달리기 같은 운동 경기가 최고라고 했다.

끝도 없이 의견을 주고받던 이들에게 아드리앵-18이 다른 사람들은 미처 생각하지 못한 참신한 제안을 했다.「낯선 행성으로 엘리트와 함께 떠날 사람은 그녀의 평생 배필이 되는 거야. 그러니까 누구와 함께 가고 싶으냐고 엘리트에게 물어보면 쉽게 답을 찾을 수 있을지도 몰라.」

그의 제안을 듣던 나머지 청년들은, 매우 합당한 생각이기에 도리어 당황스럽기까지 했다.

엘리자베트-15가 다섯 청년 앞으로 다가와 한 사람씩 꼼꼼히 살피더니 냄새를 맡아 봐도 되겠느냐고 물었다. 그러고는 이와 손을 보여 달라고 했다.

그러고 나서 그녀가 말했다.「너!」

63. 고온 유화[12]

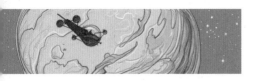

　몇 시간 후, 이제 아드리앵-18은 무슈롱 2호와 관련된 모든 정보를 줄줄 꿰고 있었다. 불쌍한 패자들에게 인사를 한 후, 그는 엘리자베트-15와 함께 착륙선 안으로 들어갔다. 그녀는 마치 결혼식 준비를 마친 신부처럼 어느 때보다 매혹적으로 보였다.

　감압실 문이 열리고 엔진에 불이 붙었다. 무슈롱 2호가 파피용호를 떠나 하늘로 날아올랐다.

　두 사람은 목적지에 도착해서 먹을 밀봉 상태의 음식 봉지들을 배낭에 넣었다. 활 두 개와 칼, 그리고 망치, 흙손, 곡괭이, 삽 같은 기구들도 챙겨 실었다.

　화학 연료의 추진력으로 파피용호에서 제법 멀리 날아갔을 때, 무슈롱 2호는 마일라로 만들어진 작은 황금빛 날개를 양쪽으로 활짝 펼쳤다.

　인류의 운명은 이제 열일곱 살과 열여덟 살짜리 젊은이 두 명에게 달려 있었다.

　「겁나?」 엘리자베트-15가 물었다.

---

　12 유화(乳化)란 융합되지 않는 두 액체에 계면 활성제를 넣어서 섞은 뒤 한 쪽 액체를 다른 쪽 액체 가운데에 분사하여 혼합 용액을 만드는 조작을 말한다.

「당연하지, 넌?」

「내 피 안에 수십억 개의 영혼이 들어 있는 것 같아. 최초의 인간부터 모든 사람들이 마치 유령처럼 그 속에서 우릴 지켜보면서, 우리가 과연 해낼 수 있을지 궁금해하고 있는 것 같아.」

그들 앞으로 낯선 행성의 어두컴컴한 구(球) 모양이 점점 더 크게 다가왔다. 엘리자베트-15는 이브-1이 쓴 책의 마지막 문구를 떠올렸다.

〈생물학적으로 파피용은 수정할 난자 행성을 찾아 여행하는 생명의 전령에 다름 아니다.〉

「어렸을 때, 난 우주가 살아 있다고 믿었어. 그리고 별들은 우리를 지켜보는 눈이라고 생각했지.」

엘리자베트-15가 미소를 지었다.

「난 우주가 자기만의 프로젝트를 가지고 있다고 믿어. 한 가지 방법으로 이루지 못하면 다른 방법, 또 다른 방법으로 계속 시도를 하지. 그래서 그렇게나 많은 정자가 있는 거라고. 그 가운데 최소한 하나는 성공해야 하니까. 만약 우리가 실패하면, 나중에 다른 사람들이 다른 곳에서, 다른 방법으로 또 시도하겠지.」

「예전 지구에 사람이 남아 있으면…….」

그녀가 침을 꼴깍 삼키더니 이내 또 다른 질문을 했다. 「그럼 넌, 우주의 그 위대한 프로젝트라는 게 대체 뭐라고 생각해?」

그가 시간을 벌 생각으로 계기판부터 확인했다.

「글쎄, 복잡성이 아닐까. 처음에는 아무것도 없었어. 무(無)는 가장 단순한 형태의 복잡성 실험이지. 그다음에 물질이 와. 이제 조금 복잡해지지. 그다음에는 생명이야. 아주 복잡해지지. 그다음에는 지능, 그다음에는 의식이 와.」

「그 단계에서는 이만저만 복잡한 게 아니지.」

「우린 아마도 우주에서 가장 앞선 형태라고 볼 수 있는 복잡성 실험, 즉 지구인의 의식 실험을 하고 있는 건지도 몰라. 시험관이나 다름없는 수십억의 머릿속에서 수천 년간의 숙성을 거쳐 지금의 단계에 도달한 인간의 의식 말이야. 바로 그 열매를 우리가 전하는 거야.」

그녀는 재밌는 생각이라고 여기며 환한 미소를 지었다. 갑자기 그런 그녀의 입에서 미소가 사라지고 살짝 불안감이 번졌다.

조종석 유리창을 통해, 낡은 파피용호의 모습이 눈에 들어왔다. 그 안에 있을 때는 우주선의 규모가 얼마나 대단한지 상상도 못 했다. 마치 포전(砲戰)이라도 치르고 돌아온 것처럼, 마일라 돛에는 수천 개의 구멍이 숭숭 뚫려 있었다.

흥부의 제일 꼭대기 창 높이에는 작은 불빛 하나가 깜빡이고 있었다. 숱한 내전 속에서도 꺼지지 않은 마지막 네온관 등. 그녀는 이브-1이 품었던 장대한 꿈의 결실인 거대한 우주선의 모습을 생전 처음으로 밖에서 바라보고 있었다.

「예전의 지구를 떠나오는 다른 우주선이 없으면 어떡하지? 우리가 생명과 지능, 의식이 있는 하나밖에 없는 행성에서 온 유일한 〈정자〉라면 말이야.」 그녀가 물었다.

아드리앵이 천천히 대답했다. 「그럼 우주는 텅 비겠지. 우주가 끝날 때까지 고요와 냉기, 침묵, 부동성만 존재할 거야. 모든 것이 다시 무로 돌아가는 거지.」

엘리자베트-15는 저도 모르게 몸서리를 쳤다. 그녀는 출발할 때 챙겨 온 사과를 꺼내 한 입 깨물었다. 절대 죽고 싶지 않았다.

살아 있다는 사실이 얼마나 행운인지, 그리고 얼마나 간절히 살고 싶은지, 지금처럼 뼈저리게 느껴 본 적이 없었다.

64. 검은 연기

빛으로 부풀어 오른 황금빛 날개들이 최종 목표물을 향해 미끄러지듯이 다가갔다.

『새로운 행성:사용법』의 지시 사항에 따라 착륙을 시도하기에 앞서, 이제 무슈롱 2호의 조종에 제법 익숙해진 아드리앵-18이 비행선을 궤도 위에 정지시킨 후 멀리서 행성을 관찰했다.

자욱한 진회색 구름이 외투처럼 뒤덮고 있어 행성의 표면은 잘 보이지 않았다.

「대기권이 있어, 이것만으로도 벌써 긍정적인 신호야.」

「중력도 있어. 하지만 우리 우주선 안의 중력보다는 조금 약해. 쉽게 피로감을 느낄 거야.」

「잠을 많이 자게 되겠지.」

「그리고 우리가 아이를 낳으면, 우리보다 훨씬 키가 클 거야.」

그가 아주 작은 소리로 웅얼거리는 바람에 그녀는 듣지 못했다.

넋을 잃고 쳐다보는 두 사람의 시야에 낯선 행성의 회색 원이 점점 더 크게 다가왔다.

「예감이 좋지 않아.」그녀가 고백했다.

「이브-1을 믿어야 해.」

그 역시 조마조마한 마음은 어쩔 수 없었다.

「그 사람이 만약 틀렸으면 어떡해? 멀리서 봐서는 행성이 맞는지 확인할 수가 없는걸. 사람이 살 수 있는지는 더더욱 모르고 말이야.」

그가 입술을 깨물었다.

「그걸 알 수 있는 길은 직접 가보는 방법뿐이야.」그들은 안전벨트를 몸에 꼭 맞게 죄었다.

「준비됐어?」

아드리앵-18이 조종간을 조작하자, 무슈룽 2호가 벼락 치는 소리를 내더니 요동을 치면서 구름 외투를 뚫고 들어갔다. 공기와 동체가 마찰을 일으켜 모든 것이 진동을 하기 시작했다. 격렬한 마찰이 일자 촛불 속으로 날아드는 곤충처럼 무슈룽의 커다란 날개에 불이 붙었다. 날개가 없어진 무슈룽은 급강하하기 시작했다.

두 사람은 좌석을 꽉 부여잡고 있었다. 계기판 여기저기에서 과열 경보가 나타났다. 무슈룽의 주둥이 부분에서 흰 연기가 솟았다.

「우린 죽을 거야!」

엘리자베트-15가 흑흑거렸다.

우주선 안의 온도가 올라갔다. 제어 시스템의 작은 전구들이 차례차례 폭죽처럼 터져 버렸다. 흔들림이 점점 심해졌다.

갑자기 어떤 장치가 자동으로 가동되고, 우주선 양옆으로 작은 금속 날개 두 개가 나오더니 엔진이 작동하기 시작했

363

다. 이제 우주선은 비행기로 완전히 변해 있었다.

그래도 속력은 여전히 떨어지지 않았다. 우주선은 양력(揚力)을 받지 못하고 있었다.

금속 동체가 데워지면서 벌겋게 달아오르기 시작했다. 양날개 끝에서 불꽃이 보였다. 역하게 타는 냄새가 우주선 전체에 진동했다.

엘리자베트-15가 호흡 곤란을 겪기 시작했다. 아드리앙-18은 체념한 채 두 눈을 감고 숨을 쉬려고 애를 썼다.

그러다가 진동이 잦아들었다. 운석처럼 아래로 곤두박질치던 무슈룽호가 곡선을 그리기 시작했다. 연기가 사라지면서 구름 장벽 뒤에 숨어 있던 것들이 모습을 드러냈다.

아직 살아 있다는 사실이 놀랍기만 한 두 사람이 서로의 얼굴을 바라보았다. 우주선은 이제 하늘을 날고 있었다. 아드리앙-18이 조종간을 움켜잡고 비행 항로를 제어했다.

두 사람의 눈앞에 아래쪽 세계가 펼쳐졌다. 모든 것이 매끈매끈하고 반짝거렸다. 반짝이는 표면에서 찰랑찰랑하는 움직임을 발견하지 못했더라면, 유리 행성 위에 떠 있다는 착각이 들 정도였다.

「물이야. 이 행성에 물이 있어.」

「근데 그것밖에 안 보여. 끝도 없이 펼쳐진 바다야. 액체 행성인가. 우린 망했어.」 엘리자베트-15가 구시렁거렸다.

「배를 타고 살면 되지. 뗏목으로 변한 우리 우주선을 한번 생각해 봐. 호수에서처럼 물고기를 잡아서 먹으면 될 거야…….」

「그걸 말이라고 하냐. 이브-1은 대기와 물을 발견했지만, 오직 그것뿐이라는 사실은 몰랐나 봐. 위성에 내릴걸 그랬어. 거긴 적어도 분화구들이 있으니까 땅은 단단할 거 아니야.」

「아니야. 거긴 대기가 없어. 여하튼 이제 우린 이 중력의 영향에서 벗어날 수도 없게 됐어. 그러니 이 행성이 어떤 곳이든 간에 살아남고 싶으면 적응해 가는 수밖에 없어.」

「난 물고긴 싫단 말이야.」 엘리자베트-15가 조금씩 호흡을 되찾으며 말했다.

대기권으로 진입할 때 동체가 요동을 치는 바람에 심한 충격을 받은 엔진 하나가 털털 소리를 내면서 연기를 조금씩 뿜더니 결국 폭발하고 말았다.

무슈롱호는 양력을 상실했고, 두 사람은 다시 추락하기 시작했다. 금속 날개를 달았는데도 추락 속도는 그다지 줄어드는 것 같지 않았다.

「빨리 여압복을 입어!」 아드리앵-18이 좌석 뒤에 놓인 은색 옷을 가리키며 말했다.

그들은 헐렁헐렁한 우주복을 정신없이 입은 뒤 안전벨트를 꽉 조였다.

「내 말 들려?」

놀랍게도, 건전지로 작동하는 무선 통신 장치 덕분에 두 사람은 투명한 밀폐 헬멧을 쓰고도 대화를 주고받을 수 있었다. 등에 달린 산소통에서 곰팡이 냄새가 나는, 들이마시기도 힘든 공기가 주입되고 있었다.

무슈롱호는 끝없이 추락했다.

그때, 멀리서 움직이지 않는 형체가 하나 보였다. 처음에는 거무튀튀한 구름인 줄 알았다.

「저기, 봐봐. 섬이야!」 여자가 소리쳤다.

금속 날개에 다시 불이 붙더니 이번에는 불꽃이 제법 크게 일었다.

「이제 와서 추락한다니 말도 안 돼!」아드리앵-18이 사력을 다해 조종간을 당기며 울분을 터뜨렸다.

「섬으로 갈 수 있게 어떻게 좀 해봐!」엘리자베트-15가 울부짖었다.

「네 눈엔 내가 그렇게 하고 있는 게 안 보이냐?」아드리앵-18이 덜덜 떨리는 조종간을 꽉 움켜쥔 채 대답했다.

그가 『새로운 행성: 사용법』을 손에 쥐고 움죽움죽 들여다보더니, 핸들 몇 개를 조작하고 나서 연기가 밀려들기 시작하는 조종실의 떠들썩한 소음을 뚫고 외쳤다. 「미지의 행성으로 착륙 개시!」

무슈롱호가 급속도로 지면에 가까워지고 있었지만 조종사는 불붙은 우주선의 속도를 늦추는 방법을 몰랐다. 낙하산을 펼치는 제어 장치를 찾아내기는 했지만, 이미 너무 늦었다. 낙하산에 금방 불이 붙고 말았다.

「이러다 우리 산산조각 나고 말겠어!」엘리자베트-15가 두 눈을 꼭 감으며 말했다.

아드리앵-18이 핸들을 하나 더 찾아내 보조 낙하산을 펼치는 데 성공했다. 우주선의 속도도 어느 정도 떨어졌다. 하지만 땅이 급속도로 가까워지고 있었다. 지나치게 빠른 속도로.

그가 겨우 다시 무슈롱의 코를 들어 올리자, 선체가 어느 정도 양력을 받고 곡선을 그리며 위로 올라가는가 싶었다.

땅이 그들을 향해 돌진해 왔다.

충돌.

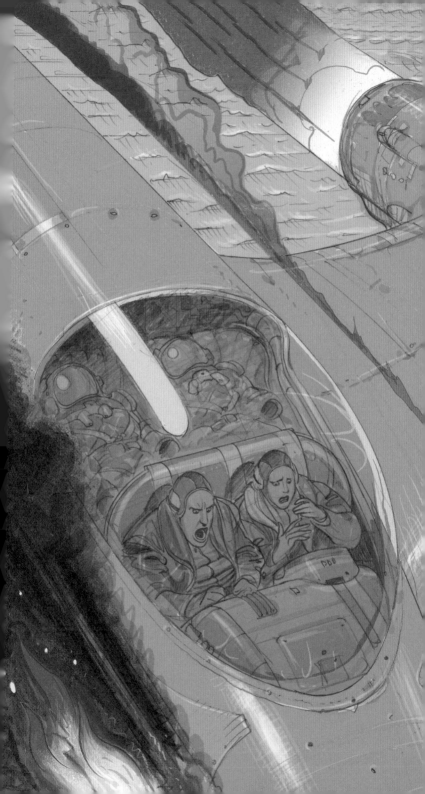

두 사람의 안전벨트는 충격을 견디지 못했다.

그들은 좌석에서 떨어져 나와 무슈롱호의 창문을 향해 튕겨 나갔다. 유리창이 와르르 무너져 내리는 사이, 그들은 우주선 밖으로 날아갔다.

65. 재

시커먼 연기 기둥. 기계 각다귀 한 마리가 어두운 바위에 부딪혀 박살이 나 있었다.

큰 눈의 조종실에서는 회색 증기가 새어 나오고, 절반은 녹아 버린 금속 날개들은 아직도 불타고 있었다. 날개돛은 검게 타버려 누더기 같은 형체만 남았다.

더 멀리 떨어진 곳에서는, 형체 두 개가 조그맣게 오그라들어 아직도 불에 타고 있었다.

마침내 다시 눈을 떴을 때, 엘리자베트-15는 놀랍게도 자신이 살아 있다는 사실을 발견했다.

입고 있는 여압복 안은 몹시 축축하고 후끈후끈했다. 입에서는 피 맛이 느껴졌다. 자신의 숨소리가 귀를 찢어 놓을 듯 들려왔다. 그녀는 다친 곳은 없는지 살펴보려고 몸을 조금 움직여 보았다. 다행히도 등과 팔, 엉덩이 부분이 약간 아픈 것 빼고는 사지를 움직이는 데는 문제가 없었다. 멀리서 남자 동료의 여압복이 보였다. 그녀는 바닥을 기어 그에게로 다가갔다.

「어이!」

대답이 없었다.

그녀가 그를 흔들기 시작했다.

「어이, 아드리앵! 아드리앵!」

드디어 그녀의 헤드폰에서 찌지직 하는 소리가 들렸다. 숨소리. 그가 기침을 하기 시작했다. 그녀는 그제야 마음을 놓으며 그를 두 팔로 꼭 껴안았다.

아직 멀쩡한 헬멧 유리를 통해 그들은 낯선 행성의 표면을 관찰했다.

모든 것이 회색이었다. 회색 흙에 연회색 대기, 진회색 바다가 있는 회색 행성이었다. 하늘에 넓게 퍼진 안개를 뚫고 어렵게 어렵게 해가 올라오고 있었다.

그들 뒤로는 아직 불타고 있는 무슈롱 2호가 보였다. 검게 탄 동체는 깨진 유리창을 제외하면 다른 부분은 멀쩡해 보였다.

엘리자베트가 먼저 자리에서 일어났다. 두 다리가 후들거렸다. 〈지상의 아픔〉이었다.

안정을 찾은 두 사람은 자신들이 와 있는 섬의 풍경을 자세히 살펴보기 위해 가능한 한 멀리까지 시선을 던졌다.

식물이라고는 눈에 띄지 않았다. 그제야 흙과 대기가 있는 행성에 착륙하는 데 성공했다는 사실이 현실감 있게 다가왔다. 그리고 살아 있다는 사실도.

그들은 20조 킬로미터의 거리를 1251년에 걸쳐 여행한 14만 4천 명 중에서 마지막으로 살아남은 사람들이었다.

「좋아, 이거야. 이젠 됐어.」 그녀가 안도의 한숨을 내쉬며 말했다. 그 말들이 아주 멀리서, 그녀의 세포들 속에 깊숙이 각인된 오랜 기억으로부터 왔다는 사실도 모른 채.

그들은 여압복 유리 밖으로 서로를 바라보며 마침내 미소를 지었다.

그리고 나서는 헬멧을 쓴 채 한바탕 크게 웃었다. 웃음소리가 헬멧 안 스피커를 통해 왕왕거리며 울려 퍼졌다.

아드리앵-18은 아직 관절에 통증을 느끼고 있어서 엘리자베트-15는 그가 넘어지지 않게 부축해 주었다. 그가 손을 놓아도 된다는 신호를 보냈다.

그녀가 한 발 내딛었다. 첫발. 그리고 또 한 발 내딛었다.

가방 안에 돌이라도 지고 있는 것처럼, 몸을 움직일 때마다 천근만근이었다. 파피용호 안보다 중력이 더 높기 때문에 그런 현상이 일어난다는 사실을 그녀는 모르지 않았다.

그 역시 몇 발짝 걸음을 뗐다. 걸을 수 있다는 사실조차 믿기지 않았다.

아드리앵-18이 별안간 헬멧을 벗겠다는 생각을 했다. 그녀는 우선 어떻게 되는지 지켜보고 나서 자기도 헬멧을 벗겠다는 신호를 보냈다.

지구인이 자신을 보호하고 있던 구 모양의 유리를 천천히 들어 올리고는 두 눈을 감고 숨을 참았다. 그러고 나서 굳은 결심을 하고, 마치 독이 퍼지길 기다리는 것처럼, 낯선 공기가 폐에 일으킬 효과에 촉각을 곤두세운 채 숨을 들이마셨다.

그가 이내 심한 기침을 하더니 얼굴이 벌게지며 바닥으로 쓰러져 나뒹굴었다.

엘리자베트-15가 아드리앵-18의 팔을 잡았다. 아드리앵-18은 온몸을 옴쭉거리며 화끈거리는 폐를 어떻게든 진정시켜 보려고 기를 썼다. 쉭쉭 소리를 내면서 호흡이 가빠지더니, 숨이 꽉 막힌 상태에서 꼼짝도 못하고 경련을 일으키며 몸을 부르르 떨었다.

그녀는 그가 죽겠다고 생각했다. 그러나 시간이 조금 흐르고 나니 그가 호흡을 되찾는 모습이 보였다.

그가 서서히 몸을 일으키더니 땅바닥에 앉아 캑캑거리며 숨을 쉬기 시작했다. 공기와 아주 고통스러운 첫 만남을 가진 그가 정상적으로 호흡하는 모습을 보고 엘리자베트는 놀라움을 금할 길이 없었다.

아드리앵-18이 그녀에게 똑같이 해보라고 신호를 보냈다. 망설이던 그녀가 마침내 헬멧을 벗었다. 그녀는 찔끔찔끔 공기를 들이마셔 보았다. 후추를 잔뜩 친 공기가 흉곽 안으로 밀려드는 것 같았다. 그녀는 기침을 하고, 구토를 하고, 눈물을 흘리면서 고통스럽게 바닥으로 쓰러졌다. 그러다가 동료와 마찬가지로 결국 익숙해져서는, 띄엄띄엄 숨을 들이마시다가 나중에는 크게 들이마시게 되었다.

두 사람 모두 오랫동안 잔기침을 했다.

「우리가 원기둥 안의 정화된 공기와 산소통에 익숙해져서 그런 거야. 이건 행성의 〈야생적인〉 공기, 진짜 공기잖아. 이 안엔 없는 게 없이 다 들어 있어. 그래도 숨은 쉴 수 있구나.」

그가 이국적인 요리나 음료 이야기를 하듯이 말했다.

「최소한 이제 산소통은 달고 다니지 않아도 되겠지.」 그녀가 통을 내려놓으며 말했다.

저녁이 되어 하얀 태양이 아래쪽으로 기울면서 빨간색으로 변하자, 주변의 풍경이 비현실적인 색채를 띠며 매우 강렬하게 다가왔다.

낯선 행성 위를 걸어 몇백 미터 앞으로 나갔던 그들은 다시 무슈롱호로 돌아와 부서진 조종실 의자에서 잠이 들었다.

66. 저온 유화

　그날 밤, 두 지구인은 유난히 풍성하고 형형색색으로 펼쳐지는 꿈을 꾸었다. 그들을 둘러싸고 있는 잿빛 풍경에 대한 보상이라도 하는 것 같았다.

　아드리앵-18은 나비 날개로 변한 두 팔을 퍼덕거리며 구름 사이를 날아다니는 꿈을 꾸었다.

　엘리자베트-15는 사랑을 나누는 꿈을 꾸었다.

　낯선 행성에서 비치는 아침 햇살에 아드리앵-18이 먼저 눈을 떴다. 해가 대기권 저층부에서는 분홍빛을 띠더니 점차 주황색으로 물이 들었다. 그는 눈을 비비고 하품을 했다. 그러고는 머리를 바깥으로 빼놓고 여압복 속에서 잠이 든 동료를 쳐다보았다.

　엘리자베트-15는 붉은색 머리를 길게 기르고 있었다. 그녀의 두툼한 입술은 방금 전에 떠오르는 모습을 보았던 태양과 똑같은 색깔이었다.

　분홍빛.

　그녀의 얇은 피부는 새하얀 색에 가까웠고, 흘러내리는 땀줄기 때문에 반짝반짝 빛이 나고 있었다.

　그는 가까이 다가가 그녀의 향기를 흠뻑 들이마셨다.

그녀에게 입맞춤을 하려고 했지만, 아주 가까워졌을 때 그녀가 갑자기 새까만 두 눈을 커다랗게 뜨고 그를 바라보았다.

「제기랄. 눈을 뜨면 악몽이 사라졌을 거라고 생각했는데, 아직도 있어.」그녀가 말했다.

아드리앵-18은 〈악몽〉이란 단어를 못 들은 척했다.

「이제 뭘 하지?」그녀가 물었다.

「아침을 먹고 탐험에 나서 보자.」

그들은 무슈롱 2호를 제작한 엔지니어들이 우주선 안에 넣어 둔 봉지를 가방에서 꺼냈다. 봉지를 뜯어 보니 회색 가루밖에 보이지 않았다.

가루를 찍어 먹어 보고는 둘 다 식사를 포기했다.

「싱싱한 과일하고 토끼 고기를 챙겨 왔어야 하는 건데. 이 따위 가루를 먹고 기운을 차릴 수는 없잖아.」

아드리앵-18이 혹시나 하는 마음에 물탱크 쪽으로 뛰어가 봤지만 착륙할 때의 충격으로 물통은 모두 깨져 있었다.

그들은 이제 자신들의 〈섬〉을 둘러봐야겠다고 생각했다. 바닷물을 식수로 먹으면서 살 수는 없기 때문에 자갈밭 고원으로 깊숙이 들어가 보기로 했다.

「바다가 서쪽에 있으니까 동쪽으로 가보자. 그러면 여기가 섬인지 대륙인지 알 수 있을 거야.」아드리앵-18이 제안했다.

한 시간쯤 걷고 나서 지칠 대로 지치자 그들은 걸음을 멈추었다.

「물은 마시지도 못했는데 땀만 흘리고 있어. 여압복을 벗으면 어떨까?」엘리자베트-15가 말했다.

374

「먼저 태양 광선이 해롭지 않은지부터 확인해 봐야 해.」
아드리앵-18이 대답했다.

아드리앵이 거추장스러운 우주복 밖으로 나왔다. 그는 우주복 아래 반바지와 티셔츠를 입고 있었다. 그는 칼로 여압복의 신발을 잘라 오픈 샌들을 만들어 신었다.

그녀도 똑같이 했다.

「다행히 날씨가 춥지는 않아.」

그들은 여압복 천을 배낭에 넣고 다시 길을 떠났다.

언덕을 기어 올라가니 조금 더 높은 고원이 나왔고, 다시 모난 바위로 이루어진 협곡을 통과하니 회색 벌판이 나왔다. 그곳에는 단단한 암석들이 검은색으로 기다랗게 삐죽삐죽 솟아 있었다.

「운석이 떨어지면서 파인 분화구 한가운데 있는 게 틀림없어.」

갑자기 어떤 소리를 듣고 그들이 흠칫했다.

「들었어?」

그들은 귀를 쫑긋 세우고 자리에 멈춰 섰다. 다시 우렁찬 숨소리가 들리는가 싶더니 곧 땅이 쿵 하고 울리는 소리가 들렸다. 발소리. 아주 무거운 발소리.

「빌어먹을! 생명체가 있나 봐!」

「외계인?」

무언가 쿵쾅쿵쾅 발소리를 내며 점점 더 가까이 다가왔다. 생명체가 그들을 향해 달려오고 있었다.

그들은 반사적으로 재빨리 바위 뒤에 몸을 숨겼다.

눈앞의 장면에 그들은 아연실색하고 말았다.

67. 윤내기

엘리자베트의 가슴이 콩닥콩닥 뛰었다. 아드리앵은 벌어진 입을 다물 수가 없었다.

눈앞에 펼쳐지는 광경이 뿜어내는 빛 입자 하나하나를 빠짐없이 빨아들이려는 듯, 그들의 두 눈이 둥그렇게 벌어졌다.

젊은 지구 여성의 척추를 타고 식은땀이 흘러내렸다.

지구 남성은 온몸에 털이 곤두섰다.

그들 앞에는 5미터 정도 되는 푸르스름한 괴물이 떡하니 버티고 있었다. 괴물의 피부는 납작한 비늘로 덮여 있었다. 뒷발 두 개로 몸을 지탱하고 서 있는 모양이, 그들과 똑같은 두발짐승이었다. 외계 동물은 양 콧구멍으로 김을 내뿜고 있었다. 머리를 쳐들고 있는 모습이 먹이를 찾고 있는 것 같았다.

외계 동물이 갑자기 동작을 멈추고 주둥이를 그들 쪽으로 돌렸다. 입을 벌리자 삼각형 모양으로 생긴 이빨과 꺼먼 혓바닥이 드러났다.

「저놈이 우리 체취를 맡을 거야.」엘리자베트가 낮은 목소리로 말했다.

「아니야, 우린 너무 작잖아.」

거대 생명체가 그들을 향해 천천히 다가왔다. 아드리앵은 개죽음을 당하지는 않겠다는 각오로 배낭에서 칼을 꺼내 들었다.

「저놈이 우릴 공격해 오면 우리도 방어할 거야.」 그가 결의를 밝혔다.

괴물이 더 가까이 다가왔다.

드디어 괴물이 멈춰 섰다. 괴물이 주변 공기를 들이마시더니, 몸이 굳어지면서 〈에취〉 하고 떠나갈 듯이 재채기를 하기 시작했다. 한 번 하더니 두 번 하고, 또 연이어 세 번 재채기를 했다. 괴물은 뒷걸음질을 치더니 결국 도망을 쳤다.

두 사람은 숨어 있던 곳에서 나왔다. 전투도 없이 승리를 얻었다는 사실에 어리벙벙했다.

「생명체가 있다는 것은, 당연히 그 생명체가 먹고살 수 있는 음식도 있다는 이야기야. 식물이건 동물이건 말이야.」 아드리앵이 나름의 논리를 펼쳤다.

두 탐험가는 외계 괴물의 흔적을 따라가기 시작했다. 발자국 하나가 그들의 키만 했다.

발자국을 따라가 보니 풀이 높게 자란 초원이 나타났다. 듬성듬성 나무들도 자라고 있는 모습이 마치 회색의 바위 사막 속에 있는 푸른 오아시스 같았다.

두 사람은 어안이 벙벙한 채 멈춰 섰다.

「나무야!」

「나무가 있다면 물이 있다는 거야!」

조금 더 걸어가다 보니 다리가 네 개 달린 괴물들이 더 많았다.

「〈공룡〉이야.」아드리앵이 또박또박 말했다.

「뭐?」

「공룡, 이브가 쓴 책에 〈공룡〉이라는 이름으로 나온 동물과 아주 흡사해. 일종의 거대한 도마뱀인데, 드래곤이라고도 불려. 신화적인 동물이지. 그런데 여기서 실제로 살고 있다니…….」

하늘에서 큰 소리가 났다. 올려다보니 원기둥의 새들보다 훨씬 몸집이 큰 외계 동물들이 하늘을 날고 있었다.

두 사람은 숲을 따라 나 있는 높은 수풀 속으로 들어갔다.

나뭇잎이 부스럭거리는 소리.

어떤 형체가 전속력으로 가시덤불 속을 달려갔다. 아까보다 훨씬 작은 발자국들이 땅에 찍혀 있었다.

「작은 〈공룡〉들이 더 있는 거야! 사냥을 할 수도 있겠어…….」아드리앵이 흥분해서 말했다.

「그러다 우리가 사냥감이 될 수도…….」그들에게 가까이 다가오는 거대한 무리를 가리키며 엘리자베트가 작은 소리로 말했다.

그 네발짐승들은 높은 곳에 있는 나뭇잎을 뜯어먹느라 정신이 없었다.

「초식 동물이야.」

그가 그녀를 안심시켰다.

「물 흐르는 소리가 들려. 강이야!」

그들은 강까지 한걸음에 내달려 물속으로 뛰어 들어갔다. 잠시 망설이던 아드리앵이 먼저 물맛을 보겠다고 나섰다.

몇 미터 떨어진 곳에서 그들을 지켜보던 동물 한 마리가 갑자기 멈춰 섰다. 그들의 존재에 놀라기라도 한 듯, 입을 헤

벌리고 그들을 쳐다보고 있었다.

「우린 〈공룡들의 행성〉에 도착한 거야.」

엘리자베트가 한숨을 내쉬었다.

아드리앵이 용기를 내기 위해 숨을 한 번 크게 들이쉬더니, 칼을 손에서 놓지 않은 채 자기 키만 한 작은 두발짐승을 향해 걸어갔다.

외계 동물이 줄행랑을 쳤다.

그들의 키와 비슷하거나 조금 작은 동물들은 그들을 보자마자 모두들 달아나 버렸다.

「그렇다면 이제 한 가지 확실해. 저놈들은 말을 할 줄도, 의사소통을 할 줄도 몰라. 내 생각에, 여기 토착 동물들은 우리보다 덩치는 커도 원기둥 안에 있는 도마뱀 지능 정도밖에 안 되는 것 같아.」엘리자베트가 말했다.

「우리가 먹어도 될까?」아드리앵이 제안했다.

「이곳의 공기를 먼저 들이마신 것도 너고, 햇빛에 피부를 먼저 노출시킨 것도 너고, 물을 먼저 마셔 본 것도 너잖아. 그러니 여기 동물을 먼저 맛보는 기쁨도 너한테 넘길게.」

아드리앵이 활을 가지러 무슈롱호로 돌아갔다. 엘리자베트는 안전을 위해 우주선 근처에서 기다리겠다고 했다.

몇 분 후, 아드리앵이 큰 화살이 머리에 비스듬히 꽂힌 1미터 길이의 조그만 공룡 한 마리를 들고 돌아왔다. 그는 무거운 짐을 그녀의 발치에 던져 놓았다.

두 지구인은 동물의 사체를 빤히 내려다보았다.

「자, 여기 고기. 슬슬 먹어 볼까?」

「너부터 먼저. 어쨌든 네가 잡은 거니까.」

아드리앵이 단말마 상태에서 계속 몸을 움찔움찔하는 동

물을 내려다보았다.

　「흠······ 구워 먹는 게 낫겠어. 그럼 맛도 더 좋고 위생적일
테니까.」

68. 첫 번째 시식

　떨어진 나뭇가지들을 주워 꼬치를 만들어 고기를 끼운 뒤 한 시간을 굽고 나서, 아드리앵이 외계 도마뱀의 조그만 넓적다리 한 토막을 께적께적 뜯어 먹기 시작했다.

　그가 이내 역겹다는 입 모양을 지어 보였다.

　「맛이 없어?」그녀가 물었다.

　「응, 별로야. 아까 공기 때랑 같아. 처음이니까 당황스럽지. 하지만 결국에는 익숙해질 거라고 생각해. 여하튼 선택의 여지가 없잖아.」

　엘리자베트가 반신반의하면서 입을 삐죽 내밀고 쳐다보는 사이, 그는 여전히 인상을 찡그리면서도 고기를 세 입이나 먹었다.

　그녀가 마지못해 한 입 베어 먹더니 배가 고픈지 한 입을 더 먹었다.

　「근데 말이야.」그가 약간 난처한 얼굴로 말했다.

　「내가 너한테 이야긴 안 했는데, 저놈이 말이야······.」그가 턱으로 꼬치를 가리키며 말했다.

　「저놈이 좀 〈특별하긴〉 했어.」

　「뭐가?」

「〈협상〉을 하려는 것 같아 보이더라고. 저놈이 내 쪽으로 다가오기에 내가 〈안녕〉 하고 말했지. 그랬더니 자기 언어로 〈안녕〉이라고 말하는 것처럼 낑낑거리는 소리로 답례를 하더라고. 내가 보편적인 평화의 의사 표시로 이렇게 손을 벌렸더니 글쎄 저놈도 똑같이 따라 하는 거야. 손을 벌리더란 말이야. 내가 웃으니까 저놈은 다른 몸짓을 하며 고개를 끄덕이더라고. 그러더니 안심하고 내 쪽으로 걸어오는 거야.」

「그래서?」 그녀가 관심을 보이며 물었다.

「음, 그러니까, 대화를 시작하고 나서 사냥을 하면 꺼림칙할까 봐 좀 혼란스럽더라고. 그래서 활을 빼서 아주 가까이에 있는 놈을 쏴버렸지. 놈하고 본격적으로 대화를 시작하기 전에 말이야.」

그녀가 경악을 금치 못했다.

「농담이지?」

「아냐. 이건 외계 동물들과의 문제라고. 우리가 〈친구〉 사이가 되어 버리면 잡아먹지 못해.」

엘리자베트는 구역질이 났다. 도저히 참지 못하고 조금 후 속에 든 것을 게워 내고 말았다.

아드리앵은 그녀가 이렇게 예민하리라고는 상상도 하지 못했다. 이럴 땐 어떻게 대응해야 할지 몰라 망설이던 그가 그녀를 쫓아가 사과를 해야겠다는 마음을 먹었다. 그러다가 어깨를 으쓱하더니, 어쨌든 배가 고파지면 다시 돌아오겠지, 하고 생각을 바꾸었다. 역시나, 시간이 조금 지나자 그녀가 다시 모습을 드러냈다. 겨우겨우 화를 참느라 얼굴 표정이 일그러져 있었다.

「그 외계 동물들이 진짜로 지능이 있다면 어떡할래?」

「어떡하긴, 그럼 제일 멍청한 놈들로 찾아봐야지. 그런 놈들만, 멍청한 놈들만 잡아먹으면 되지. 지금은 네가 아무리 양심의 가책을 느껴도 한번 죽은 우리의 〈낯선 친구〉가 다시 살아나지는 않는다고.」그가 주변으로 살 타는 냄새를 고약하게 풍기고 있는 꼬챙이에 꿰인 고깃덩어리를 가리키며 말했다.

「그놈들이 이 일로 우릴 원망하면 어떡해? 결과적으로, 내 생각이 맞는다면 말이야. 혹시라도 우리가 〈시식한〉 놈이 그들의 사절이었으면 어떡하냐고.」

「사죄를 해야지.」

그녀는 여전히 화가 풀리지 않았지만 자리에 앉았다. 다시 먹을 생각인 것처럼 보였다.

「혹시라도 공룡들이 사는 도시가 있어서 그놈들이 진짜 문명을 이루고 산다면. 네가 그들 가운데 거물 하나를 죽였다면. 그놈이 글쎄, 뭐랄까, 우릴 만나서 우리에 대해 연구를 하려고 했던 인종학자 같은 놈이면 말이야. 어찌 됐든…… 저들이 볼 때는…… 결국…… 외계인은 다름 아닌 우리라고!」

그녀가 흥분을 가라앉힐 수 있도록, 그가 너무 적게 익지도, 너무 많이 익지도 않은 볼살을 한 점 뚝 뜯어서 그녀에게 내밀었다.

그녀가 고집스러운 표정을 지으며 싫다고 말했다.

「결과적으로는, 그래, 맞아. 그래, 우리가 저들의 행성에 발을 디딘 낯선 동물들이지!」

그가 그녀의 머리를 쓰다듬으려 했지만 그녀는 멀찌감치 물러났다.

「네가 형이상학적인 질문을 할 때가 나도 참 좋아, 엘리트.

하지만 지금은 정말 네가 기운을 회복하는 걸로 만족해야 할 때야. 생존의 문제라고. 먹지 않고 사는 동물이 어디 있냐. 우린 육식 동물이야, 우리한텐 단백질이 필요하다고.」

그녀가 꼬치에 눈길을 줬다. 그러다가는 마지못한 표정으로 남자가 건넨 고깃점을 우물우물 씹기 시작했다.

「너한테 위로가 될지 모르겠지만, 혹시라도 가족이나 친구가 찾아 나설지 모르니까, 유골이라도 땅에 묻어 주자.」그가 딱히 확신도 없는 말을 했다.

그녀는 얼굴을 찌푸리고는 별 맛도 느끼지 못한 채 고기를 먹었다. 그러다가 결국에는 못 먹을 정도는 아니라고 생각하게 되었다. 조금 더 연한 등 쪽 부위를 한 점 더 먹고 싶었다.

그날 저녁, 아드리앵은 불을 피워 놓고『새로운 행성: 사용법』을 계속 읽어 내려갔다.

엘리자베트는 엄마에게서 배운 노래를 한 곡 흥얼거리기 시작했다. 〈마지막 희망〉을 이야기하는 노래였다. 그녀가 갈라지는 목소리로 노래를 불렀다.

「우리가 해냈다는 게 아직 믿기지 않아.」아드리앵이 말했다.

「나도 그래. 원기둥 안에서 태어났으니 결국 원기둥 안에서 죽게 될 거라고 늘 생각했거든. 언젠가 정말로 자연스럽게 중력이 작용하는 진짜 행성에 발을 디딜 날이 온다는 생각조차 나한테는 늘 비현실적으로 다가왔어.」

「1251년간의 여행…….」

「……그리고 우리 두 사람을 앞서 간 수천의 존재들. 우리 조상들의 뿌리가 있는 행성에서 수백만 킬로미터 떨어진 곳에 와서, 갖가지 외계 도마뱀들 한가운데서 갈팡질팡하고 있는 너와 날 생각하면.」

「오늘이 며칠인지 알아?」

「아니.」

「오늘이 바로 카니발 축제날이야. 지금으로부터 정확히 1251년 전에, 우리 역사책들에 나온 내용을 네가 기억하는지 모르겠는데, 이브와 엘리자베트를 비롯한 탑승객 1세대가 그 축제를 만들었어. 그리고 지금 우린 여기 이렇게 와 있어.」

아드리앵이 끈 달린 가방을 뒤져 노르스름한 액체가 들어 있는 병을 하나 꺼냈다.

「이게 뭔지 알아?」

「오줌이야?」

「술이야. 어제 가방을 싸다가 우주선 한쪽 구석에서 찾은 거야. 냄새 맡아 봐.」

그녀가 코를 킁킁거리더니 코를 막았다.

「냄새가 고약해.」

「자, 이제부터 축제야! 옛날에 프로젝트 발기인들이 그랬던 것처럼 우리도 시곗바늘을 0으로 다시 돌려놓으면 좋겠어. 이제 우리는 오늘부터 다른 행성에서 맞는 새로운 시대의 00년을 시작하는 거야.」

엘리자베트도 이 생각에 동의했다.

「이전의 시간이 있었어. 지구에서. 그리고 이후의 시간이 있었어. 원기둥 안에서. 그리고 새로운 시간이 왔어. 새로운 행성에서 말이지. 이제 과거에 작별을 고하자. 여기서 모든 걸 다시 시작하는 거야. 오늘 축제의 날은 우리들의 새로운 달력, 너와 나 단 두 사람만의 달력의 첫날이야.」

그녀가 그의 제안에 매료되어 고개를 끄덕였다.

그들은 술을 마시고 알딸딸하게 취했다.

아드리앵이 엘리자베트의 팔을 잡자 그녀가 즉시 뒤로 몸을 뺐다.

「지금 뭐 하는 거야?」

「넌 날 선택했어, 아니야?」

그가 다시 다가와 그녀의 손을 잡으려 했다.

그녀가 그를 살짝 밀어냈다.

「싫어, 난 생각 없어.」

「하지만 오늘은 카니발의 날이야. 우리가 취할 때까지 마시고 사랑을 나눠야 하는 날이란 말이야. 새로운 세계의 첫날이야. 이날을 멋지게 기념할 수 있는 방법이지. 그리고 어차피 우리가 새로운 인류를 만들어야 한다면…….」

「싫어. 미안. 난 그럴 생각 없어.」 그녀가 되풀이해서 말했다.

「이유가 뭐야?」

「넌 나를…… 쉬운 여자로 생각할 거야.」

아드리앵은 자신의 두 귀를 의심했다.

「아니야, 절대 아니야. 도대체 뭣 때문에 그런 생각을 하는 거지……. 엘리트, 내가 강요하려고 하는 말이 아니라, 여긴 우리 두 사람밖에 없다는 걸 모르겠어? 그놈들이 멀리서라도 우릴 지켜보는 일 따윈 없겠지만……. 혹시 그렇더라도 외계 공룡들의 생각을 네가 그토록 중요하게 생각할 필요는 없다고 봐.」

「그게 아니야. 외계 동물들의 생각이 아니라 네 생각이 문제야. 난, 우리 관계가 깊어지기 전에 네가 날 존중하고 있다

387

는 걸 먼저 보여 주었으면 좋겠어.」

아드리앵은 약간 실망했다.

「내가 멋대로 할 수도 있다는 걸 아는지 모르겠군.」

「아주 싹수가 노랗군. 어떤 말을 해야 여자의 마음을 얻을 수 있는지 네가 아는지나 모르겠다. 하지만 이건 알아 둬. 나한텐 칼이 있어. 네가 조금이라도 완력을 쓰려고 하면 난 가만 있지 않겠어.」

아드리앵은 더더욱 난감해졌다.

그들은 서로를 노려보았다.

그의 눈에는 그녀가 점점 더 아름답게만 보였다. 그녀의 사납고 야성적인 면이 도리어 그를 흥분시켰다.

「네가 만약 나를 죽이면, 넌 이 행성에 혼자 남게 될 거야. 그런데도 나한테 〈쉬운 여자〉로 보이느냐 마느냐가 너한테 그렇게 중요하단 거야?」

「내가 이미 말했지. 네가 나를 존중해 주었으면 좋겠다고. 더군다나 우리 관계가 깊어지길 원한다면 말이야.」

「이런 빌어먹을. 엘리트! 넌 선택의 여지가 없어! 우린 인간 세상에서 수백만 킬로미터나 떨어진 이 행성에 지금 단둘이 있는 거야. 나밖에 없다고!」

여자가 고집을 꺾지 않았다.

「기만적인 논리야. 넌 상황을 이용하려는 거야. 이제 그만, 카니발을 끝내는 편이 낫겠어. 각자 자기 구역에서 침낭에 들어가 자자. 되도록 멀리 떨어져서.」

남자는 너무도 기가 찼다. 그는 이해할 수 없다는 눈빛으로 여자를 노려보았다.

〈어떻게 다른 행성에서 인류를 다시 태어나게 할까?〉라는, 우주에서 가장 위대한 문제 가운데 하나를 풀었는데, 예상치도 않았던 〈어떻게 한 여자로부터 사랑을 받을 수 있을까?〉라는 문제에 부딪혀 이러지도 저러지도 못하고 있는 자신이 답답했다.

「그럼…… 잘 자, 엘리트.」그가 쓸쓸하게 침낭 속으로 들어가며 말했다.

「잘 자, 아드리앵. 너한테 무슨 감정이 있어서 그런 건 아니야. 하지만 내가 잠들어 있을 때 가까이 다가올 생각 따윈 하지도 마. 난 칼을 꼭 쥐고 있다가 필요할 때 서슴지 않고 쓸 거니까.」그녀가 대답했다.

그는 기진맥진한 채 어깨를 으쓱했다. 그러고는 그녀가 생리 중인 게 분명하다고 생각하면서, 스스로를 위로하며 잠이 들었다.

엘리자베트는 금방 시끄럽게 코를 골기 시작했지만 아드리앵은 쉽사리 잠을 이룰 수가 없었다.

69. 은근한 불로 다시 익히다

　멀리서 재채기하는 소리에 두 사람은 잠을 깼다. 엘리자베트가 먼저 무슈롱호 밖으로 나왔다. 완전히 긴장을 푼 채 체조를 하며 힘차게 하루를 시작할 준비를 했다.

　그녀는 크게 호흡을 했다. 이제 주변 공기에 익숙해졌고, 풀과 송진에서 나는 역한 냄새조차 정겹게 느껴졌다.

　아드리앵이 뒤따라 나오더니 첫날을 오두막집을 짓는 데 쓰자고 했다.

　그들은 나뭇가지로 아담한 오두막을 짓기 시작했다.

　오후가 되자 아드리앵이 주변에 있는 나무를 베서 직접 만든 새 활을 메고 사냥을 하러 떠났다. 공룡들은 크건 작건 이 낯선 사냥꾼의 정체를 전혀 모르는 상태에서 호기심만 가지고 다가오는 경우가 많아서, 사냥은 아주 수월했다. 그와 가까워지면 모두 재채기를 해대는 바람에 공룡들을 죽이는 게 어렵지 않았다.

　그는 공룡들이 재채기를 할 때 제자리에서 꼼짝하지 않고 두 눈을 감는다는 사실을 이미 파악했다. 그래서 정확하게 그 순간을 노렸다가 사냥감의 머리나 심장을 겨누면 그만이었다.

엘리자베트는 그가 거둔 수확을 칭찬해 주고는 싱싱한 고기로 요리를 하기 시작했다. 그녀는 공룡 고기가 너무 싱거워 직접 돌 사이에 넣고 짓이긴 향내 나는 풀들을 같이 넣고 요리하는 편이 좋겠다고 판단했다.

「맛이 기가 막히다.」 아드리앵이 입 안 가득 음식을 물고 칭찬을 했다.

엘리자베트는 불을 피우고 공룡 다리 한쪽을 더 얹었다.

「정말? 내 요리가 마음에 들어? 풀만 더 넣었을 뿐인데. 꽃도 찾아 넣었어. 네가 좋아하니까 나도 정말 기뻐. 요리법을 좀 갈고 다듬어 볼게.」

그녀가 갑자기 구름을 올려다보았다.

「저기 위에서는 어떻게들 지낼까?」 그녀가 말했다.

「누구 이야길 하는 거야? 새들 말이야?」

「아니, 잘 알면서 그래. 파피용호 사람들 말이야. 엘레, 조슬린, 니코, 가비.」

「흠, 바쁘게 지낼 거야. 카드놀이도 하고, 활쏘기 시합도 하고. 시도 쓸 테고. 우릴 위해 기도도 해줄 테고. 어쨌든 내가 걔네 처지라면 그렇게 했을 거라는 이야기야. 죽음을 기다리면서 즐겁게 시간을 보내는 거지.」

그녀가 고개를 끄덕였다.

「내가 널 선택했으니, 넌 어찌 됐든 운은 되게 좋은 거야.」

「아니, 네가 날 완전히 〈선택한〉 건 아니지.」

그가 자신의 입장을 변호했다.

「우리가 사랑을 나눠야 비로소 네가 날 선택하는 거야. 지금은 오히려 내가 저 위에 있는 애들보다 더 불리하다는 생각마저 드는걸.」

「어떻게 그런 말을 할 수 있어! 맛있는 음식을 먹고 여자와 이야기도 나눌 수 있는데!」

「여자가 날 거부하는데 여자와 같이 있는 게 다 무슨 소용이겠어?」

「그러니까 네가 관심이 있는 건 그거 딱 한 가지뿐이구나. 섹스! 정말이지, 남자들이란. 다들 그 생각에만…….」

그녀가 말을 끊더니, 짐짓 화가 난 척하며 이렇게 말했다. 「네가 자격이 있다고 생각이 들 때 너한테 날 〈맡기겠어〉. 우린 앞으로 여기서 살날도 많고, 젊기까지 해. 난 우리 사랑이 한순간 불타오르고 마는 건 싫어. 성스러운 행위를 기념하는 것이었으면 좋겠어. 난 아직 동정이야. 나와 관계를 가지려면 그럴 자격을 갖춰야지.」

아드리앵이 인상을 찡그렸다.

「왠진 모르겠는데 갑자기 피로가 몰려오네. 술 남았어?」

그날 저녁, 엘리자베트는 아드리앵에게서 더 멀리 떨어져 잠이 들었다.

그녀는 마치 제3자에게 말하듯이 꿈속에서 투덜거렸다.

〈안 돼, 도대체 쟤는 자기가 뭐 대단한 사람인 줄 안다니까. 내가 자기를 필요로 한다고 생각한다면 그건 오산이야.〉

그리고 마치 그를 밀어내듯이, 허공에 대고 발길질을 했다. 그는 낙담한 마음에 한숨을 내쉬었다. 그리고 위로받을 길 없는 고독을 느끼며 잠이 들었다.

밖에서는 동물들이 호기심에 가까이 다가왔다가는 재채기를 하면서 되돌아갔다.

70. 정착

두 지구인은 아침마다 지평선에 해가 나타나는 곳, 즉 동쪽을 향해 길을 나섰다. 그들은 강을 거슬러 올라가다가 금방 한가로이 강이 흐르는 더 넓은 땅을 발견했다.

그들은 강가에서 제일 큰 나무를 찾아 나뭇가지 사이에 안식처를 짓기로 했다. 이리저리 얽힌 나뭇가지들이 평평한 바닥을 만들어 주고 있었다. 아드리앵은 그 위에다 쉽게 집을 지을 수 있을 것이라고 판단했다.

높은 곳에 있으면 오두막보다는 밤에 큰 공룡들의 공격을 받을 위험도 줄어들 것이다.

그들은 먼저 덩굴을 이용해 건축 자재를 나뭇가지까지 끌어올리는 데 쓸 사다리부터 만들기 시작했다. 그러고 나서 밧줄로 묶어서 연결한 긴 나무 들보들을 죽 배열해 단단한 바닥을 만들었다. 그렇게 출입구와 바닥을 단단하게 고정시키고 나서 바람을 막을 수 있게 벽을 쌓아올렸다. 그러고는 마지막으로 잎이 무성한 잔가지들을 엮어 지붕을 만들었다.

젊은 지구인 여성은 즉시 침대가 하나씩 들어가는 방 두 개로 공간을 나누었다. 〈자신만의 공간〉을 가지고 싶었기 때문이다. 〈주방〉도 따로 만들었다. 지구인 남자는 사냥에서 잡은 것들을 보관할 장소를 만들고, 활과 화살을 만들 작업장을 설치했다.

그때부터 그들은 최초로 일상생활의 규칙들을 만들기 시작했다. 아드리앵은 아침이 되면 사냥을 떠났다가 점심 식사 전에 돌아왔다. 그리고 점심을 먹고 다시 나갔다가 저녁 식사 전에 돌아왔다.

엘리자베트는 집을 가꾸고, 음식을 준비하고, 여기저기 나뒹구는 물건들을 정리했다. 그녀는 〈기분 나쁜 만남〉을 가지게 될까 두렵다고 하면서, 외출을 그다지 즐기지 않았다. 대신 그녀는 종종 강에 가서 수영을 했다. 아드리앵은 모기를 쫓으려면 자연스러운 체취를 그대로 간직해야 한다고 주장했다. 모기는 〈너무〉 깨끗한 피부를 좋아한다는 게 그의 지론이었다. 두 사람이 여전히 다른 견해를 보이는 문제들이 한두 가지가 아니지만, 저녁 시간에는 그래도 둘이 즐겁게 대화를 나누며 휴식을 취했다. 그들은 식탁과 의자도 만들어 놓았고, 약간 연기가 나긴 했지만 횃불을 켜서 불도 밝혔다. 큰 나뭇잎을 접시로 쓰고, 손가락을 포크로 썼다. 음료수로는 물뿐만 아니라 직접 과일을 따서 만든 주스를 살짝 발효해 술처럼 먹기도 했다.

엘리자베트는 자기만의 공간에서 공룡 가죽으로 바느질을 해서 옷을 만들었다. 만든 작품들을 아드리앵에게 보여주면 그는 경탄의 눈길로 바라보곤 했다. 그녀는 뼈를 깎아 바늘까지 만들었다.

「공룡 사체가 점점 더 많아지고 있어. 무슨 병이라도 퍼진 것 같아. 그리고 숲에 가면 사방에서 공룡들이 재채기를 하고 기침을 하는 소리가 들려.」

「난 뭔지 알 것 같아.」엘리자베트가 말했다.

「말해 봐.」

「그 병의 원인은…… 바로 우리야.」그녀가 설명했다. 「공룡이 처음으로 우리에게 다가왔던 때를 기억해 봐. 우리 냄새를 맡고 나서 재채기를 했잖아. 우리가 공룡들에게 치명적인 감기나 독감 같은 것을 옮긴 게 틀림없어. 생각해 봐. 원기둥 안에서도 갖가지 전염병 때문에 동물들이 무수히 죽었잖아.」

「네 생각이 맞는 것 같아. 우리가 공룡들을 죽이는 세균이나 박테리아, 바이러스 같은 걸 옮긴 게 틀림없어.」아드리앵이 동의했다.

「지구에서 최초의 탐험가들이 원주민들에게 갖가지 세균을 퍼뜨린 것과 똑같이 말이야. 그 생각을 했어야 했는데.」

「그랬다고 뭐가 달라졌겠어? 영원히 밀폐 우주복을 입고 다닐 수는 없는 노릇이었잖아.」

「우리가 뭘 어떻게 해야 하지?」

창문 역할을 하는 틈 사이로 길게 뻗은 나뭇가지들이 눈에 들어왔다.

「이미 너무 늦었어. 이제 우리 없이도 세균은 퍼지게 되어 있어. 우리가 해야 할 일은 이곳에다 지구의 동식물을 옮겨 놓는 일이야. 그 동식물종들은 지구의 세균에 면역력을 지녔을 테니까. 이브-1은 미리 거기까지 생각한 거야. 그래서 무슈룡 2호 안에 조그만 생물 실험실을 만들어 놓은 거고.」

「그럼 우주선으로 돌아가서 씨앗하고 수정란들을 가지고 오자.」

「너한테 있는『새로운 행성:사용법』을 뒤져 보면 돼. 그 안에 어떻게 동물들을 부화시키는지, 우리가 해야 할 일은 뭔지 다 나와 있어. 우리 식단을 다양하게 만드는 데도 도움이 될 거야. 도마뱀은 크든 작든, 구워 먹든 날로 먹든, 이제 질리기 시작했거든. 파피용호에서 먹던 발광성 토끼가 다 그리워질 지경이라니까.」

아드리앵이 강렬한 눈빛으로 엘리자베트를 쳐다보았다.

「왜 날 그런 눈으로 보는 거야? 무슨 문제라도 있어?」 그녀가 물었다.

「난 이제 너하고 사랑을 나누는 건 포기했어. 이제 아무렇지도 않아.」

「이제야 겨우 조금 더 합리적으로 생각을 하는군. 욕망이 없으면 고통도 없는 법이지.」

「그럼 우리 둘은 이렇게 나란히, 〈친구〉처럼 살게 되겠지, 그렇지?」

「그럴 수도 있겠지, 어쨌든 〈이웃〉으로는 지낼 수 있을 거야.」

그녀가 자리에서 일어나 나무 항아리에 담아 놓았던 시원한 물을 조금 따라 주었다.

「네가 드디어 현실을 받아들이는 것 같아서 난 정말 기뻐.」 그녀가 말했다.

「그런데 넌, 넌 육체적 욕망이 없어?」

「있지. 물론 있어. 하지만 우린 동물이 아니잖아. 우린 지구인이라고.」 그녀가 자랑스럽게 말했다.

「그리고 우리 지구인들은, 특히 우리 지구 여자들은 원초적인 충동을 잘 조절해서 승화시키지. 너도 보게 될 거야. 언젠가 우리 둘이 몸을 합쳐서 생명의 정기를 교환하는 날이

오면, 그건 정말 일대 사건이 될 거니까.」

그들은 그날 저녁에 당장 사랑을 나누었다.

일대 사건은 아니었다.

하지만 엘리자베트는 직관적으로 그게 정상이라는 것을 알고 있었다. 그녀는, 남자는 여자의 필요에 부응할 수 있도록 만들어 가야 하는 존재라고 생각했다. 시간이 조금 더 지나면 아드리앵에게서 조바심과 미숙함이 사라질 것이다. 그녀는 다음 밤에 사랑을 나눌 때는 그에게 〈애무〉, 〈전희〉, 〈쾌락의 지속〉 같은 개념을 가르쳐 주어야겠다고 생각했다. 몸을 섞는다는 것은 일종의 대화이며, 서로 상대방에게 귀를 기울여야 한다는 것을 가르칠 것이다.

「좋았어?」 그가 물었다.

「멋졌어. 넌 완벽한 애인이야.」 그녀가 최대한 확신을 가지려고 애를 쓰면서 대답했다.

「그럼 옆에서 나란히 같이 자도 돼?」

「오늘 밤은 안 돼. 하지만 그런 날이 올 수도 있겠지. 너도 알잖아, 내 잠버릇이 아주 고약한 거.」

그녀는 그에게 깊게 키스를 한 뒤 목을 핥아 주고는 자기 침대로 돌아갔다. 그날 저녁, 그녀는 처음으로 잠꼬대를 하지 않았다. 그가 그녀의 자는 모습을 보러 왔을 때, 그녀는 꿈을 꾸며 웃고 있었다.

71. 거푸집에서 생명이 나오다

생명을 탄생시키는 것은 복잡한 일이었다. 「동물을 부화시키는 방법」이라는 장을 읽은 뒤, 그들은 책에서 지시한 대로 예전 지구의 동물 수정란들을 자동 인공 부화기에 넣었다.

몇 주가 지나자, 새로운 행성에 뿌리를 내릴 준비를 끝낸, 지구에서 온 최초의 생명들이 눈앞에 나타났다.

그들은 제일 먼저 냉동과 해동을 차례로 거친 수정란에서 갓 태어난 개미를 내려놓았다.

새로운 행성에서 어찌할 바를 모르고 있던 개미는 아드리앵의 손가락을 떠날 생각이 없는 모양이었다.

「자, 어서, 내려가!」

결국 사람의 입김을 추진력으로 삼은 개미가 저만치 날아가 살짝 떨어졌다. 개미는 자신이 막 발을 디딘 새로운 세계가 얼마나 넓은 곳인지 상상도 못 한 채, 조심스럽게 탐험을 시작했다.

반면 엘리자베트는 상징적인 의미를 지닌 나비를 부화시켰다. 그녀는 번데기에서 꺼낸 나비를 손에 올려놓았다.

파란 형광색 날개가 여러 층으로 빛을 반사해 마치 비현실적인 부조처럼 보이는 모르포 나비였다. 그녀는 마치 예술 작품처럼, 막 작업을 끝낸 그림처럼 〈자신의〉 곤충을 관찰했다.

그녀는 바람을 후후 불어 나비의 젖은 날개를 말려 주었다.

나비가 날 생각을 하지 않자, 그녀가 바람을 더 세게 불어 하늘 높이 띄워 보냈다. 나비는 당황스러우면서도 추락이 두려운지 날개를 퍼덕이기 시작했다. 그러더니 마침내 푸른빛 긴 날개로 공기를 휘저어 나갔다. 지그재그로 움직이던 나비는 결국 방향을 조정하면서 태양을 향해 날아올랐다. 자신의 야리야리한 융기에 남아 있는 마지막 습기의 흔적을 그렇게 말려 볼 생각인 것처럼.

개미와 나비에 이어 세 번째로 쥐 역시 새로운 세계의 정복에 나섰다.

「이 세 동물한테 교미 상대를 만들어 줘야 해. 그러지 않으면 오래가지 못할 거야.」아드리앵이 말했다.

다음으로 암수 햇병아리 두 마리, 생쥐 두 마리, 토끼 두 마리가 세상에 나왔다.

몇 달이 지난 후 염소 두 마리, 양 두 마리, 소 두 마리도 세상 구경을 했다. 아드리앵과 엘리자베트는 책 내용대로 흰개미, 각종 딱정벌레류, 모기, 파리 같은 예전 지구의 곤충들도 새 행성에 풀어 놓았다.

파리는 특히나 번식력이 강해 새로운 행성 전역으로 퍼져 나갔다. 두 사람은 나뭇가지 속에 지은 집 아래에 작은 정원을 꾸몄다. 여기서 당근을 길러 토끼에게 먹이를 주고, 밀을 길러 빵을 구워 먹고, 포도나무를 키워 포도주를 만들었다.

사냥을 하러 밖에 나가 있는 아드리앵의 눈에 파리로 뒤덮인 공룡의 시체가 점점 더 많이 눈에 띄었다. 마치 어떤 삶의 형태가 서서히 다른 삶의 형태를 밀어내고 그 자리를 차지하는 것 같았다.

가축으로 기를 동물과 식탁에 올릴 식물을 만들고 난 두 지구인은, 이브가 권하는 대로 친근감은 덜 느껴지지만 생태계 순환에 꼭 필요한 동물들을 만들기로 했다. 여우, 늑대, 곰, 사자, 치타, 고양이, 개, 심지어는 뱀, 거미, 두더지, 지렁이까지. 지렁이는 특히 흙의 통풍을 도와주는 역할을 했다. 세 번째로는 좀 더 덩치가 큰 코끼리, 하마, 기린, 매머드 같은 덩치 큰 포유류를 만들었다. 그다음은 그들의 개인 동물원을 꾸밀 얼룩말, 영양, 다람쥐, 공작, 풍뎅이, 원숭이 같은 동물들 차례였다. 그 밖에도 많은 동물이 세상의 빛을 보았다.

아드리앵과 엘리트는 나무 속 집에서 함께 살면서 점점 서로에게 익숙해졌다. 낯설긴 하지만 나름대로 편안해진 행성의 자연 속에서 평화롭게 살고 있었다.

그들은 같은 침대에서 잠을 잤다……. 그러던 어느 날 저녁, 행성에 도착한 지 2년이 지났을 때, 엘리자베트와 아드리앵 사이에 말싸움이 벌어졌다.

「우리 얘기 좀 해! 난 이대로는 못 살아!」 엘리자베트가 언성을 높였다.

「이번엔 또 뭐야!」

「사랑을 나눌 때, 난 왜 항상 아래에 있어야 하냐고.」

「아니, 이봐, 대체 뭘 원하는 거야?」

「위에 있는 거. 네가 위에 있으면 숨이 막힌단 말이야. 네가 가슴을 눌러서 숨이 막힐 것 같다고.」

「네가 위에 있으면 난 못 할 것 같은데.」 아드리앵이 말했다.

「그렇다면, 좋아, 경고하는데, 위에서 하지 못할 거라면 난 이제부터 차라리 하지 않겠어.」

「무슨 말도 안 되는 소릴 하는 거야. 그럼 내가 네 요구를 들어주지 않으면 사랑을 나누지 않겠다, 그 말이야?」

「바로 그거야. 내 말뜻을 제대로 이해했네.」

「난 네가 원하는 것 따윈 관심도 없어! 앞으로도 우리가 늘 해온 대로 계속할 거야. 난 위에, 그리고 넌 아래. 난 그래야만 만족을 느낄 수 있어.」

「그럼 내 만족은, 넌 그건 안중에도 없니?」

「휴! 또 시작이야, 그만 좀 해라.」

「난 너한테 할 말 다 했어. 위치를 바꾸지 않으면 절대 못해.」

「차라리 뒈지라고 그래!」 그가 잔인한 미소를 지으며 그녀를 노려보았다. 「난 네가 왜 나를 이렇게 괴롭히는지 잘 알아. 네가 아래쪽에 있어서가 아니야. 우리가 아이를 갖지 못해서 그런 거야. 동물들에게는 생명을 불어넣으면서, 넌 정작 인간의 생명을 잉태할 능력이 없는 거야!」

그녀가 그를 사납게 째려보았다.

「어떻게 그런 말을!」

「넌 불임이야, 정말 안됐어. 우린 2년이나 사랑을 나눴어. 그리고 온갖 종류의 곤충, 새, 포유류를 만들어 냈지. 그런데 넌 아들이 됐든 딸이 됐든 아이를 낳지 못했어. 너 어디가…… 잘못된 게 분명해.」

「나쁜…….」

몇 분 후, 그들은 욕설을 주고받으며 서로 치고받고 했다. 그녀가 그의 뺨을 갈기자 그가 그녀의 뺨을 갈겼다.

그녀는 입술이 터진 채 자리에서 일어나 집을 나가겠다고 했다.

「지금 농담하는 거야? 갈 데가 어딨어? 이 행성에 있는 사람이라곤 딱 우리 둘뿐이라는 사실을 잊은 모양이네.」

「너 같은 나쁜 자식하고 사는 것보단 차라리 혼자 사는 게 나아! 널 선택하는 게 아니었어. 다른 네 명 중에서 아무나 고르는 게 나았을 뻔했다고. 가비, 니코, 엘레, 조스, 정말 괜찮은 애들이었는데. 너보단 훨씬 나았을 거야, 알겠어? 내가 불임이 아닐 수도 있으니까! 내가 보기엔 도리어 네가 문제야. 네 그 게을러터진 정액이 문제라고.」

그녀는 자리를 박차고 일어났다.

그는 얼떨떨했다.

그녀는 몇 분 후에 들어오더니 짐을 챙기고 다시 나갔다. 그들은 한 마디도 주고받지 않았다. 아드리앵은 구시렁구시렁하면서 담가 놓은 과일주를 들이켰다.

엘리자베트는 그곳에서 멀리 떨어진 강 상류에 거처를 마련했다.

72. 건조

시간이 흘렀다. 나무 속 집은 차차 덩굴로 뒤덮였다. 지구
인 남자는 해가 하늘 높이 걸릴 때까지도 자리에서 일어나지
않았다. 겨우 사냥을 나갔다가는 저녁에 돌아와 혼자 식사를
하고 잠에 곯아떨어질 때까지 취하도록 술을 마셨다.

사냥을 나가도 죽어 가는 공룡의 사체를 그러모으는 정도
에 그쳤다. 사냥이라기보다는 차라리 채집에 가까웠다.

도마뱀만 먹다가 꽤나 질린다는 생각이 들면 토끼를 한두
마리 잡기도 했다. 하지만 지구의 종들이 그곳에서 번식을
하려면 시간이 필요하다는 사실을 알기에, 멸종하는 일이 없
도록 신경을 쓰면서 조금씩 잡았다.

아드리앵은 엘리자베트가 어디에 집을 지었는지도 몰랐
다. 가끔씩 그녀의 발자국만 확인하고 지내다가 어느 날은
발자국을 따라가 보기로 했다. 그는 연기가 새어 나오는 동
굴 앞에서 발자국이 끊어진 것을 확인했다. 그러니까 엘리자
베트는 자연을 그대로 이용해 거처를 만들었던 것이다.

그다지 놀라운 일은 아니었다. 그녀 혼자서 튼튼한 집을
지을 수 있을 것이라고는 생각하지 않았기 때문이다. 하지만
그는 그녀를 만나러 들어가지 않았다. 자존심 문제였다.

그는 곧 그녀의 화가 가라앉을 것이라고 확신했다. 엘리자베트가 돌아올 것이라고.

〈그녀한테는 내가 필요해. 지루해서 죽을 지경일걸. 결국 두 손을 들고 말 거야.〉

하지만 그녀는 돌아오지 않았다.

세 달이 지난 뒤, 그는 꽃을 들고 화해를 하기 위해 그녀를 찾아갔다. 이제부터는 사랑을 할 때 원하는 대로 위에 있어도 좋다는 이야기를 할 생각이었다. 그런데 시작부터 예감이 좋지 않았다. 동굴에서 연기가 새어 나오지 않고 있었다.

그는 황급히 동굴로 뛰어 들어갔다. 그리고 끔찍하게도 숨이 끊어진 채 누워 있는 그녀를 발견했다. 밤사이 예전 지구에서 온 뱀에게 물려 죽은 것이다.

그 뱀은 원래는 독사가 아니었는데, 돌연변이를 일으킨 것 같았다. 그녀의 몸이 짙은 색으로 변해 있었다. 온몸의 혈관을 타고 독이 번졌다는 증거였다. 불룩하게 부른 엘리자베트의 배가 그의 마음을 아프게 했다. 최소한 임신 4개월은 되어 보였다.

아드리앵은 엘리자베트를 텃밭 구석에 묻고, 원기둥의 관례에 따라 무덤 위에 씨앗을 하나 심었다. 사과나무 씨앗이었다.

그는 오랫동안 상실감에서 헤어나지 못했다. 그녀를 잃었다는 사실보다도 혼자 남았다는 고독감을 견딜 수 없었다. 앞으로 다른 인간을 만나는 일 따위는 애당초 불가능하다는 것을 잘 알고 있었기 때문이다. 앞으로 그의 인생에서는 전염성 독감에 걸린 외계 도마뱀과 낯선 서식 환경에 어느 정도 적응한 지구에서 온 가축들의 사체를 만나는 일이 전부일 것이다.

그는 안락한 파피용호 안에 남아 있는 친구들이 부럽기까지 했다.

〈가비, 엘레, 조스, 니코, 이 넷은 적어도 서로 이야기는 나눌 수 있고, 어울려서 게임도 하고, 함께 뭔가를 만들 수도 있잖아. 하지만 내 신세는 이게 뭐야, 부부 싸움을 한 죄로 남은 일생 동안 말 한마디 붙일 사람도 없이 살아가야 하다니.〉

아드리앵은 술에 절어 지냈다. 그리고…… 취하기 위해 끊임없이 과일주를 만들고 또 만들었다.

그는 늦게까지 잠을 잤고, 사냥을 하는 일도 점점 뜸해졌다. 더러는 두 다리에 힘이 풀려 주저앉기도 했다. 1년이 지나자 그는 혼잣말을 하기 시작했다.

그는 엘리자베트의 무덤을 찾아가 말했다. 「미안해, 미안해. 내가 죽일 놈이야! 네 말을 들었어야 했는데. 하지만 너도 말이야, 엘리트, 넌 원하는 게 있으면 정말 고집을 꺾지 않는 사람이었어. 나한테 강요하지 말고, 네가 위에서 하고 싶다고 부드럽게 부탁할 수도 있었잖아.」

그는 무덤 위를 뒹굴다가 두꺼운 흙을 뚫고 올라온 사과나무를 손가락 사이에 꽉 쥐고 가만히 있었다. 절절하게 그리운 그녀의 몸을 그렇게나마 다시 한번 느껴 보고 싶었다.

혼잣말도 하고, 아내에게 말을 걸어 보기도 하던 그는 이번에는 프로젝트 고안자와 대화를 하는 상상을 했다.

「당신의 멋진 생각을 망쳐 놓아서 정말 미안해요. 하지만 엘리트가 정말 같이 살기 만만치 않은 여자였다는 건 당신도 알아줬으면 좋겠어요! 당신도 봤는지 모르겠는데, 그녀는 시도 때도 없이 날 질책했다고요.」

406

가끔씩은 사냥을 하다가도 〈이브, 이 동물을 잡게 도와줘요〉라든가 〈이브, 집으로 가려면 어느 길로 가야 하는지 알려 줘요, 길을 잃었어요〉 하고 말을 하는 버릇이 생겼다.

어느 날은, 잠들기 직전에, 여느 때처럼 완전히 취한 상태에서 그가 소리를 질렀다.

「어이! 이봐요! 내 말 들려요, 이브? 이렇게 죽어서 당신 계획을 수포로 만들고 싶지 않아요. 예전 지구에서는 사람들이 벌써 다 죽었는지도 몰라요. 어쩌면 내가 마지막 인간, 유일한 인간일 수도 있어요. 그래도 알코올 중독자나 미치광이가 되어 그냥 죽지는 않을 거예요! 난 우주로 날아온 당신의 정자니까! 난 우주에서 가장 똑똑한 생명체를 대표하는 마지막 사람이니까! 난 마지막 인간이니까! 난 죽지 않을 거야, 이브, 내 말 듣고 있어요? 내가 어떻게 해야 되는지 말 좀 해 봐요. 빌어먹을! 당신이 날 여기 데려다 놨으니, 날 이렇게 내버려 두면 안 돼요! 날 도와주는 건 당신의 의무예요. 그러지 않으면 당신은 아무 데도 쓸모가 없는 사람이야. 난 당신을 모른다고 할 거야!」

그는 홧김에 『새로운 행성: 사용법』을 집어 창문 밖으로 던져 버렸다. 그러고 나서 정신을 차리고 나무 밑으로 책을 주우러 갔다.

그저 호기심에서, 어느 페이지가 펼쳐져 있는지 확인하고 싶었다. 「기분 상태와 조언」이라는 장이 눈에 들어왔다. 궁금한 게 있으면 잠들기 직전에 큰 소리로 말을 하면 된다고, 그러면 아침이면 답이 나와 있을 것이라고 쓰여 있었다.

73. 해답

새벽에 그는 대답을 들었다.

아주 간단했다.

진작 그 생각을 하지 못한 자신이 원망스러웠다.

그는 이름이 적힌 시험관들이 가득 든 냉동고 안을 뒤져, 작은 글씨로 〈호모 사피엔스〉라고 쓰여 있는 시험관을 하나 찾아냈다.

그런데, 다른 동물을 만들 때는 〈수정란〉, 〈인공 자궁〉, 〈인공 부화기〉의 순서로 비교적 쉽게 되던 것이, 자신과 같은 종을 만들어 내려니 쉽지가 않았다.

작은 수정란 핵이 인공 자궁 내에 착상이 되지 않았다. 그는 「유전자 조작」 장을 다시 탐독한 끝에, 세포 분열이 원활히 일어나지 않을 경우에는 같은 종에 속하는 동물의 신선한 골수에서 근원세포를 추출해 첨가하면 세포 분열 과정을 촉진시킬 수도 있다는 사실을 알아냈다.

〈인간의 골수라?〉

그는 즉시 엘리자베트의 시체를 꺼내 뼈 속을 파헤쳐 보면 되겠다고 생각했다. 그러나 〈신선한 골수〉라는 말이 무슨 뜻인지 잘 알기에 이내 포기하고 말았다. 행성에서 〈신선한 인간의 골수)를 가진 사람은 그 하나밖에 없었다. 골수를 추출하기 위해 직접 자기 손으로 수술을 하는 일은 몹시 어려운 일일 터였다. 하지만 그 일은 단지 인간이라는 종의 사활만이 걸린 문제가 아니었다.

우주에서 가장 복잡한 형태의 의식의 미래가 달린 문제였다. 그가 마지막이라면, 그건 또한 그가 마지막 기회라는 뜻이었다.

노력을 해봐야만 하는 충분한 이유가 되었다.

그런데 기술적인 문제가 있었다. 고통스럽지 않으려면 마취를 해야 하는데, 자신이 외과 의사 노릇을 하는 마당이니 잠이 들어서도 안 되었다. 그는 무슈롱호에 있는 구급함에서 국부 마취제 병을 찾아냈다.

그는 그나마 나중에 별문제가 없을 것이라고 여겨지는 늑골을 절개하기로 결정했다.

소리를 지르지 않기 위해 입에 천 조각부터 물어야 했다.

그러고 나서 피부를 찢은 뒤 망치로 갈비뼈를 한 대 부쉈다. 마치 도살 장면을 연상시키는 모습이었다. 그러나 그의 뇌는 잘 견뎌 주었다.

그는 인간의 한계가 허용하는 한, 최대한 오래 이를 앙다문 채 수술을 성공적으로 마쳤다. 그러고는 마침내 정신을 잃고 말았다.

정신이 들자, 그는 기운을 내어 갈비뼈부터 소독 상자 안에 넣었다. 그리고, 다행히도 화학 전지로 작동하는 이동 실험실의 냉동 칸에 상자를 넣었다. 그는 상처 위에 습포를 꼭 눌러 댄 뒤 또다시 기절했다. 이번에는 오랫동안 일어나지 못했다.

다음 날, 그는 한참 만에 정신을 차렸다. 붕대부터 갈고 나서 몸을 움직일 만해지자 상자 안에 넣어 둔 갈비뼈 조각을 꺼냈다.

그는 실험실의 현미경을 이용해서 건강한 세포를 선별해 낸 뒤, 이브의 책 내용을 체계적으로 적용해 수정란의 핵과 자신의 갈비뼈에서 추출한 신선한 세포의 세포질 막으로 완벽한 태아의 수정란을 만들어 냈다.

그는 수정란을 인공 자궁 안에 넣은 뒤, 생명을 탄생시키기 위해 여러 번 작은 전기 충격을 가했다.

그런 시도 끝에 마침내 세포 분열이 일어나기 시작했다. 점점 자라난 수정란은 나중에 인큐베이터로 옮겨져 아드리앵 자신은 성분조차 모르는 미지근한 액체 속에 잠겨 있었다.

아홉 달 후, 그는 살아 있는 인간의 아이를 얻었다.

여자아이였기 때문에 에야Éya라고 부르기로 했다. 새로운 인류를 탄생시키는 실험을 고안해 낸 세 영웅의 머리글자를 따서 만든 이름이었다.

E는 그가 사랑한 여자 엘리자베트의 이름에서 따왔다.

Y는 파피용호를 발명한 이브의 이름에서 따왔다.

A는 낯선 행성에 내린 최초의 새로운 인간인 자기 자신, 아드리앵의 이름에서 따왔다.

그는 혼란스러운 감정으로 아기를 뚫어져라 바라보았다. 지금까지 그렇게 행복한 적이 없었던 것 같았다. 희생을 감수하고 고통을 견뎌 낸 덕분에 그는 이제 더 이상 혼자가 아니었다.

「새로운 지구에 온 것을 환영한다, 에야. 아가야, 네 안에 들어 있는 내 유전자가 어느 정도인지 모르겠다. 어쩌면 3분의 1 정도. 너한테 한 가지만 부탁할게. 날 절대 〈아빠〉라고 부르지 마라.」

74. 별들의 자손

　에야는 아드리앵의 집에서 자랐다. 아주 똑똑한 아이였다. 금방 읽고, 쓰고, 셈하는 법을 배웠다. 그뿐만 아니라 사냥, 요리, 천 짜기, 가축 돌보기, 집안일에도 능했다.

　에야는 아버지와 함께 행성 탐사에도 나섰다. 그녀는 예전 지구에 대한 이야기에 굉장한 호기심을 보였다.

　그녀는 특히 글쓰기를 좋아했다.

　딱 한 가지 문제라면, 난청인 탓에 단어를, 그중에서도 특히 이름을 제멋대로 발음하는 경향이 있었다. 아드리앵으로서는 아주 속이 터질 노릇이었다.

　여러 해가 지났다.

　에야는 사냥을 떠났다가 산에서 열아홉 번째 생일을 맞았다. 아드리앵과 에야는 모닥불을 피우고 야영지를 차렸다.

　주변에는 옛날에만 해도 행성의 유일한 동물이었던 공룡들의 유골이 아직도 널려 있었다.

　아드리앵이 끈 달린 가방에서 토끼를 한 마리 꺼냈다. 그들은 즉석에서 꼬치를 만들어 구웠다. 지구에서 온 귀뚜라미들이 특유의 울음소리를 내며 몸을 떨고 있었다.

　「생일 축하한다, 에야.」

그가 횃불을 내밀고는 바람을 불어 끄라고 했다. 그녀는 영문을 알 수가 없었다.

「아직 숨이 남아 있는지 확인하기 위한 지구인들의 관습인데, 기억이 나서. 내가 늙어서 횃불을 끄지 못하면 곧 죽을 때가 됐다는 뜻이란다.」

에야가 들뜬 얼굴로 있는 힘껏 횃불을 불었다.

「난 아직 죽을 때는 아닌가 봐.」 그녀가 말했다.

「생일 선물로 뭘 받고 싶니? 이것 역시 지구의 관습인데, 생일날 선물을 준단다.」

「내가 제일 받고 싶은 선물은…….」

에야가 생각을 하는 척하다가 씩 하고 환하게 웃었다.

「이야기를 듣는 거! 아단, 제발, 우리 조상들 이야길 또 해 줘! 그게 나한테 제일 멋진 선물이야, 아단!」

「아단이 아니고, 아드리앵.」 그가 성질을 내며 에야의 발음을 고쳐 주었다.

「알았어, 선물을 줄게. 언제나 같은 선물이지만. 역사라. 자, 너한테 빠짐없이 다 이야기를 해줘야 하니까. 이야기란, 바로 인류의 위대한 역사란다. 태초에, 음, 그게 아니고, 아주 오랜 옛날에, 어떤 세계가, 아주 멀리에, 다른 세계가 있었어.」

「천국?」 예전에 들은 이야기들을 떠올리며 에야가 물었다.

「아니야, 뒤죽박죽 섞지 좀 마라. 그럼 이야기를 못 끝내. 천국의 도시는 원기둥 안에 있었던 최초의 큰 도시야. 지금 말하는 건 다른 세계, 다른 지구야. 그러니까, 예전에, 먼 곳에, 다른 지구가 있었어. 아주 멀리 떨어진 태양계에 말이야.

413

그런데 그곳 사람들이 아주 냉혹하게 변해 버렸지……」

「나쁜 사람들로?」

「공격적인 사람들이라고 해두자. 어쨌든 사람들은 쉬지 않고 아이를 낳았지.」

「토끼처럼? 토끼는 많으면 좋은데. 우리가 먹을 게 생기잖아, 맞지?」

「각각의 종마다 살고 있는 환경에 가장 적당한 수가 있는 법이거든. 근데 사람들이 너무 많았어. 너무 많다 보니까, 넘쳐 나는 인구 문제를 해결하기 위해 점점 더 잔인한 방법으로 계속해서 전쟁을 한 거야. 수백만 명을 태워 죽일 수 있는 무기까지 개발하게 되었지.」

「그게 어떻게 가능해?」 그녀가 호기심으로 가득한 큰 눈을 동그랗게 뜨고 물었다.

「원자 폭탄 때문인데, 이건 다음에 설명해 줄게. 지금은 그냥 우리 조상인 인간이 어리석은 짓을 많이 저지르던 세계가 있었다는 것만 기억해 둬. 그들은 무절제하게 번식을 했고, 무절제하게 서로 죽이고 죽었어. 자신들의 행동이 어떤 결과를 초래할지에 대해서는 생각도 하지 않았지. 그들은 물과 공기를 오염하고, 삶의 공간을 파괴했어. 그들은 약자를 짓밟는 아주 권위적인 사람들을 지도자로 뽑았단다. 심지가 약한 사람들을 광신자로 만드는 종교도 있었지.」

「뭐?」

「종교. 그건…… 뭐랄까, 믿음이야. 종교 때문에 어떤 이들은 자기 이웃을 죽이면 더 행복해진다고 생각하기도 했어.」

「바보 같아.」

「그러니까 원자 폭탄, 종교적 광신주의, 환경 오염, 인구

414

과잉, 그리고 사방에 스트레스와 두려움이 존재했지.」

아드리앵은『항해 일지』에 나온 내용을 그대로 이야기해 주었지만, 말하는 당사자인 자신도 과연 그 실질적인 의미를 제대로 이해하고 있는지에 대해서는 확신이 없었다.

그는 과거에 무지했던 자신의 모습을 에야에게 들키고 싶지 않았다. 그는 해석하고, 새로 지어내고, 소설적인 요소를 가미해서 말했다.

「그러던 어느 날, 이브라는 사람이 우주 범선을 만들어야 겠다고 생각했어.」

「뭐?」

「물 위가 아니라 공기 중을 항해하는 커다란 배야. 아니 하늘 너머까지, 별들 사이를 항해한다고 해야겠다.」

「새처럼?」

에야는 감탄의 눈길로 아드리앵을 쳐다보았다. 그런 멋진 이야기를 듣고 있다는 사실이 행복했다.

「아주 큰 새지. 이브는 그 안에 14만 4천 명을 태웠어.」

「144명?」

「아니, 14만 4천 명.」

그녀의 두 눈이 반짝거렸다. 그녀는 손가락으로 10 곱하기 10을 하는 시늉을 하면서, 정확한 숫자가 나올 때까지 계산을 했다.

「그리고 다른 곳에서 다시 〈완벽한 지구의 동물상(相)〉을 만들 수 있게, 모든 동물의 수정란도 함께 실었어.」

「여기에?」

「그래, 여기지. 그런데 사실 그때만 해도 그는 여기가 어떤 곳인지 몰랐어. 〈전파 망원경〉이라는 특수한 광학 기구를 가지고 멀리 있는 행성을 하나 발견한 것뿐이었으니까. 그래서 이브는 새처럼 생긴 일종의 거대한 배를 만들어 놓고, 14만 4천 명을 불러 그 배에서 살게 했지. 배를 조종한 사람은 엘리자베트였어. 이 이름들을 잘 기억해 둬. 우주선을 만든 이브, 그리고 제일 처음에 우주선을 조종했던 엘리자베트.」

에야는 무슈롱호 동체에서 주운 자신의 보물 공책을 꺼낸 뒤, 지난번에 적어 놓은 이름들과 일치하는지 확인했다. 그러고는 두 이름에 밑줄을 그었다. 아드리앵이 말을 계속했다. 「모든 사람들이 그 사람들에 반대했지.」

「왜?」

「별들 속으로 사람을 실어 나르는 그 사람의 새를 보고 질투심을 느꼈기 때문이야.」

아드리앵은 에야를 바라보았다. 그녀에게 과연 자신의 유전자가 들어 있을까 하는 의문을 떨쳐 버릴 수가 없었다.

그 생각에 그는 갑자기 할 말을 잊었다. 그러는 사이 그는 둘 사이에 전혀 공통점이 없다는 쪽으로 결론을 내렸다. 자기는 눈이 파란데 그녀는 검정색이었다. 자기는 머리카락이 연한 밤색인데 그녀는 검정색이었다. 자기는 중간 키인데 그녀는 나이에 비해 키가 크고 늘씬했다. (그건 물론 중력의 차이 때문이었다.) 자기는 볼이 통통하고 얼굴이 둥근데 그녀는 광대뼈가 높게 솟고 얼굴도 긴 편이었다.

「그래, 그들은 질투심도 느꼈지만 자멸적인 성향도 있었어. 그래서 아무도 자기를 파멸시키는 상황에서 벗어나지 못했으면 한 거야. 〈마지막 희망〉, 이게 그 프로젝트의 이름이야. 행성이 사라지기 전에 거기에서 탈출하고자 하는 희망을 말하지.」

그 사실은, 이브-1의 『항해 일지』에서 읽은 적이 있어서 분명히 기억하고 있었다.

「난 말이야, 위험하다고 느껴지면 뛰거든. 다른 데로 달아난다고. 한번은 무시무시한 늑대를 만난 적이 있었는데, 아무 생각도 없이 도망을 쳤어.」

「잘한 거야, 에야. 잘한 거야. 그 사람들 역시 잘한 거야. 왜냐하면 모든 것이 파괴되는 속도로 봐서 지구는 회복 불능이라는 판단을 내릴 수밖에 없었거든. 인구 과잉, 환경 오염, 광신주의, 테러, 전염병으로 지구, 그러니까 〈예전 지구〉는 완전히 지옥으로 변했으니까.」

「지옥이 뭐야?」

「미안. 지옥은 원기둥 안에서 천국과 대치했던 도시의 이름이야. 그곳 사람들 역시 아주 냉혹하고 공격적이었어. 이것도 나중에 기회가 있을 때 더 자세히 이야기하자. 〈예전 지구〉에서는 모든 게 망가지고 있었어. 이브가 그때 〈마지막 희망〉 프로젝트를 만든 거야.」

「그리고 수천 명을 태울 수 있는 그 새도?」

「그건 우주선이라는 거야. 이름은 〈파피용〉이었지. 나비처럼 커다란 날개가 달리고, 별빛의 힘을 받아 움직였기 때문에 그런 이름을 붙였어.」

「별빛? 와! 정말 멋졌겠다.」

「그래, 난 파피용에서 태어났지. 아름다운 곳이었어. 근데 이렇게 자꾸 말을 끊으면 이야기를 빨리 할 수가 없잖아.」

「이제 입 다물게.」검은 눈을 가진 에야가 말했다.

「그래서, 이브와 엘리자베트는 14만 4천 명의 사람뿐만 아니라 동물, 나무, 꽃 들까지 실은 파피용호를 이륙시키는

417

데 성공했어.」

「거기가 천국과 지옥이 있었던 곳이야?」

「그들은 1천 2백 년이 넘게 여행을 했어. 그리고 마지막에는, 14만 4천 명 중에서 여섯 명만이 살아남았지.」

「아단?」

「그래, 나하고 다른 다섯 사람들. 그런데 여자는 딱 한 명이었어. 엘리트라는 이름을 가진.」

「릴리트?」

〈왜 에야는 항상 사람의 이름을 바꿔 버리는 걸까?〉

「아니, 엘리트. 엘리트와 난 우주의 끝에 있는 이 외딴 행성으로 왔어. 이 별에 단둘이 도착한 거야. 그때부터 우린 둘이 함께 살았지.」

「그럼, 릴리트가 내 엄마야?」

〈에야는 일부러 그러는 거야. 근데 도대체 왜? 내 속을 뒤집어 놓으려고?〉

「아니, 불행하게도 난 엘리트와의 사이에서 아이를 낳지 못했어.」

「그럼 난, 에바는 어떻게 태어난 거야?」

「아니야, 에바가 아니라 에야. 네가 이름을 바꿔 부르는 솜씨는 정말 놀랍구나. 일부러 그런다고 해도 믿겠어.」

그녀는 자기 마음대로 되는 일이 아니라는 듯한 몸짓을 해 보였다.

「난 어떻게 태어났어, 아담?」

「내 말을 들으면 아마 믿지 못할 거야……. 넌 내 많은 뼈들 중 하나로부터, 그러니까 갈비뼈로부터 태어났어.」

그는 자기가 집도했던 수술의 흔적을 보여 주었다.

「그럼 아담의 갈비뼈로 날 만들었다는 거야?」

〈에야는 또 내 이름을 바꿔 불렀어. 야단을 쳐도 아무 소용이 없어, 무의식적으로 하는 거니까. 마치 저 아이가 이름들과 이야기들을 완전히 소화해서 자기 것으로 만드는 것 같아. 모든 걸 자기 방식으로 다시 만들어 내고 있어.〉

「자, 그다음은 너도 알잖아, 실험실에서 나는 이브가 저장고에 보관해 놓은 수정란들로 계속 동물을 만들기 시작했어. 그리고 너도 날 도와줬고. 정말 많은 동물들이었지.」

「근데 아담, 어떤 이름을 가진 동물인지 알 수 있게 날 도와줘야 해. 이름표가 슬슬 떨어지기 시작했어. 벌써 이름표가 없어진 것도 많고. 그렇게 해줄 거지? 그렇지, 아담?」

「당연하지, 당연히 그래야지, 우리 예쁜 에야.」

그는 그녀를 바라보았다. 그녀의 커다란 검은 눈동자를 응시했다. 그 순간, 그는 에야처럼 다른 아이들도 태어나게 하면 어떨까 하는 생각을 했다. 그러나 또다시 갈비뼈를 수술해야 한다고 생각하니 끔찍했던 기억들이 떠올랐다.

에야가 다시 메모를 읽었다.

「다시 정리해 볼게. 창조자의 이름은 야훼야.」

〈아니야, 야훼가 아니고 이브야. 어쩔 수 없어. 아무리 말해도 안 되는걸.〉

「옛날에, 아담하고 릴리트, 이렇게 둘이 천국에 살았어. 그러다가 여기, 이 새로운 지구에 보내진 거야.」

「참, 이야기에 사틴도 나와.」

「사탄?」

한순간, 그는 에야가 귀가 잘 안 들리는 게 아닌가 생각했다. 그래서 자꾸 이름을 바꾸는 게 아닌가 하고.

「아니야, 〈사틴〉.」그가 이제 거의 습관적으로 말했다.

「그녀는 처음엔 정말 훌륭했어. 그런데 나중에 왜 돌변했는지 아무도 몰라.」

아드리앵은 에야를 쳐다보았다. 시원(始原)의 밑바닥에서 온 것 같은 검은 두 눈이 그녀를 한층 아름답게 만들어 주고 있었다. 그녀는 너무나 생기 있고, 너무나 총명하고, 과거의 이야기들 속으로 너무나 쉽게 빠져들었다.

「참, 또 한 가지…… 뱀을 조심해야 해. 나쁜 짓을 많이 할지도 모르거든.」

에야는 자신의 조그만 공책에 들은 내용을 기록했다.

그리고 밑줄을 그었다.

「그럼 다른 사람들은?」그녀가 갑자기 물었다.

「다른 사람 누구?」

「〈예전 지구〉 사람들은?」

그는 순간 눈을 감았다. 〈다른 사람들〉에게 무슨 일이 벌어졌을지 상상해 보려고 애썼다. 오늘 저녁에 큰 소리로 물어보면 꿈속에 답이 나타날지도 모른다고 생각했다.

아드리앵의 시선이 허공을 향했다. 벌써 여러 날 동안 그는 『새로운 행성: 사용법』의 맨 뒤에 있는 하늘 지도를 들여다보았다. 책에서는, 반대로 관찰하면 예전 지구의 모습이 하늘에 나타난다고 했다.

그는 냄비 모양의 별자리를 손가락으로 가리켰다. 별자리가 곰처럼 생긴 것 같았다.

「큰곰자리 안에 있었는데.」그가 아무 생각 없이 말했다.

「예전 지구가?」

모닥불이 꺼졌다. 아드리앵이 조금이라도 더 온기가 지속

되게 잉걸을 후후 불었다.

「〈예전 지구〉는 큰곰자리에 있다.」그녀가 되풀이해서 말했다.

「그러니까 여기는…… 〈새로운 지구〉다.」

〈빌어먹을, 에야 말이 옳아.《예전 지구》는 더 이상 의미가 없어. 새로운 시간과 새로운 공간의 기준은 바로 여긴걸. 이제 여길 새로운 땅이라고 부를 이유가 없는 거야. 여긴 지구야. 하나밖에 없는 소중한 지구.〉

그 순간, 그는 지구라는 단어가 결국 이야기를 하는 인간들이 살고 있는 행성을 지칭하는 보통 명사로 변했다고 생각했다.

언젠가 그들이 떠나온 지구는 〈낯선 행성〉으로 여겨질 것이다. 그리고 지구라고 정의되는 행성은 여기 이 행성밖에 없을 것이다. 모든 게 반대로 될 것이다.

얼마나 우스운 이야기냐!

나방 한 마리가 쉴 곳이라도 찾듯이 그의 손가락 위에 살며시 내려앉았다.

아드리앵은 함박웃음을 지으며 나방을 맞아 손으로 보호해 주었다. 나방이 날아가지 않자 그가 주먹을 쥐었다. 나방은 움직이지 않았다.

그의 후손들은 자신들이 어디서 왔는지도 완전히 잊어버리게 될 것이다. 그리고 사람이 살 수 있는 지구는 딱 하나밖에 없다고 믿을 것이다. 바로 여기밖에 없다고 말이다.

그런 상상까지 하던 그가 말했다. 「나중에, 아마 넌 아이를 갖게 되겠지. 〈우린〉 어쩌면 아이를 갖게 될 거야.」아드리앵이 살짝 거북해하면서도 고쳐 말했다.

「응, 그래서?」

「내가 너한테 했듯이 너도 꼭 아이들에게 모두 다 이야기해 줘야 해. 그래야 모두가 과거의 기억과, 기나긴 세월 동안 손에 손을 거쳐 너에게까지 이른 현자들의 지식을 조금이나마 간직할 테니까.」

에야가 알겠다는 표정을 지었다.

「책?」

「그래, 책, 하지만 말로 전해지는 것도 중요하지. 그리고 상징적인 이야기도 중요하단다. 네가 직접적인 방법으로 정보를 전달할 수 없거든, 우의적으로 전하면 돼. 너의 임무는 그것밖에 없어. 지식을 전해. 우리 아이들은 많은 것을 잊어버리고, 잘못 이해하고, 이 행성이 인간이 살았던 유일한 행성이라고 믿게 될지도 몰라. 〈지구〉라고. 지식은 우리를 몽매함에서 벗어나게 하는 하나밖에 없는 보물이야. 우리 조상들의 경험, 고통, 실수, 발명의 산물이지. 지식을 전수해서 다시는 우리 자손들이 똑같은 실수를 무한정 되풀이하는 일이 벌어지지 않게 해야 해.」

그는 자기 생각이 아닌 듯, 자신의 입은 이브의 뜻을 전하는 매개체밖에 되지 않는다는 듯, 그 말을 되풀이했다.

〈다시는 우리 자손들이 똑같은 실수를 무한정 되풀이하는 일이 벌어지지 않게.〉

아드리앵이 말에 더 힘을 실었다.

「먼 미래에, 우리 자손들이 다시 수백만, 아니 어쩌면 수십억이 될 때, 이 지구 전역에 뿌리를 내리고 살게 될 때, 전쟁과 환경 오염, 종교적 광신주의, 인구 과잉으로 병들었던 우리가 떠나온 세계와 비슷한 세계를 다시 만들게 해서는 안

423

돼.」

「예전 지구에서의 삶과 비슷한 것 말이지.」

「그걸 재현해서는 안 된다는 말이야. 그럼 우리의 모든 노력은 결국 허사가 되고 마는 거야. 그럼 이브의 꿈과 이브의 창조는 결국 실패의 시나리오를 재현한 것밖에 되지 않아. 내일은 똑같은 어제가 되겠지. 그리고…… 아이러니의 절정은 말이야, 6천 년 후에 우리 자손들은 또다시 새로운 파피용호를 만들게 될 거야. 가까이에 있는 새로운 태양계, 그리고 사람이 살 수 있는 새로운 행성을 찾아 떠나기 위해서. 세 번째 〈지구〉를 찾아서 말이야. 정말 안타까운 일일 거야.」

깊은 생각에 잠겨 있던 에야가 갑자기 정리된 생각을 털어놓았다. 「결국엔 영원히 되풀이될 수도 있어. 아주 오래전에 시작했지만 앞으로도 여전히 계속되는 거지. 과거에, 살아남은 인류를 태운 파피용호가 있었던 지구가 1백 개나 있었는지도 몰라. 미래에도 그런 지구가 1백 개는 더 있을 수도 있고. 생존자들의 후손들은 번번이 어디서 왔는지는 잊은 채 단 하나밖에 없는 지구에 살고 있다고 믿겠지.」

그는 에야가 제법 그럴듯한 이야기를 한다고 생각하고 귀를 기울였다. 에야가 말을 이어 갔다. 「아담이 이브의 책에서 읽고 나한테 말해 준 적이 있는 환생 이론과 어찌 보면 비슷해. 물론 여기선 한 사람의 문제가 아니라 세계 전체의 문제이긴 하지만. 인류는 환생하는 거야. 다시 태어날 때마다 까맣게 잊어버리고는, 지구라고 부르는 행성에 자기 혼자 존재한다고 믿는 거지.」

그녀의 검은 두 눈이 반짝거리고 있었다.

정말 재기가 넘친다고 그는 생각했다.

자기보다 낫다고 생각했다. 미래는 어쩌면 지금까지 서로 죽이고 죽은 남자들의 에너지보다 훨씬 강렬한 여성의 에너지에 달린 것인지도 몰랐다.

손바닥을 간질이는 나방의 날갯짓이 느껴졌다. 그는 이브의 책에서 읽은 문구를 떠올렸다.

〈애벌레야, 껍질을 벗어라, 나비로 탈바꿈해라. 나비야, 날개를 펴고 빛을 향해 날아라.〉

애벌레는 바로 인류 자신이며, 인류는 탈바꿈을 통해 보다 높은 의식 수준을 가진 인류로 거듭나야 한다고 그는 생각했다.

「네가 얘기해 주면 사람들은 잊어버리지 않을 거야. 다른 건 다 잊혀도 이야기는 남으니까.」

「그런데 이야기를 해주면 그들은 가까운 미래의 일이라고 생각할 거야. 사실은…… 먼 과거인데 말이야.」

아드리앵은 에야가 이렇게 빨리 이해할 수 있는 것은 호기심 때문이라고 생각했다. 그리고 이 호기심이야말로 그들을 구원할 수 있을 것이다.

〈그들은 미래라고 생각할 것이다. 사실은 그들의 과거인데!〉

그는 지나간 경험의 찌꺼기들, 예전 세계의 찌꺼기들, 〈제때 빠져나오지 못한 사람들〉의 찌꺼기들이 아직 남아 있을지 모를 큰곰자리 쪽 별들을 다시 한번 쳐다보았다. 뺨을 타고 눈물이 흘렀다.

그녀가 그에게로 다가왔다.

「그래도 이젠 그만해야 해. 우리 조상들은 새로운 지구에 새로운 인류를 만들기 위해 자신들의 지구에서 탈출했어. 하

지만 우리는 어떻게든 그런 일이 재발하지 않도록 만들어야
해.」

「왜?」그녀가 물었다.

「영원히 탈출을 계속할 수는 없으니까.」

이 말을 하면서 그는 손에 쥐고 있던 나방을 놓았다. 나방
이 바람의 숨결에 실려 하늘로 날아올랐다.

나방이 긴 날개로 공기를 휘저으며 자연스럽게 별빛을 향
해 비상했다.

그녀가 〈아담〉이라고 부른 남자가 스스로를 〈이브〉[13]라고
부르는 여자를 바라보았다. 그리고 확신을 갖기 위해 또 한
번 말했다.

〈영원히 탈출을 계속할 수는 없다.〉

---

13 에야의 입을 통해 변형되어 발음되는 이름들은 「창세기」의 등장인물들
과 연결된다(이브와 야훼, 아드리앵과 아담). 또 작품 속에서 Éya(에야)는 자기
이름을 〈Éva(에바)〉로 변형시켜 부르고 있는데, 프랑스어에서 Ève(이브)가
〈에브〉로 발음되는 점을 감안하면 이것은 에야가 이브와 동일한 존재일 수 있
음을 암시하는 작가의 의도적 장치로 볼 수 있다. 여기에서는 이러한 작가의 의
도를 반영하여 Ève를 이브로 옮겼다.

다음 분들께 감사의 말씀을 전합니다.

렌 실베르, 프랑수아즈 샤파넬, 막스 프리외, 파트리스 라노이, 도미니크 샤라부스카, 제롬 마르샹, 스테판 크라우츠, 장 모리스 블레슈, 기 피뇰레(광자 연료 진흥 협회 회장), 제라르 암잘라그, 스테파니 자니코.

파피용 집필 기간에 들었던 음악:

베토벤의 「교향곡 6번」과 「교향곡 7번」

비발디의 「사계」(조 새트리아니의 하드 록 버전)

새뮤얼 바버의 「현을 위한 아다지오」

영화 「갈매기의 꿈」 사운드 트랙(닐 다이아몬드)

영화 「듄」 사운드 트랙(그룹 토토)

영화 「우리 친구 지구인」 사운드 트랙(알렉스 자프레, 로이크 에티엔)

파피용 집필 기간에 일어난 일:

「우리 친구 지구인」의 시나리오 작업과 영화 제작

베르나르 베르베르는 탁월한 이야기꾼이다. 참신한 발상과 문학적 상상력을 결합한 그의 재미난 이야기에 〈맛을 들인〉 독자들은 그래서 항상 그의 신작이 나오길 손꼽아 기다리는지도 모른다. 베르베르가 이번에는 또 어떤 이야기를 들려줄까, 하는 마음으로 말이다. 이야기꾼 베르베르의 이번 신작 『파피용』은 햇살돛으로 움직이는 우주 범선에 관한 이야기다. 사실 소재 자체로만 치자면 그다지 획기적인 것은 아닐지도 모른다. 독일의 천문학자 케플러는 약 4백 년 전에 이미 큰 거울로 우주 범선을 만들면 우주를 여행할 수 있을 것이라고 했다. 비록 발사가 실패로 끝나긴 했지만 미국과 러시아 과학자들이 공동 개발한 코스모스 1호는 우주 범선의 꿈을 실현 가능한 현실로 바꿀 수 있다는 가능성을 보여 주었다. 베르베르 자신도 파피용호의 기술적 실현 가능성을 고민하면서 코스모스 1호를 많이 참조한 것으로 보인다. 그렇다면 우주 범선이라는 과학적 소재가 베르베르적 이야기로 재미있게 거듭날 수 있었던 원동력은 어디에 있을까? 그것은 바로 〈우주에서 가장 발달된 의식의 형태를 대표하는〉 인간에 대한 베르베르식 실험에 있다.

천재 과학자 이브는 인간들에 의해 회복 불가능 상태로 황폐화된 지구에 더 이상 희망이 없다고 판단하고 〈마지막 희망은 탈출이다〉라는 결론을 내린다. 그리고 다른 태양계에 있는 다른 행성에서, 다른 방식으로 새로운 인류를 만들어 보겠다고 마음먹는다.

작가는 한 라디오 매체와의 인터뷰에서 새로운 곳을 찾아 떠나는 것은 인류의 습성인 것 같다고 했다. 약 6백만 년 전 초기 인류가 아프리카 사바나에서 살다가 그곳을 떠나 유럽과 서구 세계를 발견했고, 또 어떤 문제가 생기자 배를 만들어 떠났다가 아메리카와 오스트레일리아를 발견했다. 그렇다면, 더 이상 이 지구에서 갈 곳이 없다면 다른 행성으로 떠나는 게 너무도 자연스러운 수순이 아니겠냐고 한다. 참으로 천연덕스럽게……. 그렇다, 그와 우리의 상상력이 갈라지는 지점은 바로 여기인 것 같다. 우리가 하나밖에 없다고 굳게 믿는 지구에서 끙끙대고 있는 사이 그는 지구 밖으로 시선을 돌린다. 그리고 그 바깥의 시선으로 우리를 다시 보자고 한다.

현대판 노아의 방주를 연상시키는 이 우주선에는 14만 4천 명의 지구인이 탑승한다. 1천 년이 넘는 우주여행을 하고 행성에 도착해서 새로운 인류를 만들기 위해 필요한 〈최소한의〉 탑승 인원이다. 이브를 비롯한 파피용의 창안자들은 우주선 안에서 유토피아적 사회를 실험한다. 인간의 자율적 의지와 공동체적 지향성, 그리고 기본적으로 성선설을 바탕으로 한 혁명적인 실험이다. 그러나 새로운 공동체를 꿈꾸던 우주선은 나중에는 정치가 지배하는, 그들이 떠나온 지구와 똑같은 곳으로 변해 버리고 만다. 어떤 면에서 천국의 도시를 꿈꾸는 인간들에게 지옥의 도시는 필요악 같은 존재일지도 모르겠다.

베르베르가 이 책을 통해 보여 주는 것은 인간의 가능성, 그리고 동시에 인간의 한계이다. 희망이 없는 곳을 탈출할 수 있는 것은 인간에게 상상력과 창의성이 있기 때문이다. 별빛의 힘으로 움직이는 우주선을 만들 수 있는 것은 인간이 지닌 기술력 덕분이다. 인공 중력이 작용하고, 작지만 완벽한 생태계를 갖춘 파피용호는 인간이 지닌 실현 가능한 기술력의 집약체라고도 부를 수 있을 것이다. 하지만 지구에서 인간이 저지른 실수를 되풀이하지 않기 위해 시도한 새로운 사회적 모델은 결국 실패로 끝나고 만다. 이브의 말대로 인간 유전자에 깊이 각인된 자기 파괴적 본능 때문일지도 모르는 일이다. 파피용이라는 유토피아적 사회에 금이 가기 시작하는 계기는 참으로 우습게도 치정 살인이다. 제빵 기술자인 살인자의 처벌 문제를 앞에 둔 파피용호 설계자 이브의 고민은 맛있는 빵을 먹지 못하게 될 텐데, 하는 것이다. 마찬가지로 새로운 행성에 도착한 아드리앵과 엘리트가 서로 다투고 결별하는 장면은 베르베르식 유머의 절정이다. 베르베르의 소설이 지루하지 않은 이유는 바로 이런 독특한 유머 덕분이다.

1천 년이 넘는 우주여행을 하는 동안 파피용호 안에서 벌어지는 일들을 지켜보자면 참으로 씁쓸하고 서글프기까지 하다. 인간의 한계를 아주 적나라하게 드러내고 있기 때문이다. 새로운 행성에서 새로운 인류의 원형을 만들겠다던 인간들은 결국 자기 한계조차 극복하지 못한다. 베르베르는 결국 이 책을 통해 인류의 미래를 구원하는 것은 파피용호 자체가 아니라 파피용호에 탄 인간들이라고, 인간의 한계에 대한 인식과 인간이라는 존재에 대한 깊이 있는 성찰이라고 이야기하고 싶었는지도 모른다. 그리고 이것이 과학적 소재를 차용한 그의 문학이 결국은 보편적인 인간에 대한 탐구로 귀결되는 이유이기도 하다. 베르베르의 눈에는 이런 한계를 극복할 수 있는 가능성을 지닌 것 역시 인간이다. 그가 에야를 통해 보여 주려는 것이 바로 그런 가능성이다. 〈영원히 탈출을 계속할 수는 없다〉라는 마지막 메시지는 지금 우리가 살고 있는 이 지구라는 행성과 그 안에 살고 있는 인간이라는 존재에 대한 그의 믿음과 희망을 웅변하고 있다.

베르베르의 작품들이 가진 가장 큰 매력은 〈꿈〉을 꾸게 한다는 점이다. 그는 이 책에서도 이브의 언어를 빌려 〈꿈〉을 꾸게 만드는 자신의 능력을 독자들에게 유감없이 발휘해 보인다. 이브는 불구가 된 엘리자베트와 죽음을 앞둔 맥 나마라에게, 우주선에 탑승한 지구인들에게 새로운 꿈을 갖게 해 주었다. 사실 이브라는 인물은 어설프기 짝이 없고 때로는 무책임해 보인다. 10만 명이 넘는 지구인을 태우고 새로운 행성을 찾아 떠나는 그가 최종 목적지에 대한 정확한 정보조차 없다니 말이다. 하지만 아무도 그를 탓하지 않는다. 인간에게 부족한 것은 기술이 아니라 상상력임을 알기 때문이다. 그래서 〈꿈〉을 가진 새로운 인간으로 거듭나게 해준 이브가 고마울 따름이다. 독자들이 베르베르에 열광하는 것이 과학 전문 기자라는 이력을 가진 그의 과학적 지식 때문이 아니라 문학적 상상력으로 빚어내는 〈새로운 사고의 틀〉이라는 점도 이와 같은 맥락으로 볼 수 있을 것이다.

번역을 마치면서 참으로 베르베르에게 고맙다는 생각을 했다. 덕분에 짧은 기간이나마 나는 꿈을 꿀 수 있었다. 나는 파피용호를 타고 새로운 행성에 내리는 모습을 수도 없이 상상했다. 그리고 행복했다.

전미연

옮긴이 **전미연** 서울대학교 불어불문학과와 한국외국어대학교 통번역대학원 한불과를 졸업했다. 파리 제3대학 통번역대학원 번역 과정과 오타와 통번역대학원 번역학 박사 과정을 마쳤다. 한국외국어대학교 통번역대학원 겸임 교수를 지냈으며 현재 전문 번역가로 활동 중이다. 옮긴 책으로는 베르나르 베르베르의 『베르베르 씨, 오늘은 뭘 쓰세요?』, 『상대적이며 절대적인 고양이 백과사전』, 『기억』, 『죽음』, 에마뉘엘 카레르의 『리모노프』, 카롤 마르티네즈의 『꿰맨 심장』, 아멜리 노통브의 『두려움과 떨림』, 기욤 뮈소의 『당신, 거기 있어 줄래요?』, 발랭탕 뮈소의 『완벽한 계획』, 다비드 카라의 『새벽의 흔적』, 로맹 사르두의 『최후의 알리바이』, 알렉시 제니외의 『22세기 세계』(공역) 등이 있다. 〈작은 철학자 시리즈〉를 비롯한 어린이책도 여러 권 번역했다.

파피용

발행일	2007년	7월 10일	초판 1쇄
	2008년	3월 21일	초판 47쇄
	2007년	11월 30일	신판 1쇄
	2023년	1월 5일	신판 58쇄
	2023년	12월 10일	신판 2판 1쇄
	2024년	2월 25일	신판 2판 2쇄

지은이 베르나르 베르베르
옮긴이 전미연
발행인 홍예빈·홍유진
발행처 주식회사 열린책들

경기도 파주시 문발로 253 파주출판도시
전화 031-955-4000 팩스 031-955-4004
www.openbooks.co.kr